# LANCELOT

# LANCELOT
*Romance do século XIII*

*Textos apresentados e traduzidos
para o francês moderno por
Alexandre Micha*

*Tradução para o português
e edição do texto por
Rosemary Costhek Abílio*

São Paulo 2007

*Título original: LANCELOT.*
*Copyright © Union Générale d'Éditions 1984 para a apresentação e tradução para o francês moderno de Alexandre Micha.*
*Copyright © 2007, Livraria Martins Fontes Editora Ltda., São Paulo, para a presente edição.*

1ª edição 2007

**Tradução e edição do texto**
ROSEMARY COSTHEK ABÍLIO

**Acompanhamento editorial**
*Maria Fernanda Alvares*
**Revisões gráficas**
*Helena Guimarães Bittencourt*
*Solange Martins*
*Dinarte Zorzanelli da Silva*
**Produção gráfica**
*Geraldo Alves*
**Paginação**
*Moacir Katsumi Matsusaki*

---

Dados Internacionais de Catalogação na Publicação (CIP)
(Câmara Brasileira do Livro, SP, Brasil)

---

Lancelot : romance do século XIII / textos apresentados e traduzidos para o francês moderno por Alexandre Micha ; tradução para o português e edição do texto por Rosemary Costhek Abílio. – São Paulo : Martins Fontes, 2007.

Título original: Lancelot
Bibliografia
ISBN 978-85-336-2350-7

1. Romance francês I. Micha, Alexandre.

07-2273                                                    CDD-843

---

Índices para catálogo sistemático:
1. Romances : Literatura francesa    843

*Todos os direitos desta edição reservados à*
**Livraria Martins Fontes Editora Ltda.**
*Rua Conselheiro Ramalho, 330  01325-000 São Paulo SP Brasil*
*Tel. (11) 3241.3677  Fax (11) 3105.6993*
*e-mail: info@martinsfonteseditora.com.br  http://www.martinsfonteseditora.com.br*

# ÍNDICE

*Introdução* ............................................................................................ VII
*Nota sobre a tradução para o francês moderno* .......................... XIX
*Nota à edição brasileira* .................................................................. XXI

**Primeira parte**
Do nascimento de Lancelot a sua admissão na Távola Redonda....... 3

**Segunda parte**
Da viagem por Sorelois à morte de Galehot ........................................ 99

**Terceira parte**
O episódio da carroça............................................................................ 151

**Quarta parte**
Depois da carroça .................................................................................. 171

**Quinta parte**
Os dez e depois os quinze à procura de Lancelot.............................. 183

**Sexta parte**
Lancelot em busca de Hector e Lionel................................................. 241

**Sétima parte**
Guerra da Gália. Guerra contra os saxões. Galaad na corte ............ 283

*Glossário* .............................................................................................. 305

# INTRODUÇÃO

O romance de *Lancelot du Lac* [Lancelot do Lago], que provavelmente data de 1220-1225, deve-se a um autor anônimo. Ferdinand Lot, no estudo que dedicou a essa obra[1], considerou1-o nascido na região de Brie ou na de Champagne[2], talvez originário de Meaux[3]. De fato, além das quatro grandes festas anuais e da festa de São João, a *Madeleine* (22 de julho) é a única festa que o autor parece conhecer. A festa de santa Madalena não foi menos celebrada na região de Champagne que na de Bourgogne, onde, no século XI, o traslado para Vézelay das supostas relíquias de Maria Madalena tornara-a popular. "*E mesmo, o condado de Champagne e de Brie*, escreve F. Lot, *é a única região onde a festa de Madalena assumiu uma importância administrativa. As 'contas' desse grande feudo são acertadas duas vezes por ano; uma das datas é o Natal e a outra é a Madeleine.*"

Mas podemos perguntar-nos se nosso autor não seria originário da região de Berry[4]. Ele menciona cidades ou localidades do Cher[5] e das regiões vizinhas do Loire: Berry e em primeiro lugar Bourges, capital do reino da Terra Deserta de Claudas, Issoudun, Charost (distrito de Bourges), Saint-Cirre, isto é, Sancerre (Sanctus Satyrus); o castelo de Lambrion lembra o Brion do distrito de Châteauroux. Quanto aos *pays* do Loire, os Haut-Murs não seriam, por aproximação, Saumur, hipótese levantada por F. Lot e que parece confirmada pela explicação geográfica que o texto fornece:

---

1. Ferdinand Lot, *Étude sur le Lancelot en prose,* Honoré Champion, Paris, 1816.
2. Regiões do leste da Bacia Parisiense. (N. da T.)
3. Subprefeitura de Seine-et-Marne, departamento da região parisiense situado a leste de Paris; região de Île-de-France. (N. da T.)
4. Região do centro da França. (N. da T.)
5. Departamento do sul da Bacia Parisiense; região central. (N. da T.)

"*muito acima* (= ao norte) *da Terra Deserta*"? Um pouco mais a leste é a região do Maine e, mais diretamente ao norte, Châteaudun. Quanto a Madalena, seu culto acha-se difundido em Berry, como em outros lugares. Precisamente em Issoudun existia no século XII uma igrejinha sob invocação de santa Madalena[6]. Uma capela consagrada a Maria Madalena, também em Issoudun, recebia uma doação de um cônego da igreja Saint-Cyr[7]: aí está o Saint-Cirre de nosso texto[8]. A história local assinala uma quantidade de antigas capelas tendo como padroeira santa Madalena na diocese de Bourges, em Saint-Amand, Barlieu, Léré, Saint-Thorette, Parassy, Sidiailles, Celle-Condé e em diversos castelos. A antiga paróquia de Givaudin, perto de Plaimpied, também a tinha como titular, assim como a igreja colegiada de Mézières-en-Brenne.

*Lancelot* integra-se num ciclo conhecido como ciclo do *Lancelot-Graal*, erroneamente atribuído a Gautier Map, autor de um *De Nugis Curialium* e amigo do rei da Inglaterra Henrique II Plantageneta. Seu nome figura nos cólofons de numerosos manuscritos; mas estamos em presença de um logro literário em que o anônimo desejou dar uma aparência de autenticidade histórica às aventuras que narra.

O ciclo compõe-se de cinco seções, de extensão desigual:

1) *L'Estoire del Saint Graal* [A história do Santo Graal], certamente posterior aos outros ramos. Conta a história do vaso sagrado, desde sua saída do Oriente até a chegada à Grã-Bretanha. É o desenvolvimento, revisto e aumentado, de uma *Estoire* de Robert de Boron, do final do século XII.

2) *Merlin*, cujo original é obra do mesmo Robert de Boron, autor de um ciclo em três partes (*Estoire, Merlin, Perceval*), do qual nos restam apenas 402 versos, mas que conhecemos por uma tradução em prosa feita possivelmente na primeira metade do século XIII. Uma *Seqüência* do *Merlin*, voltada para os primeiros anos do reinado de Artur, faz a junção com:

3) *Lancelot du Lac* [Lancelot do Lago], que representa, em volume, mais de metade do ciclo inteiro.

4) *La Queste del Saint Graal* [A demanda do Santo Graal], empreendida por vários cavaleiros, entre os quais: Gauvan, definitivamente elimina-

---

6. Armand Pereme, *Recherches historiques et archéologiques sur la ville d'Issoudun*, 1847, p. 284.
7. Jules Chevalier, *Histoire religieuse d'Issoudun depuis sa fondation jusqu'à nos jours*.
8. Mons. Villepelet, *Le Culte des saints en Berry*, p. 70. Acrescente-se que, em Bourges mesmo, em Saint-Pierre-le-Marché, em Saint-Pierre-le-Guillard, em Saint-Médard, os boticários mandavam celebrar uma missa solene diante de um quadro da santa, pintado por Jean Boucher. Vendôme e Châteaudun também têm sua igreja de Madalena (século XII).

do; Hector; Bohort, "o santo laborioso", mas a quem o pecado com a filha do rei Brangoire (relatado neste volume) impedirá de contemplar os segredos do Graal; Perceval, o eleito na obra de Robert de Boron, que perde seu lugar privilegiado em proveito de Galaad, o cavaleiro virgem e casto, filho de Lancelot e da filha do rei Peles.

5) *La Mort du Roi Arthur* [A morte do Rei Artur], que narra o desmoronamento do mundo arturiano, o crepúsculo e o fim dos heróis, em conseqüência das maquinações de Agravan, que denuncia os amores culposos de Lancelot e Guinevere, e em conseqüência das inimizades que opõem Gauvan a Lancelot[9].

Deixando de lado a *Estoire*, pois é posterior, assim como o *Merlin*, permanece pendente a questão: as duas últimas seções também são do autor do *Lancelot*? Nosso romance anuncia várias vezes a vinda do Bom Cavaleiro, que levará a termo as aventuras do Graal, e a catástrofe final do universo arturiano. Terá ele mesmo escrito essas duas últimas partes, ou apenas projetou a arquitetura do conjunto que outros construtores terminaram? Não foi apresentado nenhum argumento conclusivo contra a hipótese de um autor único. O modo da *Queste*, mais didático, e o da *Mort Arthur*, mais dramático, explicam-se pela natureza dos assuntos. Quanto ao duplo espírito – profano no *Lancelot*, religioso na *Queste*, aliás com nuances –, ele se explica pelos dois ideais que o escritor retrata opondo-os.

O *Lancelot* é a parte mais antiga desse vasto *corpus*. Não é possível apresentar aqui o texto integral desse romance que está no centro do ciclo todo. Ele ocupa oito volumes com mais ou menos 350 páginas de nossa edição crítica publicada na coleção *Textes Littéraires Français* (Droz, Genebra, 1978-1982). O romance, abundante em personagens e episódios, obriga-nos, sem sacrificar certos aspectos originais, a nos limitarmos a duas linhas de força principais: primeiramente o destino de Lancelot, com sua infância, suas proezas, o amor pela rainha Guinevere e, apesar de suas brilhantes qualidades, o fracasso final: ele deve eclipsar-se diante de seu filho Galaad, que aparece nas últimas páginas do romance e que terá o papel principal na *Queste del Saint Graal*. O segundo eixo principal é o anúncio e a espera desse Bom Cavaleiro; as cenas em que o Vaso Santo, que alimenta e cura mas cuja visão permanece proibida aos profanos, cria uma atmosfera messiânica, já permitindo estabelecer uma hierarquia entre os cavaleiros, dos quais nenhum é o eleito.

---

9. Para mais detalhes sobre o ciclo, consultar, além do estudo de F. Lot: *Grundriss der romanischen Literaturen*, Carl Winter Verlag, Heidelberg, 1978, pp. 536-600 (em francês); e *Arthurian Literature in the Middle Ages*, Oxford Clarendon Press, ed. Roger Sherman Loomis, 1959 (em inglês), pp. 295-324.

As façanhas de cavalaria ocupam um grande espaço na narrativa. O romancista introduziu uma variedade incontestável nestas páginas de capa e espada: duelos, torneios, perseguições em que a crueldade se alterna com o brio. Tivemos de sacrificar aqui um bom número delas, mesmo quando seu herói é Lancelot, para não desnortear – e às vezes cansar – o leitor no labirinto dessas aventuras. A amostragem selecionada dará uma idéia suficiente delas. Os nomes prestigiosos de outros paladinos não foram totalmente eliminados, sobretudo quando seus feitos e sua conduta têm relação com os do personagem central: Gauvan, sempre um sedutor galante, bem-sucedido com as mulheres, segundo uma tradição literária já antiga; Agravan, Mordret, Guerehet, Gaheriet, Sagremor, o senecal Kai, Hector (meio-irmão de Lancelot), seus primos Bohort e Lionel e, é claro, o rei Artur.

Dois personagens apresentam um interesse especial: Claudas, o rei da Terra Deserta, inimigo ferrenho dos bretões, usurpador do reino de Lancelot quando o pai deste, Ban, ainda vivia; ele desencadeia uma guerra na qual perderá todas suas possessões adquiridas por traição; personagem que apresenta uma estranha e muito viva mescla de deslealdade, crueldade, velhacaria, mas também senso de honra e fidelidade à palavra dada. Já Galehot sacrifica seu sonho de supremacia ao amor que sente por Lancelot; é capaz de uma devoção total. Atormentado pelo temor de perder aquele a quem ama, avisado sobre seu fim precoce por mestre Hélie de Toulouse, o apego exclusivo a Lancelot leva-o, por um trágico destino, à morte. Sua sensatez, sua ponderação cedem a uma paixão que o domina por inteiro. Nas muitas páginas em que os dois companheiros aparecem, *Lancelot* é o romance de uma amizade exemplar.

Mas é o personagem Lancelot que nos transmite o espírito do romance: ao longo de todo ele assistimos à progressiva subordinação da cavalaria profana a uma cavalaria "celestial", isto é, impregnada de uma elevada espiritualidade. Lancelot é o melhor cavaleiro do mundo, como o autor se compraz em lembrar pela boca de todos os que entram em contato com esse modelo, com essa "flor da cavalaria", que assim permaneceu durante os séculos seguintes, campeão admirado de todas as "assembléias", quer apareça nelas usando seu próprio nome ou mais freqüentemente revestido de armaduras diversas que lhe permitem permanecer incógnito. Mas seu valor como cavaleiro é inspirado e alimentado pelo desejo de conquistar a rainha Guinevere e, depois, permanecer a seus olhos como um herói fora do comum. Ele encarna o ideal cortês em que bravura e amor estão intimamente unidos e em que cada um encontra no outro sua fonte de vida. Aqui um magnífico amor humano se coloca acima das leis morais e religiosas, de forma menos selvagem que no *Tristan* de Béroul. Por outro lado, a doação de si que ele faz à sua dama comporta, de acordo com o código do amor cortês, submissão à vontade dela, adoração perpétua. A paixão impele o amante a superar-se, mas também tem finalidade em si mesma e encontra na posse carnal a plena realização. Portanto ela não é de forma alguma o primeiro elo daquela escala que, no platonismo, leva da contemplação da beleza feminina à contemplação de Deus; está muito distante daquelas comunhões menos ou mais místicas de almas tomadas de ascese a dois e de que o romance nos oferece alguns exemplos. O romancista seguiu com sutileza e profundidade as etapas dessa paixão. Ela nasce de um arrebatamento fulminante: a primeira vez que Lancelot, ainda inexperiente, se vê diante de Guinevere, fica ofuscado por sua beleza sem par; em seguida seus sentimentos se aprofundam, transformam-se através de uma alternância de presenças menos ou mais passageiras e de ausências menos ou mais prolongadas que dão origem às "demandas". Assim o exigia a doutrina cortês, que obriga o cavaleiro a correr perigo para confirmar seu valor, mas também a verossimilhança. A ligação entre Lancelot e Guinevere deve permanecer secreta; mas como poderia, se Lancelot prolongasse demasiadamente suas estadias na corte, perto da amante e perto de Artur? Ele precisa desaparecer periodicamente: essa sucessão de partidas para demandas, de períodos em prisões, de retornos previstos ou imprevistos constitui o ritmo do romance e como que sua respiração própria. Cada um dos capítulos traz ao amor uma cor ou uma nova nuance, momentos de abandono ou de exaltação, venturas furtivas, gozo da posse, mas também tristezas e aflições causadas pela distância, dúvidas, ciúme, depressões físicas e morais, desvarios e loucuras cujos efeitos são descritos com uma precisão que revela um escritor bastante interessado em patologia[10]. Entre esses estados diversos, alguns proporcionam à paixão plenitude e intensidade e mesmo um indispensável alimento; outros, com suas impaciências e receios, consagram-lhe a sinceridade ao submetê-la às mais conclusivas provas. Até o final ela se alimentará de seu próprio fogo. Isso significa que o *Lancelot* é algo muito diferente da ilustração, por imagens estereotipadas, do código cortês. São personagens de carne, em quem circula um sangue ora generoso ora doente, que o autor faz se amarem, se debaterem, sofrerem, esperarem, se buscarem ante nossos olhos.

As mesmas observações valem para a rainha Guinevere. Ela é o tipo da *domina* que impõe suas vontades e ocasionalmente seus caprichos a

---

10. É o caso também da bulimia crônica de Sagremor.

seu cavaleiro obediente, e por esse aspecto várias vezes nos lembra *La Femme et le Pantin* [A mulher e o fantoche], de Pierre Louÿs; mas o romancista, que evita as abstrações simplistas e se interessa pelos segredos do coração, deu-nos de Guinevere um retrato extremamente minucioso. Mais velha que Lancelot, já na primeira conversa ela o interroga a fim de encaminhá-lo para uma confissão. Um pouco mais tarde, diverte-se com seu embaraço, por ocasião do encontro em que, graças à intervenção de Galehot, irá conceder-lhe um primeiro beijo. Amorosa e terna, mas também coquete, melindrosa, egoísta, Guinevere não hesita em encenar e levar os outros a fazê-lo, quando recorre a tudo para reter Lancelot junto de si; selvagemente ciumenta, manda embora o infeliz ao descobrir suas relações com a filha do rei Peles.

Ou seja: sensível à complexidade dos seres e da vida, o romancista evita idealizar o mundo que retrata. As aspirações mais elevadas, a nobreza de sentimentos, a beleza dos sacrifícios convivem aqui com figuras pertencentes a uma humanidade medíocre, a das realidades cotidianas: histórias de sucessões em que tios se apossam, por astúcia ou pela força, de heranças de sobrinhas indefesas; rivalidades ou ódios que dilaceram famílias; apetites sexuais desenfreados que transformam alguns cavaleiros, e não dos menores, em soldados brutais; violações ou tentativas de violação; situações ridículas em que se encontram alguns prestigiosos companheiros da Távola Redonda; gratuidade de certas aventuras que escondem o vazio interior dos que as realizam. É nesse registro mediano, ou medíocre, que se deve colocar Claudas, que força à admiração por sua bravura, por uma grandeza às vezes bárbara, por seu profundo amor paterno, mas que por outro lado recorre à hipocrisia e à violência quando seus interesses estão em jogo; como também a fada Morgana, que se aferra a perseguir Lancelot com seu amor e seu ódio e que não recua diante da chantagem nem diante da delação em plena corte do rei Artur; e sobretudo o próprio Artur, que, segundo a tradição, é sempre o rei cuja corte atrai os cavaleiros mais valorosos, mas que, exceto no combate com Frole, nunca vemos expor-se pessoalmente; ele esquece seus deveres de rei, dos quais os "prudhommes", os homens de bem, não falham em lembrá-lo várias vezes; deixa-se lograr duas vezes, primeiro por uma aventureira que tenta se fazer passar pela rainha e depois pela feiticeira Gamile, que, após atraí-lo com a promessa de uma noite de amor, prende-o na armadilha e o mantém prisioneiro. Homem versátil e fraco, no fim das contas ele mais merece piedade do que admiração. É bem verdade que um Farien é a lealdade feita homem; mas Lambegue, seu sobrinho, quase sempre é incapaz de dominar os próprios impulsos, e

Daguenet o Covarde, que se gaba de façanhas imaginárias, é um mata-mouros irrisório e burlesco.

São longamente narradas duas campanhas militares, que deixamos de lado na tradução. Ao lado dessas páginas aparentadas com a epopéia, outras, escritas com agilidade e vivacidade, estão próximas dos *fabliaux*: assim a aventura de Lancelot, que, uma noite, esgueira-se no leito de um cavaleiro e este, ao voltar, graças à escuridão que reina no pavilhão, abraça-o tomando-o por sua mulher.

A variedade do tom e a riqueza do conteúdo fazem desta obra uma espécie de *Comédia humana* do século XIII, na qual se movimentam reis, grandes senhores, castelãos modestos, vavassalos, além de eremitas e capelães, escudeiros, soldados e – mais raramente – burgueses e vilãos. Devemos acrescentar que o aspecto didático, comum a tantas obras medievais, se manifesta no *Lancelot* em um programa de política real que um eremita ensina a Artur, nas admoestações de um monge ao mesmo Artur (cap. Xa), nos conselhos morais e religiosos que Hélic de Toulouse dirige a Galehot, no elogio do amor pronunciado pela Dama do Lago e na lição sobre as exigências da cavalaria que ela inculca no jovem Lancelot quando ele está prestes a deixá-la para ir à corte de Artur. Se lembrarmos que, à medida que a ação se desenrola, a cavalaria "celestial", sob influência de Citeaux, tende a suplantar a cavalaria "terrena", cada uma representando um absoluto, compreenderemos o interesse que este romance oferece não só para os historiadores da literatura como também para os historiadores das mentalidades.

Pois Lancelot, para retornarmos a ele, apesar de seus méritos mas por causa de seu amor culpado, de seu "ardor carnal", não estará qualificado para levar a termo as aventuras do Graal e ocupar a Cadeira Perigosa da Távola Redonda. Essa honra está reservada a seu filho Galaad, isento de toda luxúria, uma espécie de arcanjo luminoso, sem temor e sem mácula, mas cuja perfeição gelada pouco nos sensibiliza. Em face desse Bom Cavaleiro, esperado já aqui, Lancelot sofre reprovação: consegue erguer a pedra tumular do Cemitério Santo, o que o designa como libertador dos exilados de Gorre, mas não consegue extinguir o fogo da tumba ardente de Simeon nem a fonte fervente onde rolou outrora a cabeça degolada de seu avô. Gauvan, o belo espadachim que arrasta após si todos os corações, vai de fracasso em fracasso em todas as provas decisivas. Mas Lancelot se redime a seus próprios olhos e perante Guinevere por seu amor vincado de alegrias e sofrimentos e que é seu destino livremente aceito.

Primeiro em data dos romances franceses em prosa (o ciclo de Robert de Boron era apenas a prosificação de poemas) e primeiro dos romances cíclicos, o *Lancelot* uniu o *Conte de la Charrette* de Chrétien de Troyes (1177-1179) ao *Conte du Graal* (depois de 1181 e antes de 1190). O *Chevalier de la Charrette*[11] limitava-se ao rapto de Guinevere por Meleagant e sua libertação por Lancelot – portanto, uma narrativa episódica. O *Conte du Graal*[12], que com a morte de seu autor ficou inacabado, descrevia o estranho cortejo em que o Vaso misterioso, precedido por uma lança que sangrava, passava ante os olhos ofuscados de Perceval, que não havia feito as perguntas adequadas para esclarecer esse mistério. O *Lancelot* estabeleceu relações orgânicas entre as duas obras de seu predecessor. A partir do *Conte de la Charrette*, mantido como episódio que ilustra a devoção à dama e que dá origem a outras aventuras na seqüência da narrativa, o autor desenvolveu toda a vida amorosa de Lancelot; acima das demandas cujo objetivo é um cavaleiro que passa por morto ou desaparecido, a busca do Vaso Sagrado é, como no *Conte du Graal*, a busca suprema, aquela cuja conclusão encerrará as aventuras da Bretanha.

Em sua técnica narrativa, Chrétien de Troyes tivera a idéia de inserir um episódio no interior de um outro cujo desfecho é assim retardado, após uma interrupção momentânea – em suma, de quebrar o andamento linear da narrativa. O *Lancelot* pratica sistematicamente, e aperfeiçoando-o, esse procedimento que F. Lot chamou de "entrelaçamento", retomado por alguns romancistas contemporâneos nossos. Passa-se de um personagem para outro, de uma aventura para outra, de um lugar para outro, segundo um ajuste cronológico tão estrito que todo o edifício desmorona se suprimirmos um episódio ou modificarmos gravemente seu teor. O que pode parecer um romance de episódios é na verdade uma construção judiciosamente calculada. Através do arcabouço das peripécias do protagonista entremeadas com as de seus parceiros, apesar dos incessantes vaivéns de personagens cujos caminhos se cruzam, a cronologia que dá a essas ficções uma aparência de crônica é sempre respeitada.

A proliferação de aventuras individuais explica-se pelas intenções originais do escritor. O *Lancelot* não se restringe ao relato de uma crise sentimental de uma certa duração, meses ou anos, e sim pretende acompanhar o trajeto já longo de uma existência: Lancelot tem 44 anos quando Galaad chega à corte, portanto nosso romance cobre quase meio século;

---

11. Publicado no Brasil pela Martins Fontes, como "Lancelot, o cavaleiro da charrete", em *Romances da Távola Redonda*, 1991. (N. do E.)
12. *Perceval ou O romance do Graal*. São Paulo, Martins Fontes, 1992. (N. do E.)

terá 55 quando o mundo arturiano desaparecer na tormenta dos ódios desenfreados e ele se retirar para um eremitério. Outrora como hoje, os escritores que houverem optado por um romance cíclico podem escolher entre dois recursos. Podem adotar um andamento por saltos, transportando bruscamente o leitor para vários meses ou vários anos depois. Uma fórmula cômoda é a que o *Merlin*, por exemplo, emprega: "*Longo tempo depois adveio que...*" O teatro e o cinema usam dessas rupturas escancaradas: *Segundo ato, um ano depois*. No *Lancelot* assinalam-se apenas raríssimos exemplos desse procedimento, e mesmo nesses casos muito excepcionais a continuidade não é realmente rompida: nada é dito sobre as aventuras de Agloval durante os dois anos que precedem sua chegada à casa materna, mas esse intervalo é preenchido com ações de outros companheiros. O romancista pode dar com mais habilidade a impressão do tempo que decorre pela multiplicidade de acontecimentos que se sucedem e por um tal encadeamento entre eles que o leitor é levado por essa corrente e só arbitrariamente pode escolher onde fará escala, pois a cada momento o que acontece pode estar relacionado com o que precede ou com o que vem a seguir, e mais de uma vez com ambos. As fórmulas de descontinuidade "*Agora o conto se cala sobre...*", "*Agora o conto retorna a...*" em última análise estão a serviço de uma intenção de continuidade constante. Mas, como é preciso não deixar que subsistam brechas e cimentar o conjunto, compreende-se que vez por outra a qualidade do material importe menos do que a arte de soldar as partes e preencher as lacunas[13].

*Ambages pulcherrimae*, considerava Dante, grande admirador de nosso romance. Mas uma certa atenção e um certo esforço são necessários para descer esses meandros. As reiterações e os anúncios que o autor prodigaliza facilitam relativamente o trabalho de memorização, indispensável para interligar fatos unidos por uma relação de causa e efeito mas distantes uns dos outros no fluir narrativo[14]. Por outro lado, é lícito cansar-se desses torneios – é verdade que nunca idênticos, porém ricos demais em golpes de lança e de espada –, dessas vitórias sobre gigantes ou dragões, dessas jovens em perigo ou socorridas no último momento,

---

13. Ver nosso estudo sobre a composição do *Lancelot*, pp. 417-25, em *De la chanson de geste au roman*, Droz, Genebra, 1976.

14. Um exemplo entre muitos outros: só conseguimos compreender a guerra da Gália, contada quase no final da obra, se tivermos presentes na memória as páginas iniciais em que Claudas espoliou Lancelot e tentou seqüestrar seus primos Bohort e Lionel, ainda crianças. A dificuldade é ainda maior quando reaparece uma jovem sem nome que deve ser identificada como a mesma que já desempenhou um papel no passado. Os cavaleiros anônimos suscitam o mesmo gênero de problemas.

dessas etapas em que um anfitrião (eremita ou castelão) acolhe um cavaleiro para passar a noite – temas e motivos que são herança dos romances arturianos da geração anterior e que ainda terão vida longa. É bem verdade que raramente esses textos deixam de apresentar detalhes saborosos; mas não podíamos sobrecarregar com eles nossa tradução. Finalmente, o tempo da narrativa é freado por uma predileção por decompor os gestos ou os momentos cotidianos: chega-se, entra-se no pátio, tiram-se as armas, veste-se uma túnica ou um manto, come-se e bebe-se, as mesas são tiradas, pegam-se novamente as armas, pede-se permissão para partir, monta-se a cavalo, parte-se etc.[15] É um retardo cinematográfico.

A língua do *Lancelot* é um exemplo da bela prosa clássica do século XIII, com uma sintaxe límpida, um vocabulário corrente mas que não se priva de certos termos técnicos nem de uma busca da expressividade. Os diálogos, numerosos, são ágeis: desafios de combatentes, confidências amorosas, conversas entre amigos ou trocas de palavras ora discretas ora asperamente hostis, dependendo da situação. A eloqüência tem seu espaço em trechos de bravura, como o elogio do amor feito por Niniane ou a hábil defesa de Guinevere, acusada, em plena corte, de relações culposas com Lancelot.

Cerca de cem manuscritos e fragmentos, dispersos nas bibliotecas da Europa e mesmo dos Estados Unidos, mas dos quais a Biblioteca Nacional de Paris e o Museu Britânico de Londres possuem o maior número de exemplares, conservaram para nós esta obra-prima. Não vamos impor aqui ao leitor a lista deles. Limitamo-nos a dizer que, após um exame minucioso e uma difícil classificação dessas cópias, que exigiram de nós muitos anos, distinguimos uma redação longa, provavelmente a mais antiga, no segundo terço do romance (nossos capítulos I a XXXV), mas também esporadicamente em outros lugares. A versão curta, que parece ser um resumo e um remanejamento da anterior mas sem alterar o equilíbrio cronológico, não é desprovida de qualidades literárias. Para a guerra da Gália, quase no final do romance, há uma terceira versão mista que se deve a um remanejador ansioso por liquidar com as operações militares.

Escolhemos como base de nossa edição crítica, pela qual é executada a tradução, o manuscrito Additionnal 10293 do Museu Britânico para o primeiro terço do romance (cap. Ia-LXXa), o manuscrito Corpus Christi Collage Library 45 de Cambridge para o segundo terço, e para o final o ma-

---

15. E as manifestações de alegria e de dor são descritas com uma exageração que lembra, mais perto de nós, a dos orientais.

nuscrito Rawlinson D 899 da Bodleiana de Oxford. Como no interior de um mesmo manuscrito a qualidade do texto varia de acordo com essas seções, era impossível adotar a mesma cópia do começo ao final da obra. Esses três manuscritos oferecem um texto de boa qualidade e figuram entre as melhores famílias de classificação. Para essas questões puramente técnicas, remetemos à bibliografia, tomo IX de nossa edição crítica.

ALEXANDRE MICHA

## NOTA SOBRE A TRADUÇÃO PARA O FRANCÊS MODERNO

Esta tradução teve como base o texto original da versão longa que acabamos de mencionar. Para que o leitor possa acompanhar a ação, pequenos resumos [*em itálico*] fazem a conexão entre as páginas pelas quais optamos. Conservamos os capítulos e parágrafos com suas numerações, tais como se apresentam na edição em francês antigo, proporcionando assim pontos de referência fáceis para os que acaso desejarem remeter-se à edição original. Para comodidade do leitor, títulos de nossa lavra [*em itálico*] precedem as passagens após as conexões.

Evitamos deliberadamente dar uma pátina pseudomedieval, defeito comum a tantas traduções que pretendem assumir "um ar antigo". Mesmo assim, os combates contêm alguns clichês épicos que não deviam ser eliminados. Devido à natureza do assunto, o vocabulário do escritor comporta um repertório de palavras que se repetem com grande freqüência: *ir, vir, encontrar, ver, olhar, atacar, golpear, alegria, duelo, triste, contente* etc. Não era possível nem honesto mascarar esse caráter repetitivo do estilo. Entretanto procuramos encontrar equivalentes e, sobretudo para as palavras que expressam um sentimento, as nuances que se escondem sob um termo único; o contexto é que guia a escolha. [...]

Quanto aos termos técnicos, de civilização, era forçoso conservá-los inalterados; do contrário teríamos de recorrer a laboriosas e insuportáveis perífrases. Eles estão relegados a um pequeno glossário no final do volume e assinalados por um asterisco ao longo do texto. Notas de rodapé esclarecem sobre certas particularidades de civilização ou apresentam alguns comentários indispensáveis.

## NOTA À EDIÇÃO BRASILEIRA

Esta edição condensa em um volume único os *Lancelot* I e II da edição francesa. Sempre conservando a estrutura e a numeração de capítulos e parágrafos do original, imitamos o procedimento de Alexandre Micha em sua versão moderna: resumimos, ao longo do texto, parágrafos em que esse recurso era possível sem prejuízo para o andamento da narrativa ou para a caracterização dos personagens. Na redação da maioria dessas sínteses foram entremeadas, entre aspas, citações do original. Limitamo-nos a alguns poucos parágrafos de cada vez; todos os resumos de capítulos provêm do texto francês. Tanto as condensações do autor como as nossas estão em itálico. Também suprimimos certos detalhes repetitivos em descrições de paisagens, ambientes e personagens, algumas redundâncias em diálogos etc. Tais omissões, que em nada alteram a fluência do texto, não se encontram assinaladas. Foram corrigidos alguns equívocos na remissão a capítulos e na designação dos personagens.

# LANCELOT

LANCELOT

PRIMEIRA PARTE

# DO NASCIMENTO DE LANCELOT À SUA ADMISSÃO NA TÁVOLA REDONDA

a) Os primeiros feitos de Lancelot

Ia. *Origem da guerra entre os bretões e Claudas.*
1. Havia outrora na marca[1] da Gália e da Bretanha Menor dois reis que eram irmãos e tinham como esposas duas irmãs. Um deles chamava-se Ban de Benoic e o outro, Bohort de Gaunes. O rei Ban era idoso e sua mulher era jovem, bela e virtuosa, amada pela gente simples. Tinham um único filho, cujo cognome era Lancelot mas que recebera no batismo o nome de Galaad. Por que ele foi chamado de Lancelot o conto só explicará adiante, pois não é aqui o lugar; a narrativa não se desvia de seu caminho reto e diz que o rei Ban tinha um vizinho cujas terras eram limítrofes das suas do lado da região de Berry, então chamada de Terra Deserta.
2. Esse vizinho, de nome Claudas, era senhor de Burges[2] e da região ao redor. Claudas era rei, cavaleiro muito valente e atilado, porém propenso à traição; era vassalo do rei da Gália, agora chamada França. A terra do reino de Claudas levava o nome de Deserta porque fora devastada por Uterpendragon[3] e por Aramont, que nessa época era senhor da Bretanha Menor e que tinha o cognome de Hoel. Esse Aramont possuía Gaunes e Benoic e todo o território até a marca de Auvergne e da Gasconha, e tinha direitos sobre o reino de Burges. Mas Claudas não o reconhecia como suserano, recusava-se a servi-lo e prestara compromisso de fidelidade ao rei da Gália. Nessa época a Gália era dependente de Roma, pagava-lhe um tributo e todos seus reis eram escolhidos por ela.

---

1. Região fronteiriça fortificada. (N. da T.)
2. Capital da região de Berry. (N. da T.)
3. Pai de Artur.

3. Quando Aramont viu que Claudas rejeitava sua suserania, empreendeu contra ele uma guerra, tendo como aliados o rei da Gália e todos seus vassalos. Aramont perdeu a guerra, que se prolongou excessivamente. Então ele foi procurar Uterpendragon, rei da Grã-Bretanha, e tornou-se seu vassalo, com a condição de que este assumisse o comando das operações. Uterpendragon atravessou o mar com todas suas tropas; os senhores da Gália haviam se alinhado com as forças de Claudas para marchar contra Aramont, que estava chegando com Uterpendragon. Ambos atacaram Claudas, derrotaram-no, tomaram suas terras e expulsaram-no delas. As terras foram tão inteiramente devastadas que não restou pedra sobre pedra nas fortalezas, exceto na cidade de Burges, que escapou do incêndio e da destruição por ordem de Uterpendragon, que não esqueceu que ali nascera.

4. Em seguida Uterpendragon entrou na Bretanha Menor e, após uma permanência que prolongou a seu bel-prazer, voltou para a Grã-Bretanha; assim a Bretanha Menor ficou sob a dependência do reino de Logres[4]. Após a morte de Aramont e de Uterpendragon, a terra de Logres coube ao rei Artur. Houve guerras na Grã-Bretanha e em vários lugares; a maioria dos barões pressionava o rei Artur; era o início de seu reinado e ele desposara havia pouco a rainha Guinevere. Artur teve muito que fazer em várias frentes.

5. Então Claudas reiniciou as hostilidades, interrompidas havia muito tempo, pois recuperou suas terras assim que Aramont morreu. Recomeçou a atacar o rei Ban de Benoic, porque ele era seu vizinho e fora vassalo de Aramont. Nessa época havia chegado de Roma um cônsul de grande renome, Pôncio Antônio; ele prestou auxílio a Claudas, concedeu-lhe total soberania sobre a Gália e sobre as regiões dessa jurisdição. Eles puseram em dificuldade o rei Ban, apossaram-se da cidadela de Benoic e de todas suas possessões, exceto o castelo de Trebe, nos confins de seu reino e tão fortificado que nada tinha a temer além da fome e da traição.

*6-13. Ban mata Pôncio Antônio durante a batalha, mas Claudas sitia Trebe. Em vão Ban apela para o rei Artur; a terra de seu irmão Bohort, moribundo, também é saqueada. Claudas propõe a Ban que se torne seu vassalo. O senescal de Ban planeja trair seu senhor em troca de Trebe e do reino de Benoic, que Claudas lhe promete como recompensa quando concluir a conquista. O senescal aconselha Ban a ir pedir socorro ao rei Artur, assegurando-lhe que em sua ausência guardará fielmente o castelo. Assim, Ban põe-se a caminho.*

---

4. É o reino de Artur. Também chamado de Reino Aventuroso, mas em IIIa, 4 é o do rei Ban.

14. *Ban deixa Trebe.* A rainha faz os preparativos para a viagem. O rei escolhe entre seus valetes* aquele em quem mais confia. Depois vai ter com o senescal e lhe comunica seu projeto de ir à corte do rei Artur:

– Confio em vós mais do que em qualquer outro; guardai meu castelo como meu próprio coração. Amanhã direis ao rei Claudas que enviei um mensageiro a meu senhor o rei Artur e lhe garantireis que, se dentro de quarenta dias eu não for socorrido, darei a ele a posse do castelo. Mas tomai muito cuidado para ele não ficar sabendo que estou ausente, pois então lhe seria fácil apossar-se do castelo.

– Sire, não me esquecerei disso – responde o traidor.

15-17. *De madrugada o rei Ban parte, levando consigo a mulher, o valete\* e o filho pequeno. Param à beira de um lago.*

18. O rei apeia, pois quer subir ao topo da colina para contemplar seu castelo. Espera que o dia clareie, monta a cavalo, deixa a rainha e seus acompanhantes embaixo, na ponta do lago, que era vasto. Escala a colina para ver o castelo que tanto ama. Mas o conto deixa por um instante de falar dele e retorna a seu senescal, a quem confiou o castelo.

IIa. *Banin, afilhado de Ban, descobre a traição do senescal e defende-se no torreão de Trebe. Mas, ameaçado de fome juntamente com seus homens, é forçado a render-se. Acusa de traição o senescal, para alegria de Claudas, que com essa morte fica liberado de sua promessa e dispõe do reino de Benoic.*

IIIa. *Morte de Ban e rapto de Lancelot pela Dama do Lago.*

1. Aqui o conto diz que, depois que deixou seu castelo, o rei Ban subiu a uma colina muito alta. Já era dia; ele olha e vê as paredes iluminarem-se, bem como a alta torre e a muralha. Porém de repente vê no castelo uma enorme fumaça e, pouco depois, chamas erguerem-se por toda parte e, em pouco tempo, os ricos salões desmoronarem, as igrejas e os mosteiros desabarem, o fogo voar de um lugar para outro, as chamas horrendas lançarem-se rumo ao céu.

2. O rei Ban vê arder o castelo que lhe era mais caro que qualquer outro, pois apenas nele concentrava a esperança de recuperar sua terra. Seu filho não tinha idade para prestar-lhe ajuda; sua esposa era uma mulher muito jovem, que crescera na opulência, nobre aos olhos de Deus e do mundo por ser descendente da ilustre linhagem do rei Davi.

3. Uma dor violenta atinge-o no coração; sente um aperto no peito e desfalece. Cai do palafrém; sangue rubro jorra-lhe pelo nariz, pela boca e pelos dois ouvidos. Permanece por terra longo tempo; e, quando volta a si, diz em voz fraca, com os olhos voltados para o céu:

– Ah, senhor Deus, piedade! Elevo até vós meu brado de súplica, porque bem vejo que cheguei a meu fim. Recebei-me como homem que reconhece o peso de seus pecados, tão graves e tão terríveis que não consigo somá-los.

4. "Pai querido e piedoso, tende compaixão de minha mulher, Helena, descendente da alta linhagem que estabelecestes no Reino Aventuroso[5] para glorificar vosso nome e a excelência de vossa religião! Lembrai-vos, Senhor, de meu desventurado filho, tão jovem e já órfão!"

5. Seus olhos turvam-se, o coração rebenta-lhe no peito e ele cai morto por terra. A queda assusta o cavalo, que foge encosta abaixo. Ao vê-lo, o valete* sobe a colina e, como ouvistes, encontra o rei morto.

6. Ele apeia e, ante o cadáver de seu senhor, solta um grito tão forte que a rainha o ouve. Ela larga a criança no chão, em frente das patas dos cavalos, e corre a pé para o topo da colina, onde encontra o valete* entregue à dor. Ao ver o esposo morto, ela se desola, arranca os belos cabelos loiros, rasga as vestes, arranha o meigo rosto; evoca as grandes proezas do esposo, seus atos de imensa bondade; desfalece e lamenta-se repetidamente.

7. Permanece longo tempo nesse estado; então se lembra do filho. Põe-se a correr colina abaixo como louca, descabelada e em farrapos. Quando chega à beira do lago, vê seu filho fora do berço e uma damisela que o segurava no colo, que o abraçava fortemente e lhe beijava os olhos e os lábios; e não estava errada, pois aquela era a mais bela criança do mundo.

8. A manhã estava fresca e o sol se erguera plenamente.

– Minha bela amiga – diz a rainha à damisela –, por Deus, largai o menino! Doravante ele conhecerá a miséria e o sofrimento, pois hoje ficou órfão e despojado da terra que devia herdar!

A damisela não responde uma só palavra; levanta-se com a criança nos braços, volta-se bruscamente para o lago, junta os pés e salta para a água.

9. Ao ver seu filho dentro do lago, a rainha perde os sentidos. Recobrando a consciência, não avista nem a criança nem a damisela; entrega-se então a uma dor extrema e teria pulado dentro do lago se o valete* não a retivesse. Quem poderia expressar a intensa aflição da rainha? Enquanto ela se lamentava, adveio que uma abadessa estava passando por ali, acompanhada de duas noviças, mais seu capelão, um monge e dois escudeiros.

---

5. Ver nota 4.

10-13. *O capelão reconhece nessa mulher desesperada a rainha de Benoic; ela se torna monja. O rei é enterrado na igreja da abadia\*, que passa a ter o nome de Mosteiro Real. Ali a rainha leva uma vida exemplar; diariamente vai até as margens do lago chorar pelo esposo.*

IVa. *Claudas é agora senhor do reino de Benoic e do de Gaunes, cujo rei, Bohort, não sobrevive à morte do irmão, Ban. A viúva de Bohort, a rainha Evaine, confia a Farien seus dois filhos, Lionel e Bohort. Apesar das queixas que tem contra o falecido rei Bohort, Farien se compadece deles e doravante será seu fiel protetor.*

Va. *As duas rainhas, Helena e Evaine, encontram-se no Mosteiro Real.*

VIa. *A Dama do Lago, que raptou Lancelot, é Niniane, amada de Merlin, que lhe ensinara a arte da magia. Tornando-se exímia, utilizou-a para privar Merlin de seus poderes e prendê-lo numa gruta da floresta de Darnantes. Ela passa a cuidar do pequeno Lancelot.*

VIIa. *Claudas está apaixonado pela mulher de Farien. Esta lhe aponta um modo de eliminar seu marido:- conta-lhe que ele tem consigo os dois infantes, herdeiros legítimos do reino de Gaunes. Claudas faz com que um inimigo mortal de Farien o acuse de traição. Farien mata o acusador, enquanto seu sobrinho Lambegue coloca as crianças em segurança. Mas, confiando no juramento de Claudas de que conservará para os meninos a herança que lhes cabe, Farien entrega-os a ele. Então os infantes, juntamente com seus preceptores Farien e Lambegue, são aprisionados no torreão de Gaunes.*

VIIIa. *Retrato de Claudas.*
1. O rei Claudas, diz aqui o conto, tornou-se sem contestação senhor dos reinos de Benoic e de Gaunes, temido por seus vizinhos e por toda gente. Tinha apenas um filho, um valete\* belo e gracioso, com quase quinze anos de idade, chamado Dorin, de uma altivez, um descomedimento e uma energia tais que seu pai ainda hesitava em fazê-lo cavaleiro, por temer que o filho se insurgisse contra ele assim que tivesse meios para isso. Claudas era o príncipe mais desconfiado e avaro que já existiu; ignorava a generosidade, exceto quando seu interesse o obrigava. Era de uma imponência impressionante, diz o conto, com uma estatura de pelo menos nove pés. Tinha um rosto largo, de tez escura, sobrancelhas bastas, olhos grandes e negros, nariz curto e franzido, barba ruça, cabelos castanhos, pescoço forte, boca grande.

2. Claudas apresentava uma mescla de características boas e más. Tinha afeição por seus súditos pobres e pelos bons cavaleiros; detestava todos os que eram mais poderosos do que ele, reservando os bons sentimentos para seus inferiores, que bem precisariam de mais generosidade sua. Desrespeitava os compromissos, freqüentemente agarrando qualquer pretexto para usar de trapaça ou de escapatória. Nunca amou de amor, exceto uma única vez.

3-22. *Claudas dirige-se incógnito à corte de Artur para saber se pode atacá-lo. Ao ver a valentia e a generosidade de Artur, abandona esse projeto. Um dos cavaleiros que o acompanharam declara-lhe que de sua parte nunca faria o menor mal a um rei tão prestigioso como Artur. Claudas dá livre curso ao mau humor e revela sua covardia a propósito desse incidente: esquiva-se de confrontar o cavaleiro que falou francamente e retorna a Burges, onde evita mencionar esse desentendimento.*

IXa. *Retrato de Lancelot.*
1. Quando Lancelot, diz agora o conto, já havia ficado durante três anos sob a guarda da damisela, conforme ouvistes, era tão belo que quem o visse lhe daria um terço a mais de idade; era alto e além disso bem-comportado, inteligente e ágil, mais do que qualquer outro da mesma idade. A damisela deu-lhe um preceptor que o ensinou a se comportar como homem de origem nobre. Mas nenhum dos que lá viviam sabia quem ele era, exceto a damisela e uma donzela sua, que o chamavam de "o infante".

2. Assim que ele adquiriu alguma força, seu preceptor fabricou-lhe um arco adequado para sua estatura e flechas leves; à medida que ele ia crescendo e ganhando vigor, reforçou-lhe o arco e as flechas, e Lancelot pôs-se a atirar em coelhos, animais de pequeno porte e aves grandes. Assim que se tornou capaz de montar a cavalo, deram-lhe um, já aparelhado, belíssimo. Ele cavalgava em torno do lago, nas margens e pelas colinas, sem afastar-se e sempre em companhia* de valetes* e de fidalgos; e portava-se tão bem que todos o consideravam um dos jovens mais encantadores que já existiram.

3. No xadrez, no gamão, em todos os jogos conhecidos, aprendeu com tanta facilidade que, chegando à idade de aspirante* a cavaleiro, ninguém poderia dar-lhe lições. Era, diz o conto, o mais belo rapazinho do mundo e o mais bem-feito de corpo e de membros. Não podemos esquecer de descrever seu físico. Tinha uma carnação admirável, nem totalmente branca nem totalmente morena. Seu rosto resplandecia com um vibrante colorido natural; Deus mesclara ali harmoniosamente as cores branca, morena e rubra.

4. Tinha a boca pequena e de proporções corretas; os lábios vermelhos e bem delineados; o queixo bem feito, com uma leve covinha; o nariz um pouco aquilino; os olhos vivazes e risonhos, expressando alegria, mas quando ficava encolerizado eram como carvões incandescentes e tinha-se a impressão de que das maçãs do rosto lhe brotavam rubras gotas de sangue. Em seus acessos de raiva, rangia os dentes e despedaçava com as mãos tudo que estivesse segurando; mas no auge da cólera só pensava no objeto que a provocara, o que se manifestou em muitas ocasiões. Tinha a testa alta, elegante, os cabelos macios, louros e brilhantes durante toda a infância. Mas chegando à idade de portar armas eles se tornaram castanhos, sempre ondulados, medianamente claros.

5-6. *Descrição do corpo harmonioso e do porte altivo de Lancelot.*

7. Assim era o físico de Lancelot. Mas as qualidades morais não lhe foram negadas: era o infante mais meigo e mais rico em bons sentimentos. Em face da felonia, acertava contas com o traidor; nenhum outro o igualava em generosidade, pois repartia tudo com os companheiros. Nunca o surpreenderam dando mau tratamento sem um motivo justo. Mas, quando se encolerizava a propósito de uma injustiça, não era fácil acalmá-lo. Tinha um senso tão lúcido e sentimentos tão retos que nunca realizava atos contrários a uma educação honrada.

8-22. *Um episódio da adolescência demonstra bem o caráter e o temperamento de Lancelot. Ficando sozinho durante uma caçada, troca sua bela montaria pelo cavalo esfalfado de um valete\* que fora vítima de uma emboscada; em seguida dá um cabrito que caçara para um vavassalo\*. Este percebe a grande semelhança física de Lancelot com o rei Ban de Benoic; conta-lhe como Ban fora despojado de suas terras e sobre a criança perdida; mas Lancelot nada sabe responder-lhe sobre sua origem. Convicto de que Lancelot é o filho de Ban e legítimo herdeiro daquelas terras, o homem dá-lhe de presente um de seus galgos. O preceptor repreende Lancelot, esbofeteia-o e espanca brutalmente o galgo que ele ganhou. Lancelot agride-o com o arco, que se quebra; depois foge para a floresta, onde, por não ter mais o arco, deixa de matar uma bela corça. Furioso, toma o caminho de volta. A Dama do Lago repreende-o. Intimamente, sente-se orgulhosa de sua generosidade e, ao ouvir o "linguajar altaneiro" com que ele se justifica, "fica certa de que se tornará um cavaleiro consumado"; porém nega que seja realmente "filho de rei". O conto "deixa de falar dele e volta para sua mãe e sua tia, a rainha de Gaunes, ambas tristes e desarvoradas no Mosteiro Real".*

Xa. *Um monge conta à rainha Helena que Lancelot está vivo; também tranqüiliza a rainha Evaine quanto ao destino de seus filhos Lionel e*

*Bohort. Em seguida o monge vai à corte e censura severamente Artur por sua conduta covarde para com as duas rainhas. O rei reconhece seus erros e toma boas resoluções.*

XIa. *A Dama do Lago envia uma mensageira a Claudas para censurá-lo por manter prisioneiros os dois infantes e por não fazê-los comparecer à festa que está acontecendo na corte. Claudas ordena a seu senescal que vá buscá-los. Lionel, principalmente, está irritado com o tratamento que lhe é imposto.*

XIIa. *Morte de Dorin. Metamorfose de Lionel e Bohort em galgos.*
1. Quando caiu a noite e o jantar foi servido, os dois garotos sentaram-se para comer juntos, como de hábito, na mesma escudela*. Farien pôs-se a chorar e Lionel, sempre alerta, percebeu.
– O que há, caro mestre*? Por que chorais tanto, e durante o jantar? Conjuro-vos, pela fé* que me deveis, a dizer-me imediatamente por quê. Pela fidelidade que devo à alma de meu pai, o rei Bohort, não colocarei mais nada na boca antes de saber por que chorais.
2. – Senhor, choro porque fico me lembrando da grandeza que foi a de vossa linhagem, e sinto o coração pesado ao ver-vos prisioneiro enquanto um outro instalou sua corte como soberano onde deveríeis ter a vossa.
– Como assim? Quem é que tem sua corte onde eu deveria ter a minha?
– Quem, senhor? Claudas, o rei da Terra Deserta, que mantém corte nesta cidade que deveria ser a capital de vosso reino; aqui ele porta coroa e faz cavaleiro seu filho! Meu coração está de luto, pois a nobre linhagem que Deus elevara tão alto perdeu sua herança e o homem mais desleal do mundo faz alarde de seu poder!
3-16. *Lionel manifesta abertamente sua fúria. Pressionado por Farien, revela que pretende matar Claudas, mesmo que isso lhe custe a vida: "Prefiro morrer com honra a viver em desonra, deserdado de minhas terras; quem deserda um filho de rei priva-o da vida." Farien consegue dissuadi-lo temporariamente. No dia seguinte o senescal de Claudas vai buscar os infantes e seus preceptores para participarem da festa na corte. Quando chegam ao palácio, "todo o povo acorre para ver seus legítimos senhores; velhos e jovens têm lágrimas nos olhos e rogam a Nosso Senhor que os restaure em sua soberania, que lhes melhore a sorte e lhes devolva o poder". No salão de banquete, Claudas oferece a Lionel uma taça de vinho. Este golpeia-o com a taça de ouro, dando início a um grande tumulto durante o qual arrebata a espada de Claudas e com ela mata o filho deste, Dorin.*

*Obedecendo ordens da Dama do Lago, uma de suas damiselas (que ao proteger Lionel é ferida na face) transforma os dois infantes em galgos e nos dois infantes os galgos que trouxera consigo. Ludibriado, Claudas persegue e captura o que julga serem Lionel e Bohort. Enquanto isso "a damisela do lago, que viera à corte de Claudas para ajudar os dois filhos do rei Bohort de Gaunes", leva-os consigo, salvando-os da morte.*

XIIIa. 1-5. *Aproveitando-se da confusão na corte, a damisela vai ao encontro dos que a esperavam na floresta vizinha. Põe fim ao encantamento e os meninos-galgos reassumem a forma humana. São levados para o lago, onde passam a viver em companhia de Lancelot, que não sabe que são primos seus.*

6. Lancelot apreciou muito a companhia dos infantes; talvez por um efeito dos laços naturais ou porque julgava que fossem sobrinhos de sua senhora, seu coração impelia-o para eles. Já no primeiro dia os três comeram na mesma escudela\* e dormiram juntos na mesma cama. Foi assim que os três primos-irmãos ficaram sob a tutela da Dama do Lago. O conto cala-se a respeito deles e volta ao rei Claudas.

XIVa. *Com os cavaleiros da região, Farien ocupa a torre de Gaunes, enquanto Claudas chora a morte do filho. Farien passa ao ataque contra Claudas e exige que este lhe devolva os meninos (que Claudas na verdade não detém, pois graças ao encantamento está de posse apenas dos galgos). O palácio é atacado. Lambegue, sobrinho de Farien e preceptor de Bohort, enfrenta Claudas, a quem odeia mortalmente, ataca-o sem trégua e é derrubado do cavalo, mas Farien o salva. Os supostos meninos são devolvidos, mas no momento exato em que o encantamento terminou, de modo que Farien se vê na presença dos dois galgos retornados à sua forma inicial; por isso, acreditando, juntamente com os cavaleiros de Gaunes, que Claudas matou Lionel e Bohort, eles sitiam novamente o palácio. Claudas protesta sua boa-fé e se oferece para ficar prisioneiro de Farien até que se saiba que os infantes estão realmente vivos. Lambegue rejeita esse acordo. Então Claudas presta juramento de que não atentou contra a vida dos jovens príncipes, como cavaleiro leal que tem sido ao longo de todo esse episódio. Farien decide tomá-lo sob sua guarda. Mas os cavaleiros de Gaunes, continuando a ver Claudas como assassino, reiniciam as hostilidades. Respeitando a palavra dada e os deveres de vassalo, Farien desaprova essa conduta. No entanto eles aceitam a proposta, já feita por Farien, de que este mantenha Claudas como seu prisioneiro; mas o fazem com a intenção oculta de então poderem livrar-se dele facilmente. Claudas con-*

corda e será acompanhado à prisão por dois de seus cavaleiros. Mas, sabendo do ódio inextinguível de Lambegue e da gente de Gaunes, Farien manda um dos cavaleiros revestir-se com as armas de Claudas. De fato, Lambegue viola as convenções e fere esse que julga ser Claudas. Para defender seus três prisioneiros, pelos quais é responsável, Farien, com um golpe de machado, lança por terra Lambegue; segue-se uma refrega geral, à qual põem fim Lambegue e Farien, que perdoa seu sobrinho e se retira para o torreão.

XVa. 1-24. *Lionel conta a Lancelot o que aconteceu na corte de Claudas[6] e lhe revela que Bohort e ele são filhos de Bohort de Gaunes. Niniane manda procurar os dois preceptores e informar-lhes que os jovens príncipes estão sãos e salvos. A alegria deles e da gente de Gaunes é imensa. Para fornecer-lhes provas disso, Lambegue e Leonce de Paerne, um primo-irmão do falecido rei Bohort, vão até o lago. Assim o jovem Bohort reencontra seu preceptor, Lambegue; mas o impetuoso Lionel fica irritado por não ter o seu, pois Farien não poderá sair do torreão de Gaunes antes de ver os infantes. A Dama do Lago decide que no dia seguinte levará os meninos até o rio Charosque para mostrá-los a Leonce, que os aguarda ali.*

25. Como ouvistes, eles decidiram ir no dia seguinte até o rio Charosque. De manhã, após assistir à missa, montaram seus cavalos; a Dama do Lago levou os dois infantes e Lancelot; o número de escudeiros e de homens de armas chegava pelo menos a trinta. Lancelot cavalga ao lado de sua senhora. Lambegue, que o observa, pergunta a Bohort quem é ele, mas o menino não sabe informar-lhe; julga que é filho de sua senhora. Eis que chegam ao rio.

26. *Lambegue leva o senhor de Paerne ao encontro dos meninos.*

27. O senhor de Paerne corre beijá-los e chora de emoção; e, quando fica sabendo que a senhora os tem sob sua proteção, cai a seus pés:

– Minha senhora, por Deus, mantende-os bem sob vossa guarda, pois são filhos do mais sábio e mais leal barão que já vi, exceto o rei Ban, que era irmão dele e seu senhor. E isso nada é em comparação com a prestigiosa origem que recebem da mãe: sabemos, pelo testemunho das Escrituras, que ela e seus ancestrais são descendentes da alta linhagem do grande rei Davi, e ignoramos a qual destino ilustre eles se elevarão, pois na Grã-Bretanha todos estão impacientes para ser libertados das espantosas aventuras\* que lá acontecem, e isso será graças a um homem que pertencerá à linhagem da casa destes infantes.

---

6. Cf. XIIa.

28. "Se aprouver a Deus, não ficarão eternamente privados de sua herança. Tão logo possam portar armas, que simplesmente apareçam em seus domínios: não encontrarão ali homem nativo do lugar que por eles não sacrifique a vida e os bens; e assim poderão recuperar facilmente sua herança."

29. A essas palavras, Lionel é tomado de penosos pensamentos; seus olhos enchem-se de lágrimas. A damisela que por ele recebeu o ferimento no rosto pergunta:

– O que é, Lionel? Em que estais pensando?

– Estava pensando nas terras de meu pai, das quais retomaria posse em breve, se fosse possível.

De um salto Lancelot avança, penalizado com o triste semblante de Lionel:

– Ora essa, caro primo, não choreis por medo de não ter terra; teremos, e muita, se vossa pouca coragem não vos privar delas. Se empreendêsseis sua conquista por manobras obscuras, ficaríeis desonrado. Vamos, pensai em ser bastante bravo para conquistá-las pela valentia e pela força.

30. As pessoas mais sensatas foram tomadas de espanto: como alguém tão criança podia pronunciar palavras tão sábias? A senhora fica mais perplexa que todos, não por suas palavras mas porque ele chamou Lionel de caro primo; as lágrimas sobem-lhe do coração para os olhos. Ela diz ao senhor de Paerne:

– Caro senhor, tranqüilizai-vos quanto à sorte dos meninos, pois pretendo protegê-los e guardá-los. Ide agora. Podeis dizer a todos que eles estão sãos e salvos, entre amigos devotados e com todo o conforto. Quanto a mim, não sabereis quem sou e não deveis fazer-me perguntas.

31. – E vós – fala ela para Lambegue –, dizei a vosso tio que venha ver seus senhores; e que nunca encete hostilidades para defendê-los, pois, se Deus lhes der vida, recuperarão honradamente suas terras e muito das de outrem. Vou dar-vos um de meus valetes*, que vos servirá de guia.

Ela manda um de seus valetes* conduzir o senhor de Paerne, que não conseguia parar de contemplar Lancelot, como hipnotizado, pois suspeitava quem era ele.

32. A senhora volta para o lago com as crianças. No caminho, chama de lado Lancelot e pergunta gentilmente:

– Filho de rei, como tivestes a idéia de chamar Lionel de primo, ele que é de fato filho de rei?

– Minha senhora – responde ele com certo embaraço –, a palavra veio-me à boca assim, por acaso, sem eu pensar.

– Dizei-me, em nome da fé* que me deveis, qual julgais que seja de nascimento mais nobre, vós ou ele?

– Minha senhora, ensinaram-me que todos os seres humanos vieram de um homem e uma mulher; não compreendo por que uns são mais nobres que outros, visto que homem adquire essa nobreza pela bravura, como adquire terras e outras possessões. Em todo caso, sabei que, se uma grande coragem conferisse nobreza, eu me colocaria entre os mais nobres.

33. – Sim, querido filho, é o que veremos. E afirmo que apenas a falta de coragem vos impediria de ser um dos homens mais nobres do mundo.

– Minha senhora, Deus vos abençoe por me avisardes disso tão cedo: graças a vós atingirei um grau de ilustração a que não podia pretender, e não tinha desejo maior que o de chegar à nobreza. Não me aborrece que meus primos me tenham prestado honras, ainda que sejam filhos de rei, pois poderei elevar-me até eles, igualá-los ou superá-los em valor.

34. Por essas palavras que provêm de uma grande alma e de pensamentos elevados, Lancelot arrebata o coração de sua senhora, que o ama ainda mais e não concebe perdê-lo. Mas bem vê que dentro em pouco ele deverá tornar-se cavaleiro e partir para longe, para terras estranhas, em busca de aventuras* extraordinárias; então estará como que perdido para ela, pois só o verá raramente.

35. Nesse estado de espírito a dama cavalga até o lago. Sempre amou e mimou os infantes, porém agora se empenha ainda mais em contentá-los, e tudo por amor a Lancelot; espera retê-los junto de si pelo maior tempo possível; e quando ele for cavaleiro lhe restarão Lionel e Bohort, e depois, quando Lionel seguir sua vocação de cavaleiro, pelo menos lhe restará Bohort. Mas aqui o conto se interrompe a respeito dela e dos infantes e retorna para o senhor de Paerne e Lambegue, que estão no caminho de volta.

*XVIa. Lambegue pergunta sobre Lancelot a Leonce; este lhe conta que o adolescente é filho de Ban. Os habitantes de Gaunes são tranqüilizados quanto à sorte das crianças, mas, temendo represálias de Claudas, conseguem capturar Farien, Lambegue e três reféns e os prendem na torre de Gaunes, julgando que são caros a Claudas e que dele obterão a paz em troca da vida dos prisioneiros.*

*XVIIa. 1-25. Farien é libertado por alguns barões que desaprovaram essa violência e perdoa os culpados. Faz propostas de paz a Claudas, mas esbarra em sua intransigência. Rompe então sua homenagem*. As hosti-*

*lidades recomeçam. Lambegue mede forças com Claudas e Farien tem de salvá-lo do perigo. Claudas, por sua vez, acena com propostas de paz, mas coloca como condição que lhe entreguem o impetuoso Lambegue. Leonce e seus barões rejeitam uma solução tão cruel.*

*Heróica abnegação de Lambegue.*
26-34. *No alto da torre, julgando que está sozinho, Farien lamenta amargamente o destino que aguarda a cidade e o país de Gaunes. Seu sobrinho Lambegue, que ouviu tudo, mostra-se e declara que irá entregar-se a Claudas, "pois com minha morte posso salvar uma cidade tão bela e tantos homens de bem que nela vivem". Lambegue comunica aos barões sua decisão. O senhor de Paerne obtém de Claudas a promessa solene de que com a prisão de Lambegue cessarão as hostilidades e não haverá represálias. Lambegue exige que lhe entreguem suas armas, pois "irei como cavaleiro, com o elmo atado\*; vou entregar-lhe minha espada e minhas armas, sem pronunciar uma só palavra; não vou atacar nem insultar ninguém". Armado e totalmente só, cavalga até a tenda de Claudas.*

35. Lambegue surge diante de Claudas, mas não se ajoelha nem profere uma só palavra. Tira a espada da bainha e, sempre em silêncio, lança-a aos pés de Claudas; depois tira da cabeça o elmo, lança-o junto da espada, e finalmente o escudo. Claudas pega a espada e faz menção de assestá-la em sua cabeça. Lambegue não reage. Claudas ordena que lhe retirem a loriga\* e as perneiras de ferro. Ele permanece em pé diante do rei, sem dizer palavra.

36. – Lambegue – diz Claudas –, foste atrevido demais ousando entrar aqui! Então não sabes que te odeio mais que a qualquer homem vivo?
– Claudas, agora sabes que não tenho mesmo medo de ti.
– Como? Estás vendo tua morte prestes a acontecer e ainda me desafias?
– É dela que não tenho medo.
– Quê? Julgas-me tão clemente e piedoso?
– Considero-te o mais desleal e cruel que já existiu, mas, enquanto tiveres apego à vida, não ousarás levar-me à morte.
– E a troco de quê me absterei de matar-te? Tu mesmo não o farias, se estivesses em vantagem?
– Eu não a teria por muito tempo, pois não apraz a Deus, mas nunca desejei nada tão intensamente.

37. Então Claudas põe-se a rir e toma-o pela mão.
– Aquele que vos tiver por companheiro – diz ele – pode gabar-se de ter o cavaleiro mais ousado e de coragem mais firme. Ainda hoje eu não

desejava mais que tua morte; porém nunca mais a desejarei, pois ninguém deu prova de uma valentia igual à tua, ao te entregares à morte para salvação dos outros. E, mesmo que quisesse tua morte, eu te estimaria por causa de Farien: não posso negar que ele me salvou a vida.

Então Claudas mandou trazerem uma rica vestimenta que lhe pertencia, mas Lambegue recusou-a formalmente. Pediu-lhe que fizesse parte de sua casa, mas Lambegue disse que só prestaria fé* e homenagem* se seu tio o precedesse nisso.

38. Prontamente Claudas manda buscar Farien, que está fora da porta, todo armado, de ataláia para matar Claudas se este matasse seu sobrinho. Ele chega diante de Claudas, que lhe diz.

– Farien, retribuí uma parte dos favores que me prestastes: considerei quite vosso sobrinho, que se colocara à minha disposição para morrer, devido à minha afeição por vós e à inquebrantável bravura dele. Sabei que ambos sois os dois cavaleiros dos quais eu mais apreciaria o serviço e a companhia*. Adiantai-vos, concordai em prestar-me homenagem* e vos restituirei toda a terra que possuístes e ainda vos enriquecerei com feudos poderosos e rendimentos consideráveis.

39. Farien era homem de grande sensatez; absteve-se de falar contra o rei Claudas, considerando o que este fizera por seu sobrinho e o fato de haver esquecido seu rancor por amor a ele. Respondeu:

– Senhor, agradeço-vos o que fizestes por mim e o que tendes intenção de dar-me; não desdenho vosso serviço nem vossas dádivas e estimo-os segundo seu justo valor. Mas jurei pelas santas relíquias não receber terras de quem quer que seja antes de saber notícias autênticas dos filhos de meu senhor, o rei Bohort.

– Vou dizer o que fareis. Recebei de mim vossa terra, sem prestar-me homenagem* nem juramento de fidelidade, e ide à procura dos infantes, quando quiserdes; darei ainda, se desejardes, uma parte de meus homens para irem convosco. E, quando os encontrardes, trazei-os para cá ou para qualquer outro lugar que preferirdes e eu vos investirei da terra deles, até que estejam em idade de portar armas. Que eles me prestem homenagem* e recebam de mim suas terras e fazei o mesmo por vossa vez, quando os encontrardes.

40. – Senhor, não no ponto em que estamos, pois poderia ocorrer algum acontecimento que me obrigasse a erguer-me contra vós e a devastar vossa terra, sem antes advertir-vos; assim eu estaria em falta se recebesse de vós a terra e vos teria prestado homenagem* erradamente. Mas proponho um outro acordo: prometer-vos como cavaleiro que, não importa o que aconteça com os infantes, sejam eles encontrados ou não,

não prestarei homenagem* a ninguém sem vos informar antes, se estiverdes vivo. E agora encerremos isto, pois não agirei de outro modo. Com vosso consentimento, vamos começar nossa busca.

41. Vendo que não pode retê-los, Claudas dá seu consentimento e permite que se despeçam. Lambegue prontamente tornou a armar-se. Ambos deixam a tenda do rei, entram na cidadela e despedem-se de todos os barões que lá se encontram. Farien leva consigo sua mulher e os filhos. Assim é firmada a paz entre os barões do reino de Gaunes e os barões de Claudas.

XVIIIa. *Lionel finalmente encontra Farien, seu preceptor, que volta à casa da Dama do Lago; mas o acolhe de mau humor porque ele demorou a vir. Farien é conquistado pelas qualidades de Lancelot. Morre pouco tempo depois.*

XIXa. *Vida santa das rainhas Helena e Evaine no Mosteiro Real. Por meio de um sonho, Evaine fica sabendo que seus dois filhos estão vivos e conta à sua irmã Helena que no sonho viu também Lancelot, o mais belo infante que possa existir. Evaine morre.*

XXa. *Corte de Artur em Carhaix. Banin serve na Távola Redonda. Ao saber que ele é afilhado de Ban, o rei recrimina-se por não haver prestado auxílio a este.*

XXIa. *Educação de Lancelot. Sua partida para a corte de Artur.*
1. O conto diz aqui que Lancelot ficou sob a tutela da Dama do Lago até os dezoito anos. Era um valete* belo como não havia outro igual, tão sensato que não merecia censura nem reprimenda por coisa alguma. Chegando aos dezoito anos, era admiravelmente alto e bem-feito. A Dama do Lago bem vê que já é tempo de ele receber a ordem da cavalaria*: se ela adiasse seria pecado e embuste, pois sabia perfeitamente, pelos sortilégios que praticara, que ele se elevaria a honras sem par. Se pudesse, adiaria esse momento, pois ia ser-lhe muito penoso separar-se dele, em quem depositara toda a afeição que uma mãe coloca em educar um filho. Mas se o impedisse de ser cavaleiro cometeria um pecado mortal por vetar-lhe tudo a que ele poderia pretender legitimamente.

2-9. *Um dia, voltando de uma caçada, Lancelot interpreta mal a atitude e as palavras da Dama do Lago, que se escondeu dele para chorar, e dispõe-se a deixar a casa. Ela o impede e indaga-lhe para onde pretendia ir. "Para a casa do rei Artur, onde eu me colocaria a serviço de um ho-*

*mem valoroso que me faria cavaleiro, pois dizem que todos os homens valorosos estão na casa do rei Artur." Lancelot discorre sobre sua forma de ver a cavalaria\*. Então a Dama do Lago se propõe a expor-lhe os pesados deveres de um cavaleiro.*

10. – Pois bem, vou descrever alguns desses deveres; escutai bem e meditai sobre eles com todo vosso coração e com toda vossa razão. Aprendei que os cavaleiros não foram criados levianamente nem levando em conta sua nobreza de origem, pois a humanidade descende de um pai e uma mãe únicos. Mas, na época em que a inveja e a cobiça começaram a crescer no mundo e a força sobrepujou o direito, os homens ainda eram iguais em linhagem e em nobreza. Porém, quando os fracos não puderam mais aceitar nem suportar as vexações dos fortes, para proteger-se estabeleceram fiadores e defensores, a fim de obterem paz e justiça e acabarem com as maldades e os ultrajes que sofriam.

11. "Para proporcionar essa garantia foram escolhidos aqueles que, na opinião geral, tinham mais qualidades: os altos, os fortes, os belos, os ágeis, os leais, os bravos, os ousados, os que eram ricos em recursos morais e físicos. Mas a ordem da cavalaria\* não lhes foi conferida levianamente e como um título vão; tiveram de assumir uma pesada carga de deveres. No início da ordem, quem quisesse ser cavaleiro e obtinha esse privilégio por legítima eleição tinha de ser cortês sem baixeza, bom sem deslealdade, piedoso para com os necessitados, generoso e sempre pronto a socorrer os infelizes, a matar os ladrões e os assassinos, a fazer julgamentos equânimes sem amor nem ódio, sem fraqueza de coração que privilegiasse o que é errado e sem ódio para não prejudicar o que é certo. Um cavaleiro não deve, por medo da morte, realizar qualquer ato maculado por uma aparência sequer de desonra, e sim temer a desonra mais do que à morte. A missão essencial da cavalaria\* é proteger a Santa Igreja, que está proibida de revidar pelas armas e de pagar o mal com o mal, e proteger também aquele que estende a face esquerda depois de lhe baterem na direita. E sabei que originalmente, como testemunham as Escrituras, ninguém tinha a audácia de montar em um cavalo sem ser cavaleiro: daí o nome que lhes foi dado."

12-16. *A Dama do Lago passa a explicar o significado de cada arma do cavaleiro e de cada parte de sua armadura.* "As armas que o cavaleiro porta têm um significado de grande alcance. O escudo que o protege significa que, assim como o escudo é uma barreira diante de seu corpo, da mesma forma o cavaleiro é uma barreira diante da Santa Igreja contra todos os malfeitores, salteadores e ímpios. A loriga\* que recobre o cavaleiro significa que a Santa Igreja deve encontrar nele uma muralha de defesa. O elmo que ele traz na cabeça, visível acima de toda a armadura, significa que da mesma forma o cavaleiro deve estar bem visível, diante de todas as pessoas, contra aqueles que gostariam de prejudicar a Santa Igreja. A lança também tem significado: assim como ela faz recuarem aqueles que não têm armas, assim também o cavaleiro espalha até longe o medo e impede os bandidos e malfeitores de se aproximarem da Santa Igreja. A espada que o cavaleiro cinge tem uma lâmina cortante dos dois lados, e não é sem razão. Os dois gumes significam que o cavaleiro deve ser o soldado de Nosso Senhor e de seu povo; um dos gumes abate-se sobre os que contestam a divindade de Nosso Senhor e o outro se vinga dos que destroem a sociedade humana, isto é, os ladrões e assassinos. A ponta significa a obediência, pois todo mundo deve obedecer ao cavaleiro; e seu significado justifica-se, pois ela transpassa, e nada pode transpassar tão cruelmente o coração quanto ter de obedecer a contragosto. Quanto ao cavalo que o cavaleiro monta, ele é o símbolo do povo: assim como o cavalo deve carregar o cavaleiro, da mesma forma o povo deve carregar o cavaleiro, proporcionar-lhe tudo de que necessita para viver honrosamente, porque o cavaleiro deve zelar noite e dia por sua proteção. O cavaleiro deve ser senhor do povo e soldado de Deus, pois seu dever é proteger, defender e apoiar a Santa Igreja.

17. "Um cavaleiro deve ter dois corações: um inquebrantável, duro como diamante, e o outro tenro e maleável como cera quente. O primeiro deve permanecer inabalável em face dos desleais e dos traidores; assim como o diamante não aceita amolecimento, assim também o cavaleiro deve ser terrível e intransigente para com os traidores que ferem e destroem a justiça. E assim como a cera quente pode ser modelada e tomar a forma que se deseja, assim também o cavaleiro deve moldar as pessoas honestas e abertas à piedade com todas as formas possíveis de bondade e de cordura. Mas que ele trate de não mostrar, por fraqueza, um coração de cera para com os traidores e os desleais, pois perderia imediatamente todo o bem que fez.

18. "São essas as qualidades necessárias para quem ambiciona a ordem da cavalaria*, e homem que ignorar essa linha de conduta evite tornar-se cavaleiro, pois se sair do caminho reto será amaldiçoado primeiro aos olhos do mundo e em seguida aos olhos de Deus. No dia em que homem recebe a ordem da cavalaria*, promete a Deus observar as regras definidas por aquele que confere o título. Se for perjuro para com Deus Nosso Senhor, perderá toda a honra que esperava obter; será amaldiçoado neste mundo, e com razão, pois os homens de valor não toleram entre eles quem se tornou perjuro para com seu criador. Quem quiser ser

cavaleiro deve ter um coração perfeitamente limpo e puro; senão, que se abstenha de mirar tão alto. Expliquei-vos uma parte dos deveres de um cavaleiro leal, mas não enumerei todos; não sou capaz disso. Dizei-me o que preferis: aceitá-los ou renunciar a ela."

19. – Minha senhora – pergunta o infante –, desde as origens da cavalaria* houve algum dia um cavaleiro que tenha reunido todas essas qualidades?

– Sim, e até muitos, segundo o testemunho das Santas Escrituras, e antes mesmo que Jesus Cristo sofresse a morte, na época em que o povo de Israel estava a serviço de Nosso Senhor e combatia para fazer triunfar e difundir a lei entre os filisteus e outros povos infiéis, seus vizinhos. Estavam entre eles João o Hircaniano, Judas Macabeu, o cavaleiro que preferiu ter a cabeça cortada a renegar a lei de Deus e que nunca fugiu vergonhosamente ante o assalto dos infiéis. Estavam também Simão, seu irmão, o rei Davi e muitos outros de que não falarei, já antes do advento de Nosso Senhor. E desde sua Paixão outros se destacaram por suas autênticas virtudes: por exemplo, José de Arimatéia, o nobre cavaleiro que com as próprias mãos desceu Jesus Cristo da Santa Cruz e deitou-o no sepulcro; e seu filho Galaad, o poderoso rei de Hosselice, desde então chamada Gales em sua honra, e todos os reis descendentes dele, cujos nomes não sei; e o rei Peles de Listenois, que também pertence àquela ilustre linhagem, e seu irmão Helan o Gordo. Todos esses foram verdadeiros cavaleiros, corteses, homens de bem, que mantiveram a cavalaria* para honra do mundo e do Senhor Deus.

20. – Minha senhora – torna o valete* –, já que houve tantos, seria covarde quem recusasse a ordem da cavalaria* ou hesitasse em recebê-la por medo de não poder alcançar todas essas virtudes. Quanto a mim, sei que, se algum dia encontrar alguém que queira fazer-me cavaleiro, não deixarei passar a oportunidade: Deus deu-me mais coragem do que penso e é bastante poderoso para dotar-me de sabedoria e de valor moral, caso me faltem. Não desistirei, por um temor sem fundamento, de receber a prestigiosa ordem da cavalaria*, se encontrar quem me confira essa honra. Se Deus quiser agraciar-me com as qualidades necessárias, ficarei feliz e não deixarei de dedicar a ela corpo e alma, esforço e labor.

21. – Então, filho de rei, tendes a firme intenção de ser cavaleiro?

– Minha senhora, não há nada que eu deseje tanto, se encontrar alguém que realize minha esperança.

– Por Deus, ela será realizada: sereis cavaleiro, e logo. É por esse motivo que eu chorava há pouco; coloquei em vós todo o amor que uma mãe poderia colocar em seu filho e está acima de minhas forças separarme de vós. Mas prefiro suportar meu sofrimento a fazer-vos perder uma honra tão grande, tão bem aplicada em vós. Se soubésseis o nome de vosso pai e a linhagem de que viestes por parte de vossa mãe, não teríeis medo de não ser um homem perfeito, pois um rebento de um tal ramo não pode, por natureza, ter sentimentos baixos.

22. "Agora não sabereis mais nada sobre mim e doravante não me pergunteis mais nada. Sereis cavaleiro dentro em breve, pela mão do homem mais valoroso desta época, o rei Artur em pessoa. Partiremos ainda esta semana e estaremos com ele na sexta-feira antes do dia de São João o mais tardar, sendo a festa no próximo domingo. Somente oito dias nos separam desse domingo e quero que sejais cavaleiro no dia de São João, sem mais demora. Que Deus e meu senhor São João concedam que supereis em excelência de cavalaria* todos os cavaleiros hoje vivos. Quanto a mim, sei uma grande parte do que vos espera."

23. Assim a Dama do Lago promete ao infante que em breve ele será cavaleiro, e isso lhe causa uma alegria extrema.

Há muito tempo ela já vinha providenciando tudo de que ele necessitaria como cavaleiro: uma loriga* branca, leve e resistente, um elmo prateado de suntuosa riqueza, um escudo branco como a neve, com a bossa* central de prata, pois queria que tudo que ele tivesse fosse de cor branca. Preparara-lhe uma espada, posta à prova no passado em muitas ocasiões (e cuja qualidade ele posteriormente comprovou), extraordinariamente afiada e leve. Foram-lhe também aprontadas uma lança com haste de madeira inteiramente branca, curta, grossa e resistente, com o ferro totalmente branco, cortante e bem acerado, e um cavalo grande, forte, veloz, branco como neve recém-caída; para seu traje de cavaleiro, túnica e manto de alvo cetim, o manto forrado de arminho, a túnica revestida internamente de tafetá branco.

24. Então, dois dias depois, numa terça-feira, partiram bem cedinho; oito dias separavam o domingo seguinte do dia de São João. A dama põe-se a caminho para a corte de Artur, com exuberante equipagem: havia em seu séquito quarenta cavalos de pelagem branca, e os que os montavam iam vestidos dessa mesma cor; quinhentos cavaleiros mais o amigo dela, um cavaleiro magnífico e valoroso, formavam o cortejo. A dama era acompanhada de três damiselas: a que recebera o ferimento destinado aos infantes e duas outras; e finalmente os três que bem mereciam ter seu lugar: Lionel, Bohort e Lambegue, com uma multidão de outros valetes*.

25. Por fim sua cavalgada leva-os ao mar. Embarcam e um domingo à noite chegam à Grã-Bretanha pelo porto de Floudehueg. Lá informaram-se sobre o rei Artur, e ficaram sabendo que ele estaria em Camelot para

aquela festa. Prosseguindo caminho, quinta-feira à noite chegaram a um castelo chamado Lavenor, a vinte e duas léguas inglesas de Camelot. No dia seguinte, a senhora partiu bem cedo; atravessou uma floresta a duas léguas de Camelot, muito perturbada e inquieta, tomada de profunda tristeza porque o infante ia deixá-la. Aqui o conto deixa de falar dela por um instante e fala-nos sobre o rei Artur.

b) As primeiras façanhas. Lancelot apaixonado pela rainha. Amizade com Galehot.

XXIIa. *A chegada à corte de Artur.*
1. Naquele dia, diz o conto, o rei Artur encontrava-se em Camelot, onde se instalara com uma multidão de cavaleiros, e devia reunir ali sua corte na festa de São João. Na sexta-feira, assim que viu o dia clarear, ele se levantou com a intenção de ir à floresta. Assistiu à missa mais matinal, montou a cavalo e saiu da cidade, levando consigo uma parte de seus companheiros. Sir Gauvan, seu sobrinho, lá estava, bem como sir Ivan o Alto, filho de Urien, o senescal Kai, Tors, filho de Ares, rei de Altice, o senescal Lucan, o condestável Beduier e muitos outros barões da casa do rei.

2. Quando se aproxima da floresta, o rei vê sair dela uma liteira coberta, atrelada a dois palafréns. Dentro avista um cavaleiro armado dos pés à cabeça, exceto o escudo e o elmo; estava ferido por dois tocos de lança, ambos ainda providos do ferro e que atravessavam de lado a lado as dobras da loriga*. O cavaleiro trazia enterrada na cabeça uma espada da qual só a metade aparecia por cima da baveira*, toda manchada de sangue e muito enferrujada. Era alto, belo, bem-feito, mas o conto não revela aqui seu nome, que só dará a conhecer mais tarde[7], nem como ele foi ferido e por que ainda portava nos ferimentos os ferros e tocos de lança.

3. Ao encontrar-se com os cavaleiros, manda parar a liteira e saúda o rei, que se detém para ouvi-lo e olhá-lo, admirado.

– Rei Artur – diz ele –, Deus te guarde como o melhor rei que existe, o mais leal, o mais poderoso, aquele que aconselha os desnorteados, que os apóia, socorre e ajuda.

– Caro irmão, que Deus vos abençoe e vos dê saúde; tendes grande precisão disso, creio eu.

– Sire, venho a vós porque dizem que nunca faltais para com os infelizes. Rogo-vos que me livreis desta espada e destes pedaços de lança que me torturam.

---

[7]. No capítulo XIII, quando Lancelot liberta do cofre Drian, irmão de Melian, esse cavaleiro dos ferros.

– Certamente, de bom grado.

4. O rei agarra os pedaços de lança para tirá-los, mas o cavaleiro brada:
– Ah, sire, não vos precipiteis! Não é assim que me livrarei destes ferros. Quem os tirar precisará jurar-me sobre os corpos santos* que me vingará de todos os que afirmarem que amam mais do que eu aquele que me fez estes ferimentos.

Ante essas palavras, o rei dá alguns passos para trás e diz ao cavaleiro:
– Senhor, é um serviço perigoso demais que me pedis: aquele que vos feriu tem sem dúvida tantos amigos que não há no mundo um cavaleiro que possa realizar semelhante tarefa. Mas, se quiserdes, eu vos vingarei, desde que o culpado seja homem que eu deva matar sem desmerecer-me. Se ele for vassalo meu, há aqui muitos cavaleiros que para adquirir glória e renome se encarregarão do castigo.

– Nem vós nem um outro me vingareis do culpado – responde o cavaleiro. – Eu mesmo me vinguei dele cortando-lhe a cabeça depois dos golpes que me acertou.

– Em nome de Deus, penso então que obtivestes plena vingança, e não ousaria dar-vos garantias mais amplas, por medo de faltar com minha promessa; ninguém, em minha opinião, vos dará garantias assim.

– Sire – responde o cavaleiro –, haviam-me dito que em vossa casa homem encontrava socorro e auxílio; mas estou percebendo que me enganei muito! No entanto não a deixarei antes de ver se Deus lançará um olhar sobre mim; se vossa corte é centro de tanta bravura quanto tem fama de ser, não partirei sem cura.

– Agrada-me ter-vos em minha casa por tanto tempo quanto vos aprouver, e nela recebereis boa acolhida – responde o rei.

5. O cavaleiro dirige-se então para Camelot e chega à residência real. Manda seus escudeiros carregarem-no para o salão alto* e o deitarem no leito mais belo e luxuoso que ali vê: havia muitos, e nenhum dos serviçais teria o atrevimento de negar a entrada a um cavaleiro nem um leito onde deitar-se. Assim recebe hospitalidade o cavaleiro doente.

O rei entra na floresta; a conversa gira em torno do ferido e todos admitem que nunca antes ouviram da boca de um cavaleiro uma solicitação tão louca. O rei declara:
– Saibam todos meus companheiros que, se algum deles empreender uma loucura tão grande, perderá minha afeição. Não é uma prova que um cavaleiro, nem dois, nem três, nem vinte possam cumprir; e ignoramos por que esse cavaleiro impõe condições tão excessivas, se é em prejuízo ou em proveito de minha casa.

6. *No fim da tarde, ao sair da floresta, o rei vê aproximar-se o cortejo da Dama do Lago.*

7. O cortejo aproxima-se do rei e sua escolta. Ele está maravilhado de vê-los assim vestidos de branco e montados em cavalos alvos. A dama apressa o passo, ultrapassa a fila com seu valete* e surge diante do rei. Estava ricamente vestida com um alvo tecido de seda, cota* e manto com forro de arminho; montava um pequeno palafrém de passo manso; as rédeas, o peitoral e os estribos eram de prata fina e pura; a sela era de marfim, habilmente esculpida. Nesse aparato ela se apresenta ao rei. A seu lado, o valete* trajava uma veste sobre a camisa, em tecido bretão leve, de excelente qualidade; era maravilhosamente belo e bem-feito, montado num cavalo de caça robusto e veloz. A senhora retribui a saudação do rei e diz-lhe.

9. – Sire, vim de muito longe para solicitar-vos um dom* que não deveis recusar-me. Rogo-vos que torneis este valete*, que é dos meus, cavaleiro das armas e do equipamento que traz consigo, assim que ele vos dirigir tal solicitação.

10. – Damisela, sede bem-vinda, e muito vos agradeço por trazê-lo a mim, pois é um valete* belíssimo e de muito bom grado o farei cavaleiro, quando ele quiser. Porém não costumo ordenar um cavaleiro com outras armas e outras vestimentas que não as minhas. Mas deixai-me o valete* e de muito bom grado o farei cavaleiro: providenciarei o que me cabe dar-lhe, isto é, as armas, o toque de espada*. Que Deus coloque nele o restante, quero dizer, a bravura e as qualidades que um cavaleiro deve possuir.

– Sire – torna ela –, é possível que não costumeis fazer um cavaleiro de outro modo; mas, se concordardes, não haverá para vós desonra alguma nisso. Sabei que este valete* não pode e não deve ser feito cavaleiro com outras armas e outras vestimentas que não estas aqui. Se concordardes com isso, vós o fareis cavaleiro; se não, vou dirigir-me a outro lugar e eu mesma o farei cavaleiro, se for preciso.

11. – Sire – diz sir Ivan –, não vos recuseis a fazê-lo cavaleiro como a senhora vos roga. Não deixeis ir embora um valete* tão belo, pois não tenho lembrança de haver visto outro igual.

O rei acede ao desejo da dama, que lhe agradece com efusão. Ela dá ao valete* dois animais de carga e dois soberbos palafréns, totalmente brancos, além de quatro escudeiros para servi-lo.

*Primeiros olhares para a rainha.*

12. Então ela apresenta suas despedidas ao rei, que em vão insiste para que permaneça.

– Minha senhora – diz o rei –, vossa recusa me entristece. Dizei-me quem sois e qual é vosso nome; eu gostaria de saber.

– Sire, não devo esconder meu nome a um homem valoroso como vós: chamam-me de Dama do Lago.

Esse nome deixa perplexo o rei: nunca o ouviu antes. A dama parte e o valete* acompanha-a pelo espaço de um tiro de arco.

– Caro filho de rei – diz-lhe ela –, agora deveis voltar. Quero que fiqueis sabendo que não sois meu filho, mas sim o filho de um dos cavaleiros mais sábios e melhores e de uma das mais belas e melhores damas. Por enquanto nada sabereis sobre vosso pai nem sobre vossa mãe, mas em breve ficareis sabendo. Cuidai de ser tão valoroso de coração quanto sois belo de corpo, pois tendes toda a beleza que Deus poderia conceder a um jovem; que pena seria se a bravura não igualasse a beleza! Não esqueçais de pedir ao rei que vos faça cavaleiro amanhã à tarde; e quando isso acontecer não deveis dormir uma só noite em sua casa, mas sim ir por todos os lugares em busca de aventuras* e de maravilhas; assim podereis conquistar glória e renome.

13. "Se o rei interrogar-vos sobre vosso nome, sobre vossa identidade ou sobre a minha, dizei simplesmente que nada sabeis, exceto que sou uma senhora que vos criou. Mas sabei que não sois menos nobre do que os dois filhos de rei que estavam convosco; ambos são primos-irmãos vossos e vou conservá-los comigo por tanto tempo quanto puder, em memória de vós."

14. Ao saber que os dois garotos são seus primos, Lancelot fica arrebatado de alegria. A senhora tira do dedo um anelzinho e coloca-o no dedo do infante, explicando que ele dissipa todos os encantamentos. Então o recomenda a Deus, beija-o ternamente e diz ao afastar-se:

– Caro filho de rei, quanto mais levardes a bom termo perigosas aventuras*, mais enfrentareis as outras com segurança; e, se abandonardes as aventuras*, ainda está para nascer aquele que realizará as que abandonardes. Ide agora, bom e belo jovem, nobre e gracioso, desejado de todos e amado por todas as mulheres mais do que qualquer outro cavaleiro! Assim sereis, tenho certeza.

*15-19. Lancelot despede-se de todos e parte para Camelot com a comitiva real. O rei entrega-o aos cuidados de sir Ivan, que lhe dá hospedagem. De manhã Lancelot declara a Ivan que deseja que o rei o faça cavaleiro no dia seguinte, um domingo: "Dizei a meu senhor o rei que me faça cavaleiro amanhã, sem mais demora." Ivan leva o pedido ao rei, que, para satisfazer a curiosidade da rainha, manda-o buscar Lancelot.*

20. Espalhou-se pela cidade a notícia de que o belo valete* chegado na véspera será cavaleiro no dia seguinte e está indo para a corte em trajes de cavaleiro. Os habitantes aglomeram-se nas janelas e admitem, à sua passagem, que nunca viram um valete* tão belo. Chegando ao pátio, ele apeia e a notícia circula pelo salão e pelos aposentos; cavaleiros, damas e damiselas precipitam-se e mesmo o rei e a rainha acorrem às janelas.

21. Ao descer do cavalo, Ivan pega-o pela mão e o faz subir ao salão*. O rei e a rainha vão a seu encontro, dão-lhe as mãos e sentam-se num coxim; o valete* senta diante deles, sobre os ramos que juncavam* o salão*, e o rei contempla-o com prazer. Na véspera surpreendera-se com sua beleza, que agora lhe parece ainda mais esplendorosa; a rainha roga a Deus que o torne um homem tão valoroso quanto é belo.

22. Ela lhe lança olhares meigos, e ele também a contempla discretamente sempre que pode, maravilhado com tão misteriosa beleza; a de sua Dama do Lago e de outras mulheres se desvanecem diante desta aqui. Ele não estava errado em valorizar a rainha mais do que qualquer outra, pois era a senhora das senhoras e fonte de beleza. Mas se soubesse dos méritos que possuía iria olhá-la com mais admiração ainda, pois nisso ela superava qualquer outra mulher, pobre ou rica. Ela pergunta a sir Ivan o nome do valete* e este responde que não sabe.

– E sabeis quem é seu pai e qual sua pátria?
– Não, minha senhora, sei apenas que é da Gália, por causa do sotaque.

23. Então a rainha toma Lancelot pela mão e interroga-o sobre sua terra de origem. Ao sentir aquela mão, ele estremece como se saísse de um sono e já não sabe o que foi dito. Seu estupor não escapa à rainha, que lhe pergunta novamente:
– Dizei-me de qual região sois.
Ele a olha com candura e diz suspirando que nada sabe sobre isso.
– Qual é vosso nome? – prossegue ela.
O valete* responde que também não sabe. Ela percebe então que ele está perdido em pensamentos, desconfia que seja por sua causa e interrompe a conversa. Levanta-se e, para que não percebam suas suspeitas, declara que esse valete* não lhe parece muito sensato e que, sensato ou louco, recebeu má educação.
– Minha senhora – replica sir Ivan –, nem vós nem eu sabemos o que se passa; talvez ele tenha recebido ordem de guardar silêncio sobre seu nome e sua identidade.

24. A rainha retirou-se para seus aposentos e, na hora de vésperas*, sir Ivan levou pela mão o valete*. Ao voltar das vésperas*, o rei, a rainha e os cavaleiros foram para um belíssimo jardim à margem do rio que corria

abaixo da residência real. Atrás do valete* e de sir Ivan caminhava um grupo compacto de outros valetes* que deviam ser feitos novos cavaleiros no dia seguinte. Ao voltarem do jardim, subiram ao salão* e tiveram de atravessar o aposento onde estava deitado o cavaleiro espetado com os dois pedaços de lança e a espada; seus ferimentos cheiravam tão mal que os cavaleiros cobriam o nariz com os mantos e apressavam-se a fugir. O valete* pergunta a sir Ivan a razão desse gesto.

– Querido amigo, é por causa de um cavaleiro ferido, acamado aqui – responde ele.

25-26. *Ambos vão ter com o cavaleiro e Lancelot se dispõe a tirar-lhe os ferros, mas Gauvan pondera que ele ainda não é cavaleiro.*

27. O valete* não ousa dizer mais nada; limita-se a recomendar a Deus o ferido e este lhe deseja que se torne um homem de valor, com a ajuda de Deus. Sir Ivan leva-o para o salão*, onde as mesas* estavam armadas e recobertas de toalhas, e todos sentam para comer. À noite, sir Ivan conduz o valete* a uma igreja onde o jovem velou até o amanhecer. No dia seguinte ele o levou de volta para seus alojamentos e fez que dormisse até a hora da missa solene. Então voltaram para a igreja com o rei.

28. No momento em que ele se dirigia para a igreja, mandaram trazer as armas de todos os que deviam ser feitos cavaleiros e eles se armaram de acordo com o ritual da época. O rei deu-lhes o toque*, mas não lhes cingiu a espada antes de voltarem da igreja. Depois do toque assistiram à missa na igreja, armados, como era costume então. Assim que voltaram da igreja, o valete* deixou sir Ivan, subiu para o salão*, foi para junto do cavaleiro ferido e lhe disse que arrancaria seus ferros imediatamente, se ele quisesse.

– Quero sim e fico muito feliz com isso, se as convenções forem respeitadas – responde o cavaleiro.

29. Rememora-as para o valete*, que se dispõe a prestar juramento. Vai até uma janela, estende a mão na direção de uma igreja que avista abaixo e jura ao cavaleiro, na presença dos escudeiros, que tudo fará para vingá-lo dos que afirmarem amar mais que ele o autor de seus ferimentos. No auge da alegria, o cavaleiro diz:

– Caro senhor, agora podeis tirar-me os ferros. Sede bem-vindo!

O valete* leva a mão à espada cravada na cabeça do cavaleiro, retira-a tão suavemente que o ferido quase nem sente e depois tira-lhe os pedaços de lança.

30. Um escudeiro viu-o arrancar os ferros do cavaleiro. Desce correndo até o meio da corte, diante do salão* onde o rei estava cingindo as espadas aos novos cavaleiros, e conta a sir Ivan que o valete* havia tirado

os ferros do ferido. Sir Ivan precipita-se para o quarto do cavaleiro; fora de si, constata que é verdade.

31. – Por Deus, senhor, ide buscar-lhe um médico! – diz o valete* a sir Ivan, ao vê-lo diante de si.

– Fostes vós que lhe tirastes os ferros?

– Sim, senhor. Eu tinha muita pena dele e não podia mais suportar que continuasse em tão triste estado.

– Não agistes com sabedoria; vossa conduta será vista como loucura. Há aqui alguns dos melhores cavaleiros do mundo, e eles não quiseram envolver-se nisso; mas vós, sem medir as conseqüências, vos comprometestes a tentar uma prova que me assusta! Por Deus, eu teria preferido que o cavaleiro fosse embora daqui sem socorro, por maior que fosse o risco de desonra para o rei e sua casa e por mais que isso prejudicasse o cavaleiro, pois se tivésseis vivido longo tempo teríeis certamente cumprido grandes desígnios.

– Senhor – responde o valete* –, muito mais vale que eu morra neste afazer, se nele devo encontrar a morte, do que este cavaleiro que provavelmente é de grande bravura: por enquanto ninguém sabe coisa alguma de meu valor e nada fiz que atraia recriminação sobre o rei e sobre sua casa.

32. *O rei repreende Ivan por ter deixado "que o mais belo valete\* do mundo empreendesse uma prova da qual só lhe pode advir a morte".*

33. O rumor do incidente espalhou-se por toda a casa e chegou até a rainha. Ela fica muito penalizada, pois teme que o valete* tenha agido assim para mostrar-se digno de seu amor; e afirma que o perigo e o sofrimento que aguardam o jovem são imensos. Todos lamentam de coração pelo valete*; e na aflição geral nem o rei nem ninguém pensou na espada que ele esquecera de cingir-lhe. Estendem-se então as toalhas e os novos cavaleiros, agora sem as armas, vão sentar-se à mesa.

*Lancelot campeão da senhora de Nohaut.*

34. O rei estava comendo há algum tempo quando entrou um cavaleiro armado, menos o elmo e a baveira*, que baixara sobre os ombros. Ele se adianta até o rei e saúda-o:

– Rei Artur, Deus guarde a ti e a toda tua companhia*, da parte da senhora de Nohaut, a quem pertenço. Minha senhora manda dizer-te que o rei de Northumberland a está atacando e sitiou seu castelo. Causou-lhe grandes perdas, matou muitos de seus homens e devastou boa parte de suas terras. Ele a acusa a propósito de acordos dos quais ela não sabe nem muito nem pouco.

35. "As conversações entre os dois lados foram abertas por cavaleiros e por religiosos, e o rei de Northumberland diz que está decidido a exigir o cumprimento desses acordos, conforme será estabelecido por um julgamento no qual minha senhora deve defender-se como puder, por um combate de um cavaleiro contra um cavaleiro, ou de dois contra dois, ou de três contra três, ou de tantos quantos ela tiver a seu dispor. Por isso minha senhora manda dizer-te, visto que és seu senhor legítimo e ela tua lígia*, que a socorras nessa necessidade e lhe envies um cavaleiro capaz de defender sua causa.

– Caro amigo, vou socorrê-la de muito bom grado e reconheço que esse é meu dever: ela é lígia* minha e recebeu de mim todas suas terras; e além disso é senhora de tanto mérito, tão boa e nobre que meu dever é socorrê-la.

36-40. *Após a refeição, Lancelot pede a Artur que o deixe ir em socorro da senhora de Nohaut. Artur recusa, mas, como Lancelot insiste e recebe apoio de Ivan e Gauvan, acaba cedendo: "Deus faça que com isso ganheis louvor e renome e eu seja honrado." Lancelot despede-se de todos e vai preparar-se para partir.*

41. O mensageiro deixa o salão* e vai para a morada de sir Ivan, onde o valete* estava se armando. Quando só lhe falta proteger a cabeça e as mãos, ele diz a sir Ivan:

– Ah, senhor, cometi um esquecimento. Não me despedi de minha senhora.

– Sábias palavras – responde Ivan. – Então vamos até ela.

– Caro senhor – diz o valete* ao mensageiro que o esperava –, ide embora na frente; irei a galope assim que tiver falado com minha senhora a rainha. E vós – diz a seus escudeiros –, ide com ele e levai todo meu equipamento.

Aconselha um deles a levar também sua espada, pois aspira a ser feito cavaleiro por outra mão que não a do rei[8].

42. O mensageiro parte com os escudeiros do valete*. Este e sir Ivan vão para a corte, atravessando o salão* onde o rei e muitos bons cavaleiros ainda se encontram. O valete* havia baixado a baveira* sobre os ombros; entrou com Ivan no quarto da rainha, ajoelhou diante dela e olhou-a com doçura, tão longamente quanto ousou. Quando a timidez o venceu, cravou os olhos no chão, embaraçado.

---

8. Embora Lancelot se diga cavaleiro, só o será de fato quando lhe cingirem a espada; e esta lhe será enviada pela rainha.

– Minha senhora – disse sir Ivan à rainha –, eis aqui o valete* de ontem à tarde que o rei fez cavaleiro e que vem despedir-se de vós. Ele vai socorrer a senhora de Nohaut, da parte de meu senhor.

– Meu Deus, por que meu esposo permitiu isso? Ele já tinha tanto a fazer por haver tirado os ferros do cavaleiro!

– Para dizer a verdade, minha senhora, o rei não ficou contente, mas o valete* lhe pediu isso como um dom*.

– Meu Deus – exclamam as damas e as damiselas –, como ele é belo e de nobre aparência e bem-feito de corpo, e tem ar de ser de grande bravura!

43. A rainha toma-o pela mão:

– Levantai-vos, caro senhor, agora que sei quem sois. Talvez sejais de nascimento mais nobre do que penso, e deixei que ficásseis de joelhos diante de mim! Não é cortês de minha parte.

– Ah, minha senhora – responde ele, suspirando –, primeiro haveis de perdoar-me a loucura de que me tornei culpado para convosco. Saí daqui sem despedir-me de vós.

– Querido amigo, sois tão jovem que é preciso perdoar-vos uma falta como essa, e perdôo-vos de coração.

– Graças vos sejam dadas, minha senhora! E se fosse de vosso agrado eu me consideraria cavaleiro vosso em qualquer lugar onde estiver.

– Sinceramente, eu gostaria muito.

– Minha senhora, então vou partir, com vossa permissão.

– Adeus, meu querido amigo.

E ele responde bem baixinho:

– Muito obrigado, minha senhora, já que vos apraz que eu o seja.

Então a rainha se levanta dando-lhe a mão, e ele se sente no céu quando a mão da rainha toca a sua totalmente nua. Despede-se das damas e damiselas e sir Ivan leva-o de volta para o salão*. Depois de retornarem a seus alojamentos, ele lhe arma a cabeça e as mãos; mas, no momento de cingir-lhe a espada, lembra-se de que o rei não o fizera.

– Senhor, ainda não sois cavaleiro! O rei não vos cingiu a espada! Vamos procurá-lo para que o faça.

– Senhor, esperai-me aqui: vou atrás de meus escudeiros que estão levando minha espada, pois é ela que o rei deve cingir-me. Irei com meu cavalo o mais rápido possível e na volta virei diretamente encontrar-vos.

45. Ele parte e sir Ivan fica esperando-o, mas o valete* não tem a menor intenção de voltar: não quer ser feito cavaleiro pela mão do rei e sim pela mão de uma outra pessoa graças à qual espera tornar-se melhor. Sir Ivan aguarda-o em vão durante longo tempo e então vai dizer ao rei:

— Sire, fomos logrados por vosso valete* que vai levar socorro a Nohaut.

E conta-lhe que o valete* devia retornar depois de ir buscar a espada. O rei espanta-se por ele não ter voltado apesar de sir Ivan ter-lhe dito que ainda não era cavaleiro.

— Creio que ele é um homem de alta linhagem e de grande dignidade e sentiu como sinal de menosprezo o fato de meu senhor o rei não lhe ter cingido a espada antes dos outros, e por isso foi embora — diz sir Ivan.

— É muito possível — diz a rainha, apoiada por muitos cavaleiros. Mas agora o conto não fala mais do rei, da rainha e de sua companhia* e volta ao valete*, a caminho para libertar a senhora de Nohaut.

XXIIIa. 1-15. *No caminho, Lancelot reencontra uma damisela da qual foi afastado pelo cavaleiro que a mantinha presa num pavilhão; liberta outra damisela, prisioneira na ilha de um lago. O cavaleiro do pavilhão, vencido por Lancelot, entrega-lhe essas duas damiselas; ele manda-o levar ambas para a corte do rei Artur.*

16. *A espada enviada pela rainha.*

— Levai-as à corte de meu senhor o rei Artur e dizei a minha senhora que o valete* que vai em socorro da senhora de Nohaut é quem as envia e que lhe peço, a fim de pertencer-lhe para sempre, que me faça cavaleiro mandando-me uma espada, pois meu senhor o rei não me cingiu a espada quando me fez cavaleiro.

17. Quando o cavaleiro do pavilhão fica sabendo que o valete* era um cavaleiro novato, fica boquiaberto.

— Senhor — diz ele —, onde vos encontrarei ao voltar?

— Em Nohaut; ide diretamente para lá.

O cavaleiro parte então para a corte, desincumbe-se de sua mensagem e conta à rainha as espantosas aventuras* do valete*, o que a enche de alegria. Ela lhe envia uma espada excelente, ricamente provida de bainha e de talabarte; o cavaleiro leva-a consigo e vai para Nohaut. Chegando aos arredores da cidade, encontra o valete* e entrega-lhe a espada da parte da rainha. Ele a cinge de muito bom grado, dizendo que agora é realmente cavaleiro, graças a Deus e à sua senhora. É por isso que até aqui o conto o chamou de valete*.

18. O mensageiro da senhora de Nohaut que fora solicitar ajuda a Artur já havia chegado há três dias; e fizera a sua senhora um tal elogio do novo cavaleiro que ela o esperava com impaciência. Ao chegar, ele foi acolhido com entusiasmo. A senhora e sua gente manifestam-lhe toda a

alegria que é possível testemunhar a um cavaleiro forasteiro. Em presença da senhora, ele não ficou impressionado com sua beleza; ela era muito bela, mas não há beleza que toque seu coração.

– Minha senhora – diz ele –, o rei Artur envia-me para defender vossa causa travando batalha e estou pronto para batalhar imediatamente, ou quando vos aprouver.

– Abençoado seja meu senhor o rei, e vós sede bem-vindo: recebo-vos com toda minha gratidão.

19. Então ela nota sua loriga* danificada na altura do ombro, no lugar onde ele foi ferido quando conquistou a damisela da ilha no lago. O ferimento agravou-se, pois ele não lhe deu atenção. Manda que o desarmem e, verificando que o ferimento era extenso e profundo, diz:

– Em nome de Deus, não estais em condição de combater antes de sarardes, e obterei facilmente um adiamento para minha batalha.

– Minha senhora, tenho muito mais a fazer em outros lugares; devo apressar-me, tanto no interesse vosso como no meu.

A dama replica que de maneira alguma admitirá que ele lute em tais condições; manda vir médicos, deita-o num quarto e o mantém assim durante quinze dias, até sua cura completa.

20-36. *Na corte ficam sabendo que o caso da senhora de Nohaut ainda não está resolvido. Kai se oferece para dar mão forte ao jovem cavaleiro. Juntos, os dois conseguem vencer os dois campeões do rei de Northumberland, para fazer respeitar os direitos da senhora de Nohaut. Continuando seu caminho, Lancelot vence Alibon, que se diz guardião do Vau da Rainha, e envia-o para a corte.*

XXIVa. 1-13. *Em branca armadura (doravante ele é chamado de Cavaleiro Branco), Lancelot chega ao castelo da Guarda Dolorosa, onde ninguém entrava sem sofrer morte ou prisão, caso fosse vencido em um combate contra dez cavaleiros que se revezavam à medida que cada um deles era eliminado em duelo. Ele enfrenta esses adversários, coloca cinco fora de combate, mas é surpreendido pela noite. Por isso a luta deve recomeçar no dia seguinte. A damisela que tentara dissuadi-lo de entrar no castelo e que ele não reconheceu como mensageira da Dama do Lago, porque estava coberta com um véu, vai facilitar-lhe a vitória dando-lhe escudos mágicos.*

Os escudos mágicos enviados a Lancelot pela Dama do Lago.

14. Então Lancelot ordena aos que conquistara que o sigam; eles obedecem. A damisela conduz o cavaleiro ao burgo, a uma bela morada, e

ele tinha grande precisão disso, pois estava no fim de suas forças. Lá, a damisela levou-o a um aposento onde ele vê três escudos suspensos do teto, em suas capas; pergunta à damisela a quem pertencem.

– A um só cavaleiro – diz ela. Manda retirar as capas e ele vê que os três são de prata; em um há uma banda rubra enviezada, no outro duas, no outro três. Enquanto os admirava, a damisela sai de um outro quarto, ricamente trajada e com o rosto descoberto. Ao vê-la sem o véu, ele a reconhece e corre abraçá-la.

– Ah, linda damisela, sede bem-vinda entre todas as damiselas! Dizei-me, por Deus, o que está fazendo minha boa senhora.

– Ela vai bem – responde a damisela.

15. Tomando-o pela mão, leva-o de lado e conta que foi enviada por sua senhora do lago; e revela:

– Amanhã ficareis sabendo vosso nome, o de vosso pai e o de vossa mãe, e isso acontecerá lá em cima, naquele castelo do qual sereis o senhor, antes que soem vésperas*, pois ouvi isso de minha senhora pessoalmente. Os três escudos que vistes são para vós e são pouco comuns: assim que puserdes ao peito aquele com a banda única, recobrareis a força e a bravura de mais um cavaleiro, além das vossas próprias. Se puserdes o de duas bandas, tereis a bravura de dois cavaleiros, e o de três bandas a de três cavaleiros. Amanhã mandarei levá-los ao local. Assim que sentirdes vossas forças diminuírem deveis pegar o escudo com uma banda; depois o de duas bandas, se a necessidade vos obrigar; e, quando quiserdes fazer estragos por toda parte e suscitar a admiração entusiasta do mundo inteiro, pegai o de três bandas, pois assistireis então às mais espantosas maravilhas que já vistes. Mas cuidai de não permanecer com o rei Artur nem com ninguém antes de assegurardes vosso renome por altos feitos em diversas terras: minha senhora assim quer, para que vos eleveis em dignidade e aumenteis vossos méritos.

16. Ambos conversaram longamente e sentaram-se para comer quando a refeição ficou pronta. As pessoas do burgo e do castelo estavam curiosas para ver o cavaleiro e rogavam a Nosso Senhor que lhe concedesse vencer todos os cavaleiros como derrotara os cinco outros, pois ansiavam pelo final definitivo dos encantamentos e dos maus costumes do castelo.

17-27. *O combate recomeça no dia seguinte. Graças aos escudos mágicos, Lancelot sai vencedor, porém com a sensação de que com isso seu valor pessoal foi diminuído proporcionalmente.*

28-30. *Os moradores do castelo e do burgo imploram a Lancelot que agora enfrente Brandis, o senhor do castelo; porém um valete\* informa que ele fugiu a galope.*

*Na Guarda Dolorosa, Lancelot levanta a laje de uma tumba.*

31. Essa notícia causa consternação entre os do castelo. Eles conduzem o cavaleiro a um cemitério estranho, cuja visão o deixa perplexo. Era totalmente cercado por muros com ameias e em muitas havia cabeças de cavaleiros cobertas com seus elmos e, diante de cada ameia, uma lápide com a inscrição: "Aqui jaz fulano e eis sua cabeça." Ao pé das ameias onde não havia cabeça, nenhum nome estava escrito, mas a inscrição dizia: "Aqui repousará fulano." Muitos dos nomes eram os de bons cavaleiros da terra do rei Artur e de outros lugares. No meio do cemitério havia uma grande laje de metal lavrada em ouro, pedras preciosas e esmaltes, com uma inscrição: "Esta laje só será erguida sem esforço pela mão daquele que conquistar este Castelo Doloroso, e seu nome está escrito aqui embaixo." Muitos haviam tentado erguê-la, usando de força ou de destreza, para ficar sabendo o nome do Bom Cavaleiro.

32. Eles conduzem o cavaleiro até a laje e mostram-lhe a inscrição, que ele lê facilmente, graças à instrução que recebera. Examina bem a laje, segura-a com as duas mãos pelo lado mais grosso e ergue-a mais de um palmo acima da cabeça. Então vê a inscrição: "Aqui repousará Lancelot do Lago, o filho do rei Ban de Benoic." Volta a deitar por terra a laje: o nome que leu é o seu, não tem como duvidar. A damisela que pertencia à sua senhora havia visto o nome tão bem quanto ele.

– O que vistes? – pergunta ela. – Dizei-me.
– Absolutamente nada.
– Vistes sim! Dizei-me. Vi-o tão bem quanto vós.

Ela sussurra o nome a seu ouvido; ele conjura-a insistentemente a não falar disso com ninguém.

33. Levam-no então ao castelo, a um dos mais magníficos salões do mundo; desarmam-no e festejam-no. Esse salão* pertencia ao senhor do castelo e estava provido de todas as riquezas que convêm à corte de um homem poderoso e de alta nobreza. Foi assim que o Cavaleiro Branco conquistou a Guarda Dolorosa; e a damisela que está com ele obriga-o a permanecer ali para curá-lo de seus numerosos ferimentos. Mas os do castelo estão consternados porque seu senhor escapou: se tivesse sido pego, teria revelado todos os mistérios desse lugar, e agora eles têm medo de nunca descobrir coisa alguma, pois duvidam que conseguirão reter o cavaleiro durante quarenta dias. Se ele permanecesse durante esse prazo, os encantamentos e os fenômenos que ali aconteciam dia e noite cessariam: ninguém bebia ou comia nem acordava ou dormia em segurança. Assim, os habitantes da cidade estão divididos entre a alegria e a decepção, mas reservam para seu novo senhor a acolhida cheia de rego-

zijo que lhe é devida. O conto agora não fala mais dele e segue outra direção, como ides ouvir.

XXVa. *O irmão de Aiglin dos Vales anuncia à corte de Artur que a Guarda Dolorosa foi conquistada. Gauvan e nove cavaleiros vão para lá a fim de verificar a incrível notícia e encontram nos túmulos do cemitério os nomes dos cavaleiros da casa do rei Artur. Uma damisela diz a Gauvan que o cavaleiro das brancas armas foi morto.*

XXVIa. *Artur, por sua vez, dirige-se para a Guarda Dolorosa; tem de enviar vários cavaleiros em certas horas do dia para saber se a porta lhe será aberta.*

XXVIIa. *Um vavassalo\* oferece alojamento a Gauvan e seus companheiros; graças a esse convite feito por traição, Brandis, o senhor decaído, aprisiona-os.*

XXVIIIa. *Lancelot fica sabendo, por uma damisela da Dama do Lago, que seus amigos estão prisioneiros de Brandis. Ele põe em fuga Brandis e seus homens e manda abrir a porta do castelo; mas, fascinado na contemplação da rainha, esquece de fazê-la entrar. Tarde demais percebe seu erro e deixa o castelo. O rei e a rainha conseguem penetrar apenas até o cemitério, onde por sua vez deparam com os túmulos dos cavaleiros da Távola Redonda.*

XXIXa. *Lancelot tem intenção de retornar à Guarda Dolorosa para libertar Gauvan, Ivan e os prisioneiros; graças aos avisos de um eremita, evita um ataque dos homens de Brandis contra Artur. Nessa luta ele vence um cavaleiro (é o próprio Brandis, como lhe informará um pouco depois o eremita) que o dissuade de levá-lo para a Guarda Dolorosa, se não quiser perder Gauvan e seus companheiros. Lancelot conduz o vencido ao eremitério e tem de defendê-lo contra Kai, que o reconheceu como o homem que tentou matar o rei. Lancelot encontra na Guarda Dolorosa os prisioneiros, mas para cumprir a promessa que fez tem de soltar Brandis, que o levou até lá. As portas da Guarda Dolorosa finalmente são abertas para Artur, que desastradamente deixa partir Lancelot, o único capaz de pôr fim aos encantamentos.*

XXXa. *Os prisioneiros são libertados por Lancelot, que não se dá a conhecer.*

XXXIa. *Eles vão ao encontro de Artur. Todos se perguntam sobre a identidade do libertador. O torneio de Além das Marcas é anunciado.*

XXXIIa. *Lancelot liberta um cavaleiro.*
1. *Viajando incógnito, Lancelot encontra uma mensageira da rainha.*
2. A damisela e ele trocam saudações.

– Senhor, sou portadora de novas que devem causar alegria a todos os cavaleiros desejosos de adquirir glória e renome. Minha senhora a rainha manda dizer a todos os cavaleiros que três dias após a festa de Nossa Senhora em setembro[9] haverá uma grande assembléia\* do rei Artur e do rei de Além das Marcas, nos confins das duas terras de ambos, na região situada entre Godorsone e o rio Maine. E, por Deus, se sabeis notícias do cavaleiro que conquistou a Guarda Dolorosa, dizei-me. Minha senhora pede-lhe que lá esteja, se pretende desfrutar de sua familiaridade e de sua companhia; ela terá prazer em vê-lo.

3. O cavaleiro (*Lancelot*) fica boquiaberto; durante um bom momento não diz uma só palavra. Com medo de ser reconhecido, mantém a cabeça baixa.

– Damisela, em nome da pessoa que vos é mais cara, conheceis esse cavaleiro? – pergunta ele.

– Não.

– Pois bem, digo-vos que a noite passada dormi na mesma casa que ele. Que minha senhora saiba que ele estará presente na assembléia\*, se não morrer nesse entretempo: nenhum outro impedimento o reteria.

4. A damisela parte e o cavaleiro prossegue seu caminho, avançando durante a semana inteira até o sábado após a hora de prima\*. Então encontra numa espessa floresta um grupo numeroso de pessoas a pé e a cavalo e entre elas um cavaleiro alto, montado, que arrastava um homem atado à cauda de seu palafrém por uma corda flexível. O homem estava apenas de camisa e calção\* e com os pés descalços; tinha os olhos vendados e as mãos amarradas atrás das costas; era um dos homens mais belos que poderia haver. Trazia, pendurada ao pescoço pelas tranças, uma cabeça de mulher. O Cavaleiro Branco vê aquele infeliz e pergunta-lhe quem é.

– Senhor, sou um cavaleiro de minha senhora a rainha; estas pessoas me odeiam e estão me conduzindo para a morte, pois querem matar-me em segredo – responde ele.

O Cavaleiro Branco pergunta-lhe de qual rainha ele proclama ser.

---

9. Trata-se da festa da Natividade de Nossa Senhora, em 8 de setembro.

– Da rainha da Bretanha.

5. – Por certo não deveríeis conduzir um cavaleiro tão ignominiosamente como fazeis – diz o Cavaleiro Branco.

– Mas sim! – replica o cavaleiro alto que o arrasta. – Ele é traidor e desleal e renegou a cavalaria*. Apanhei-o em flagrante delito de traição e farei justiça de acordo com isso.

– Caro senhor – diz o Cavaleiro Branco –, um cavaleiro não deve eliminar um outro fazendo justiça por si. Se ele vos traiu, levai as provas disso a uma corte e então podereis obter vingança com honra.

– Não o colocarei à prova numa outra corte que não a minha, pois o declarei culpado de seu malfeito. Ele me desonrou com minha mulher, cuja cabeça traz ao pescoço, pendurada pelas tranças.

6. O acusado, em suas cordas, jura solenemente que nunca na vida teve idéia de desonrá-lo.

– Senhor – diz o Cavaleiro Branco –, visto que ele nega tão energicamente esse malfeito, não tendes o direito de matá-lo. Se é culpado de um mal contra vós, recorrei à justiça, como eu vos disse. Cometereis uma grave falta matando-o, pois é um cavaleiro de minha senhora a rainha.

– Da rainha? Não é isso que me impedirá de matá-lo.

– Não? – retruca o Cavaleiro Branco. – Ficai sabendo que ele não morrerá por vossa mão, pois tomo-o sob minha proteção contra todos os que aqui vejo.

7. *Lancelot derruba o cavaleiro alto, põe em fuga seus acompanhantes e liberta o prisioneiro.*

8. O cavaleiro libertado pergunta a Lancelot:

– Senhor, da parte de quem agradecerei à rainha por vossa proteção, pois ignoro vosso nome?

– Não deveis saber meu nome. Descrevei a ela meu escudo e dizei-lhe que estais livre graças àquele que o usa.

O cavaleiro vai ter com a rainha, agradece-lhe pelo socorro vindo do cavaleiro cujo escudo lhe descreve e ela compreende prontamente, cheia de alegria, que se trata do mesmo que conquistou a Guarda Dolorosa.

9-15. *Em virtude do juramento que fizera[10], Lancelot é forçado a matar um cavaleiro. Ferido nesse duelo, é transportado numa padiola que seus escudeiros fazem para ele.*

XXXIIIa. *À procura de Lancelot, Gauvan encontra-o nesse estado, mas seu amigo não se dá a conhecer. Em seguida ele encontra Helis de Blois.*

---

10. Cf. XXIIa.

*O rei dos Cem Cavaleiros manda seus homens prenderem a senhora de Nohaut, unicamente para vê-la. Helis e Gauvan tomam a defesa dela para reconduzi-la tranqüilamente até o rei.*

XXXIVa. *Fiel à promessa que fizera à rainha*[11] *e apesar das seqüelas de seus ferimentos, Lancelot comparece ao torneio do rei de Além das Marcas. É ferido por Malaguis. Recusa-se a responder a Gauvan, que, sem saber que é ele mesmo, interroga-o sobre o cavaleiro que fez Artur entrar na Guarda Dolorosa.*

XXXVa. *Uma admiradora de Lancelot.*
1-2. *Para evitar Gauvan, Lancelot parte no meio da noite. O rei de Além das Marcas e o rei dos Cem Cavaleiros, derrotados, solicitam a Artur um novo combate, cuja data será "a segunda semana que precede o Advento".*
3. O rei Artur e a rainha retornam para sua terra, os exércitos separam-se e os cavaleiros aguardam a data marcada. Sir Gauvan recomeça sua busca e imediatamente depois de ter deixado o rei encontra uma damisela cavalgando a passo rápido numa égua veloz. Trocam uma saudação e Gauvan lhe pergunta se está com problemas.
 – Sim, um problema bastante difícil. E vós, aonde ides assim?
 – Minha senhora, estou tratando de um assunto para o qual ainda não obtive resultados. Querida amiga, podeis informar-me sobre o cavaleiro que fez o rei Artur entrar na Guarda Dolorosa?
 – Sim, se me informardes o que procuro saber. Acaso é verdade que o cavaleiro das armas vermelhas, o que foi vitorioso naquele encontro, morreu?
 – De forma alguma; seu médico disse-me que ele ficaria totalmente curado.
4. Ao ouvi-lo, ela tomba sem sentidos sobre o pescoço de sua égua; Gauvan corre ampará-la. Quando volta a si, ele lhe pergunta o motivo de seu desfalecimento.
 – Senhor, foi de alegria – responde ela.
 – Damisela, conheceis o cavaleiro?
 – Sim, senhor.
 – Falai-me então daquele sobre quem vos perguntei.
 – É ele mesmo, ficai sabendo! – responde ela. – E qual é vosso nome?
 – Chamam-me Gauvan.

---

11. Cf. XXXIIa.

– Ah, senhor, sede bem-vindo. Por Deus, consentis que eu vá convosco?
– Fico muito contente com isso – responde ele.

5. Os dois cavalgam lado a lado.

– Damisela – pergunta ele –, amais o cavaleiro?
– Sim, senhor, mais que a homem algum, porém não com o amor que imaginais. Eu não desejaria tornar-me sua mulher, e aquele que me tiver não estará mal casado: sou uma mulher rica, mas, se Deus quiser, ele fará um casamento mais brilhante. Senhor, lembrai-vos de uma damisela que encontrastes outro dia?[12]

– Sim – responde ele. – Sois vós? Censurastes-me por ter deixado a damisela na Guarda Dolorosa, e foi então que vi o cavaleiro que estamos procurando.

– É verdade, e por causa dele quase morri, pois me disseram que estava mortalmente ferido. Doente, recolhi-me ao leito. Depois me disseram que ele estaria naquela assembléia*; e hoje um escudeiro anunciou-me que o haviam matado.

– Damisela, visto que o conheceis, bem podeis dizer-me seu nome, e graças a vós ficarei livre da preocupação desta busca.

– Por Deus, ignoro seu nome, mas saberei assim que chegar onde ele está, e então vos direi.

6. *Na floresta onde Gauvan e a damisela entram, uma reclusa não lhes dá novas informações, mas previne-os contra Bruno sem Piedade.*

XXXVIa. *Remorsos de Lancelot por não ter feito a rainha entrar na Guarda Dolorosa.*

1-3. *A senhora de Nohaut, que estava à procura de Lancelot, encontra-o e, preocupada com seu estado de saúde, obriga-o a ir com ela para seu castelo. No caminho, ao passarem pela Guarda Dolorosa, Lancelot chora copiosamente diante da porta "onde fizera a rainha perder tempo enquanto ele, na muralha, permanecia fascinado. Acreditava que a rainha estava a par disso e que o detestaria para sempre". Por fim chegam a Nohaut, onde a senhora do castelo "faz companhia ao cavaleiro durante todo o tempo de sua doença e atende a todas suas necessidades. O conto deixa de falar dele por um momento e volta para sir Gauvan e a donzela".*

XXXVIIa. *Gauvan fica sabendo por Bruno sem Piedade que Lancelot está em casa da senhora de Nohaut; é levado até lá por Bruno, mas não consegue aproximar-se, sob pretexto de que seu amigo está doente. Em se-*

---

12. Cf. XXVa.

*guida ambos vão à Guarda Dolorosa, onde Gauvan não consegue levantar a laje sob a qual está inscrito o nome de Lancelot. Bruno desafia Gauvan para uma luta, pois este se recusa a entregar-lhe a damisela que o acompanha (e que deve revelar-lhe o nome de Lancelot).*

XXXVIIIa. *O médico aconselha prudência a Lancelot, que se recupera dos ferimentos para comparecer ao novo torneio de Além das Marcas.*

XXXIXa. *Gauvan é atacado por dois cavaleiros, induzidos em erro pelas calúnias de Bruno a seu respeito; depois por outros vinte, devido a nova maquinação de Bruno. Juntamente com um cavaleiro que vigiava um porto à beira de um rio, ele persegue dois cavaleiros que conduzem duas donzelas.*

XLa. *Lancelot põe fim aos encantamentos da Guarda Dolorosa.*
1. O cavaleiro na padiola[13] permaneceu em casa do eremita o tempo suficiente para recobrar a saúde; estava ansioso por portar armas e faltavam apenas quinze dias para a assembléia\*. Ele se despede do eremita e parte com seu médico e seus quatro escudeiros. Após seis léguas, diz ao médico:
– Devo ir resolver um assunto onde não podeis acompanhar-me. Agradeço-vos pela grande amizade que me demonstrastes e estou às vossas ordens onde quer que seja.
O médico deixa-o e o cavaleiro cavalga o dia inteiro, tomando cuidado para não ser reconhecido. Para não chamar atenção, manda cobrir seu escudo, o escudo vermelho.
2-4. *Um valete\* que Lancelot encontra no caminho diz-lhe que a rainha, prisioneira na Guarda Dolorosa, mandou-o encontrar seu cavaleiro e pedir-lhe que vá libertá-la. Lancelot revela ao valete\* sua identidade e segue-o até esse castelo, onde é imediatamente aprisionado. Compreende então que tudo não passou de um estratagema para atraí-lo.*
5. Ficou ali a noite inteira. Pela manhã uma damisela falou-lhe por uma janela:
– Senhor cavaleiro, já entendestes de que se trata: não podeis sair daqui sem fazer um acordo. Fostes o primeiro a conquistar a posse deste castelo; deveríeis ter-lhe trazido a paz, mas partistes às escondidas!
– Minha senhora, a rainha está em liberdade?

---

13. Lancelot, cf. XXXVIIIa.

– Sim, mas é preciso que por vosso intermédio cessem os encantamentos. Se jurardes enfrentar os riscos da prova, sereis libertado.

Ele concorda. Trazem à janela os corpos santos* e o cavaleiro faz o juramento exigido. Abrem a porta de ferro e ele sai. Servem-lhe uma suculenta refeição e em seguida descrevem-lhe a prova: ele deve permanecer no castelo quarenta dias, ou então ir buscar as chaves dos encantamentos. Ele responde que irá em busca das chaves, se lhe indicarem onde estão; mas que se apressem, pois tem muito a fazer em outros lugares.

6. Trazem-lhe suas armas e conduzem-no ao cemitério onde estão os túmulos; passam para uma capela na extremidade do torreão, onde lhe mostram a entrada de uma cave subterrânea e informam que é lá que está a chave dos encantamentos. Ele se persigna, avança para o interior, o escudo à frente do rosto, a espada desembainhada, e vê adiante uma imensa claridade. Ouve ao redor de si um grande alarido, mas mesmo assim prossegue. Tem a impressão de que a cave vai desabar e de que tudo está rodando; apóia-se na parede e, beirando-a, vai até uma porta mais distante, na entrada de uma outra câmara. Lá depara com duas estátuas de cobre de cavaleiros, cada um com uma espada de aço muito longa e pesada, desferindo golpes tão rápidos e tão seguidos que ninguém passaria impunemente.

7. O cavaleiro não treme: põe o escudo sobre a cabeça e avança. Um golpe fende-lhe o escudo, desce sobre o ombro direito e rompe as malhas da loriga*, tão violentamente que o sangue rubro lhe corre ao longo de todo o corpo. Cai apoiado nas mãos, mas logo torna a erguer-se; pega novamente a espada que lhe escapou, o escudo e continua a avançar. Chegando à soleira de outra porta, avista à frente um poço com uns sete pés de largura e exalando um odor nauseabundo: é dali que vem o alarido. O poço é escuro e horrendo; do outro lado ergue-se um homem de cabeça negra como tinta; jorra-lhe da boca uma chama azulada, os olhos e os dentes reluzem como brasas. O homem segurava um machado; empunha-o e ergue-o para impedir a entrada do cavaleiro. Ele se pergunta como cruzará a soleira: ainda se o único obstáculo fosse o poço! Mas esse cavaleiro armado torna muito perigosa a passagem.

8. Recoloca a espada na bainha, tira o escudo do pescoço, ajusta-o na mão pelas correias*, recua para o meio do aposento e toma impulso em direção ao poço; com o escudo estendido à frente golpeia em pleno rosto o homem do machado, com tal ímpeto que o escudo rebenta em pedaços, mas o homem permanece firme sobre os pés. Então, com um novo impulso, atinge-o tão brutalmente que teria voado para dentro do poço se não se agarrasse a seu adversário; segura-o pela garganta e aperta-a tanto que o outro deixa cair o machado, perde o equilíbrio e desmo-

rona por terra. O cavaleiro arrasta-o pelo pescoço até a beira do poço e joga-o lá dentro. Desembainhando então a espada, vê diante de si uma damisela artisticamente moldada em cobre, segurando na mão direita as chaves dos encantamentos. Ele as pega, vai até o pilar de cobre que há no meio do aposento e lê a seguinte inscrição: "A chave grande abre este pilar e a pequena abre o cofre perigoso."

9. Com a chave grande ele abre o pilar e quando chega ao cofre ouve no interior um grande ruído e altos gritos. Persigna-se e vai abrir o cofre: dele saíam trinta tubos de cobre e de cada um brotava uma voz apavorante; era dessas vozes que provinham os encantamentos e os mistérios do castelo. Coloca a chave no cofre e, assim que o abre, sai de dentro um fortíssimo redemoinho e um tumulto, como se todos os diabos ali estivessem reunidos; e eram de fato diabos. O cavaleiro cai por terra, sem sentidos; mas, voltando a si, pega as chaves do cofre e do pilar e quando chega ao poço encontra o lugar tão plano quanto o restante do aposento. Vê o pilar afundar nas profundezas da terra, assim como a damisela de cobre e os dois cavaleiros que vigiavam a porta, feitos em pedaços. Então sai dali levando as chaves, e todas as pessoas do castelo acorrem a seu encontro. Voltando ao cemitério, não vê mais nenhum dos túmulos e nenhum dos elmos que antes estavam sobre as ameias.

10. Todos o aclamam e ele deposita em oferenda as chaves sobre o altar da capela; depois conduzem-no ao salão*. Não seria fácil narrar a jubilosa acolhida que lhe reservaram. Daí em diante o castelo foi chamado de Guarda Jubilosa. O cavaleiro partiu de manhã e cavalgou até chegar à assembléia*. Do que aconteceu no entretempo o conto nada diz, a não ser que na cidade onde mandara fazer o escudo vermelho ele mandou fazer um escudo branco com banda negra e levou-o para a assembléia*. O conto volta agora a sir Gauvan.

XLIa. 1-5. *Auxiliado por seu irmão Gaheriet, Gauvan encontra num castelo as duas donzelas que procurava*[14]. *O proprietário oferece-lhes hospitalidade. Sempre ajudado por Gaheriet, mais uma vez ele tem de enfrentar Bruno e seus cavaleiros. Dirige-se para a assembléia\* do rei de Além das Marcas, onde Lancelot, o Cavaleiro Branco, faz maravilhas.*

*Gauvan fica sabendo o nome de Lancelot.*
6. Então sir Gauvan e seus companheiros partem. Chegam à assembléia* no mesmo dia em que ela devia acontecer. Mas Gauvan, Gaheriet

---
14. Cf. XXXIXa.

e os outros cavaleiros não portaram armas nesse dia. O torneio foi belíssimo, graças aos inumeráveis cavaleiros que dele participaram dos dois lados. O Cavaleiro Branco, com o escudo prateado de banda negra, justa* com tal energia que todos ficam maravilhados. Destaca-se por tantas ações brilhantes que em toda parte sai vencedor.

7. Gaheriet foi ter com sir Gauvan e disse-lhe:

– Senhor, há aqui um cavaleiro imbatível na justa*, e no outro partido dois irmãos nossos: se os embates se multiplicarem, um dos dois pagará caro. Dizei ao cavaleiro que, por amor de nós, se abstenha de enfrentar nossos irmãos, e eu lhes direi para fazerem o mesmo.

Os dois irmãos de sir Gauvan na verdade não estavam no outro partido, não desejando ter como adversários os companheiros do rei Artur; mas nos torneios muitas vezes acontecia de os aspirantes* frívolos e os homens de posição medíocre se apresentarem primeiro; depois, no dia seguinte ou no outro, todo mundo, barões e aspirantes* a cavaleiros, participava das justas*.

8. Sir Gauvan aborda o cavaleiro:

– Senhor, rogo insistentemente que não luteis com aqueles dois cavaleiros do outro partido.

Ele promete que não o fará, a não ser impelido pela necessidade. Gaheriet vai ter com seus irmãos e lhes fala do mesmo modo.

Os dois irmãos não escutam os conselhos de Gaheriet. Agravan prontamente vai justar* com o cavaleiro; ataca-o e sua lança voa em pedaços. Respondendo à investida, o cavaleiro derruba-o por terra, pega o cavalo e entrega-o a sir Gauvan:

– Aqui está, senhor, isso é tudo o que posso fazer.

9. Quando vê seu irmão cair por terra, Guerehet vai justar* com o cavaleiro; esporeia o cavalo e o outro faz o mesmo. Trocam saraivadas de golpes sobre os escudos; as lanças voam em pedaços, mas nem um nem outro é derrubado do cavalo. Empunhando as enormes lanças, tomam distância e precipitam-se um contra o outro, batendo com golpes redobrados sobre os escudos. O cavaleiro atinge tão duramente Guerehet, cuja lança se parte, que derruba por terra tanto ele como o cavalo.

10. O cavaleiro foi o vitorioso desse dia. Vendo-o vencer em toda a linha e derrubar seus dois irmãos, Gauvan conclui que esse é o cavaleiro a quem está procurando. Vai até o castelo e chama a damisela que deve revelar-lhe o nome do cavaleiro[15]. Ela monta um palafrém e sai a seu encontro fora dos muros.

---

15. Cf. XXXVa, 5.

– Damisela, qual é o nome do cavaleiro que me prometestes dizer? – pergunta Gauvan.

– Penso que é aquele que foi o grande vencedor.

– Vamos observar atentamente a direção que ele tomará no final do torneio.

Pouco depois, ao cair da tarde, o torneio chega ao fim. O cavaleiro vencedor vai embora e entra na floresta, acreditando passar despercebido. Ali conseguiu um pouso desconfortável em casa de um velho cavaleiro.

11. Seguindo seu rastro, sir Gauvan e a damisela alcançam-no.

– Que Deus vos proteja, senhor – diz Gauvan.

O outro olha-o, reconhece-o perfeitamente e formula os mesmos votos, mas está descontente que o tenham alcançado.

– Senhor, dizei-me, por favor, quem sois – pede Gauvan.

– Não vou dizer.

– Amigo caro – fala a donzela –, respondei-lhe, senão eu é que direi: ele suportou tantos sofrimentos que tem o direito de saber.

O cavaleiro guarda silêncio obstinadamente.

– Senhor – diz a donzela a sir Gauvan –, bem vejo que ele não vai falar, mas eu vos contarei, para não faltar a meu juramento. Sabei que foi Lancelot do Lago, o filho do rei Ban de Benoic, quem venceu esta assembléia* e a outra também, sob armas vermelhas, e que fez o rei entrar na Guarda Dolorosa.

– Isso me deixa muito feliz! – exclama sir Gauvan.

12. Sir Gauvan mostra-se humilde diante dele:

– Por Deus, dizei-me se essa é a verdade, senhor!

O cavaleiro enrubesce, olha encolerizado para a donzela e responde:

– Senhor, ela vos disse o que lhe agradava, mas poderia ter-se calado. Quanto a mim, nada tenho a dizer-vos.

– Então, se guardais silêncio, creio que é verdade – torna sir Gauvan. – Vou embora, pois graças a Deus cheguei ao final de minha busca.

Ele retorna ao castelo e leva alívio a muitos por haver concluído sua busca. O cavaleiro, seus dois escudeiros e a damisela partem em outra direção. Foi assim que sir Gauvan ficou sabendo quem era o cavaleiro, que por essa razão na manhã seguinte não se arriscou a reaparecer na assembléia*, temendo ser reconhecido pelos do castelo. Aqui o conto já não fala dele nem de seus companheiros e volta a sir Gauvan, feliz por haver obtido sucesso em sua busca.

XLIIa. *Gauvan junta-se ao rei em Carduel e anuncia à corte que o vencedor da Guarda Dolorosa se chama Lancelot do Lago.*

XLIIIa. *Lancelot é acolhido em casa de um anfitrião; em virtude do juramento feito ao cavaleiro de quem tirara os ferros[16], é obrigado a lutar com ele e matá-lo.*

XLIVa. *Os sonhos de Artur.*
1. Nessa época, diz o conto, o rei Artur ficou longo tempo em Carduel e lá não ocorreu nenhum fato extraordinário. Isso descontentava os companheiros, cansados de uma estadia tão longa em que nada acontecia. O senescal Kai, principalmente, estava sempre declarando, mesmo em presença do rei, que aquela permanência era intolerável e já durara demais.
– Kai, o que quereis que façamos? – pergunta-lhe o rei.
– Pois bem, eu seria de opinião que fôssemos para Camelot.

O rei devia pôr-se a caminho no dia seguinte, mas aconteceu um fato espantoso: ele sonhou que todo seu cabelo lhe caía da cabeça, bem como todos os pêlos de sua barba; ficou apavorado e por essa razão permaneceu na cidade. Três noites depois sonhou que todos seus dedos caíam das mãos, mas não as palmas; então ficou ainda mais perplexo e abriu-se com seu capelão.
– Sire – respondeu ele –, isso é sem importância, um sonho não é nada.

A rainha deu-lhe a mesma resposta.
– Por Deus, não me contentarei com isso – disse ele.

Então convida seus bispos e arcebispos a estarem dentro de vinte dias em Camelot, levando consigo os clérigos mais sábios que escolherem.

2-3. *Depois de permanecerem trancados vários dias, adiando ao máximo uma resposta, os prelados, seriamente pressionados por Artur, dispõem-se a revelar-lhe a interpretação que dão a seus sonhos.*

4. Todos são levados juntos diante do rei e o mais sábio, tomando a palavra, diz:
– Sire, vamos dizer-vos o que encontramos, mas não gostaríamos que nos considerásseis incompetentes e mentirosos se nossa predição não se realizasse; e desejamos, não importa o que aconteça, ter vossa promessa de que não nos fareis mal.

O rei assim promete.
– Sire – diz o clérigo –, ficai sabendo que perdereis toda grandeza terrestre, e aqueles em quem tendes mais confiança falharão convosco contra sua própria vontade. Esse é o destino que vos espera.

A revelação causa-lhe um choque; depois ele pergunta:

---

16. Cf. XXIIa.

– Dizei-me se alguma coisa poderia salvar-me disso.

– Na verdade, sire, vimos uma coisa, mas é tão extravagante que não podemos contá-la.

– Falai sem temor, pois não podeis anunciar-me nada pior do que isso que acabo de ouvir.

5. – Pois bem, vou falar. Nada pode desviar-vos de perder toda grandeza terrestre, a não ser o socorro do leão aquático, do médico sem remédio, pelo conselho da flor. Tudo isso nos parecia tão insólito que não ousávamos falar.

O rei fica na maior confusão. Um dia, disse que iria à floresta para caçar: partiu de manhãzinha e convidou sir Gauvan a ir com ele, bem como o senescal Kai e outros. Aqui o conto se cala a respeito do rei e de sua companhia* e retorna ao cavaleiro cujo nome Gauvan ficou sabendo na corte, quando deixou o lugar onde lutara com seu anfitrião[17].

XLVa. *Êxtase de Lancelot. Desafio de Galehot.*
1-3. *Enquanto contemplava de longe a rainha, que estava à janela de um solar, Lancelot é surpreendido por um cavaleiro desconhecido que o desafia a segui-lo até diante dela. Lancelot concorda, mas o cavaleiro adia a empreitada para o dia seguinte e leva-o pernoitar em sua casa. O conto volta ao rei Artur.*

XLVIa. 1. O rei, diz aqui o conto, voltou da floresta no final da tarde. À noite, quando ele estava jantando, entrou um cavaleiro idoso, que parecia homem sensato e calmo. Estava armado, exceto na cabeça e nas mãos; apresentou-se diante da mesa do rei e disse-lhe, sem o saudar:

– Rei, o homem mais perfeito de seu tempo envia-me a ti: é Galehot, filho da Bela Giganta. Ele manda dizer-te que lhe entregues tua terra ou que a recebas dele como seu vassalo. Se quiseres ser seu vassalo, ele te estimará mais que a todos os reis que já conquistou.

– Caro senhor, nunca recebi terra de ninguém além de Deus e não deverei a minha a esse homem – responde o rei.

– Isso muito me entristece – torna o cavaleiro –, pois assim perderás honra e terra.

2. – Vossas ameaças não me atingem, pois ele não terá meios para suas ambições, se aprouver a Deus – replica o rei.

– Rei Artur, fica sabendo então que meu senhor te desafia e manda dizer-te que antes de um mês estará em tua terra; e, quando chegar, só sairá

---

17. Cf. XLIIIa.

depois de conquistá-la inteira, e raptará Guinevere, tua mulher: ele ouviu elogiar sua beleza e seus méritos acima de todas as mulheres do mundo.

– Senhor cavaleiro, vossas bravatas não me assustam; cada qual faça o melhor que puder. Se vosso senhor tomar minha terra, terei a morte na alma; mas ele não terá esse poder.

3. O cavaleiro retira-se. O rei pergunta a sir Gauvan, seu sobrinho, se já viu Galehot em algum lugar.

– Não – responde Gauvan.

Mas Galegantis o Galês, que havia andado por muitas terras, adianta-se e diz ao rei:

– Sire, já vi Galehot; é pelo menos meio pé maior do que qualquer cavaleiro que conhecemos. É o homem mais amado por sua gente e que mais conquistas fez para sua idade, pois é jovem audaz e os que o conhecem afirmam que é o mais nobre cavaleiro, o mais benevolente e generoso. Mas não creio que por isso tenha poder sobre vós.

4. O rei interrompe a conversa e diz que nessa manhã mesmo deseja ir novamente à floresta; convida seus amigos favoritos e acrescenta que se porá a caminho imediatamente após a missa. E, de fato, naquela manhã ele tomou o caminho da floresta. Aqui o conto não fala mais dele e volta ao cavaleiro vencedor da assembléia\*, quando recebeu hospedagem em casa do cavaleiro a quem devia acompanhar na manhã seguinte.

XLVIIa. 1-9. *No dia seguinte, Lancelot e seu hospedeiro desconhecido cavalgam para Camelot, como haviam combinado. Lancelot distancia-se involuntariamente do companheiro. Absorto em contemplar a rainha que estava em uma das galerias\*, insensivelmente entra a cavalo no rio profundo que cerca o palácio. Está prestes a afogar-se, sempre sem esboçar a menor reação, quando a rainha dá o alarme. Ivan acorre e retira-o da água juntamente com seu cavalo. Sem conscientizar-se do que ocorrera e sem ser reconhecido, Lancelot volta a cavalgar. Logo em seguida, sempre imerso em seus pensamentos, é aprisionado por Daguenet o Louco, que "tinha a mente meio desarranjada", e se vê rodeado pela rainha e outros cavaleiros. Em meio às risadas de todos, a rainha responsabiliza-se por ele diante de Daguenet. Lancelot é declarado livre e volta a partir, novamente sem ser reconhecido.*

*10-18. Ivan indica a Lancelot o caminho por onde foi o cavaleiro que ele estava acompanhando. Lancelot desafia e vence o cavaleiro e, seguindo suas indicações, mata dois gigantes. Ivan, que presenciou esse combate, narra-o na corte.*

XLVIIIa. *Em conseqüência de seu juramento*[18], *Lancelot luta com um cavaleiro. Depois é atacado e feito prisioneiro pelos homens da senhora de Malehaut.*

XLIXa. 1-16. *Artur leva socorro à senhora das Marcas, cuja terra Galehot invadiu. Gauvan dirige as operações e, apesar de seus esforços, as forças de Artur não levam a melhor na luta. O cavaleiro prisioneiro da senhora de Malehaut (Lancelot) consegue que ela o deixe tomar parte nos combates. Com armas vermelhas, ele abate o rei Primeiro Conquistado, apóia os homens de Artur e distingue-se nos embates do dia. Galehot, por espírito cavaleiresco, desiste provisoriamente de prosseguir a luta contra Artur, privado de todo seu efetivo, e concede uma trégua de um ano.*

17. O rei tem pavor de perder as terras e a honra; seus homens lhe falham, como os clérigos sábios lhe anunciaram, e ele está apavorado com isso. Por outro lado, Galehot dirige-se a seus homens:

– É pouco honroso atacar o rei Artur nessas condições. Concederei a ele uma trégua de um ano, contanto que traga todas suas forças quando esse prazo expirar; então minha honra por guerrear com ele será muito maior do que agora.

*Lição de política real.* Nesse entretempo surge no acampamento do rei Artur um homem santo de grande sabedoria. Ao saber de sua vinda, o rei teve a sensação de que Deus lhe enviava socorro. Montou a cavalo e foi saudar com modéstia o homem santo, mas este não lhe devolveu a saudação:

– Não quero saber de vós nem de vossa saudação – pronunciou ele com voz encolerizada –, pois sois o pecador mais vil que existe. Por isso estivestes a um passo de perder toda honra terrestre.

18. Ambos se afastam a cavalo.

– Ah, mestre* – pede o rei –, dizei-me por que não vos interessa minha saudação e em que sou um pecador tão vil.

– Vou dizer-te – responde o homem santo –, pois te conheço melhor do que conheces a ti mesmo. Sabes pelo menos que não deves teu nascimento a uma união legítima, e sim ao abominável pecado do adultério[19]. Deves saber que foi Deus que te confiou a guarda do reino que possuis. Ora, tanto cuidaste dele que o estás destruindo, quando deverias ser seu

---

18. Cf. XXIIa.
19. Alusão ao nascimento ilegítimo de Artur, filho de Uterpendragon e de Igraine, mulher do duque de Tintagel, que a seduziu por meio de um estratagema. Artur tornou-se rei de Logres depois de, por escolha divina, arrancar uma espada de um bloco de pedra. Esses elementos provêm do *Merlin* de Robert de Boron.

guardião. Os direitos do pobre e do fraco não conseguem chegar a ti. Mas o rico desleal é ouvido e honrado em tua presença, graças a seus bens, enquanto o pobre que tiver o direito a seu favor não obtém justiça, em razão de sua pobreza. Os direitos das viúvas e dos órfãos são letra morta em teu reino; e Deus te pedirá contas disso, com a mais extrema severidade. Foi essa a proteção que concedeste ao povo de Deus sobre quem ele te dera plenos poderes, e é por isso que corres para tua ruína, pois Deus aniquilará os pecadores e portanto aniquilará a ti, o mais vil de todos.

– Ah, querido mestre*, aconselhai-me, pois estou apavorado.

19-20. *O homem santo indica a Artur os primeiros passos que deve dar "no caminho que leva a Nosso Senhor": reunir em sua capela "os mais altos barões e os clérigos mais sábios", confessar-lhes humildemente seus pecados, arrepender-se e aceitar a penitência que lhe impuserem. Artur assim faz e até mesmo aceita "de coração contrito" o castigo corporal que lhe é aplicado.*

21. Depois retorna para junto de seu mestre*, que prontamente o interroga sobre sua conduta. Ele responde que se confessou de todos os pecados que pensava haver cometido e dos quais se lembrou.

– Confessaste – pergunta-lhe o homem santo – o enorme pecado em que caíste a propósito do rei Ban de Benoic, que morreu a teu serviço, e de sua mulher, que perdeu a herança depois da morte do esposo? Nem falo do filho que ela também perdeu, embora um desses danos seja menos grave que o outro.

– Mestre* – diz o rei, abismado –, esqueci de confessar essa falta, que no entanto é um pecado muito grave!

22-30. *Imediatamente Artur volta à capela e confessa mais esse pecado. Então procura novamente o homem santo, em busca de mais conselhos. Este lhe dá uma verdadeira aula sobre como governar bem e reconquistar o coração de seu povo. Recomenda-lhe que viaje por todo o reino e permaneça algum tempo em cada cidade, em estreito contato com os habitantes, distribuindo justiça a pobres e ricos por igual, prodigalizando atenção, bens e honrarias na medida da necessidade e do merecimento de cada súdito; "e dessa forma ganharás honra neste mundo, o coração de tua gente e o amor de Nosso Senhor".*

31-43. *Finalmente o homem santo explica a Artur o significado de seus sonhos[20]: o leão na água é Deus, que os clérigos só viram na água porque a vista deles está turvada pelo pecado; o médico sem medicamento é Nosso Senhor, que cura as almas unicamente com seu olhar, e a flor é a Vir-*

---

20. Cf. XLIVa, 5.

*gem Maria. É então que dois cavaleiros da casa de Galehot comunicam a Artur a trégua concedida.*

La. *A senhora de Malehaut e seu prisioneiro.*

1. Quando aquela assembléia\* chegou ao fim, na mesma noite em que os combatentes se dispersaram, diz o conto, Lancelot retornou diretamente para Malehaut; chegou ainda de noite e entrou o mais secretamente possível no pátio, onde a senhora o esperava, certa que estava de seu retorno. Depois de desarmado, ele voltou prontamente para seu cárcere e deitou-se, exausto, sem conseguir comer. Essa noite retornaram os cavaleiros que a dama enviara para o torneio[21]; ela pediu-lhes notícias da assembléia\* e eles contaram como um cavaleiro com armas vermelhas fora vencedor em tudo.

2. Ante essas novas, ela chama uma donzela que era sua prima-irmã e que cuidava da casa.

– Poderia ser nosso cavaleiro? – pergunta-lhe. – Eu gostaria muito de saber. Se foi ele que venceu esse torneio, não é possível que seu corpo e suas armas não tragam marcas.

– Naturalmente, minha senhora.

3. Imediatamente a senhora manda todos saírem da casa; só ficam elas duas. A donzela portava uma mancheia de velas; elas vão à estrebaria e vêem que o cavalo tinha ferimentos na cabeça, no pescoço, nos flancos e nas pernas; seus ossos apareciam em mais de um lugar; estava estendido diante da manjedoura, num estado lamentável, sem beber nem comer.

– Por Deus – diz a senhora –, ele tem toda a aparência de um cavalo de um valoroso cavaleiro! Agora vamos ver em que estado estão suas armas.

4. Vão a um aposento onde estava sua armadura e encontram a loriga\* danificada, cheia de grandes buracos nos ombros, nos braços e em muitos outros lugares; o escudo estava fendido, feito em pedaços por golpes de espada, e no pouco que restava havia tais rombos de golpes de lança que por eles se poderia passar o punho; o elmo estava fendido e afundado, o nasal\* cortado e o aro\* pendia completamente imprestável. A senhora diz então à prima:

– Vamos agora até o cavaleiro. Ainda não vi o bastante para acreditar; sua pessoa atestará a verdade.

5. Vão até a porta da cela e encontram-na aberta. O cavaleiro estava deitado sem roupas em seu leito, dormindo profundamente. A dama vê que ele tinha o rosto inchado e machucado pelas malhas da loriga\*, o na-

---

21. Cf. XLIa.

riz e o pescoço esfolados, a testa intumescida, as sobrancelhas arrancadas, as espáduas feridas e feiamente cortadas, os braços totalmente azuis dos golpes que recebera, os punhos cheios de sangue. Então ela olha a donzela com um sorriso.

– Sem a menor dúvida – diz-lhe –, o que ides ver confunde a imaginação!

6. – Como, minha senhora? Que quereis fazer?

– Nunca mais terei uma oportunidade tão favorável de dar-lhe um beijo.

– Não deveis fazer isso, minha senhora! Se ele acordasse iria estimar-vos menos por isso. Não deveis ceder a uma tal aberração a ponto de esquecer todo sentimento de compostura.

7. A donzela tanto admoesta a dama que a leva embora consigo, detendo-a em seus impulsos. Chegando a seus aposentos, elas se põem a falar do cavaleiro e a donzela não tem mais dúvidas sobre o amor que a outra sente. Por fim lhe diz:

– O cavaleiro pensa num outro objeto que não vós. Não vos deixeis levar por vossa imaginação!

8. A senhora se pergunta por que o cavaleiro pratica tantas façanhas, e pensa que ele ama de amor alguém de posição muito elevada. Quer muito saber quem é ele e a quem deu seu coração; pressente uma bravura tão excepcional e um coração tão altivo que tem certeza de que ele ama alguma dama muito nobre. Diz consigo mesma que descobrirá, se for possível. Aqui o conto se cala sobre a dama, a donzela e o cavaleiro e retorna ao rei Artur, que voltou para sua terra.

LIa. *Voltando a Carduel, Artur pergunta-se sobre o cavaleiro que lhe prestou um auxílio tão brilhante nas hostilidades com Galehot. Com quarenta cavaleiros, Gauvan deixa a corte, em busca de Lancelot.*

LIIa. 1-45. *A senhora de Malehaut, a quem Lancelot se recusa a revelar seu nome, vai pedir a Artur o cavaleiro vermelho para defender sua prima, em perigo de ser deserdada por um vizinho; mas o rei confessa que nada sabe sobre esse cavaleiro. Gauvan e seus companheiros retornam da busca, decepcionados. A trégua chegou ao fim; Galehot ataca Artur com muito mais homens do que anteriormente. Em combates nos quais demonstra toda sua bravura, Gauvan é gravemente ferido. Com a concordância da senhora de Malehaut, Lancelot surge nessa segunda fase da guerra. Os batalhões formam-se dos dois lados. Pensativo, com armas negras desta vez, Lancelot aguarda seu momento; depois, a convite das damas (mas não da rainha, que se recusa a associar-se a isso) que o obser-*

*vam, entra em ação e realiza proezas estonteantes. Gauvan, acamado, admira do alto de uma torrezinha os feitos do cavaleiro negro e convence a rainha a juntar sua mensagem à das damas. Lancelot lança-se em plena refrega, seguido por seis cavaleiros de Artur; Hervil de Rivel vem prestar ajuda aos homens de Lancelot. Galehot e suas tropas, apesar de superiores em número, não conseguem quebrar a resistência inimiga.*

*Combates entre os bretões e as tropas de Galehot.*
46-52. *Galehot reagrupa seus homens que debandavam e, usando com hábil estratégia as forças do rei Baudemagu, seu aliado, dá novo rumo à batalha, que prossegue com grande violência. O Cavaleiro Negro luta ferozmente:* "Golpeava à direita e à esquerda, sem trégua; fendia elmos, despedaçava escudos, danificava lorigas\*, cortava braços, entregava-se a maravilhas ante os olhos de todos." *Galehot diz consigo que* "por nada no mundo desejaria a morte de um cavaleiro tão perfeito". *Até o final do dia* "o Bom Cavaleiro realiza, testemunhadas por Galehot, façanhas impossíveis para qualquer outro, ante o assombro geral".

*Primeiro encontro de Lancelot e Galehot. Nascimento da amizade entre ambos.*
53. Os sucessos de Lancelot não se desmentiram até a noite, e nem por um instante seus homens e ele deixaram de ter a vantagem na batalha. Quando a noite caiu, os combatentes separaram-se; Lancelot deixou o campo o mais discretamente possível e subiu para o prado entre a colina e o rio. Galehot, que não o perdia de vista, viu-o ir embora; dá de esporas e segue-o de longe pelo atalho da colina, até alcançá-lo. Aborda-o da melhor forma que pode:

– Deus vos abençoe, senhor!

O outro desvia o olhar e retribui a contragosto a saudação.

– Senhor, quem sois? – pergunta Galehot.

– Um cavaleiro, como bem vedes, caro senhor.

– Sim, um cavaleiro, o melhor que há e o homem a quem eu gostaria de prestar honras, mais que a qualquer outro no mundo. Peço-vos, como um favor, para virdes alojar-vos comigo esta noite.

54. O cavaleiro negro responde, pois ignorava tudo sobre ele e nunca o vira:

– Quem sois vós, senhor, para dirigir-me esse pedido?

– Sou Galehot, filho da Bela Giganta, senhor de todos aqueles contra os quais defendestes hoje o reino de Logres que eu decidira conquistar e que, sem vós, teria conquistado.

– Como? Sois o inimigo do rei Artur e me pedis para alojar-me convosco? Nunca, se aprouver a Deus!

– Ah, senhor, farei por vós mais do que pensais e por enquanto estou apenas começando. Rogo-vos, por Deus, que sejais meu hóspede esta noite, com a promessa de que farei absolutamente tudo que me pedirdes.

55. O cavaleiro detém-se e olha Galehot com insistência:

– Na verdade, senhor, não sois avaro em promessas! Quem me diz que as cumprireis?

– Senhor – responde Galehot –, neste mundo sou o homem poderoso que menos promessas faz; e repito que, se vierdes alojar-vos comigo, concederei o que me pedirdes; empenho nisso minha palavra.

– Senhor, parece-me que desejais ardentemente minha companhia. Portanto vou hospedar-me convosco esta noite, mediante vosso compromisso de dar-me o que pedirei e conceder-me outras garantias.

Assim eles concluíram o acordo e Galehot promete cumpri-lo escrupulosamente.

56. Ambos vão para as tendas. Os homens do rei já haviam retornado às deles. Olhando para longe, para os campos, sir Gauvan vê Galehot, o braço direito em volta dos ombros do cavaleiro negro, conduzindo-o entre a colina e o rio, bem à vista dos homens do rei Artur. Ele diz à rainha:

– Minha senhora, minha senhora, sabei que doravante vossos homens estão vencidos e perdidos. Olhai, é a vitória da sabedoria de Galehot.

A rainha rende-se à evidência: Galehot está levando consigo o cavaleiro. Isso a enraivece a ponto de ficar muda. Quanto a sir Gauvan, está tão abalado que desmaiou três vezes em menos tempo do que é preciso para percorrer o alcance de uma pedrinha.

57-61. *A corte está consternada. Lancelot obtém a garantia de dois reis, homens de confiança de Galehot, em cujo acampamento é acolhido com honras.*

62-65. *No dia seguinte, Lancelot prepara-se para partir. Galehot roga-lhe que permaneça mais tempo em sua companhia. Lancelot impõe uma condição: "Assim que levardes a melhor sobre o rei Artur, nada de saudá-lo; mas, tão logo eu vos avise, ireis pedir-lhe clemência e vos submetereis inteiramente a ele." Galehot concorda. Dessa forma, "há no acampamento de Galehot grande júbilo por causa do cavaleiro que permanece com eles; mas os do acampamento de Artur têm o coração enlutado".*

66-68. *Duros embates contra o exército de Artur. Vestido com as armas de Galehot, Lancelot é reconhecido por Gauvan. A batalha corre mal para Artur. É chegado o momento de Galehot prestar-lhe submissão, como prometeu.*

69. Quando o Bom Cavaleiro vê Galehot recuar e decidir-se a um sacrifício tão grande por ele, diz consigo mesmo que nunca teve tão bom amigo nem companheiro tão sincero. Emocionado, suspira do fundo do coração, chora sob o elmo e diz baixinho: "Senhor Deus, quem poderá saldar uma dívida como essa?" Galehot cavalga até o estandarte e pergunta pelo rei Artur. Este se adianta, abatido, como um homem na expectativa de perder toda a honra na Terra. Ao vê-lo, Galehot desce do cavalo, ajoelha-se, junta as mãos e diz:

– Senhor, venho reparar a afronta que vos fiz; arrependo-me dela e coloco-me sem restrição em vosso poder.

70. O rei sente imensa alegria e estende as mãos para o céu, mal conseguindo acreditar no que ouviu; mas faz bela figura e mostra-se humilde diante de Galehot. Este, ainda ajoelhado, levanta-se; então os dois se beijam e manifestam toda sua felicidade.

– Sire – diz Galehot –, fazei de mim o que vos aprouver e nada temais; colocarei minha pessoa sob vossas ordens. Se assim quiserdes, mandarei meus homens retirarem-se e voltarei para junto de vós.

– Ide então e voltai logo, pois quero falar convosco – responde o rei.

Galehot vai ao encontro de seus homens e ordena que se retirem. O rei Artur manda buscar imediatamente a rainha, que se entregava à sua dor; os mensageiros acabam por encontrá-la e narram-lhe a grande ventura que aconteceu.

71. A notícia da paz circula depressa. Sir Gauvan recebe-a do próprio rei e fica mais feliz que todos.

– Sire, como aconteceu isso? – pergunta ele.

– Para dizer a verdade, não sei. Foi a vontade de Nosso Senhor.

Ele está transbordante de alegria e ninguém acredita no que está vendo: como isso pôde acontecer? Galehot, que afastou seus homens, diz ao companheiro:

– Querido companheiro, que quereis que eu faça? Executei vossa ordem e o rei quer que eu volte para junto dele; mas irei convosco até nossas tendas e vos farei companhia um pouco; em seguida voltarei para o rei.

– Ah, senhor, ide ter com o rei. Fizestes por mim mais do que poderei retribuir. Rogo-vos apenas, por Deus, que nenhum ser vivo fique sabendo quem sou.

Galehot promete. Assim conversando eles vão até suas tendas e é proclamado publicamente por todo o acampamento que está feita a paz.

72. Os dois companheiros apeiam; depois de tirarem as armas, Galehot veste-se com suas melhores roupas para ir à corte. Manda proclamar em todo o exército que vá embora quem quiser, exceto os da casa. Em seguida

chama os dois reis, nos quais tinha total confiança, e encarrega-os de seu companheiro, recomendando que tenham por ele a mesma consideração que por sua própria pessoa. Então vai para a corte; o rei, já desarmado, adianta-se a seu encontro, bem como a rainha, a senhora de Malehaut e uma multidão de damas e damiselas. Dali eles vão até a torrezinha onde sir Gauvan curava seu mal.

73. Quando Galehot se aproxima, sir Gauvan diz:

– Senhor, sede bem-vindo como o homem que mais desejo conhecer em todo o mundo. Penso que ninguém melhor que vós sabe o que é ser um homem de bem, como pudemos ver.

Galehot pergunta-lhe como está passando.

– Senhor, estive a dois dedos da morte; mas a grande alegria que vós e meu senhor o rei sentis em vossa afeição mútua e na paz com que Deus vos uniu curou-me completamente: como poderia ter saúde e felicidade enquanto perdurasse o ódio entre os dois homens mais perfeitos do mundo?

74. O rei, a rainha e sir Gauvan acolhem jubilosamente Galehot. Conversam o dia inteiro, principalmente sobre esses novos laços de amizade, mas não murmuram uma só palavra sobre o cavaleiro negro: seria prematuro. Passam o dia partilhando sua alegria, até a noite. Então Galehot pede permissão para ir ver seus homens e o rei consente. Ele volta para junto do companheiro.

– Senhor, que devo fazer? – pergunta Galehot. – O rei pediu-me com insistência que volte para junto dele, mas me seria penoso deixar-vos neste momento.

– Ah, senhor, por Deus, deveis aceder à vontade do rei, pois nunca travastes conhecimento com um homem mais perfeito que ele. Mas quero solicitar-vos um dom*; não o recuseis, para proveito vosso e meu.

– Podeis pedir tudo que quiserdes. Nunca vos recusarei coisa alguma; minha afeição por vós supera todas as honras deste mundo.

– Senhor, muito obrigado. Concordastes em não perguntar meu nome antes que eu ou algum outro o diga.

– Guardarei silêncio sobre isso, pois assim quereis; teria sido a primeira coisa que vos perguntaria, mas não o farei sem vosso consentimento.

75. O cavaleiro interroga-o sobre o comportamento do rei Artur e de sua companhia*, mas não menciona a rainha. Galehot responde que o rei é um modelo de perfeição, que gostaria de tê-lo conhecido há mais tempo e que a rainha é tão plena de méritos como Deus nunca fez outra igual.

Ouvindo falar da rainha, ele baixa a cabeça e é invadido por pensamentos que o fazem perder toda consciência. Galehot vê que seus olhos se enchem de lágrimas. Fica perplexo e põe-se a falar de outra coisa.

76. Depois abraça-o, beija-o no rosto e recomenda aos dois reis que zelem por ele como se fosse seu próprio coração. Essa noite Galehot dormiu na tenda real, juntamente com o rei e sir Gauvan, que foi levado para lá, sir Ivan e muitos outros cavaleiros. A rainha dormiu na torrezinha onde antes ficava o leito de doente de sir Gauvan, e com ela a senhora de Malehaut que não cessava de espionar e de sopesar o futuro, bem como um bom número de damas e damiselas. Quanto ao cavaleiro entregue aos cuidados dos dois reis, estes faziam por ele mais do que desejaria e essas marcas de estima causavam-lhe grande embaraço.

77-85. *Lancelot chora amargamente durante toda a noite. Os dois reis ouvem-no e relatam o fato a Galehot, que o pressiona para saber o motivo. Lancelot esquiva-se de responder e termina mencionando obscuros pressentimentos sobre a amizade entre ambos. Mais uma vez Galehot volta ao acampamento de Artur, onde prossegue seu relacionamento amigável sobretudo com o rei, a rainha, Ivan e Gauvan. Ele admite que a paz foi feita graças ao cavaleiro negro, porém nega saber quem é ou onde se encontra. Os cinco fazem conjecturas sobre sua identidade e cada um revela qual sacrifício estaria disposto a fazer para tê-lo sempre consigo. Galehot declara que "aceitaria transformar minha honra em desonra, com a condição de ficar tão seguro de seus sentimentos quanto queria que ele ficasse seguro dos meus".*

Lancelot encontra-se com a rainha e apaixona-se por ela.
86-95. *A sós com Galehot, a rainha pressiona-o para que lhe propicie um encontro com o Bom Cavaleiro, "um dos homens que mais me agradaria ver, porque ninguém sente desprazer em travar conhecimento com um cavaleiro perfeito". Galehot a princípio nega conhecer seu paradeiro; depois admite que talvez ele esteja em algum lugar de suas terras e promete mandar "que o procurem dia e noite, para que esteja aqui no menor tempo possível". Agora que as tropas partiram, Artur sugere a Galehot que aproxime seu acampamento, trazendo-o para a outra margem do rio. A tenda de Galehot é mudada e "todos a olham maravilhados, pois era magnífica; nunca haviam visto semelhante riqueza". Ele conta a Lancelot que a rainha está impaciente por vê-lo e este "sente no coração temor e júbilo". Galehot passa vários dias nessas idas e vindas entre os dois acampamentos, ora ludibriando habilmente a impaciência da rainha com uma pretensa chegada do Bom Cavaleiro, ora infundindo ânimo a Lancelot e convencendo-o da necessidade desse encontro. "Tanto fala que Lancelot supera as apreensões e fica menos triste; o corpo e o rosto pálidos e abatidos, os olhos vermelhos e inchados recobram melhor aspecto e ele quase recupera a beleza, para grande contentamento de Galehot."*

96. Assim Galehot foi ao encontro de seu companheiro pela manhã e à noite; e cada vez que ele voltava a rainha perguntava-lhe como estavam as coisas. Uma noite ele retorna a sua tenda como de hábito e no dia seguinte declara ao companheiro que não é possível demorar mais:

– É preciso que a rainha vos veja hoje.

– Senhor, por Deus, fazei que ninguém mais fique sabendo; há na corte do rei Artur pessoas que me reconheceriam facilmente, se me vissem.

– Tranqüilizai-vos – responde Galehot –, tomarei todas as precauções.

Chama seu senescal e recomenda-lhe:

– Se eu mandar buscar-vos, ide ter comigo imediatamente e levai convosco meu companheiro; e que ninguém fique sabendo que é ele.

97. *Galehot comunica à rainha que "a flor de cavalaria\* do mundo inteiro" finalmente chegou. A rainha declara que quer "vê-lo sem que ninguém mais saiba que é ele, para desfrutar sozinha minha felicidade".*

98. – Minha senhora, hoje mesmo o vereis e eis como. Iremos passear lá longe – ele lhe mostra do lado dos campos um local cheio de árvores. – Teremos o mínimo de companhia possível; será um pouco antes da noite.

– Ah, que boa idéia, querido amigo! Quisera o Salvador do mundo que anoitecesse agora mesmo!

Ambos se põem a rir e a rainha abraça-o num transporte de alegria. A senhora de Malehaut, que assiste à cena, pensa que a coisa está lindamente encaminhada e permanece vigilante. A vinda do cavaleiro enche de alegria a rainha, para quem a noite tarda a chegar; conversando e encontrando-se com os outros, procura esquecer a lentidão do dia e enganar a impaciência.

99. Assim o dia passa até depois do jantar, quando está caindo a noite. Então a rainha toma Galehot pela mão, chama a senhora de Malehaut, a senhora Lore de Carduel e uma damisela sua aia; descem a campina até o local determinado por Galehot. Pouco depois, este faz sinal a seu escudeiro e pede-lhe que vá dizer a seu senescal que venha encontrá-lo.

100. Então todos vão para baixo das árvores; Galehot e a rainha sentam longe, apartados, e as outras damas espantam-se de que as deixem sozinhas. O senescal vem trazendo consigo o cavaleiro (Lancelot); atravessam o rio e descem a campina. Eram ambos tão belos cavaleiros que seria inútil procurar outros iguais em sua terra. Quando se aproximam, a senhora de Malehaut prontamente reconhece Lancelot, que durante longos dias ela tivera em seu poder; não querendo ser reconhecida, baixa a cabeça e esgueira-se para perto da senhora de Lore. Passando por elas, o senescal saúda-as e Galehot diz à rainha:

– Eis aí o melhor cavaleiro do mundo.

– Qual é ele? Ambos são admiráveis, mas não vejo nenhum com metade da bravura do cavaleiro negro.

101. Os dois apresentam-se perante a rainha e Lancelot treme tanto que mal consegue saudá-la; ficou totalmente pálido, para grande surpresa dela. Ambos ajoelham-se, o senescal saúda-a e o outro também, mas muito timidamente, com os olhos fixos no chão. Galehot diz ao senescal:

– Ide fazer companhia àquelas damiselas lá longe, que estão sozinhas.

A rainha toma pela mão o cavaleiro ainda de joelhos e manda-o sentar à sua frente; acolhe-o graciosamente e diz-lhe sorrindo:

– Senhor, ansiamos por vós durante um longo tempo e agora, graças a Deus e a Galehot, finalmente vos temos aqui. Entretanto não sei se sois o cavaleiro que espero, embora Galehot me afirme que sim. Gostaria de ouvir de vossa boca quem sois, se estiverdes de acordo.

Então ele responde que ignora quem é, sem nunca olhá-la no rosto. Galehot, que testemunha seu embaraço e timidez, diz consigo que o jovem se abriria mais facilmente se ficasse a sós com a rainha. Lançando um olhar para as damas, diz, de modo a ser ouvido por elas:

– Sem a menor dúvida, estou sendo mal-educado! Todas aquelas senhoras têm consigo apenas um cavaleiro!

Levanta-se, vai até elas e entabulam uma conversa animada.

102. Dirigindo-se ao cavaleiro, diz a rainha:

– Caro senhor, por que vos escondeis diante de mim? Não há razão alguma para isso; pelo menos podeis dizer-me se sois aquele que anteontem venceu o torneio.

– Não, minha senhora.

– Quê? Não portáveis armas negras? e portanto não foi para vós que sir Gauvan enviou os três cavalos?

– Sim, minha senhora.

– Então não sois aquele que portava as armas de Galehot no último dia do combate?

– Sim, minha senhora, é verdade.

– Sois também o vencedor do primeiro e do segundo dias?

– Minha senhora, não sou.

A rainha compreende que ele não quer admitir sua vitória e estima-o ainda mais por isso.

– Dizei-me, quem vos fez cavaleiro?

– Vós mesma, minha senhora.

– Eu? Quando?

– Acaso estais lembrada de um cavaleiro que chegou à casa do rei Artur em Camelot, ferido com um golpe de espada no corpo e na cabeça, e de um jovem que se apresentou ao rei na sexta-feira e tornou-se cavaleiro no domingo?

– Lembro muito bem. Por Deus, sois aquele que a damisela levou para o rei, vestido com roupas brancas?

– Sim, minha senhora.

– Então por que dizeis que eu vos fiz cavaleiro?

– Porque é a verdade, minha senhora. Foi de vós que recebi a espada, pois o rei não me deu uma; eis por que digo que me fizestes cavaleiro.

103-106. *A rainha interroga detalhadamente Lancelot sobre todos os episódios em que ele se destacou. Ante suas afirmativas relutantes, conclui: "Agora sei quem sois: vosso nome é Lancelot do Lago."*

107. – E anteontem, na assembléia*, por que vos empenhastes tanto nos embates?

Ele se põe a suspirar profundamente e a rainha pressiona-o com perguntas, sabendo muito bem a resposta:

– Deveis abrir-me vosso coração, sem rodeios; guardarei segredo. Sinto que fizestes tudo isso por uma dama. Dizei-me quem é ela, em nome da confiança que me deveis.

– Estou vendo, minha senhora, que tenho de dizer-vos. Sois vós, minha senhora.

– Tudo o que fizestes foi por quem?

– Por vós, minha senhora.

– Como? Vós me amais a tal ponto?

– Minha senhora, não amo tanto assim nem a mim mesmo nem a ninguém mais.

– E desde quando me amais tanto?

– Desde o momento em que me chamaram de cavaleiro antes que eu o fosse.

– Em nome da confiança que me deveis, de onde vem esse amor que dirigistes a mim?

108. A essas palavras da rainha, a senhora de Malehaut deu propositalmente uma tossidela e ergueu a cabeça. Lancelot reconheceu-a, pois a ouvira muitas vezes. Foi tomado de tanto medo e de tal inquietude que não conseguiu responder à pergunta da rainha; soltou profundos suspiros, derramou lágrimas tão abundantes que a seda que o vestia ficou molhada até a altura dos joelhos; e quanto mais olhava a senhora de Malehaut mais seu coração sofria. A rainha viu que ele olhava lamentosamente para o lado onde estavam as damas.

– Dizei-me de onde vem esse amor – torna ela.

– Minha senhora, vós é que sois a causa dele, vós que fizestes de mim vosso amigo, se vossos lábios não mentiram.

– Meu amigo? E como?

109. – Minha senhora, quando me despedi de meu senhor o rei, fui ter convosco, recomendei-vos a Deus e disse que era cavaleiro vosso em qualquer lugar onde estivesse, e me declarastes vosso cavaleiro e vosso amigo. Em seguida eu disse: "Adeus, minha senhora", e me respondestes: "Adeus, amigo querido." Desde então essa palavra nunca mais saiu de meu coração; é a palavra que fez de mim um homem completo; desde então não enfrentei dificuldades sem que ela estivesse gravada em minha memória. Essa palavra é meu reconforto em todas as provações; protegeu-me de todas as desgraças, tirou-me de todos os perigos, saciou todas minhas fomes, fez-me rico em meio às piores pobrezas.

110. – Realmente – diz a rainha –, eis aí uma palavra que é fonte de muita felicidade, e graças sejam dadas a Deus que me fez pronunciá-las. Mas não a levo tão a sério; falei-a para muitos cavaleiros, sem outra intenção além de dizê-la. Vossos pensamentos eram elevados, ternos e nobres; foi graças a eles que vos tornastes um homem completo. Mas vossa atitude está me mostrando que amais não sei qual daquelas damas lá longe e não a mim: chorastes de apreensão e não ousais olhar abertamente para elas. Por isso bem vejo que vossos pensamentos não vão para mim, como fazeis crer. Em nome da fidelidade que deveis ao ser que vos é mais caro, dizei-me por qual das três estais tão apaixonado.

– Ah, minha senhora, por Deus, piedade, nenhuma delas teve jamais meu coração em seu poder.

– Desculpa inútil. Não sois hábil em dissimular: tenho experiência nessas coisas e bem vejo que vosso coração está lá, embora vosso corpo esteja aqui.

A rainha sabe perfeitamente como deixá-lo embaraçado, pois percebe que seus pensamentos amorosos só se voltam para ela; mas sente prazer em observar sua confusão.

111. Lancelot está desnorteado a ponto de quase perder os sentidos. A rainha assusta-se ao vê-lo mudar de expressão; segura-o pelo ombro e chama Galehot. Ele acorre e, com o coração apertado, vê o estado em que seu companheiro se encontra.

– Ah, minha senhora, por Deus, dizei-me o que ele teve!

A rainha conta como o contradisse.

– Minha senhora, piedade, podíeis arrebatá-lo de mim com essas aflições, e seria uma grande perda!

– Sim, certamente, mas sabeis por que ele tanto se distinguiu na batalha? Se o que me disse for verdade, foi por mim.

– Podeis acreditar cegamente nisso: assim como ele é bravo entre todos, assim também seu coração é o mais sincero entre todos.

– Tínheis razão de dizer que ele era um fidalgo perfeito, se soubésseis de seus altos feitos desde que se tornou cavaleiro.

112. Então ela lhe enumera todas as proezas que Lancelot lhe confessara.

– E ficai sabendo – prossegue – que ele fez tudo isso por causa de uma única palavra. – E cita-lhe a palavra que pronunciara, tal como ouvistes.

– Minha senhora, por Deus, tende piedade dele por seus méritos fora do comum! Sabeis que ele vos ama acima de tudo e por vós fez mais do que um cavaleiro já fez por uma mulher. Sem ele a paz nunca teria acontecido.

– Certamente não ignoro que ele fez por mim mais do que eu poderia recompensar-lhe, e não há nada que eu tenha o direito de recusar-lhe honestamente. Mas não me pede coisa alguma, de tão abatido e triste que está.

113. – Minha senhora, tende piedade dele; ama-vos mais do que a si mesmo.

– Terei por ele toda a piedade que quiserdes, pois atendestes a meu pedido e por isso devo fazer vossa vontade. Mas ele não me dirige pedido algum!

– Minha senhora, não está em seu poder, não é possível amar sem tremer. Por isso, em nome dele, rogo-vos que lhe concedais vosso amor, que o tomeis para sempre como cavaleiro vosso e que vos torneis sua senhora leal todos os dias de vossa vida: ele se sentirá mais rico do que se lhe désseis o mundo inteiro.

– Nessas condições, aceito que ele seja todo meu e que eu seja toda dele; as violações e faltas a nossos acordos serão reparadas por vós.

114. – Minha senhora, muito obrigado, mas agora é preciso uma primeira garantia. Deveis dar-lhe em minha presença um beijo, prelúdio para um amor sincero.

– De um beijo este não é nem o lugar nem o momento. Estou tão desejosa disso quanto ele, mas aquelas senhoras ali adiante já estão espantadas com tudo o que fizemos: é impossível que não notem. Entretanto, se ele quiser lhe darei um beijo, de todo coração.

O cavaleiro fica tão feliz e tão desconcertado que só consegue responder:

– Muito obrigado, minha senhora.

– Minha senhora – diz Galehot –, não duvideis de seus sentimentos profundamente sinceros. Ninguém perceberá coisa alguma: vamos afastar-nos os três juntos, como para uma discussão.

– Por que eu me faria de rogada? – diz ela. – Desejo isso mais do que vós e ele.

115. Os três afastam-se e fingem discutir. Vendo que o cavaleiro não ousa tomar a iniciativa, a rainha segura-lhe o queixo e dá-lhe um beijo muito longo, diante de Galehot e também ante os olhos da senhora de Malehaut. A rainha, que era mulher de grande sabedoria, inicia a conversação:

– Amigo querido – diz ao cavaleiro –, tanto fizestes que sou vossa e isso me causa imenso júbilo. Cuidai para que tudo permaneça em segredo, pois sou no mundo uma das mulheres de quem já se falou o maior bem; se meu renome sofresse mancha por culpa vossa, seria um amor feio e vulgar. Vós, Galehot, que sois a sensatez em pessoa, escutai meu pedido, pois se uma desgraça me atingisse seria apenas por culpa vossa; mas se eu obtiver felicidade e alegria vós é que as tereis proporcionado.

– Minha senhora – responde Galehot –, meu amigo não poderia prejudicar-vos, e eu obedeci vossas ordens. Precisais ouvir uma solicitação que vos faço, pois vos disse ontem que em breve poderíeis ajudar-me mais do que eu vos ajudaria.

– Falai com toda franqueza; atenderei todos vossos desejos.

– Minha senhora, concordastes em conceder-me sua companhia*.

116. Então ela toma o cavaleiro pela mão direita e diz:

– Galehot, dou-vos este cavaleiro para sempre, exceto o que dele tenho até agora. Manifestai vossa aprovação – diz ela ao cavaleiro, que assim promete. – Sabeis quem acabo de dar-vos? – pergunta ela a Galehot.

– Não, absolutamente, minha senhora.

– Dei-vos Lancelot do Lago, o filho do rei Ban de Benoic.

É assim que a rainha revela a identidade dele a Galehot, arrebatado de júbilo. Na verdade, ele já ouvira rumores de que se tratava de Lancelot do Lago, o melhor cavaleiro do mundo.

117. Foi assim o primeiro encontro amoroso de Lancelot e da rainha Guinevere, por intermediação de Galehot. Então os três se ergueram; a noite ia avançada, mas a lua surgira; toda a campina adiante estava inundada de luz. Os três juntos, atravessando os campos, voltaram diretamente para a tenda do rei. O senescal de Galehot seguiu-os com as damas. Lancelot despede-se da rainha e atravessa o rio até a tenda de Galehot. Este, por sua vez, acompanha a rainha até a tenda do rei; Artur, quando os vê, pergunta-lhes de onde vêm.

– Sire, acabamos de percorrer aqueles campos com algumas pessoas.

Eles sentam e falam de várias coisas, Galehot e a rainha totalmente à vontade.

118. Após algum tempo, a rainha ergue-se para ir dormir na torrezinha. Galehot comunica ao rei que passará essa noite do outro lado do rio, com seus homens, que ele não vê há muito tempo. Despede-se e vai ao encontro de seu companheiro; ambos deitam no mesmo leito e conversam a noite inteira sobre o que lhes alegra o coração.

*Galehot torna-se o amigo da senhora de Malehaut.*
119. Agora não falaremos mais de Galehot e seu companheiro, mas sim da rainha, que foi para a torrezinha, radiante de alegria. Acredita que se comportou com a máxima discrição, mas não foi o que aconteceu: a senhora de Malehaut observou sua conduta. Vai até uma janela e põe-se a evocar aquilo que a encanta ao máximo. A senhora de Malehaut, vendo-a sozinha, aproxima-se e diz docemente:
— Minha senhora, que agradável é a companhia de quatro pessoas!
— Por que essas palavras?
— Minha senhora, com vossa permissão, por enquanto não falarei mais nada. Não devemos ousar familiaridades excessivas com nossa senhora ou nosso senhor, sob pena de colher a inimizade deles.
120. — Por Deus, não poderíeis dizer-me coisa alguma que motivasse minha inimizade; sei que sois tão sensata e cortês que não pronunciaríeis uma só palavra que me melindrasse. Falai sem reserva.
— Então vou falar, minha senhora. Digo que é uma agradável companhia a de quatro pessoas. Vi a acolhida que destes ao cavaleiro lá embaixo, no vergel. Sei que sois no mundo a pessoa a quem ele mais quer bem, e não estais errada em amá-lo; não poderíeis empregar melhor vosso amor.
— Como assim? Já o conhecíeis? — pergunta a rainha.
— Sim, minha senhora. Houve outrora um dia em que eu poderia suscitar-vos obstáculos, pois o mantive prisioneiro durante muito tempo. Ele é o cavaleiro com armas vermelhas que foi vitorioso na assembléia\*, e o de anteontem com armas negras; fui eu que lhe dei todas elas. Em certo momento julguei que me amasse, mas ele me curou de minha quimera revelando-me claramente seus sentimentos.
121. Então ela conta como o mantivera prisioneiro um ano e meio, por que razão se apossara dele e sua saída da reclusão.
— Por que afirmastes que a companhia de quatro pessoas vale mais que a de três? — pergunta a rainha. — Um segredo é mais bem guardado por três pessoas do que por quatro.

– É verdade, minha senhora.

– Então a companhia de três é preferível à de quatro – diz a rainha.

– Não neste caso, minha senhora, e vou dizer-vos por quê. É indiscutível que o cavaleiro vos ama; Galehot sabe e doravante isso lhes será motivo de reconforto, onde quer que estiverem, pois não permanecerão aqui durante muito tempo. Ficareis totalmente só; não ousareis abrir-vos com ninguém sobre vossos pensamentos, ficareis ainda mais infeliz por isso e assim carregareis sozinha esse fardo. Mas, se vos aprouvesse que eu fosse a quarta em vossa companhia, poderíamos consolar uma à outra, como eles mesmos farão, e ficaríeis menos acabrunhada.

– Sabeis quem é o cavaleiro? – pergunta a rainha.

– Não, por Deus, bem ouvistes como ele se escondia de mim.

122. – Certamente, minha senhora, sois muito lúcida. Seria preciso habilidade para usar de dissimulação para convosco; mas, já que descobristes o segredo e solicitais nossa companhia*, ireis tê-la, mas com a condição de suportardes o peso disso.

– Cumprirei sem restrição vossa vontade para desfrutar de vossa companhia*.

– Por Deus, então assim será; eu não poderia ter melhor companheira. Mas estará acima de minhas forças ver-me privada de vossa presença, já que sereis minha amiga íntima. Amanhã combinaremos a companhia* de nós quatro.

123. Elas conversam longamente, entregues à alegria de sua nova amizade. À noite a rainha não admitiu que a senhora de Malehaut partilhasse outro leito que não o seu, e esta resignou-se a contragosto, com muito receio de dormir ao lado de uma dama tão importante. Então elas se puseram a falar daqueles novos amores. A rainha pergunta à senhora de Malehaut se ela ama de amor e esta responde que não:

– Sabei, minha senhora, que só amei uma única vez, mas essa paixão não foi além do pensamento.

Ela se referia a Lancelot, a quem amara do fundo do coração, mas calou-se sobre o objeto daquele amor. A rainha pensa em dar-lhe Galehot como amigo, mas não quer falar disso antes de saber se ele está comprometido com outra.

124. No dia seguinte ambas se levantaram bem cedo e dirigiram-se à tenda do rei; ele estava dormindo lá para fazer companhia a sir Gauvan e aos outros cavaleiros. A rainha despertou-o, repreendendo-o por ainda estar na cama àquela hora. Então elas voltaram a descer a campina com três damas e uma parte de suas damiselas. A rainha contou à senhora de Malehaut sobre seu encontro com Lancelot, sem omitir coisa alguma, e

pôs-se a elogiar Galehot: disse que era o mais sensato e mais honrado dos cavaleiros.

– Vou colocá-lo a par de nossa recente amizade, que lhe dará grande alegria – acrescenta.

125. Quando voltaram aonde o rei estava, ele já se levantara e mandara buscar Galehot, que chegou prontamente. A rainha contou-lhe como se afeiçoara à senhora de Malehaut, não sem antes abordá-lo nestes termos:

– Galehot, sede franco, em nome da fidelidade que me deveis. Pergunto-vos se amais de amor uma dama ou uma damisela que vos retribua.

– Não, minha senhora; em nome da fidelidade que vos devo, afirmo que não.

– Sabeis por que pergunto? Dirigi meu amor à pessoa que quisestes e desejo que façais o mesmo. E sabeis para quem? Para uma bela dama, sensata e cortês, de altíssima posição e dona de grandes feudos.

– Minha senhora, podeis dispor de mim como quiserdes, de coração e de corpo. Mas quem é essa a quem decidis que eu pertença?

– Pois bem, senhor, é a senhora de Malehaut, e aqui está ela. – E aponta-a.

126. Conta-lhe então como a senhora de Malehaut os havia observado, lembra-lhe que ela tivera Lancelot prisioneiro um ano e meio e como ele se libertara. E prossegue:

– Como sei que ela é no mundo a senhora mais provida de qualidades, quero que por meus cuidados ela e vós sejais unidos pelo amor, pois o cavaleiro mais rico em méritos deve ter a dama também mais rica em méritos. Quando meu cavaleiro e vós estiverdes em terras estrangeiras, cada um escutará as queixas do outro, e nós duas, as mulheres, encontraremos juntas consolo para nossas tristezas e juntas desfrutaremos nossa felicidade, cada uma carregando por sua vez seu próprio fardo.

– Minha senhora, eis aqui meu coração e meu corpo; usai deles como quiserdes – responde Galehot.

127. Então a rainha chama a senhora de Malehaut e pergunta-lhe:

– Estais pronta para o que eu gostaria de fazer de vós? Pretendo dar de presente vosso coração e vossa pessoa.

– Minha senhora, podeis dispor deles segundo vossa vontade – responde ela sensatamente.

A rainha dá as mãos a ela e a Galehot.

– Senhor cavaleiro, dou-vos a esta dama como amigo sincero, leal de coração e de corpo. E vós, minha senhora, dou-vos a este cavaleiro como amiga sincera, leal em amor.

Ambos aquiescem e a rainha tanto faz que eles trocam um beijo. Em seguida decidem conversar naquela noite; e discutir sobre a conduta a manter. Então vão buscar o rei para assistirem à missa.

128. Terminada a missa, sentaram à mesa para comer. Depois o rei, a rainha e Galehot foram passar um bom tempo junto de sir Gauvan; em seguida foram até os outros cavaleiros, muitos dos quais estavam feridos. O rei levava pela mão a senhora de Malehaut e Galehot conduzia a rainha. Então os quatro combinam entreter-se juntos durante a noite, como haviam feito na véspera, e no mesmo lugar.

– Mas agiremos de outra forma – diz a rainha a Galehot. – Levaremos meu esposo e tomareis toda precaução por vosso cavaleiro: ele pode ficar tranqüilo, ninguém o reconhecerá; e quanto mais pessoas houver menos farão mau juízo. Assim poderemos ver-nos com toda segurança, durante toda a estadia de meu marido, e em nenhum outro lugar nós quatro poderíamos conversar mais discretamente.

129. Assim decidem. Chegando a noite, Galehot, que voltou para junto dos seus, expõe ao companheiro o plano que imaginou e que é aprovado por Lancelot. Na hora do jantar, ele ordena ao senescal que atravesse o rio com seu companheiro quando o vir descer o prado com o rei e a rainha. Com um numeroso séquito de cavaleiros ele vai ao encontro do rei, que o esperava para o jantar. Terminada a refeição, a rainha convida o rei:

– Sire, vamos passear lá embaixo, naqueles campos.

O rei concorda e põe-se a caminho, assim como Galehot e um grande número de seus homens, a rainha, a senhora de Malehaut e uma multidão de damas e damiselas. Quando os vê, o senescal atravessa o rio com Lancelot e eles se juntam ao séquito do rei. Depois de caminhar um pouco, sentam e começam a conversar. É então que o rei Ion vem anunciar ao rei Artur que haviam chegado mensageiros de sua terra e que ele precisava partir; chamando de lado o rei, deliberou longamente com ele.

130. A rainha, Galehot e a senhora de Malehaut levantaram-se então; Galehot fez sinal a seu companheiro e os quatro se foram, conversando, até a beira do bosquezinho. Depois de sentarem, a rainha apresentou a Lancelot a dama que durante longos dias o mantivera prisioneiro; ele ficou todo confuso e a rainha, com um sorriso, censurou-o por haver-lhe ocultado aquele fato. Eles prolongaram a permanência ali, sem sentirem vontade de falar, entregues à volúpia dos abraços e dos beijos. Depois, muito mais tarde, voltaram para junto do rei, subindo até sua tenda, e o senescal conduziu Lancelot à tenda de seu amigo. Foi assim que todas as noites eles se encontraram para trocar palavras de amor.

131. Permaneceram naquele lugar até que Gauvan se sentiu melhor: ele ansiava por estar na região para onde seu amor o atraía. Declarou ao rei que de bom grado iria embora.

– Caro sobrinho – disse-lhe Artur –, eu só estava me demorando aqui por causa de vós e de Galehot, a quem dedico profunda afeição.

– Sire, solicitai-lhe que venha ter convosco amanhã e partiremos depois de amanhã. Se ele vos acompanhar, será para vós uma grande honra.

O rei concorda e no dia seguinte pede a Galehot que o acompanhe até sua terra.

– Impossível, sire – responde Galehot. – Tenho muito que fazer em meu país, que é longe, e só fiquei aqui por vossa causa, e vós por mim, como não ignoro.

– É verdade, mas tenho um pedido a formular, querido amigo: rever-vos tão logo vos seja possível.

Galehot assim promete. Aquela noite os quatro amigos não se deixaram e sua tristeza no momento da separação foi imensa. Marcaram como dia do reencontro a primeira assembléia* que acontecesse no reino de Logres.

132. Assim os dois cavaleiros deixaram suas damas, por quem tinham grande estima. A rainha solicita ao rei permissão para manter consigo a senhora de Malehaut e deixá-la residir em sua morada:

– Aprecio muito sua companhia e creio que ela aprecia a minha o bastante para vir sem se fazer de rogada – explica.

O rei vai procurar a dama e tanto insiste que ela se decide a permanecer, como se fosse forçada a isso. Pela manhã Galehot põe-se a caminho e o rei segue seu rumo, cada qual voltando para sua terra. Mas aqui o conto deixa de falar do rei, da rainha e de sua companhia* e volta por pouco tempo a Galehot e seu companheiro.

*Descrição do reino de Sorelois. Tormentos da ausência.*

LIIIa. 1. Galehot e seu companheiro, diz aqui o conto, cavalgaram tantos dias que chegaram à terra da qual Galehot era o senhor: a terra de Sorelois, situada entre Gales e as Ilhas Estrangeiras. Galehot não a recebera de seus ancestrais: conquistara-a pela força ao rei Gloier, sobrinho do rei de Northumberland; este havia perecido durante a guerra e deixara uma filha ainda criança, belíssima. Galehot cuidara dela com muito zelo, com a intenção de casá-la com seu sobrinho. Destinara a ele, para quando estivesse em idade de tornar-se cavaleiro, toda a terra de Sorelois, a mais agradável entre as ilhas do mar da Bretanha, a mais rica em bons rios, em boas florestas e em terras férteis; não ficava muito distante da do rei Artur.

Galehot gostava de instalar-se nela, apaixonado como era pela caça com cães e com aves de rapina e ali residia quase sempre, porque o reino de Logres ficava mais próximo daquela terra que das Ilhas Estrangeiras, sua possessão mais importante.

2. O reino de Sorelois tinha como divisa, do lado da terra do rei Artur, um rio largo, rápido e fundo, chamado Assurne; do outro lado era totalmente cercado pelo mar. Havia nele cidades e castelos fortificados, florestas, montanhas e muitos outros rios, na maioria afluentes do Assurne, que por sua vez desaguava no mar. Para entrar da terra do rei Artur em Sorelois era preciso atravessar o Assurne.

3. Assim era a fronteira entre a terra de Sorelois e o reino de Logres. Duas passagens abriam-se para os cavaleiros errantes; e não houve muitos enquanto duraram as aventuras* do reino de Logres e das ilhas circunvizinhas. Essas duas passagens eram traiçoeiras e de difícil acesso: cada uma era constituída de um caminho estreito e alto com apenas três toesas de largura e mais de sete mil de extensão. Na extremidade de cada passagem, do lado de Sorelois, havia uma alta torre fortificada, e no alto de cada torre um cavaleiro, o melhor que estivesse disponível, e dez homens de armas com machados, espadas e lanças; ficavam postados lá para adquirir renome e honra.

4. Se um cavaleiro forasteiro chegasse para atravessar o caminho, tinha de combater com o cavaleiro e os dez homens de armas. Se conseguisse forçar a passagem, seu nome era anotado e ele tinha para sempre o direito de passar sem lutar; mas se fosse derrotado ficava à mercê do cavaleiro e dos dez guardiães do caminho, que deviam fazer essa vigilância durante um ano inteiro. O conto diz que, na época em que Merlin profetizou as aventuras* por vir, o rei Lohot, pai do rei Gloier, então senhor de Sorelois, mandou fazer os dois caminhos porque temia a destruição de sua terra. Entretanto, antes do início das aventuras* havia nesse rio muitas outras passagens e barcos que atravessavam de uma margem para a outra; mas assim que elas começaram tudo foi destruído e ninguém entrou a não ser pelos dois caminhos.

5. Foi nessa terra assim defendida e fortificada que Galehot se instalou com as pessoas de sua casa e seu companheiro. Mas fez isso mais discretamente que de hábito: evitava ao máximo qualquer aproximação, a fim de passar despercebido, e ninguém sabia o nome de seu companheiro, a não ser apenas os dois reis que haviam dado garantia por ele[22]. Prolongaram a estadia em Sorelois, distraindo-se em caçar, mas nenhum diverti-

---

22. Cf. LIIa, 57-61.

mento proporcionava prazer a Lancelot, que só pensava naquela a quem pertencia inteiramente. Muito comovido com sua tristeza, Galehot prodigalizava-lhe consolações, dizendo que logo receberiam notícias seguras a respeito das assembléias*.

6. Um mês depois de chegarem, a Dama do Lago enviou a Lancelot um pajem, pedindo-lhe que o mantivesse consigo até que ele quisesse tornar-se cavaleiro. Lancelot recebeu-o amigavelmente e cercou-o de afeição, assim como Galehot, encantado com a beleza e a bravura do valete*. Ademais, este era primo-irmão de Lancelot, pois era filho do rei Bohort de Gaunes, o irmão do rei Ban. A felicidade de viver com o parente atenuou em parte a tristeza de Lancelot.

7. Esse valete* chamava-se Lionel, devido a um prodígio que acontecera em seu nascimento: assim que saiu do ventre materno, apareceu-lhe no meio do peito uma mancha vermelha em forma de leão e a criança agarrou-a como para estrangulá-la. Por essa razão deram ao menino o nome de Lionel. Mais tarde ele ilustrou-o com façanhas insignes, conforme atesta a história de sua vida, e a mancha permaneceu indelével. Agora o conto deixa de falar de Lancelot e volta ao rei Artur, que retornara a sua terra.

c) Gauvan à procura de Lancelot e Hector à procura de Gauvan.

LIVa. *Em Carduel, onde instalou sua corte, Artur não consegue tirar do pensamento o fracasso da busca por Lancelot*[23]. *Assim, Gauvan prepara-se para uma nova busca e não dá ouvidos às súplicas do rei, que em vão procura retê-lo. A rainha revela a seu sobrinho o nome do cavaleiro que ele quer procurar: Lancelot. Vinte cavaleiros partem juntos e separam-se no Rochedo Merlin, depois de combinarem encontrar-se na próxima assembléia\*, que acontecerá no reino de Logres.*

LVa. *Deparando com quatro cavaleiros, Gauvan reconhece entre eles Sagremor, no momento em que ambos iam atacar-se. Com os três outros – Ivan, Kai e Girflet –, eles chegam à Fonte do Pinheiro. Surge um cavaleiro em armas que manifesta alternadamente dor e alegria diante de um escudo pendurado no pinheiro. Sagremor vai perguntar-lhe o motivo de seu estranho comportamento; o desconhecido derruba dos cavalos os quatro companheiros. Chega um anão que bate no cavaleiro e leva-o consigo. Gauvan empenha-se a todo custo em esclarecer esse mistério.*

---

23. Cf. LIIa, início.

LVIa. *Gauvan encontra em um pavilhão uma damisela que o insulta, e depois o anão, Groadan, que lhe propõe combater o cavaleiro a quem agredira a bastonadas e cujo nome só então lhe dirá: é Hector. Groadan é tio da damisela que ama Hector e é amada por ele. Segurade está em guerra contra a senhora de Roestoc, que só o aceitará como marido se ele enfrentar os cavaleiros que se apresentarem. Diante do escudo do pinheiro, explica o anão, Hector chora e ri porque sente alternadamente medo de decepcionar a jovem a quem ama e esperança de vencer Segurade, o adversário do qual depende seu destino; o anão surrou-o por causa desse comportamento. A senhora de Roestoc pediu ao anão que lhe trouxesse Gauvan da corte do rei Artur, a fim de defendê-la. Não podendo, num prazo tão curto, encontrar Gauvan, que aliás não estava na corte, o anão Groadan traz-lhe o cavaleiro a quem acaba de dar informações e que ele ignora ser justamente Gauvan. Hector bate-se várias vezes e com sucesso com os homens de Segurade e pede a seu amigo Gauvan que trate com desdém as zombarias que Groadan lhe dirige. A sobrinha deste, que é prima da senhora de Roestoc, proíbe Hector de enfrentar Segurade. Por isso Gauvan é quem defenderá a senhora de Roestoc. Após um árduo combate ele vence Segurade; mas, no júbilo geral que se segue à vitória, eles esquecem o vencedor, que deixa precipitadamente o lugar e derrota, na floresta de Canagues, um sobrinho de Segurade, e depois recebe hospitalidade de Helan de Chaningues. Desolada por haver deixado partir seu campeão, a senhora de Roestoc decide ir à corte de Artur; no caminho, vinga-se de Groadan, que não cessou de proclamar seu desprezo por Gauvan: submete o anão a humilhações e na entrada das cidades manda que o amarrem à cauda de seu cavalo.*

LVIIa. *Depois de ser tratado pela irmã de seu anfitrião Helan, Gauvan torna-o cavaleiro e deixa com ele suas armas.*

LVIIIa. 1-12. *Na corte de Artur, a senhora de Roestoc não obtém nenhuma notícia de Gauvan. Ela perdoaria Groadan se a sobrinha do anão consentisse em deixar Hector partir em busca do vencedor. Apesar de uma armadilha que a rainha lhe prepara, a sobrinha recusa-se obstinadamente e ameaça Hector de jamais pertencer-lhe se ele partir sem sua permissão. Permanece irredutível até mesmo ante as súplicas da rainha. Nesse entretempo chegam um cavaleiro ferido e uma mensageira da Dama do Lago.*

13. *O escudo fendido que a rainha recebe.*

Entraram então um cavaleiro em armas e uma damisela belíssima; ela portava ao pescoço um escudo invertido, pois o cavaleiro (Canagues), que estava com o braço quebrado entre a mão e o cotovelo, não podia carregá-lo. Chegando diante da rainha, ele lhe disse:

– Saudações, minha senhora, primeiramente da parte do cavaleiro que vos ama bem mais do que o amais. Ele manda dizer-vos que só lhe prestastes pela metade um serviço que poderíeis ter prestado inteiramente; que por isso só vos deve meia gratidão e na primeira oportunidade cuidará de pagar-vos sua dívida.

14. A rainha pergunta ao cavaleiro quem é esse que lhe envia tal mensagem. O cavaleiro responde que não sabe e acrescenta:

– Ele me recomendou que vos dissesse isso e afirma que o conheceis bem.

Vendo-o tão gravemente ferido, a rainha quer saber quem o colocou nesse estado.

– Na verdade, minha senhora, o cavaleiro de quem vos falei derrubou-me tão violentamente que na queda quebrei o braço – responde ele.

– Minha senhora – diz em seguida a donzela que portava o escudo –, trago-vos a saudação da mais sábia e bela damisela deste mundo e rogo-vos que guardeis este escudo por amor a ela e a um outro que amais acima de tudo. Ela vos comunica que é no mundo a damisela mais a par do segredo de vossos pensamentos e que os aprova, pois sua afeição é voltada para o mesmo objeto que a vossa. Sabei que, se guardardes este escudo, ele vos preservará da maior dor que sentirdes e vos proporcionará a maior alegria que já conhecestes.

– Por Deus – responde a rainha –, o escudo merece ser conservado. Que a sorte favoreça a damisela que o envia; e vós que o trouxestes sede bem-vinda. Mas, dizei-me, quem é a damisela?

– Vou chamá-la pelo nome que conheço: chamam-na de damisela do lago.

Ante essas palavras, a rainha compreende imediatamente de quem se trata; num acesso de alegria, corre para a mensageira.

15. Ela mesma tira-lhe do pescoço o escudo, demora-se contemplando-o e vê que está fendido desde a base até a borda superior e que as duas partes só permanecem juntas graças à barra da bossa* central, que é magnífica; as duas metades acham-se tão afastadas uma da outra que é possível introduzir a mão entre elas sem tocá-las. Em uma das partes havia um cavaleiro armado, exceto na cabeça, representado com uma arte perfeita; na outra estava pintada a mais bela dama que já saiu de um pincel. Na parte superior as duas personagens estavam tão próximas que

uma enlaçava o pescoço da outra e trocavam um beijo, porém abaixo a fenda do escudo mantinha-as tão afastadas quanto se pode imaginar.

16. – Certamente este escudo seria muito belo se não estivesse fendido – diz a rainha à damisela. – Contai-me, em nome da pessoa que vos é mais cara, o que significa esta fenda, que parece muito recente, e a verdade sobre o cavaleiro e a dama que estão representados.

– Minha senhora – responde a mensageira –, em minha opinião, esse é o melhor cavaleiro que existe hoje. Ele conseguiu, tanto por seus sentimentos como por suas ações, conquistar o amor da dama. Mas por enquanto os dois não fazem mais que abraçar-se e beijar-se, como vedes no escudo. Quando o amor de ambos se consumar, este escudo tão desjuntado se juntará e as duas partes se manterão firmemente unidas: então tereis alívio de vossa aflição e desfrutareis um júbilo sem limite. Mas isso não acontecerá antes que o melhor cavaleiro, forasteiro na corte do rei Artur, faça parte de sua casa.

17. Essas explicações deixam a rainha arrebatada de felicidade; ela retém a damisela, festejando-a, e adivinha no coração quem é o cavaleiro do escudo. Em seguida o cavaleiro ferido lhe pede licença para partir, pois ainda tem um longo caminho a percorrer: o cavaleiro que o vencera fizera-o prometer que iria ao encontro da senhora de Roestoc logo depois de ter estado com a rainha; mas não sabe onde ela reside e nunca esteve lá.

18-26. *Como sabemos, a senhora de Roestoc está presente na corte nesse momento. O cavaleiro ferido dirige-lhe recriminações da parte de Gauvan. A sobrinha de Groadan*[24] *já não se opõe a que Hector vá em busca de Gauvan e todos têm grande dificuldade em impedir que ela o acompanhe. Hector parte com a esperança de incluir-se um dia entre os companheiros do rei.*

LIXa. *A damisela portadora do escudo fendido deixa a corte. Um valete\* de Helan traz o escudo de Gauvan e informa à senhora de Roestoc e à corte que ele está são e salvo e sarou dos ferimentos que Segurade lhe causara*[25].

LXa. *Gauvan encontra uma damisela que o conduz a uma torre e se compromete a revelar-lhe, quando chegar o momento, o nome dos dois melhores cavaleiros do mundo; mas ele tem de enfrentar sucessivamente*

---

24. Cf. LVIIIa, 1-12.
25. Cf. LVIa.

*dois cavaleiros, um dois quais fere gravemente, e depois dez ao mesmo tempo. Feito prisioneiro pela damisela a quem pertence aquela morada, ele concorda, após muitas recusas, em dar um elmo cheio de seu sangue para a cura de um cavaleiro que está com problemas em uma perna e um braço porque duas damiselas, fazendo-o adormecer numa floresta, aplicaram-lhe uma unção nos membros. Seu braço só ficará curado se for ungido com o sangue do melhor cavaleiro, e sua perna, com o sangue do melhor cavaleiro depois do anterior. O doente é seu irmão Agravan. Entrando na floresta de Brequeham, Gauvan vence um cavaleiro que guardava a Lande das Sete Vias para conquistar o amor e a mão de uma dama, e envia-o à senhora de Roestoc a fim de lembrá-la de suas injustiças para com ele*[26]*. Dirigindo-se para a torre de Norgales, encontra a damisela que está levando para Guinevere o escudo fendido*[27]*.*

LXIa 1-87. *Continuando a procurar por Lancelot, Hector encontra uma damisela cuidando de um cavaleiro ferido (Ladomas). Ela o conduz até o agressor, Guinas, que acusa o ferido de ter dormido com sua amiga. Hector vence Guinas e envia-o para se retratar perante sua vítima. Dirigindo-se para a Lande das Sete Vias com um escudeiro, encontra o senhor de Falerne e seus cavaleiros, com os quais empreende uma justa\*. O senhor quer hospedá-lo, mas Hector pretende continuar seu caminho para a Lande e é em casa do pai de seu escudeiro que recebe hospitalidade. Luta com três cavaleiros, dos quais arrebata uma dama que estavam levando consigo, e vai em auxílio do esposo desta, Sinados de Windsor, em dificuldade contra adversários superiores em número: são parentes de sua esposa, que se opunham ao casamento. Nessa escaramuça Hector mata Maltalhado, irmão de Ladomas. Chega ao castelo da Estreita Marca, onde se vê impedido de sair. O senhor acolhe-o cortesmente e expõe-lhe os costumes do castelo: todo cavaleiro errante deve passar ali a noite e comprometer-se a lutar com Marganor, senescal do rei dos Cem Cavaleiros, contra quem o castelão está em guerra. Esse senhor da Estreita Marca está reservando sua filha para um eventual vencedor, desejando dá-la como esposa apenas a um cavaleiro capaz de defender o castelo após sua morte. Ivan e Sagremor, que também estão à procura de Lancelot, ficaram retidos no castelo de Marganor depois de fracassarem contra este e seus homens. Hector arma-se para libertá-los, mas o senhor da Estreita Marca o faz jurar que, por prudência, não atravessará uma pequena*

---

26. Cf. LVIa, final.
27. Recuo na narrativa, cf. LVIIIa, 13.

*ponte. Enquanto Hector se bate com um cavaleiro do outro lado da ponte, apesar de um acordo feito com Marganor, este, traiçoeiramente, manda destruir a ponte, para isolar Hector. Vitorioso contra Marganor após um dramático combate singular, Hector manda libertar Ivan e Sagremor, que reconhecem nele o vencedor da Fonte do Pinheiro*[28]. *É feita a paz entre Marganor e o senhor da Estreita Marca.*

### Hector recusa-se a casar.

88. À noite, Hector ajustou a paz entre Marganor e o senhor da Estreita Marca, e Marganor jurou garantir a paz entre o rei dos Cem Cavaleiros e o senhor da Estreita Marca. Em meio ao júbilo que reina no castelo, as pessoas vêm olhar Hector e não se cansam de admirá-lo. À noite, quando ele estava à mesa com os outros, um valete* apresentou-se diante do senhor, saudou-o e perguntou-lhe se abrigava um cavaleiro forasteiro chamado Hector.

– Sim – responde o senhor. O outro pergunta-lhe qual, e o senhor aponta-o.

89. O valete* vai até ele e diz:

– Saúda-vos um cavaleiro, Sinados de Windsor, e pede que lhe informeis como estais, porque ouviu dizer que estáveis prisioneiro dos habitantes deste castelo e do rei dos Cem Cavaleiros. Ele reuniu para socorrer-vos todos os homens que conseguiu juntar, o que era seu dever, pois lhe devolvestes terra e honra.

E o valete* conta ao senhor do castelo como Hector socorreu sua senhora. Então as pessoas o elogiam mais do que nunca; os rumores chegam à filha do senhor, que fica encantada e de todo coração gostaria de ter Hector como marido. O senhor pergunta à filha se o tomaria como esposo e ela responde que esse é o cavaleiro a quem desposaria com mais prazer.

90. O senhor fala sobre isso com Hector, que lhe diz:

– Desejais prestar-me uma grande honra dando-me vossa filha, mas por enquanto não tomarei mulher e nenhuma honra neste mundo me tentaria, pois tenho uma importante tarefa a cumprir: precisarei cavalgar longo tempo antes de encontrar o que procuro. Não rejeito vossa filha; não há damisela que eu desposasse de tão bom grado; mas não me pertenço, e podeis compreender facilmente minha situação.

O senhor não ousa insistir; vai ao encontro da filha e relata-lhe a resposta de Hector. Ela declara que esperará o tempo que for preciso, pois é um cavaleiro perfeito e só por ele tem estima.

---

28. Cf. LVa.

91. O senhor volta para junto de Hector e tenta convencê-lo, mas em vão. Na hora de dormir, a damisela mandou aprontar um leito para Hector, que, devido à fadiga, dormiu num quarto separado. Quando as damas já estavam deitadas, a damisela foi até o leito de Hector e ajoelhou-se em sua frente; ele só a viu após muito tempo. Então a tomou nos braços, dando-lhe boas-vindas.

– Linda damisela – perguntou-lhe –, que necessidade vos trouxe aqui?

As tranças nos ombros, mas desfeitas e sem fita, ela respondeu em prantos:

– Ah, senhor, não leveis a mal se vim aqui tão secretamente; tenho apenas pensamentos honestos. Mas venho queixar-me a vós de vós mesmo: a quem mais apresentar meu pedido? Ninguém melhor que vós pode fazer-me justiça, a menos que não sejais dono de vossa pessoa.

– Sede bem-vinda, damisela; e, se vos causei algum mal, hei de repará-lo de boa vontade. Mas dizei-me qual.

– Meu senhor, eis aqui minha queixa: fiz meu pai pedir-vos que me tomásseis por esposa e me rejeitastes. Gostaria de saber por quê.

92. – Por Deus, não é que não sejais muito bela e muito digna de algum dos mais nobres cavaleiros do mundo; sois também mulher de altíssima linhagem, e rica. Mas o impedimento é sério: não posso tomar esposa antes de concluir minha busca. Se vos desposasse e depois morresse durante essa busca, o dano não seria grave?

– Senhor, que Deus vos proteja da morte! Prefiro ficar sem marido toda minha vida; mas, se vos aprouvesse, eu esperaria por vós, com a condição de me prometerdes que não vos casaríeis sem avisar-me antes. Uma vez que devo renunciar para sempre a vós, prometei-me só tomar por esposa aquela que amareis acima de tudo e que nem por terras nem por herança preferireis alguma outra.

– Por Deus – responde Hector –, respeitarei escrupulosamente esse acordo. Prometo-vos como leal cavaleiro que assim farei; que Deus me prive de seu auxílio se eu desposar uma mulher que não me inspirar um perfeito amor.

93. A donzela retira-se alegre e sorridente, e diz à sua confidente que cuidou bem do assunto; depois comunica ao pai a promessa de Hector e acrescenta:

– Acredito que antes do fim do ano ele me amará mais que a qualquer outra mulher no mundo.

Pela manhã, a damisela deseja a Hector que Deus lhe conceda todas as honras. E acrescenta:

– Quero que leveis convosco marcas de meu amor. Tomai este anel, usai-o e estareis levando mais do que eu poderia dizer, pois meu coração é vosso.

Ele pega o anel, agradece contente e coloca-o no dedo.

94. Então pede suas armas. Sir Gauvan e Sagremor também se armam. Hector despede-se da damisela, que está triste de vê-lo partir sem destino, mas alegre pela felicidade que espera da pedra do anel: se ele for dado a uma mulher ou a um homem, pelo poder da pedra na qual alguém houver colocado seu amor, esse amor crescerá dia a dia em quem o portar; e a damisela colocou nela todo seu amor.

95-111. *Os três companheiros – Hector, Ivan e Sagremor – deixam o castelo da Estreita Marca e separam-se. Um anão informa a Hector que o morto (Maltalhado) que ele vê ser transportado num ataúde é quem ele matou para defender Sinados*[29]. *Os ferimentos do morto sangram, indicando, segundo uma crença muito difundida, que quem o matou se encontra presente ali. Hector é atacado e recebe ajuda do irmão do morto, Ladomas, que ele vingara de Guinas*[30]. *Usando de artimanhas, o anão que acompanhava o cortejo fúnebre faz um escudeiro furtar o cavalo de Hector e atrai o cavaleiro para o castelo dos Charcos, que pertence ao pai de Maltalhado. Hector é poupado graças ao que fez por Ladomas.*

LXIIa. *Nostalgia de Lancelot. Mensagem enviada à rainha.*

1. Lancelot, diz aqui o conto, está tão doente que não bebe nem come e quase não dorme. Galehot inquieta-se, pois o vê definhar; pergunta-lhe o que tem e Lancelot responde que sente que está mesmo morrendo.

– Querido companheiro, se pudésseis ver minha senhora não teríeis alívio? – pergunta seu amigo.

– Creio que sim, senhor.

– Por Deus – torna Galehot –, farei com que a vejais. Faremos minha senhora saber que está nos esquecendo demais: não a vimos desde o início de maio e já estamos em janeiro. Ela deve encontrar um meio de podermos vê-la. Vamos enviar-lhe vosso primo Lionel; saberei encarregá-lo de vossa mensagem.

2. Então ele chama Lionel e diz-lhe:

– Lionel, irás à casa de minha senhora e lhe falarás em particular, sem testemunhas. Deves informar-te sobre onde está o rei Artur e pedirás à minha senhora de Malehaut que te obtenha uma entrevista com a flor de

---

29. Cf. LXIa, 1-87.
30. Cf. LXIa, início.

todas as mulheres que vivem. Cuida de ser hábil, discreto e de maneiras requintadas, pois irás diante da rosa de todas as senhoras do mundo. Se ela te perguntar quem és, dirás que és filho do rei Bohort de Gaunes e primo-irmão de Lancelot. E, se te perguntar o que seu amigo está fazendo, dize que lhe é difícil ficar muito alegre, pois está privado de vê-la. Dize-lhe ainda que ela nos esqueceu, mais do que merecemos, e que pense depressa em como poderíamos vê-la, se quiser ter piedade dos dois maiores infelizes que existem.

3. Galehot dita a Lionel as palavras que considera mais eficazes e este afirma que repetirá à rainha a mensagem, sem esquecer coisa alguma.

– Deves ir agora – diz Galehot – e, por teus olhos, não contes a ninguém quem és nem aonde vais: isso resultaria em morte para nós e desonra para ti.

Lionel garante que antes deixaria que lhe arrancassem os olhos; e põe-se a caminho para a corte do rei Artur.

LXIIIa. *Um eremita informa Gauvan sobre a guerra que opõe o rei de Norgales ao duque de Cambenic, conta-lhe que Lancelot está em Sorelois e indica-lhe o itinerário a seguir para chegar àquele reino. Passando pelo castelo de Leverzerp, que pertence ao duque de Cambenic, Gauvan alia-se ao partido do duque, ao passo que Girflet se encontra no campo adversário. Os dois cavaleiros começam a justar\*, mas se reconhecem e interrompem a luta. Graças a eles, os homens do rei são postos em fuga. De noite, à luz da lua, ambos encontram duas damiselas. Uma delas recusa-se a Gauvan, prometendo-lhe que o fará conhecer outra muito mais bela; a outra entrega-se a Girflet. Na casa da tia da damisela de Gauvan, onde se detêm, ele é chamado a defender Manasses, o marido de sua anfitriã, acusado de traição por Groadan, senescal do duque de Cambenic. Vai então para Cicaverne, onde deve travar com o senescal um duelo que começa ferozmente.*

LXIVa. 1-32. *Dirigindo-se para a corte*[31], *Lionel chega ao lugar do combate e, graças a Celise, a damisela da Dama do Lago, descobre que um dos combatentes é Gauvan. Este corta a cabeça do senescal e põe-se a perseguir Lionel, que se afastou precipitadamente e que talvez pudesse dar-lhe notícias de Lancelot. Alcança-o e devolve-lhe o cavalo que um cavaleiro lhe roubou. Lionel dá-lhe a entender que Lancelot está em Sorelois. Voltando a Leverzerp, Gauvan auxilia Sagremor, que está lutando contra*

---

31. Cf. LXIIa, 3.

três cavaleiros. Os dois amigos se reconhecem e Sagremor conta como Hector libertou Ivan e ele mesmo da prisão do rei dos Cem Cavaleiros[32]. Gauvan oferece a Sagremor a damisela que o acompanha e que está apaixonada por este. Sagremor é tomado de uma bulimia crônica que o invade depois de aquecer-se no combate.

### Gauvan e a filha do rei de Norgales.

33. Eles tanto cavalgaram que chegaram atrás da casa. A damisela[33] desce por uma trincheira até uma porta secreta, abre-a e puxa para o interior seu palafrém e o cavalo que estava levando. Sir Gauvan e Sagremor entram a cavalo.

Apeiam e levam seus cavalos à estrebaria. Depois ela os conduz por um corredor subterrâneo até o grande salão*, no alto, completamente vazio. Sir Gauvan pergunta então como Sagremor terá o que comer.

— Ele terá comida em profusão — responde a donzela.

Então ela os introduz num aposento à direita, iluminado pelo luar que entra por mais de vinte janelas.

34. Nesse aposento, sentam-se e a donzela deixa-os por um momento; logo retorna, trazendo alimentos em abundância e um excelente vinho. Depois que os três comeram, a donzela diz a sir Gauvan:

— Senhor, deixai-me Sagremor; cuidarei bem dele, se aprouver a Deus. E vós, vinde ver vossa amiga, uma mulher que não tem igual. Vou dizer-vos a quem pertence esta casa, como vos prometi: pertence ao rei de Norgales; e vossa amiga é sua filha, que vos deseja mais que tudo no mundo, mas é estreitamente vigiada.

35. A damisela leva-o até uma estrebaria onde havia vinte palafréns de pelagem negra, os mais belos do mundo; depois entram num aposento onde se encontram vinte pássaros e gaviões, magníficos, em poleiros, e dali num outro local onde estão vinte cavalos de incomparável beleza. Sir Gauvan pergunta à damisela de quem são os cavalos e os pássaros, e ela responde:

— São de vinte cavaleiros que têm seus leitos num aposento lá adiante, pois meu senhor o rei firmou uma trégua com o duque de Cambenic e agora não teme ninguém além de vós. Ele sabe que, se viésseis, não há cavaleiro que vos fizesse desistir de ir ao encontro de minha senhora, sua filha, mesmo correndo risco de morte, pois à noite o acesso ao quarto

---

32. Cf. LXIa.
33. A jovem que acompanha Gauvan é a mesma mencionada em LXIIIa, e que se propusera a apresentar-lhe outra muito mais bela.

dela fica interditado, a menos que esses vinte cavaleiros sejam eliminados. Minha senhora sabe da promessa que fizestes em casa de Agravan[34], ou seja, que, se chegásseis a um lugar onde ela estivesse, não pouparíeis esforços para vê-la. Mas ela me fez jurar que, se eu conseguisse encontrar-vos, haveria de trazer-vos aqui.

36. Ambos entram num aposento onde reinava grande claridade.

– Sir Gauvan – diz a damisela –, os cavaleiros estão alojados nesse aposento com a única missão de vigiar a donzela, e de dia vão distrair-se onde lhes apetecer. Creio que neste momento estão dormindo e no quarto vizinho está deitada a mais bela criatura do mundo. Não ouso ir adiante; volto para junto de Sagremor.

37-44 – *Gauvan passa pelos cavaleiros adormecidos e entra no quarto onde a filha do rei de Norgales estava dormindo. Os dois "conversam e se entregam aos jogos do amor quase até o meio da noite". O pai da jovem vê os amantes dormindo abraçados e manda dois camareiros irem sorrateiramente matar Gauvan. Este desperta, mata os dois agressores e graças a um estratagema consegue passar pelos vinte cavaleiros que estão prestes a atacá-lo.*

45-53. *O estratagema da filha do rei dá certo. No entanto, Gauvan tem de enfrentar os que o perseguem. Com a ajuda de Sagremor, resiste aos ataques e ambos conseguem fugir, juntamente com a amiga de Sagremor. Em seguida Gauvan toma sozinho o caminho para Sorelois.*

LXVa. *Enquanto Sinados e Marganor se preparam para libertar Hector do castelo dos Charcos[35], a sobrinha do senhor do castelo pede a Hector que socorra sua irmã, Helena sem Par, aprisionada numa torre pelo marido, Persides, que afirma que suas qualidades como cavaleiro superam a beleza dela como mulher. Vencendo-o em duelo, Gauvan obriga Persides a reconhecer que Helena é mais bela dama do que ele é bom cavaleiro; em seguida liberta a prisioneira e reconcilia os esposos.*

LXVIa. *Mensagem da rainha para Lancelot.*

1. Lionel, diz o conto, chegou até a rainha, que se encontrava em Logres[36], a capital do reino de Artur, que também estava residindo ali. A rainha e a senhora de Malehaut ficaram arrebatadas de alegria quando souberam que ele era primo de Lancelot do Lago e sobrinho do rei Ban de Benoic.

---

34. No capítulo LX Gauvan fez essa promessa a uma damisela.
35. Cf. LXIa, 95-111.
36. Cf. LXIIa.

Depois que o valete* transmitiu sua mensagem à rainha e à senhora de Malehaut, elas combinaram entre si os meios de ver seus amigos.

2. Chega então à corte a notícia da invasão da Escócia pelos saxões e irlandeses; eles saqueiam todo o país e sitiam Aresbeth. O rei, chocado, envia ordens a seus homens de perto e de longe: que nos próximos quinze dias se armem para estar presentes nos campos, sob os muros de Carduel. A rainha manda dizer a Lancelot que esteja lá, juntamente com Galehot; ela também irá. Os dois deverão permanecer ocultos até que ela lhes dê a conhecer sua vontade; Lancelot portará no elmo uma bandeirola que ela lhe envia, ornada com uma fita de seda vermelha, e o escudo da última assembléia*, mas com uma banda branca em diagonal. Envia-lhe também o broche que traz no colo, um pente muito rico cujos dentes estão entremeados de cabelos seus, seu cinto e sua esmoleira; ele deverá agir de acordo com a vontade de sir Gauvan, que por sua causa suportou muitos sofrimentos, mas os dois não deverão ir juntos para a assembléia*.

3. Então o valete* a deixa e retoma seu caminho. O rei consulta a rainha: será que deve mandar chamar Galehot? Ela o aconselha a esperar para saber se terá precisão do outro, para não dar a impressão de que está com medo. O conto deixa de falar do rei e da rainha, que convocaram seus vassalos para Carduel nos próximos quinze dias, e retorna a sir Gauvan, que deixou Sagremor e a damisela que o levara à casa da filha do rei de Norgales, como vos narrou o conto.

LXVIIa. *Gauvan, que ficou sabendo que Lancelot estava em Sorelois[37], tem de atravessar o caminho que leva até lá. Fere e coloca fora de combate Elinam das Ilhas, um cavaleiro que vigiava a Ponte Norgalesa.*

LXVIIIa. *Hector, sempre à procura de Gauvan, começa a lutar com ele na Ponte Norgalesa, mas no decorrer do combate os dois amigos se reconhecem.*

LXIXa. *Galehot leva Lancelot à Ilha Perdida.*

1. Enquanto sir Gauvan, diz o conto, lutava com o cavaleiro da passagem, ferindo-o, depois de pôr fora de combate os homens de armas, um valete* tomou às pressas o caminho de Sorhaut, onde Galehot e seu companheiro se encontravam, fora da cidade, sua residência habitual. Contou-lhes que um cavaleiro havia forçado a passagem norgalesa e derrotado os guardiães, mas ele ignorava seu nome. Galehot espantou-se muito

---

37. Cf. LXIIIa, início.

com essa notícia e disse a seu companheiro que um cavaleiro errante vencera um dos melhores cavaleiros de sua terra e dez homens de armas.

– Que Deus o faça vir para cá! – exclama Lancelot. – Estamos aqui reclusos e durante dias e dias não vimos justas* nem ações brilhantes. Estamos perdendo nosso tempo e nossa vida. Por Deus, se ele vier aqui, vou dar-lhe combate.

2. Galehot põe-se a sorrir e os que ouviram as palavras de Lancelot dizem que ele não gosta de descansar. Galehot pretende impedi-lo de combater, se puder. Possuía uma bela e confortável moradia numa ilha do rio Assurne; chamavam-na de Ilha Perdida, porque ficava bem no meio do rio e afastada do mundo. À noite, um de seus cavaleiros, o bravo e ousado Helie de Ragres, pediu para vigiar a passagem. Galehot concordou e nessa noite mesmo levou seu companheiro para a Ilha Perdida. Helie foi guardar a passagem; lá encontrou sir Gauvan e alegrou-se muito quando soube quem era ele. Sir Gauvan perguntou-lhe onde Galehot estava, mas Helie confessou que não sabia.

– Não está em Sorhaut? – perguntou Gauvan.

– Foi embora de lá ontem à meia-noite, não sabemos para onde.

Sir Gauvan ficou desanimado, temendo que sua busca se prolongasse.

3. Pela manhã ele se despediu de Helie e partiu com Hector, pois agora havia um guardião para a ponte. Exortou o cavaleiro ferido[38] a dirigir-se à corte do rei Artur, como prometera, e contar que Hector o encontrou e vai acompanhá-lo. E acrescenta:

– Dizei-me vosso nome, pois sabeis o meu.

E o cavaleiro responde que se chama Elinam das Ilhas.

*Elinam cumpre sua missão na corte.*

LXXa. *Melancolia de Lancelot.*

1. O conto retorna a Lancelot, que estava na torre da Ilha Perdida, ansioso e absorto em seus pensamentos, impaciente por ouvir as notícias que sua senhora certamente lhe enviaria. Deixou de rir, de brincar, de beber e de comer; nada o reconforta, exceto seus pensamentos. Fica o dia inteiro no alto da torre, correndo o olhar em todas as direções, entorpecido. No dia seguinte àquele em que deixaram a passagem, sir Gauvan e Hector cavalgam ao acaso, sem conseguirem notícias de Galehot. Finalmente encontram uma damisela num palafrém; ela os saúda e pergunta aonde vão. Respondem que não sabem onde encontrar o que estão procurando.

---

38. Cf. LXVIIa.

– E o que procurais?

– Damisela, estamos em busca de Galehot, o senhor desta terra.

– Vou indicar-vos onde ele está, se me concederdes o primeiro dom* que eu vos pedir. – Eles concordam.

2. Sobem uma montanha muito alta e de lá ela lhes mostra a Ilha Perdida, dizendo:

– Ele está lá, no mais perfeito segredo.

A damisela deixa-os e eles rumam para a ilha. Ao se aproximarem, vêem que é coberta de florestas altas e espessas, em meio às quais distinguem apenas as ameias e a torre, que é muito alta.

– Meu Deus – exclama sir Gauvan –, que poderosa e altiva fortaleza, cercada por esse rio rápido, largo e ruidoso! E ela tem apenas uma entrada; a ponte levadiça está erguida e não vejo como pôr os pés no interior; os habitantes escondem-se o mais que podem.

3. Permanecem na entrada da ponte, esperando que saia alguém. Pensativo no alto da torre, Lancelot avista os dois cavaleiros armados; chama Galehot e aponta-os. Este envia um de seus escudeiros para indagar quem são e o que procuram, mas sem revelar-lhes que ele está ali. O escudeiro vai fazer suas perguntas e sir Gauvan responde que são dois cavaleiros estrangeiros que gostariam de falar com Galehot.

– Ele não está aqui, senhor.

– Sei muito bem que está sim – fala Gauvan. – Dize-lhe que, se quiser, falaremos com ele; se não quiser, não falaremos, mas tão cedo não sairemos daqui. Tudo que tentar entrar nessa torre estará perdido para ele, e podes dizer-lhe que é grande descortesia de sua parte fechar-se assim para dois cavaleiros.

4. O valete* volta e transmite a resposta que recebeu. Galehot vê nela as marcas de um orgulho excessivo. Manda dois de seus melhores cavaleiros irem ter com os visitantes e, se eles quiserem batalha, não devem decepcioná-los.

– Ah, Hector – diz Gauvan, vendo-os aproximar-se –, temos de combater, inevitavelmente; o cavaleiro mais prestigioso da Bretanha está nesta ilha. Eu sabia que minhas belas palavras não me franqueariam a entrada, se não ultrapassassem a medida.

5-10. *Os dois cavaleiros desafiam os dois forasteiros, que levam a melhor. Gauvan bate-se com Lancelot, que pegou o escudo de Galehot, e Hector com o rei dos Cem Cavaleiros. No auge do combate surge Lionel.*

*O combate entre Gauvan e Lancelot é interrompido. Lancelot diz seu nome a Gauvan.*

11. Surge então Lionel[39]. Não reconhece Lancelot, que está lutando, mas reconhece sir Gauvan por suas armas. Pergunta a Galehot, que lá se encontra, quem é o cavaleiro que está combatendo com as armas dele, Galehot, e este responde, entristecido, que é seu companheiro.

– Pena que a batalha tenha começado. Gauvan vai pagar caro! – lamenta Lionel.

Gauvan dá alguns passos à frente; Lancelot avista-o e prontamente ambos avançam um para o outro.

12. Lionel grita para Lancelot que suspenda o ataque, se tem amor à vida, até que ele lhe tenha falado. Lancelot retém o golpe e recua. Lionel revela-lhe que é contra sir Gauvan que está se batendo, e acrescenta:

– A rainha manda dizer para vos submeterdes aos desejos dele[40], que por vós suportou males e sofrimentos sem conta.

Essas palavras enchem Lancelot de vergonha e aflição. Lançando por terra a espada, diz:

– Ai de mim, que devo fazer?

Silencioso, caminha diretamente para seu cavalo, e sir Gauvan, sem sequer olhar para o dele, torna a embainhar a espada e corre atrás do cavaleiro.

– Ah, senhor cavaleiro, dizei-me vosso nome! – pede ele.

Mas Lancelot está chorando tanto que permanece mudo. Sem obter resposta, Gauvan impulsiona-se, todo armado, salta atrás dele sobre o cavalo e abraça-o pelos flancos, dizendo:

– Pela Santa Cruz, não me escapareis até que eu saiba vosso nome, mesmo que nós dois tenhamos de morrer!

13. Hector e o rei dos Cem Cavaleiros separaram-se, para grande alívio do rei, que estava vencido. Galehot está desconcertado a respeito de Lancelot e interroga Lionel, que lhe diz tudo; então ele fica num embaraço sem saída: por nada no mundo revelará a identidade de Lancelot, mas, por outro lado, nunca seria descortês para com sir Gauvan, que tanto sofreu por seu companheiro. Vai interrogar Hector:

– Quem sois?

– Um cavaleiro da rainha e me chamo Hector.

– E aquele cavaleiro ali, quem é?

– É sir Gauvan.

– Por Deus, não me custa acreditar, pois é um valoroso cavaleiro.

---

39. A narrativa não explica como ele descobriu o caminho da Ilha Perdida, para conseguir chegar tão inesperadamente.
40. Cf. LXVIa, 2.

14. Eles conversam assim enquanto atravessam a ponte e entram na ilha. Então Galehot vai ao encontro de sir Gauvan e abraça-o.

– Sede bem-vindo, senhor. Não vos reconheci e, seja dito sem ofender-vos, cometestes um grande erro: por pouco não matastes dois dos mais valorosos cavaleiros do mundo, e a troco de nada! Devíeis ter dito vosso nome!

– A apreensão de perder este senhor a quem tanto procurei não me permitiu dizer meu nome; mas eu sabia que só conseguiria enganar vossa sagacidade se recorresse a uma dissimulação que ultrapassasse a medida. Perdoai-me por isso, senhor – responde Gauvan.

– Sem a menor dúvida, senhor, e somos mais culpados do que vós. Mas sabeis quem é esse que estais segurando?

– Sei que é quem procuro – responde sir Gauvan.

15. Então eles entram na torre. Lancelot não quer ser o primeiro a apear: ambos descem juntos, pois sir Gauvan não larga sua presa.

– Deixai-o comigo, senhor – diz Galehot a Gauvan. – Prometo-vos devolvê-lo como posse legítima.

– De bom grado, senhor, mas sabei que disso depende minha vida.

Galehot conduz seu companheiro a um aposento, torna a sair e recomenda que tratem sir Gauvan e Hector com as maiores honras. Voltando ao quarto, encontra Lancelot em lágrimas; às perguntas de Galehot ele responde que perdeu o amor de sua dama por ter lutado com Gauvan. Galehot consola-o:

– Não tenhais medo, para tudo isso encontrarei uma solução.

– Ah, senhor, devolvestes-me a vida!

16. Galehot manda que o livrem das armas, faz que lave o rosto com água quente e diz:

– Vou pedir a sir Gauvan que venha aqui. Implorareis seu perdão e ele ficará mais feliz do que se lhe désseis uma cidade: assim vos reconciliareis; e dizei-lhe que estais pronto a agir de acordo com seus desejos.

Galehot vai ter com sir Gauvan e pede-lhe que o siga. Ambos dirigem-se para o quarto e Galehot pergunta a Gauvan quem, em sua opinião, é o cavaleiro.

– Tenho certeza de que é Lancelot do Lago, o filho do rei Ban de Benoic; é aquele que ajustou a paz entre vós e meu senhor o rei Artur.

– Sem a menor dúvida – responde Galehot com um sorriso –, e homem algum sofreu tanta aflição e tanta vergonha quanto ele sofreu por vós. Vereis como suas pálpebras estão inchadas de tanto chorar, e tudo isso por culpa vossa.

17. *Gauvan perdoa Lancelot, que finalmente lhe confirma sua identidade.*

18. No terceiro dia chegou uma donzela que chamou Gauvan à parte.

– Senhor – disse ela –, vosso irmão Agravan manda dizer-vos que o rei Artur está a caminho para a Escócia, que os irlandeses e os saxões invadiram. Deveis ir ao encontro dele e contar-lhe o resultado de vossa busca.

– Resultados felizes, graças a Deus. Permanecei aqui hoje.

À noite, sir Gauvan pediu a Lancelot que lhe desse o privilégio de sua companhia. Hector é admitido nessa companhia*, porque é cavaleiro da rainha e de rara bravura. Em seguida sir Gauvan anuncia que tem a intenção de permanecer ali a semana toda, e que na manhã seguinte cada um deles se fará sangrar no braço direito.

No dia seguinte, após a sangria, sir Gauvan enviou o sangue de Lancelot para seu irmão Agravan[41], por intermédio da damisela, e já na primeira unção ele ficou curado. Galehot manda confeccionar para Lancelot um escudo de acordo com as instruções da rainha; quanto a ele, toma emprestado o de um de seus cavaleiros. Sir Gauvan diz-lhes que, em sua opinião, o exército que marcha contra os saxões não está a par das intenções deles; e convida Galehot e Lancelot para participarem da expedição.

– Mas vamos sem nos dar a conhecer, e todos nós devemos portar armas que não sejam as nossas – acrescenta. Todos concordam com isso.

d) A guerra da Escócia. Artur apaixonado por Gamile. A rainha entrega-se a Lancelot.

19. Eles permaneceram lá a semana inteira. Depois se puseram a caminho para o palco da ação e no trajeto encontraram a donzela que havia indicado a sir Gauvan a Ilha Perdida. Saudaram-na e ela chamou sobre eles as bênçãos de Deus.

– Damisela, acaso tendes notícias do rei Artur? – pergunta Galehot.

– Sim, e notícias seguras, mas só de minha boca as ouvireis, e isso não será hoje nem amanhã; não falarei por preço algum.

– Havemos de conceder-vos tudo que quiserdes – diz Lancelot.

– Pois bem, concordo, se me prometerdes responder à minha pergunta quando eu quiser, e isso a uma légua de vossas terras.

– Não falharemos – respondem eles. E os quatro dão sua palavra.

– O rei está em Arestuel, na Escócia, sitiando a Rocha dos Saxões.

20. Recomendam-se mutuamente a Deus e ela os deixa. Por etapas, chegam a Arestuel. De fato, o rei estava sitiando a Rocha, como a damisela dissera. Essa poderosa fortaleza nada tinha a temer exceto a fome. Fora fortificada na época em que Vortiger desposou a filha de Hangist o

---

41. Cf. LXa, 15 e 24.

Saxão[42]; ficava distante de Arestuel pelo menos doze léguas escocesas. Nesse espaço todo o território estava devastado, exceto um castelo que era habitado por uma damisela de nome Gamile, grande conhecedora de encantamentos, muito bela, de origem saxã; ela fora tomada de um amor exclusivo por Artur, à revelia do rei.

21. Quando os quatro cavaleiros chegaram ao campo, sir Gauvan perguntou a Lancelot:

– Que farei? Não ouso aparecer na corte do rei sem levar-lhe provas tangíveis sobre vós; fiz esse juramento.

– Senhor – diz Galehot –, deixemos Lancelot de lado até o cerco terminar; até lá, não precisareis entrar na corte de Artur e então Lancelot estará livre para ir aonde quiser.

Sir Gauvan concorda e diz:

– Há mais vinte cavaleiros nessa busca; todos eles prometeram estar presentes na próxima assembléia* do rei Artur e combinaram sinais para se reconhecerem mutuamente. Vou procurá-los e depois voltarei para vós.

– Vamos esperar-vos – responde Lancelot. – Levai Hector convosco.

– Boa idéia – responde Galehot. – Armaremos nossas tendas apartadas, entre o acampamento e Arestuel, para não sermos reconhecidos, e quando deixarmos o exército sairemos à noite: assim ninguém saberá quem somos.

22. *Gauvan e Hector entram no acampamento, portando os escudos com a parte interna voltada para fora, e encontram seus companheiros.*

*Lancelot obedece à rainha, que se entrega a ele.*

23. Então eles se separam; sir Gauvan recomenda-lhes que estejam todos juntos na assembléia* do dia seguinte. Depois vai aonde Galehot erguera sua tenda, à beira de um bosque, em um local agradável, completamente cercado de paliçadas. Era a propriedade fechada de um burguês de Arestuel; havia lá uma dezena de escudeiros, um dos quais era Lionel, tão valente como atilado. Quanto ao rei Artur, todos os dias conversava com a dama do castelo, suplicava seu amor, mas ela não lhe dava ouvidos[43]; envolvera-o tão bem que ele a amava loucamente.

24. No dia seguinte à chegada de sir Gauvan, aconteceu a assembléia*. Lancelot portou o escudo negro com banda branca em diagonal, Galehot

---

42. Referência ao que é narrado no *Brut* de Wace e no *Merlin* de Robert de Boron: Vortiger, chefe bretão, traiu e matou o rei Moine e apossou-se do reino da Bretanha com o auxílio de Hangist, chefe saxão.

43. Contradiz o que foi dito um pouco antes, ou seja, que Gamile amava o rei Artur. Erro do manuscrito arquétipo? deslize do autor ou de um copista?

o escudo do rei dos Cem Cavaleiros e sir Gauvan um escudo bipartido de branco e azul, que pertencia a Galan, duque de Ronnes, o melhor cavaleiro da casa de Galehot. Hector portou o escudo branco com banda superior de sinople*; pertencia a Aguinier, um companheiro de Galehot. O próprio rei tomou das armas. Atacaram os saxões e os irlandeses, mas o rei tinha poucos homens, precisava dar prova de valentia e superou-se, mais pela donzela que o observava do alto da Rocha do que para sua glória pessoal.

25. Quando o rei em pessoa ombreou com o inimigo, sir Gauvan e seus vinte companheiros entraram em ação; Galehot e Lancelot permaneceram na retaguarda para passar despercebidos. Os dois chegam diante da morada da rainha, que com a senhora de Malehaut subiu às ameias, no topo da torre. Ao avistar Lancelot, ela diz à senhora de Malehaut:

– Conheceis aqueles cavaleiros?

E esta se pôs a sorrir, pois os reconhecia facilmente pelo escudo de Lancelot e pela bandeirola que ele prendera no elmo: foi a primeira insígnia a ser portada num elmo na época do rei Artur.

26. *A rainha envia por um pajem uma mensagem a Lancelot: "Cuidai para que o torneio se desenrole aqui em frente."*

27. O campo está repleto de combatentes em luta. Lancelot combate com valentia, para admiração geral. Pouco depois, sir Gauvan, que estava lutando longe dali, ouviu dizer que um cavaleiro estava fazendo maravilhas um pouco adiante. Ele chega com seus companheiros, perseguindo os da frente até suas liças, com fortes perdas. Ante esse espetáculo Lionel pressiona Lancelot para fazerem o que a rainha ordenou.

– Vai e dize a minha senhora que isso não é possível, a menos que eu tome o outro partido: vou forçá-los a colocarem-se diante da torre.

Lionel vai levar essa resposta; a rainha desce a seu encontro e diz ao valete* que tem a mesma opinião que Lancelot. E acrescenta:

– Mas que ele preste atenção: assim que vir meu manto pendurado na ameia, com o avesso para fora, deve voltar para nosso partido.

28. Lionel encarrega-se da mensagem. Galehot chama sir Gauvan e diz-lhe:

– Gauvan, sei como o rei poderia capturar alguns de nossos adversários mais poderosos: operando um movimento giratório a partir de lá adiante e empurrando os homens do rei até o rio, sem deter-nos lá, para apanhar o inimigo pela retaguarda; então não poderíamos deixar de prender ou massacrar todos.

Sir Gauvan aprova esse plano.

Vinte e três valentes cavaleiros passam para o lado dos saxões; Galehot também. Os homens do rei têm de abandonar o campo, pois os outros estão contra eles; só se detêm às margens do rio, onde se erguia a torre. Recuam sem grandes perdas, pois os outros só pensam na perseguição e julgam ter a vantagem, embora não tenham feito nenhum prisioneiro; mas foram forçados a lançar-se na água. O rei fica consternado, quase tem um acesso de cólera e olha com dureza sir Gauvan e seus companheiros.

29. Então Lancelot ergue os olhos para a torre, vê o manto da rainha suspenso, com o forro para fora e decide que os homens do rei já suportaram bastante.

– Agora, a eles! – brada.

Então todos dão meia-volta e precipitam-se sobre a retaguarda dos saxões, num movimento que os envolve. Os saxões são tomados de pânico, julgando estar cercados; então os homens do rei voltam à carga e os atacam. Mas Lancelot, com seus companheiros, está na primeira linha da retaguarda; faz tantas maravilhas, sempre mantendo o adversário perto da torre, que a rainha não acredita no que vê. Ele e os seus dominam a passagem que dá acesso ao vau; matam e derrubam tantos que o rio fica obstruído. Sir Gauvan, Hector e todos os outros também fazem maravilhas e ninguém se interpõe sem ser morto ou derrubado. A mortandade no vau foi tão grande que na mesma hora ele foi chamado de Vau do Sangue e portará esse nome para sempre.

30. Lancelot, com seus companheiros, sofreu tantas investidas que seu elmo está todo fendido e amassado. A rainha envia-lhe por uma damisela um soberbo elmo que pertencia ao rei.

– Dizei-lhe que não posso suportar essa matança e exijo que ele comece a perseguição.

A damisela vai entregar-lhe o elmo e transmite a ordem da rainha. Ele coloca o elmo e afasta-se um pouco com seus homens. Os saxões fogem aterrorizados, com pesadas perdas, enquanto Lancelot e os seus os perseguem e os homens do rei capturam um dos melhores cavaleiros, de nome Aramont, irmão do rei dos saxões, Agleit. Fazem prisioneiros pelo menos duzentos mil saxões e irlandeses, todos poderosos senhores, e entre os mortos estão os melhores. Durante a perseguição, por três vezes Lancelot recolocou na sela o rei Artur, pois dois de seus cavalos foram mortos; a terceira montaria teve uma queda e quebrou o pescoço, e sem Lancelot o rei teria se saído mal, pois estava sozinho e seus homens empenhavam-se na perseguição.

31. Naquele dia os inimigos do rei foram postos em mau estado; a refrega durou até o anoitecer. Galehot diz a sir Gauvan que só devem deixar o local quando os combatentes se dispersarem e sir Gauvan concorda. Então os dois vão para a frente da torre.

A rainha desceu; trocam saudações e ela vê que Lancelot tem o braço ensangüentado até o ombro. Beija Lancelot e a senhora de Malehaut beija Galehot. A rainha sussurra ao ouvido de Lancelot que vai curá-lo antes do dia seguinte. Depois manda-os embora, pois não ousa retê-los mais, e diz a Lionel que quer falar-lhe. Eles cavalgam para sua tenda e desarmam-se. A noite começa realmente a cair.

32. Ao sair da peleja, o rei estava vindo a pé da Rocha. A damisela desceu e abordou-o:

– Sire, sois o homem mais perfeito entre os vivos e dizeis que me amais acima de todas as mulheres. Quero ter uma prova disso, se ousardes: mais à noite deveis vir deitar comigo nesta torre.

Artur diz que virá assim que tiver conversado e jantado com seus cavaleiros.

– Encontrareis à porta meu mensageiro que vos mostrará o caminho.

33-34. *Por intermédio de Lionel, a rainha combina para essa mesma noite o encontro com Lancelot e Galehot. O rei cai na cilada de Gamile: comparece com seu sobrinho Guerehet ao encontro na fortaleza da Rocha, onde ambos acabam prisioneiros "num recinto fortificado cuja única passagem era uma porta de ferro".*

35. Assim o rei e Guerehet ficam prisioneiros. Quanto a Galehot e Lancelot, levantam-se da cama e mandam os dois escudeiros deitarem no lugar deles para que, se os que dormem despertarem, os tomem pelos dois ausentes. Cavalgam até o jardim e entram pela porta, que estava aberta. Vão até o pátio externo, apeiam, encontram as duas damas que os esperam e levam os cavalos sob um telheiro contíguo ao pátio. Já sem as armas, foram conduzidos para dois quartos e cada um deitou com sua amiga. Ardendo de amor compartilhado, eles conheceram todos os gozos reservados aos amantes. No meio da noite, a rainha levanta-se e vai olhar o escudo que a damisela do lago trouxera; apalpa-o sem acender vela e encontra-o intacto, sem rachadura. Feliz como nunca, ela sabe agora que é a mais amada de todas as mulheres amadas.

36. Pela manhã, um pouco antes de clarear, os dois cavaleiros tornam a armar-se no quarto da rainha. A senhora de Malehaut, sempre atilada, olha o escudo à luz das velas e vê que as duas partes voltaram a unir-se.

– Minha senhora, é evidente que o amor se consumou – diz ela à rainha.

Galehot pergunta de que se trata, e ela lhe conta como o escudo lhe foi enviado pela Dama do Lago e permaneceu fendido até agora. Todos o contemplam longamente com admiração e a senhora de Malehaut diz que falta apenas uma coisa para que ele seja exato: Lancelot pertencer à casa de Artur, como deve ser. A rainha pede-lhe que obedeça sir Gauvan caso este lhe diga para permanecer na corte; está tão apaixonada que não pode imaginar-se longe dele. Mas fala baixinho, para Galehot não ouvir, pois sofreria demais com isso.

Então eles se separam e marcam um encontro para a próxima noite.

37-46. *No dia seguinte os escudos do rei e de Guerehet são expostos nas ameias da Rocha, para grande e dolorosa surpresa da rainha e de todo o acampamento. Gamile, por traição, captura Lancelot, Galehot, Gauvan e Hector. Na ausência de Artur, Ivan assume o comando das operações e destaca-se pela bravura. Os saxões são repelidos. Lancelot consome-se em sua prisão.*

LXXIa. *Desvario e cura de Lancelot. Felicidade dos amantes.*

1. Lancelot, diz aqui o conto, encontra-se em tal estado que não bebe nem come, acabrunhado e inconsolável. Sobe-lhe à cabeça uma loucura, uma raiva tão violenta que ninguém pode ficar na sua frente. Vendo que está louco furioso, o carcereiro agarra-o e tranca-o num cômodo à parte.

2. Todos comentam tanto, aqui e ali, que a senhora da Rocha fica sabendo. Vai pessoalmente ver seu prisioneiro e pergunta ao carcereiro de quem se trata.

– Parece que não possui sequer um punhado de terra – responde ele.

– Ao diabo! Seria um pecado mortal não deixá-lo ir embora. Podeis abrir-lhe a porta lá embaixo.

Era a porta que dava para o acampamento do rei Artur; ficava na encosta da Rocha e era controlada por magia; apenas as pessoas da fortaleza podiam entrar e sair à vontade, pela força dos encantamentos. Eles saíam pela poterna* para atormentar repetidamente o acampamento; e assim que a atravessavam de volta nada mais tinham a temer dos que os sitiavam.

3. Quando Lancelot é solto e volta para o acampamento, todos o temem e fogem diante dele, tanto que chegou diante dos alojamentos da rainha, que estava à janela. Ao vê-lo ela desfalece, pois todo mundo percebe que Lancelot perdeu a razão. Voltando a si, envia sua amiga para vigiá-lo. A senhora de Malehaut aproxima-se de Lancelot; ele corre pegar pedras para atirar-lhe e ela se põe a gritar, como mulher que é. A rainha, com um brado, interpela o demente. Assim que a ouve ele senta, coloca

as mãos diante dos olhos, tomado de confusão, e recusa-se categoricamente a ficar em pé.

4. Então a rainha sai, toma-o pela mão e ordena que se levante. Ele obedece prontamente e ela o conduz para um quarto. As damas perguntam quem é esse; algumas dizem que é um dos melhores cavaleiros do mundo. Mas apenas a rainha consegue acalmá-lo; sua influência sobre ele provoca espanto geral.

5. Assim Lancelot permanece ali, com a rainha à sua cabeceira, tomada por uma tal dor que é anormal que continue a viver; todos pensam que o rei é a causa de sua interminável tristeza. A loucura de Lancelot dura muito tempo, até que um dia os saxões invadem o acampamento, com grandes embates de um lado e de outro. Lancelot, que perdeu o sono durante nove noites, está dormindo. A rainha levanta-se silenciosamente e, ao avistar os combatentes que se juntam de todos os lados, perde os sentidos.

6. Depois, tomada de aflição, volta para junto de Lancelot e ao vê-lo torna a desfalecer. Recobrando os sentidos, diz:

– Ai de mim, ó flor dos cavaleiros, que pena não terdes mais a saúde de antes! Então esta batalha mortal acabaria rapidamente!

Ao ouvir isso, Lancelot ergue-se de um salto e avista, suspenso na extremidade do quarto, o escudo que a donzela do lago havia trazido à rainha. Empunha-o com vigor, agarra uma velha lança negra de fumaça e investe contra um pilar de pedra, golpeando-o tanto que a lança voa em pedaços. Exausto após esses esforços, desaba por terra, sem sentidos. Voltando a si, pergunta onde estão seu senhor e sir Gauvan.

– Prisioneiros na Rocha.

– Ah, meu Deus, então por que não estou lá? Para mim seria melhor morrer com eles, pois minha senhora não está aqui.

7. *Lancelot perde a lucidez sempre que o escudo é retirado de seu pescoço e recupera-a quando é recolocado.*

8. Nesse entretempo entra uma damisela alta e bela, acompanhada por damas, três cavaleiros e dez valetes*. Ela sobe com suas donzelas até os aposentos da rainha, que enxuga os olhos e vai ao encontro da visitante, dando-lhe boas-vindas. Sentam num leito e começam a conversar. As portas do quarto principal haviam sido novamente fechadas atrás de Lancelot. Seus acessos de loucura recomeçam: ele se enfurece e põe-se a quebrar as portas, sem que ninguém tenha coragem de abri-las. A rainha explica à damisela que se trata de um dos melhores cavaleiros do mundo, tomado por perigosa loucura.

– Minha senhora, mandai abrir a porta, eu gostaria de vê-lo – diz a damisela.

9. Ela insiste e por fim a rainha manda abrir a porta. Lancelot faz menção de correr para fora, mas a damisela segura-o pelo pulso e chama-o pelo nome que lhe dava quando o estava criando no lago, pois era aquela que tinha se encarregado de sua educação. Assim que ouve seu nome, ele pára, todo confuso. A damisela pede que lhe tragam o escudo e pendura-o no pescoço de Lancelot, sem resistência de sua parte. Imediatamente ele recupera a razão, reconhece-a e põe-se a derramar lágrimas abundantes.

Então ela chama uma de suas donzelas, manda-a retirar de um escrínio um ungüento precioso e fricciona com ele os pulsos, as têmporas, a testa e a nuca de Lancelot; assim que o procedimento termina ele adormece.

10. A damisela volta para junto da rainha e diz-lhe:

– Minha senhora, vou partir e recomendo-vos a Deus, mas cuidai para que não despertem esse cavaleiro enquanto ele quiser dormir. Quando acordar, mandai preparar-lhe um banho; então ele estará totalmente curado. Cuidai também para que não porte outro escudo a não ser esse, por tanto tempo quanto resistir numa batalha.

– Minha senhora, dizei-me quem sois, pois me parece que conheceis bem o cavaleiro.

– Por certo, é natural que o conheça, pois o criei quando perdeu o pai e a mãe, até que se tornou um jovem forte e belo; depois conduzi-o à corte para que o rei Artur o fizesse cavaleiro.

11-16. *Depois de assim identificar-se, a Dama do Lago conversa longamente com a rainha. Pressagia-lhe que dentro de oito dias o rei Artur será libertado por Lancelot, que deve portar sempre o escudo. Também expressa seu apoio aos amores de ambos: "Se julgais loucura vossos amores, essa loucura deve ser honrada acima de tudo, pois amais o senhor e a flor deste mundo. Nunca uma mulher teve um destino comparável ao vosso: sois a companheira do homem mais perfeito que existe, a dama do melhor cavaleiro desta terra." Por fim Lancelot, após o banho que ela recomendou, "recupera a razão e a beleza".*

17. Lancelot agora está curado; obtém tudo o que pede, todo o prazer que um amante pode querer, e o conto não vos revela mais sobre isso. Leva essa vida até o nono dia, com uma beleza resplandecente, de confundir a imaginação. A rainha está inquieta por sabê-lo tão cheio de ânimo: como viveria sem sua presença se ele partisse da corte?

18-40. *As hostilidades recomeçam. Ivan pede socorro; lutando a seu lado, Lancelot acua os saxões e inflige-lhes pesadas perdas, enquanto*

*Ivan aprisiona seu chefe, Hargadabran. Diante da porta da Rocha, Lancelot mata um cavaleiro que saiu para desafiá-lo; depois entra na fortaleza, mata Gadrasolan, o amigo de Gamile, e liberta Gauvan, Artur, Guerehet, Galehot e seus companheiros. Por fim a porta do torreão é franqueada. Kai descobre num subterrâneo uma damisela acorrentada a quem devolve a liberdade; a conselho dela, queima os livros de magia da feiticeira Gamile, que tenta suicidar-se atirando-se do alto da torre.*

Os temores de Galehot.

41. Na Rocha conquistada, Gauvan alerta o rei: "Sire, se não tomardes cuidado perdereis Lancelot: Galehot vai levá-lo consigo na primeira oportunidade; tem mais ciúme dele que um cavaleiro de sua jovem dama."

42. Então o rei vai ter com Galehot, dá as mãos a ele e a Lancelot e leva-os ao torreão. Os dois desarmam-se e sentam em um coxim. Galehot suspira com ansiedade e diz a Lancelot:

– Meu companheiro querido, eis que chegamos ao momento em que vou perder-vos, sem a menor dúvida. O rei pedirá para permanecerdes companheiro de sua casa. Que farei, eu que me dei a vós de corpo e alma?

– Certamente, senhor, sou mais apegado a vós que a ninguém no mundo; se aprouver a Deus, jamais pertencerei à casa do rei se não for obrigado a isso. Mas como desobedecer uma ordem de minha senhora?

– Minhas exigências não chegariam a tanto; é preciso acatar a vontade dela sem contestação – responde Galehot.

43. O rei surpreende-os no meio dessa conversa e ambos demonstram uma alegria maior do que sentem no coração. O rei manda buscar a rainha e, quando, radiosa, ela entra na torre, todos acorrem a seu encontro. Ignorando os outros, ela abraça Lancelot e lhe dá um beijo em presença de toda a assistência, para que ninguém suspeite de suas relações. Essa acolhida lhe vale a estima geral, mas Lancelot sente-se embaraçado.

– Senhor cavaleiro – diz ela –, não sei quem sois e isso me aborrece, e não sei o que oferecer-vos. Pelo amor de meu senhor e por minha honra que hoje defendestes, concedo-vos meu amor e minha pessoa, como dom* que uma dama leal deve fazer a um cavaleiro leal.

Suas palavras são apreciadas pelo rei, por causa da espontaneidade. Ela manifesta seu contentamento também a sir Gauvan, a Galehot, depois a todos os companheiros da busca. Todos estavam lá, exceto Sagremor; sir Gauvan contou como o deixara com uma damisela pela qual estava apaixonado[44].

---

44. Cf. LXIVa, 1-32.

44. Em seguida a rainha narrou como Lancelot fora curado de sua loucura nos aposentos dela e que uma senhora, chamada Dama do Lago, lhe devolvera plenamente a saúde.

– Minha senhora, sabeis quem é este cavaleiro? – pergunta o rei. – É Lancelot do Lago, que foi vencedor nos dois embates entre Galehot e eu.

Ante essa revelação, a rainha simula uma extraordinária surpresa e persigna-se várias vezes.

44-45. *Ivan, Hector e Gauvan contam um após outro suas aventuras\**.

*O rei tenta reter Lancelot.*
46-47. *Graças à intercessão da rainha, o rei consegue que Lancelot concorde em ficar na corte. Sem outra saída, Galehot decide que também permanecerá.* "O rei agradece-lhes e acrescenta que não os retém como cavaleiros seus e sim como companheiros, senhores e donos de sua pessoa."

48. Assim o rei mantém consigo como companheiros Lancelot e Galehot, e depois Hector. O júbilo de todos é imenso e seria difícil descrevê-lo. Ele anuncia que no dia seguinte fará reunião plenária da corte, na Rocha mesmo, para homenagear Lancelot. A festa foi solene e grandiosa. Faltavam sete dias para Todos os Santos; todos esses dias o rei portou coroa e dia a dia a corte reuniu um número cada vez maior de senhores. No dia de Todos os Santos os três cavaleiros[45] ocuparam seus assentos na Távola Redonda e chegaram os letrados que registravam por escrito as proezas dos companheiros da casa do rei Artur. Eram quatro letrados: Arodiens de Colônia, Tantalides de Vergeaus, Thomas de Toledo e Sapiens de Baudas. Todos os quatro registraram por escrito os feitos de armas dos companheiros do rei; sem isso eles não teriam sido conhecidos. Consignaram por escrito primeiro as aventuras\* de sir Gauvan, porque ele estava na origem da busca por Lancelot, depois as de Hector, porque as outras narrativas eram ramos[46] desse conto, e em seguida as dos outros dezoito companheiros; e tudo isso está ligado ao conto de Lancelot, e os outros ramos também estão ligados a ele. O próprio conto de Lancelot tornou-se um ramo do Graal quando passou a integrá-lo.

49. O rei e seus companheiros permaneceram nessa atmosfera de júbilo durante todas as festividades, que duraram três dias após Todos os Santos. Depois ele deixou a Rocha e voltou para a Bretanha. Quando

---

45. Lancelot, Galehot e Hector.
46. Ramos são as seções que ao longo do romance tratam de um personagem mas se ligam a um tronco central, o "Conto de Lancelot", que por sua vez é uma seção do romance do Graal, ou seja, do ciclo todo.

chegou a Carlion, Galehot pediu licença para partir e solicitou o favor de levar Lancelot consigo para sua terra. O rei só consentiu a contragosto, mas a rainha concordou, dizendo que em breve seria o Advento, e conseguiu persuadir o rei, com a condição de que os dois amigos se comprometessem lealmente a voltar para o dia de Natal, quando ele estaria alojado na cidade onde fez cavaleiro Lancelot. Assim Galehot e Lancelot deixam a corte e vão para seu país, enquanto o rei e sua companhia* voltam para a Bretanha em pequenas etapas.

SEGUNDA PARTE

## DA VIAGEM POR SORELOIS
## À MORTE DE GALEHOT

a) O caso da falsa Guinevere. O destino de Galehot.

I. *Elogio a Galehot: sua sensatez levou-o a não tirar proveito da superioridade militar sobre o rei Artur.*

II. *A viagem por Sorelois e os primeiros sinais do destino.*
1. Galehot e Lancelot partem com apenas quatro escudeiros e cavalgam, pensativos e tristes: Galehot porque teme perder seu companheiro, que continua a pertencer à casa do rei Artur, e Lancelot por afastar-se de sua senhora e por saber que Galehot está infeliz por causa dele. Tanto sofrem um pelo outro que perdem a vontade de comer e beber, tanto se inquietam que sua força e beleza se alteram; a leal amizade que os liga impede-os de fazer qualquer confidência que perturbe o companheiro, como se cada um se sentisse culpado para com o outro.
2. Mas não há aflição igual à de Galehot, que devotou à sua afeição por Lancelot tudo o que o corpo, o coração e a honra podiam oferecer. Doou-lhe seu corpo, preferindo a morte própria à do amigo; doou-lhe o coração, pois era incapaz de desfrutar qualquer alegria sem ele; e pediu misericórdia ao rei Artur, sendo que o derrotara e quase o despojara de suas terras.
3. Tanto cavalgaram que se aproximam do reino de Sorelois. Na noite que antecedeu sua entrada em Sorelois, chegaram a um castelo que pertencia ao rei dos francos, chamado de Guarda do Rei, pois o reino dos francos era limítrofe de Sorelois na direção noroeste; nessa região corre o rio Humber. Nessa noite Galehot ficou muito doente, mas procurava mostrar uma aparência melhor do que seus sentimentos lhe inspiravam. Triste

por seu estado, Lancelot empenha-se em reconfortá-lo, mas não ousa perguntar-lhe o motivo de seu mal, pois não esqueceu a delicadeza e a discrição de seu companheiro quando ele próprio se sentiu desamparado. Por outro lado, a intuição lhe diz que talvez seja ele a causa dessa aflição.

4. Quando julgou que Lancelot dormia, Galehot entregou-se à sua mágoa, entre queixumes e lágrimas, até o amanhecer. De manhã, deixaram o castelo e tomaram o caminho direto para o reino de Sorelois. Galehot cavalgava atrás, capuz sobre os olhos, cabeça inclinada, tão rápido quanto seu palafrém podia galopar; e acabou por ultrapassar Lancelot e seus escudeiros. Entraram então numa floresta chamada Glorinde.

5. *Absorto em seus pensamentos sombrios, Galehot perde o controle do cavalo e "cai de costas sobre as pedras, tão desajeitadamente que por pouco o coração não lhe explodiu no peito".*

6. Vendo-o cair assim, Lancelot sente muito medo de que esteja morto; apeia, corre até seu amigo, imóvel, e abraça-o, tomado de dor pelo companheiro que julga morto; o sangue foge-lhe, ele cai ao lado do outro e fica desfalecido no solo. Na queda, o gume de uma pedra atinge-o na testa, cortando a pele e a carne até o osso.

7. *Ambos voltam a si e prosseguem caminho.*

8. O ferimento de Lancelot deixou Galehot tão apavorado que ele não tem mais sossego para refletir.

– Senhor – censura-o Lancelot –, pouco faltou para vos matardes porque não segurastes as rédeas com firmeza; e, se morrêsseis ou ficásseis aleijado nessas circunstâncias, teria sido uma enorme desventura.

– Senhor – responde Galehot –, minhas desventuras não começam agora. Sou o cavaleiro que teve mais sorte no mundo; é normal que doravante a sorte me abandone. Deus já realizou plenamente meus desejos. Quem tudo obteve nada mais tem a ganhar: só pode perder, e eis que inicio minha perda.

9. *Lancelot exorta Galehot a "confessar-lhe os motivos da desventura pressentida e dos pensamentos que o consomem".*

10. – Esta aflição e esta inquietude em que venho vivendo são causadas por dois sonhos maus que tive. Parecia-me estar na casa do rei Artur, em meio a muitos cavaleiros; então uma serpente enorme saía do quarto da rainha e vinha diretamente para mim, vomitando fogo e chamas, de tal forma que eu perdia metade de meus membros. Isso na primeira noite. Na noite seguinte, parecia-me ter no peito dois corações, tão idênticos que mal se distinguiam um do outro. Enquanto olhava, perdi um e ele se tornava um leopardo que se lançava no meio de um bando de animais selvagens. Prontamente meu coração e todo meu corpo se ressecava e

parecia que eu estava morrendo. São esses os dois sonhos que vêm assombrando meu espírito. Só recobrarei o sossego quando souber com certeza seu significado, embora já presuma alguma coisa.

11-13. *Lancelot tenta tranqüilizar Galehot. Este se declara disposto a apelar para "os recursos da ciência" a fim de descobrir o significado dos dois sonhos. Assim conversando, chegam à Guarda Orgulhosa, um castelo já dentro das terras de Galehot.*

14. O castelo surgiu por inteiro com seu torreão fortificado, alteando-se sobre a rocha, circundado por uma espessa muralha, as torrinhas com numerosas ameias.

– Querido companheiro, amigo caro – diz Galehot soltando um suspiro –, se soubésseis com que sentimentos de orgulho o construí! Naquele tempo eu aspirava conquistar uma supremacia universal; vou mostrar-vos uma maravilha, uma loucura inconfessável, pois não há jactância que se erga tão alto e não desabe logo. Meus desígnios estavam marcados por descomedimento e orgulho.

15. "Há na muralha e no torreão cento e cinqüenta ameias e minha ambição era ter cento e cinqüenta reis sob meu domínio. Após a conquista, traria todos eles a este castelo e me faria coroar; em minha honra todos esses reis portariam coroa e eu manteria uma corte prestigiosa, para que o mundo inteiro falasse de mim após minha morte. E em cada ameia iria erguer-se um candelabro de prata, da altura de um cavaleiro, e no topo do torreão mandaria colocar um candelabro de ouro, tão alto quanto eu. No dia de minha coroação, antes do banquete as coroas seriam entregues novamente aos reis, cada uma sobre seu candelabro, e a minha seria depositada sobre o candelabro, no topo do torreão que ainda podeis ver.

16. "Chegando a noite, cada candelabro receberia um círio, tão grosso e com uma chama tão vivaz que nenhum sopro poderia apagá-la; queimariam assim até o amanhecer. Tão bela e tão imponente seria minha corte que falariam dela para sempre; e durante toda sua existência as coroas permaneceriam nos candelabros, e à noite os círios. Desde a construção do castelo, nunca entrei nele tão triste que não saísse jubiloso. Vamos para lá agora mesmo; mais do que nunca preciso da bem-aventurança que Deus houver por bem enviar-me."

17. Os dois companheiros vão conversando assim, seguindo seu caminho, Lancelot estupefato com o que Galehot lhe contou. "Meu Deus, diz consigo mesmo, ele deveria odiar-me, este homem que desviei de suas altas ambições! Do homem mais valoroso fiz o mais resignado à inação, e tudo por culpa minha." Eis que chegam diante do castelo. Produz-se

então um fato extraordinário que deixa Galehot num desatino inaudito: a torre da muralha fende-se exatamente ao meio e as ameias de toda uma parte desabam. Galehot pára, tão perplexo que fica mudo; prontamente se persigna ante esse acidente inexplicável e mal avançou a distância de uma pedrada quando toda a parte cujas ameias haviam caído se espatifa no solo, bem como todas as ameias da muralha e do torreão, com um estrondo apavorante, como se a terra inteira estivesse desmoronando.

18-26. *Lancelot tenta consolar Galehot pela perda do castelo. Galehot esclarece-lhe que seu abatimento se deve a maus pressentimentos: "Receio perder-vos em breve e que a morte ou qualquer outra separação nos arranque um do outro." Lancelot tranqüiliza-o: "Se aprouver a Deus, senhor, nossa companhia\* não terá fim." Passam aquela noite em um convento e a seguinte em casa de um vavassalo\*. Já próximos de Alantine, uma das cidades do reino de Galehot, encontram seu intendente, que lhe comunica um novo infortúnio: "Em todo o reino de Sorelois não restou em pé castelo de que a metade não tenha desabado; isso aconteceu nos últimos vinte dias."*

27. – O fato não me aflige – responde Galehot. – Vi com meus próprios olhos ruir a fortaleza que preferia e meu coração não se perturbou. Vou dizer por que isso aconteceu. Fui o homem mais espantoso que já existiu, de um ânimo tão inaudito que, se estivesse alojado num corpo pequeno, este não poderia sobreviver; em nenhum momento eu o deixava inativo: foi sempre empreendedor e decidido, como deve ser um coração que ambiciona superar todos os outros em atos de grandeza. Não fiqueis surpresos se acontecerem em meu reino os mais extraordinários acidentes, pois, assim como fui o ser mais excepcional, é a mim que devem acontecer as provações mais excepcionais.

28. *Galehot convoca seus barões para Sorhan e pede por carta a Artur que lhe envie os letrados que lhe explicaram seu sonho.*

III. *Chega a Camelot a mensageira de uma aventureira. Filha bastarda do rei Leodagan de Carmelide e da mulher de seu senescal, essa aventureira, uma perfeita sósia da rainha, pretende que é a rainha legítima e acusa Guinevere de tê-la substituído na noite de núpcias de Artur. Um cavaleiro idoso, Bertolai, declara-se pronto a defender pelas armas a causa da aventureira. O rei e a corte vêem-se no maior embaraço. Gauvan rejeita a acusação. Para julgar o caso é marcado um encontro em Bredigan, na festa da Candelária*[1].

---

1. Em 2 de fevereiro. (N. da T.)

IV. *Projetos de Galehot para a rainha e para Lancelot.*
1-3. *A notícia da acusação contra a rainha chega a Sorelois. Galehot apresenta a Lancelot seu plano para socorrê-la.*
4. – Pois bem, vou dizer-vos como a apoiaremos se meu senhor o rei separar-se dela, do que Deus a proteja. Darei a ela o mais belo e mais agradável reino de todo o território da Bretanha e de todo o meu: é o reino onde estamos. Vou fazer-lhe esse juramento sobre os corpos santos*, assim que a virmos. Que ela venha para cá e será a soberana não apenas de Sorelois mas de todas as terras de que sou senhor. Podereis então viver juntos e desfrutar às claras o que tendes em segredo. E, se ambos quiserdes possuir-vos para sempre sem mácula nem pecado, podereis unir-vos pelo matrimônio e tereis vós uma esposa perfeita e ela um cavaleiro perfeito. Esse é meu projeto para assegurar a vossos amores uma duração eterna.

5-10. *Lancelot aprova o plano. Ambos temem pela vida da rainha, pois "o rei jurou sobre as relíquias mandar eliminá-la assim que a tiver condenado por impostura". Galehot declara a Lancelot que "se vos perder morrerei sem remédio" e exorta-o a empenhar-se ante a rainha para que os três possam ficar sempre juntos, "a salvo da separação". Também revela que pensou em raptar a rainha e levá-la para Sorelois: "Em toda minha vida evitei felonia e traição, mas teria chegado a esse ponto: o medo da morte e a força da afeição teriam me impelido." Porém desistiu da idéia porque "por causa desse erro todo o bem que já fiz teria degenerado em mal".*

*Consulta aos letrados.*
11. Os dois companheiros confidenciam-se longamente seus tormentos, encorajam um ao outro e prometem apoio mútuo. Em seguida Galehot manda buscar os clérigos que o rei Artur lhe enviara. Leva-os para sua capela, sem outras testemunhas além de Lancelot. Depois de fechar as portas, dirige-se a eles como homem sábio e eloqüente, de fala fluente:

12. – Senhores, meu senhor o rei Artur enviou-vos para que me ilumineis em minhas preocupações. No ponto em que estou necessito apenas de conselho, possuindo já todo o restante. Possuo florestas, terras, riquezas, saúde, ânimo e uma parentela de homens sem par. Entretanto todas minhas riquezas não podem trazer-me alívio: estou sofrendo de uma doença que a riqueza é impotente para curar.

13. "Um mal que está me destruindo insinuou-se em meu coração; perdi a vontade de comer, de beber, de dormir, e ignoro-lhe a origem. Penso apenas que me invadiu em decorrência de um pavor recente e não sei bem se o pavor deu origem à doença ou a doença ao pavor: tudo isso surgiu ao mesmo tempo. Eis por que vos mandei chamar, para o conse-

lho de que vos falei e do qual tenho grande necessidade. Encontrai um remédio, rogo-vos!"

14-19. *Helie de Toulouse, um dos sábios, explica-lhe então os três "males morais" que podem afetar um homem: a doença da alma, para a qual "convém recorrer aos medicamentos de Nosso Senhor, como orações, esmolas, jejuns"; a doença da honra, que se cura "obtendo vingança pelo malfeito sofrido"; e a doença de amor, "a mais perigosa, pois freqüentemente o coração não buscaria a cura, se ela estivesse a seu alcance". Em seguida Galehot narra-lhes os sonhos que teve. Os sábios solicitam um prazo de nove dias "para deliberar com sossego e analisar os resultados".*

20-25. *Explicações dos oito primeiros clérigos, anunciando de forma figurada o papel de Lancelot (o leopardo), que obterá de Galehot (o leão) submissão a Artur (o leão coroado). Mas o leão levará consigo o leopardo, definhará e morrerá.*

26. *Explicação de Agarnice.*

Em seguida o nono clérigo, nativo de Colônia e muito atilado, tomou a palavra; chamava-se Agarnice.

– Senhor – diz ele a Galehot –, mestre\* Petrone explicou-vos claramente vosso sonho. Mas confesso que tive melhor visão que os outros e descobri que devíeis atravessar uma ponte de quarenta e cinco pranchas; e assim que tiverdes passado a última prancha devereis pular no rio profundo e largo e não poderéis voltar para trás, pois todas as outras pranchas serão retiradas. Caindo na água, afundareis a pique sem subir novamente à superfície, portanto concluo que esse é o prazo estabelecido para vossa existência.

27. "Não sei se cada prancha representa um ano, um mês, uma semana ou um dia, mas cada uma corresponde necessariamente a um desses quatro períodos de tempo. Entretanto não afirmo que vos seja impossível ultrapassar esse prazo; vi em meu exame que a ponte se prolongava para além da água; mas o leopardo que aparecia em vosso sonho retirava mais pranchas do que restavam e, em minha opinião, tão facilmente como as levava poderia recolocá-las no lugar.

28-32. *Galehot pressiona Helie de Toulouse, o mestre\* dos clérigos, para que lhe revele toda a verdade; este pede a Lancelot que se retire da capela.*
*Explicação de Helie de Toulouse.*

33-34. *Helie de Toulouse explica que Lancelot, "o melhor cavaleiro dos tempos atuais", é o leopardo dos sonhos de Galehot.*

35. – Mestre\*, mas o leão não é animal mais altaneiro que o leopardo e de maior nobreza? Então afirmo que o melhor cavaleiro de todos não deveria ter figura de leopardo e sim de leão – diz Galehot.

– Seguramente esse é o melhor cavaleiro entre os que existem, mas haverá outro melhor que ele; é o que Merlin, que nunca se engana, anuncia em sua profecia. Aquele que levará a termo as aventuras* da Bretanha será o melhor cavaleiro do mundo e ocupará o último assento da Távola Redonda; ele é representado pelo símbolo do leão[2].

36. – Mestre*, mas desse bom cavaleiro de que falais, qual será o nome? Sabeis?

O outro responde que não.

– Não vejo como podeis afirmar que esse cavaleiro que é meu amigo não levará a termo as aventuras* da Bretanha.

– Sei que isso é impossível, pois ele não está qualificado para cumprir a aventura* do Graal, nem para encerrar as aventuras*, nem para o privilégio de ocupar a cadeira reservada da Távola Redonda na qual cavaleiro não senta sem correr risco de morte ou mutilação – responde o mestre*.

37. – Ah, mestre*, que estais dizendo? Não há virtudes cavaleirescas que esse cavaleiro não possua. E por que dizeis que ele não está qualificado para pretender as aventuras* do Graal?

– Ele não poderia preencher as qualidades daquele que levará a termo a aventura* do Graal, porque acima de tudo é preciso que seja, desde o nascimento até a morte, virgem e casto, tão totalmente que não tenha amor por uma dama nem por uma damisela. Ora, vosso cavaleiro perdeu essas qualidades; estou mais a par de seus pensamentos do que imaginais.

38. Ouvindo isso, Galehot enrubesce de vergonha.

– Por Deus – diz ele ao mestre* –, estais seguro de que aquele que ocupará o assento da Távola Redonda sobrepujará meu cavaleiro em excelência nas armas?

– Dos cavaleiros que vivem atualmente o vosso é o melhor, concordo, e mesmo de todos os que no passado viveram na Grã-Bretanha, e chego a dizer que ninguém o vencerá em duelo. Merlin, nosso penhor de toda verdade, disse-nos que do quarto do Rei Mutilado[3] da Deserta Floresta Aventurosa, nos confins do reino dos lícios, virá o animal prodigioso que será visto como uma maravilha nos planaltos da Grande Montanha. Esse animal não se assemelhará a nenhum outro: terá face e cabeça de leão, corpo de elefante, quadris e umbigo de donzela intacta, coração de aço rijo e infrangível, linguagem de senhora ponderada e vontade de reto julgamento.

---

2. Todo este parágrafo e os seguintes prenunciam o papel que terá Galaad, filho de Lancelot e representado pelo leão.

3. Trata-se do "rei estropiado" do *Conto do Graal* de Chrétien de Troyes. Aqui é o rei Peles, de que se falará adiante, mas Peles não é mutilado. Nosso romance conserva uma denominação antiga, não sem contradição.

39. "Assim será o animal e diante dele os outros lhe cederão lugar e manifestarão seu júbilo. Então chegarão ao fim as aventuras\* da Grã-Bretanha e as maravilhas perigosas. Ele se imporá pela altivez, pois nenhum animal tem olhar tão altaneiro como o leão; seu corpo sustentará o peso das armas como nenhum outro, pois nenhum animal tem no corpo a resistência do elefante; quanto aos quadris e ao umbigo, esse cavaleiro será virgem e casto, pois se assemelhará a uma donzela intacta; quanto à coragem, será ousado e empreendedor, isento de covardia e de medo; será pouco falante, pois sua linguagem será a de senhora ponderada. Em resumo, suas façanhas nada terão em comum com as dos outros bravos."

— Nesse caso, mestre\*, certamente as de meu cavaleiro não serão comparáveis à dele. Conheceis alguma profecia sobre meu Bom Cavaleiro?

40. — Sim. Merlin diz que do rei que morrerá de tristeza e da rainha dolorosa[4] nascerá um leopardo maravilhoso, altaneiro, ousado, jovial, corajoso e alegre, que sobrepujará em orgulhoso valor todos os animais da Bretanha; será amável e desejado por todos. Se sabeis quem foi o pai do cavaleiro que saiu deste aposento, não vos é difícil adivinhar que a profecia lhe diz respeito.

41. "Descubro ainda mais na profecia de Maratron, que nasceu antes da chegada dos cristãos à Grã-Bretanha. Ele diz: se esse leopardo não sucumbir à atração dos sentidos, terá supremacia sobre todos os animais da terra. Tal profecia se aplica a este cavaleiro aqui; se ele tivesse permanecido puro e casto, o mundo inteiro teria se maravilhado com seus feitos.

42. Tristonho, Galehot está obcecado por esses pensamentos.

— Sabeis o que disse Merlin, antes que a Dama do Lago o conhecesse? — pergunta-lhe ainda o mestre\*. — Disse que do leopardo orgulhoso e da linhagem de Jerusalém nasceria o leão temido acima de todos os animais, e que ele teria asas com as quais o mundo seria coberto. Não vejo claramente quem é esse leopardo, a não ser vosso cavaleiro.

— Senhor, isso é plausível. Mas falai mais sobre as profecias de Merlin; ouço-as com atenção, se houver uma que me diga respeito.

43. — Sim, Merlin nos disse que dos domínios da Bela Giganta sairá um dragão maravilhoso; irá voando por todas as terras e sua chegada fará tremer todas elas. O dragão voará até o Reino Aventuroso[5] e então estará tão imenso e forte que terá trinta cabeças de ouro, mais magníficas do que a primeira. Quando, chegado ao Reino Aventuroso, ele tiver conquistado quase tudo, o leopardo conterá seu avanço, fará que recue e o colocará

---

4. A rainha Helena, mãe de Lancelot. Ver o início do romance.
5. Ver a nota de Ia, 4.

à mercê dos que ele quase venceu. Em seguida ambos sentirão tal afeição mútua que não poderão viver um sem o outro. Então a serpente de cabeça de ouro atrairá para si o leopardo e o arrebatará de seu companheiro, para embriagá-lo com seu amor.

44. "Assim virá o grande dragão, ou seja, vós mesmo. A serpente que vos arrebatará vosso amigo é minha senhora a rainha, que ama e amará o cavaleiro acima de qualquer amor; vosso coração, possuído por um apego tão forte, não conseguirá suportar o sofrimento.

45-46. *Helie de Toulouse explica que a acusação contra a rainha é "a punição por seu pecado, por ser culpada de infidelidade para com o mais perfeito homem de bem, que ela está cobrindo de desonra". Aconselha Galehot a não relatar a Lancelot essas revelações.*

47-54. *Galehot quer saber o significado das quarenta e cinco pranchas, mas Helie recusa-se a precisar-lhe a data de sua morte e recorre a um exemplo para demonstrar os perigos de esclarecimentos sobre esse assunto. Por fim, cede à insistência de Galehot quando este o responsabiliza por não ajudá-lo a obter a salvação eterna graças a uma boa preparação para a morte.*

*Conjuração de mestre\* Helie.*
55. O mestre\* põe-se a chorar e diz:
– Já que lançastes sobre minha alma essa responsabilidade, senhor, não há mais desculpa para não vos dizer a verdade. Entretanto não vos revelarei o dia nem a hora de vossa morte, pois não encontro data que talvez não pudésseis ultrapassar. Mas revelarei o bastante para que possais saber qual o dia que só ultrapassareis de uma única maneira, e igualmente poderíeis adiantá-lo.

56. Ele se levanta e vai até a parede branca e nova da capela. Traça quarenta e cinco pequenos círculos de carvão, cada qual do tamanho de uma moedinha, e escreve acima, com carvão: "Este é o símbolo dos anos." Depois, abaixo destes, traça outros quarenta e cinco menores e escreve: "Este é o símbolo dos meses"; e ainda mais abaixo outros círculos com inscrições mais miúdas: "Este é o símbolo das semanas"; por fim, embaixo, outros ainda menores, com a inscrição: "Este é o símbolo dos dias."

57. Feito isso ele diz a Galehot:
– Senhor, eis aqui o sentido das quarenta e cinco pranchas que foram relacionadas com o termo de vossa vida; assim sabereis se elas representam anos, meses, semanas ou dias.

Mostra as quatro partes que desenhou na parede, explicando o sentido de cada uma.

– Senhor, vou mostrar-vos uma das maravilhas mais espantosas. Sabei que, se estes pequenos círculos permanecerem intactos como estão, vivereis exatamente quarenta e cinco anos; se um ou outro for apagado, será preciso descontar o mesmo número de anos de vossa vida. Assim também para os meses e as semanas; mas quanto aos dias a duração de vossa vida não é determinada pelo número de pranchas.

58. Então ele tira do peito um livrinho e depois de abri-lo chama Galehot:

– Senhor, eis aqui um livrinho; ele aclara o sentido e o mistério de todas as grandes conjurações que se fazem pelo poder das palavras; pelos esclarecimentos que contém saberei a verdade de tudo o que me causa dúvidas. Se eu quisesse empenhar-me nisso, poderia arrancar as árvores, fazer tremer a terra e retroceder o curso dos rios. Mas quem fizer essa experiência corre grande perigo. Portanto advirto-vos para não ficardes surpreso com o que ides ver, pois nunca vistes maravilhas iguais. Em todo caso não saireis daqui sem sentir medo.

59. Então ele vai até o altar, pega uma cruz ricamente ornada de ouro e pedras preciosas, bem como o cofrezinho contendo o corpo do Senhor. Entrega-o a Galehot e fica com a cruz.

– Segurai esta caixa que contém o que há de mais sagrado no mundo e eu segurarei a cruz. Enquanto as tivermos conosco não precisaremos temer desgraça alguma.

Então o mestre* vai sentar-se em um banco de pedra, abre o livrinho e lê durante longo tempo, tanto que seu coração se aquece e o rosto fica rubro. O suor desce-lhe da fronte e da face e ele derrama lágrimas, longamente.

60-62. *Uma espessa escuridão e uma voz assustadora invadem a capela e depois se dissipam. Surge então, "pela porta que estava bem fechada, uma mão e um braço até o ombro, vestido com larga manga de seda roxa que se arrastava até o chão"; a mão, "vermelha como carvões em brasa, empunhava uma espada também rubra, da qual caíam gotas de sangue". Depois de atacar Helie e Galehot, que se protegem com os objetos sagrados, a mão, com um golpe violento, elimina da parede "três círculos e a quarta parte de um quarto" e desaparece.*

63. Galehot permanece totalmente imóvel e quando recobra a fala diz ao mestre*:

– Realmente, mestre*, mostrastes uma das maravilhas mais espantosas que há; graças a vós, sei que me resta um pouco mais de três anos para viver. Fico feliz com isso e minha vida ganhará méritos, pois nenhum homem de minha época fez tanto bem quanto farei nesses três anos; e nem um só dia mostrarei um semblante triste que denuncie meu fim próximo.

64. – Sabei – diz o mestre* – que poderíeis viver além desse prazo, mas seria preciso que fosse graças a minha senhora a rainha; e, se pudésseis conseguir que esse cavaleiro permanecesse em vossa companhia, ultrapassaríeis esse prazo: só morrereis do mal de sua ausência. Só vos resta fazer boa figura até verdes como as coisas andarão; mas não deveis confiar vossos pensamentos íntimos nem a vosso amigo nem a ninguém, pois homem não deve confessar a qualquer um seu real estado de alma.

### V. *Novos projetos de Galehot e objeções de Lancelot.*

1-3. *Galehot não conta a Lancelot o que aconteceu na capela. Também mente sobre o significado dos sonhos e sobre o tempo de vida que lhe resta:* "Graças a Deus estou mais contente do que estava quando saístes, pois sei da boca de mestre* Helie que ainda tenho quarenta e cinco anos por viver."

4. Galehot extrai coragem de dentro de si e mostra no rosto um otimismo que não alimenta no íntimo; mas se força a isso para espantar a tristeza de seu companheiro. Assim eles permanecem na cidade até o dia para o qual Galehot convocara seus barões. À noite, na véspera da assembléia*, ele chamou Lancelot para um aposento, a sós, e falou:

5. – Meu amigo querido, desde o primeiro dia em que vos tive como companheiro nunca vos dissimulei um pensamento íntimo nem evitei uma confidência sincera, a menos que vos fosse causar sofrimento e vergonha e que vos fosse impossível dar-lhe remédio. Vou dizer-vos por que reuni meus barões, pois não posso nem devo fazer coisa alguma sem ouvir vossa opinião.

6. "Gostaria de ser coroado rei e por isso convoquei meus barões para este dia; mas não me tornarei rei se não vos tornardes rei antes de mim. Vou dar-vos senhorio sobre metade dos domínios que possuo. Obterei a concordância de todos meus barões, que jurarão defender-vos e vos prestarão homenagem* como a mim. Assim seremos coroados juntos neste Natal, no lugar onde meu senhor o rei Artur tiver sua corte. No dia seguinte à nossa coroação, vamos sair com todas nossas tropas para conquistar o reino de Benoic, do qual o rei Claudas da Terra Deserta vos deserdou; já tardastes demais a vingar a morte de vosso pai, o roubo de vossa herança e as grandes dores que vossa mãe sofreu.

7. "Se pudermos encontrar o rei Claudas, ele será perseguido por toda parte; e se conseguirmos capturá-lo faremos justiça como se deve fazer com um traidor e assassino. Rendei-vos às minhas razões, querido companheiro. Tereis minha terra, que é rica e bela, e soberania sobre vinte e nove reinos; recuperarei vossa herança e a amarei mais do que à minha própria e do que todas as terras do rei Artur."

8. – Senhor – diz Lancelot –, não posso prestar homenagem\* a ninguém além de minha senhora a rainha, pois ela me impôs essa proibição; e como ousaria prestar homenagem\* a outrem quando ela me proíbe de prestá-la ao rei Artur? Quanto a reconquistar minha herança, não buscarei a participação de meus companheiros: penso reconquistá-la com menos apoio e mais honra. Aspiro a ser tão valoroso, com a ajuda de Deus e vossa, que nenhum inimigo meu terá a audácia de estar dominando um só palmo de terra de minha herança sem fugir em pânico.

9-10. *Por fim Lancelot concorda: "Como tivestes tanta afeição por mim, estou pronto a agir segundo vossa vontade, com o consentimento de minha senhora." Nessa noite, em regozijo, "todos os altos barões ceiam com Galehot, além de trinta reis e mais de cem príncipes".*

11-19. *Galehot convoca seus barões com a intenção de confiar sua terra a um deles. O escolhido é o sábio rei Baudemagu de Gorre, que só a contragosto aceita essa honra.*

O reino de Gorre.

20. Esse Baudemagu era senhor da terra de Gorre, limítrofe do reino de Norgales. Devido à extensão, é o território mais importante da Grã-Bretanha; é fechado de todos os lados por águas profundas e pântanos tão traiçoeiros que neles ninguém se aventura sem perecer. Do lado do reino de Gales, é fechado por um rio chamado Tenebro, largo, profundo e lamacento. Nessa região, enquanto duraram as aventuras\* reinou um costume detestável: qualquer cavaleiro da corte do rei Artur que ali entrasse não podia sair, até o dia em que Lancelot com sua bravura libertou-os todos, quando foi em socorro da rainha, apesar do perigo da Ponte da Espada, como relata o autêntico Conto da Carroça[6].

21-22. *Esse mau costume "estabeleceu-se já no primeiro ano em que começaram as aventuras\*, quando o pai do rei Artur guerreou com o rei Urien, tio do rei Baudemagu, porque queria que Urien fosse seu vassalo e este estava recalcitrante". Para salvar Urien da forca, seu sobrinho e herdeiro Baudemagu entregou a terra de Gorre ao pai de Artur, Uterpendragon. Este "devastou-a, quase a despovoou". Mais tarde Urien reconquista-a e coroa Baudemagu rei.*

23. Baudemagu cresceu em forças, conduziu-se com firmeza, refletiu sobre o modo como repovoaria sua terra e decidiu povoá-la com os súditos de Uterpendragon. Mandou construir nos confins do reino da Bretanha duas pontes estreitas e na extremidade de cada uma delas, em ter-

---

[6]. Anúncio de "O episódio da carroça", 3ª parte, que retoma o *Cavaleiro da Carroça*, de Chrétien de Troyes.

ritório seu, uma alta torre fortificada. Assim que um cavaleiro, uma dama ou uma damisela da Bretanha atravessavam as pontes, eram aprisionados e tinham de jurar sobre os corpos santos* que não sairiam do país antes que um cavaleiro os resgatasse por sua bravura.

24. Foi assim que uma multidão de bretões permaneceu em exílio e servidão no reino de Gorre. Quando o rei Artur tomou posse do reino após a morte de Uterpendragon, teve de enfrentar várias guerras importantes que o impediram de sanar essa situação. No começo das aventuras*, a terra de Gorre estava repovoada e o número de exilados da Bretanha aumentara muito. Então o rei Baudemagu mandou destruir as duas pontes que construíra e fazer duas outras, puras maravilhas: uma, de madeira, com apenas três pés de largura, atravessava o rio em meio a duas correntes de água, tanto acima como abaixo.

25. A outra era ainda mais extraordinária: uma lâmina de aço, trabalhada à maneira de uma espada reluzente e afiada; tinha apenas um pé de largura e nas duas margens estava chumbada em um grande tronco de árvore. Um valente cavaleiro vigiava a ponte sob a água desde o início das aventuras* até a libertação da rainha e a saída dos exilados. Acadoes, um cavaleiro muito bravo, guardava a ponte da espada, mas morreu antes do sonho de Galehot que vos foi contado e desde então o guardião era o filho do rei Baudemagu, Meleagant.

*Meleagant com ciúmes de Lancelot.*

26. Esse Meleagant era um cavaleiro de alta estatura, bem-feito de corpo e de membros, ruivo, sardento, repleto de tanto orgulho e felonia que não recuava ante empreendimento algum, para o bem ou para o mal; desprezava conselhos e não perdia tempo com generosidade nem com cortesia. Ninguém era mais velhaco nem mais cruel que ele; não suportava ver alguém alegre. No dia em que Galehot confiou sua terra a Baudemagu, seu pai, ele estava presente e não resistiu à curiosidade de ver Lancelot, devido às brilhantes façanhas que lhe haviam contado a seu respeito. Não viera por outra razão, pois detestava todos os bons cavaleiros de que ouvia falar, persuadido de que ninguém lhe era superior. Quando o viu, não o estimou no fundo do coração e à noite, quando o rei Baudemagu estava elogiando Lancelot, emitiu sobre ele um julgamento digno de um homem mau e invejoso, ou seja, que Lancelot não tinha porte para superá-lo fisicamente em bravura.

27. Seu pai, ao ouvi-lo, sacudiu a cabeça:

– Caro filho, em nome da franqueza que te devo, o tamanho do corpo e dos membros não faz o bom cavaleiro; é o tamanho da valentia. Se és tão grande quanto ele de corpo, nem por isso marcaste vantagens nem adquiriste honra. Ele é muito mais bravo que tu; em todo o território de meu senhor e em todo o do rei Artur não há cavaleiro que o iguale em altos feitos.

28-29. *Meleagant continua expressando a Baudemagu seu despeito contra Lancelot: "Deus me dê vida bastante longa para que as pessoas, em multidão, vejam qual de nós dois é o mais bravo." No dia seguinte Galehot, seus barões e Lancelot partem para a corte de Artur.*

VI. *Lancelot é ferido por Meleagant.*

1-2. *Durante a viagem Galehot simula boa disposição e Lancelot, "contente com a fisionomia alegre do amigo, dá crédito ao que ele lhe dissera". Ao se aproximarem de Carduel, o rei e todo seu séquito vão encontrá-los. "A rainha principalmente exultava, pois ali estão os que se dedicarão de corpo e alma a desmentir a conduta vergonhosa de que é acusada." Para maior conforto, Artur transfere a corte para Camelot.*

3. A corte que o rei manteve no Natal foi suntuosa; naquele dia ele fez mais liberalidades do que em toda sua vida. No dia de Natal, após o almoço, armaram a quintana\*, como era costume, e os cavaleiros de Galehot pediram-lhe para competirem em torneio com os cavaleiros do rei Artur, com lanças e escudos, o que lhes foi concedido.

4-5. *Participam das justas\* mais de trezentos cavaleiros de cada lado; entre eles Lancelot que, devido à fogosidade excessiva de seu cavalo, "ia derrubando todos os obstáculos: cavalos e cavaleiros".*

6. O rei dos Cem Cavaleiros vem justar\* com Lancelot e com um rude golpe ele o derruba, juntamente com seu cavalo. O rei, que na queda se fere seriamente na coxa esquerda, permanece longo tempo sem sentidos no solo. Então Meleagant investe contra Lancelot e quebra a lança em seu escudo, mas Lancelot revida com um único golpe tão forte que o derruba juntamente com o cavalo; foi essa a origem do ódio inextinguível que Meleagant nutriu por Lancelot durante toda a vida. Levemente ferido, Meleagant torna a erguer-se. Pede uma lança grossa e sólida, manda que a afiem bem (o que um cavaleiro leal não faria), galopa até Lancelot e mira bem onde atingi-lo.

7-10. *Meleagant fere Lancelot na coxa. Os homens de Galehot recusam-se a continuar justando\*. Galehot não percebe que Lancelot foi ferido e todos se empenham em ocultar-lhe o fato. Temendo as conseqüências do ocorrido, Baudemagu obriga Meleagant a voltar para seu país.*

11. Avisados, os médicos examinam o ferimento que, segundo seu diagnóstico, não apresenta grande perigo. Lancelot portou as marcas da

ferida durante quinze dias, sem Galehot saber. No dia seguinte este mandou de volta todos seus homens, exceto os mais chegados; ordenou aos barões que dez dias antes da Candelária estivessem, equipados com as armas, em seu castelo de nome Videborg, nos confins de seu reino das Ilhas Distantes, do lado da Irlanda.

12-14. *O rei Artur convocou seus barões para Bredigan, para onde vão também Galehot e seus cavaleiros. É em Bredigan que a falsa Guinevere vai acusar pessoalmente a rainha de haver tomado seu lugar.*

15. Chegando o dia da Candelária, o rei assistiu à missa solene. Então a damisela que enviara a mensagem ao rei chegou com todos seus cavaleiros e todos seus conselheiros. Estava ricamente adornada e tinha consigo trinta damiselas igualmente bem vestidas. Ela se adiantou até o rei e tomou da palavra com voz forte, de modo a ser ouvida por todos:

– Que Deus guarde Guinevere, filha do rei Leodagan de Carmelide, e confunda todos os inimigos e todas as inimigas que tenho aqui! Rei, hoje sou citada perante vós para denunciar e provar a traição de que fui vítima. Estou pronta a provar minha inocência como decidirdes: ou por um cavaleiro que defenderá minha causa contra um cavaleiro, ou por toda a gente de minha terra cuja herança perdi e de onde fui expulsa por vós, sendo que eu era vossa legítima esposa, filha de um senhor tão nobre, o rei de Carmelide.

16. A essas palavras, Galehot ergueu-se e tomou da palavra com a permissão do rei e por amor à rainha, da qual se fazia intérprete.

– Sire – diz ele ao rei –, ouvimos a queixa desta damisela, mas é legítimo que ela nos diga com sua própria voz se é pessoalmente a vítima dessa traição e quem é o autor.

– Senhor cavaleiro – diz a damisela –, sou mesmo a vítima dessa traição e afirmo que a Guinevere que o rei Artur até agora considerou como sua mulher é a autora. É ela que estou vendo ali, assim me parece.

A essas palavras a rainha ergue-se, coloca-se diante do rei, afirma estar alheia a essa maquinação e acrescenta que está pronta para defender-se segundo o arbitramento da corte ou por um cavaleiro em combate judicial\*.

17. Galehot chama então o rei Baudemagu e pede-lhe sua opinião.

– Senhor – responde ele –, é um assunto tão grave, tão importante que não deve ser resolvido sem deliberação e julgamento. De qualquer modo que se faça a comprovação, ela deve primeiro passar por um julgamento desta casa: é uma precaução lógica ter a certeza de que esta damisela aqui presente atenderá ao julgamento da corte, qualquer que seja o veredicto.

18. A essas palavras, o cavaleiro que na vez anterior se ofereceu para batalhar adianta-se e diz ao rei:

– Sire, minha damisela refletirá sobre essa questão de submeter-se a vosso julgamento ou rejeitá-lo.

O rei concorda. Então a damisela se aparta com seus conselheiros. Após uma longa deliberação, o cavaleiro diz ao rei:

– Sire, minha senhora pede-vos um prazo até amanhã, se não for excessivo.

O rei concorda, a conselho de seus barões. A damisela deixa a corte com seu séquito e afasta-se o mais que pode.

19. À noite, ela discute o assunto com seus barões. O cavaleiro, que se chama Bertolai, diz-lhe:

– Minha senhora, se esperásseis o julgamento do rei Artur, poderíeis em breve sofrer por isso, pois ele vai querer ter a certeza de que observareis fielmente seu julgamento, e esse julgamento decidirá por um duelo judicial*, segundo os desejos da rainha. Se ela o obtiver e se sua causa triunfar, sereis condenada à morte, pois nesse caso devereis ser entregue ao mesmo suplício que está reservado a ela se for inculpada de traição.

20. "Portanto vou propor-vos uma solução melhor. Não vejo como ter sucesso em vosso plano sem traição ou outro ato desleal. De minha parte prefiro cometer uma traição a ver meu empreendimento fracassar e perder para sempre o que sempre desejei. Vou ensinar-vos como levar a bom termo este aqui."

– Dizei, amigo querido.

21. – Aconselho-vos a avisar ao rei amanhã de manhã que não estais muito bem de saúde nem suficientemente elucidada sobre vosso caso. Deveis pedir-lhe um adiamento, por um dia apenas; ele concordará, pois por tão pouco não vai faltar com o respeito ao direito. Despachareis até ele um de vossos cavaleiros e lhe mandareis dizer o que vou falar-vos. A não ser por um milagre, amanhã à noite vos entregarei o rei como prisioneiro vosso.

22. "Sabeis como? Mandareis contarem-lhe que nesta floresta vive o mais enorme javali que já existiu. Aquele que lhe der o recado não revelará que é homem vosso; dirá que é deste país e que lhe traz a notícia para agradá-lo. Sei que ele partirá imediatamente para a caça. Tereis colocado nessa floresta trinta cavaleiros vossos; capturaremos o rei e o conduziremos imediatamente ao reino de Carmelide, onde o colocareis em prisão; ele não ficará infeliz se vos dignardes a assediá-lo antes que possa escapar-vos. Esse é meu plano; para ele precisais usar mais a astúcia do que a força."

23-28. *O plano é executado com sucesso: durante a caçada ao javali inexistente, o rei, que por um ardil do falso guia se distancia dos companheiros, é aprisionado pelos cavaleiros da damisela. Depois de procurarem inutilmente por ele, os que o acompanhavam (Lancelot, Galehot, Gauvan, Ivan e outros) voltam para a corte.*

29. A rainha e todos os outros estão muito abatidos, mas Galehot, que se comporta com coragem em todas as desgraças, reconforta-os:

– Minha senhora – diz para a rainha –, não deveis imaginar que ousem fazer mal a meu senhor o rei. Ele não está morto, tirai da mente essa idéia. Em minha opinião, teve de lidar com um javali tão enorme e extraordinário como lhe disseram, e perseguiu-o para matá-lo. A floresta é imensa, contém muitos valos, colinas e caminhos impraticáveis onde ele pode estar. Amanhã vamos vasculhar toda a floresta à sua procura.

30. Os barões voltam para seus alojamentos, mas Galehot fica conversando com a rainha. Ela fala sobre a acusação com que a donzela a atormenta.

– Meu querido amigo, como acabar com isso? Todo mundo acredita que é verdade, meu senhor o rei me estima menos e me faz cara feia.

– Minha senhora, vou dizer-vos uma loucura, mas ditada por meu sincero desejo de cumprir vossa vontade. Se estiverdes de acordo, mandarei capturar a damisela e, mesmo que isso me traga desonra, ela será tratada de modo a nunca mais vir pedir justiça aqui.

31. – Não, se aprouver a Deus não agirei assim. Pretendo ser defendida tão-somente de acordo com o direito; jamais adotarei um procedimento condenável. Aguardarei até o fim o julgamento do rei. Mas empenhai-vos em poupar minha honra em todas as coisas. Bem vedes que o assunto é sério e até que tudo esteja resolvido vosso amigo e vós não tereis mais oportunidade de falar-nos como no passado; precisais conformar-vos com isso e aceitar esse inconveniente.

32-34. *No dia seguinte a damisela de Carmelide comparece à corte, como se comprometeu. Quando lhe dizem que o rei está ausente, "ocupado com tarefas importantes que não pode abandonar por este caso", recusa-se a tratar com qualquer outro e rejeita todas as garantias que lhe oferecem; declara "que está partindo porque a corte real falhou com a justiça" e vai embora "manifestando decepção e cólera".*

35. Ela volta para sua terra e encontra o rei Artur prisioneiro no castelo de Catenieu, como ordenou; alegra-se porque está de posse do objeto de seus desejos. Mas os companheiros do rei estão alarmados: já o procuraram por toda a floresta, sem descobrirem coisa alguma; encontraram apenas seu cavalo morto. Arrasados, voltam a Bredigan, a uma corte trans-

tornada, incapaz de decidir por uma solução, pois todos pensam que o rei foi morto. Vasculham todas as terras para colher notícias, mas não ficam sabendo mais do que se ele tivesse caído num abismo.

*Artur apaixonado pela falsa Guinevere.*

36. Diz o conto que a damisela, indo ter com o rei, pôs-se a lançar confusão em seu espírito:

– Rei, tanto usei da força e tantos riscos corri que agora vos tenho. Sabei que enquanto viverdes não saireis de minha prisão antes que eu tenha em meu poder todos os da Távola Redonda. Como não posso obter justiça de vós pelos bons sentimentos, é legítimo que faça justiça a mim mesma, e vou fazê-la tão brilhantemente que falarão dela após minha morte.

Assim o rei Artur permaneceu em casa da damisela, sem que sua gente descobrisse o menor vestígio disso. Ela ia vê-lo com freqüência; achou-a cortês e de convívio agradável. Isso o seduziu e ele esqueceu totalmente seu amor pela rainha. Durante toda sua permanência na prisão dormiram juntos.

37. Perto da Páscoa, no final do inverno, o rei confessou que não podia mais suportar aquela reclusão e que se submeteria às vontades dela, pois não agüentaria ficar prisioneiro por mais tempo:

– Mais do que por mim, estou sofrendo por minha gente, que está sem notícias minhas: certamente julgam que morri.

– Por Deus, não saireis de minha prisão, pois sei que vos perderia para sempre se estivésseis em vossa terra. Foi por serdes o homem mais valoroso de vossa geração que meu pai me deu a vós: portanto quero ter-vos como esposo e companheiro, segundo prescreveu a Santa Igreja. Apossei-me de vós pela força porque não conseguia ter-vos pelos bons sentimentos; ninguém além de vós pode trazer paz a meu coração.

38. – Por Deus, minha amiga querida – responde o rei –, agora vos amo mais do que a qualquer outra mulher no mundo. É verdade que muito amei aquela que tive como esposa, mas me fizestes esquecê-la e vos amo tanto que me submeterei a vossas vontades. Ordenai o que esperais de mim.

– Quero vossa promessa de que me tomareis como mulher, na presença de todos vossos barões, e me tereis como esposa e rainha. Antes que vos liberte, jurareis sobre os corpos santos\*, na presença de todos meus barões, que respeitareis vossos compromissos para comigo.

O rei assim promete.

39. – Mas – continua ele –, para evitar a recriminação de meus clérigos e de meus barões, deveis atender um desejo de minha parte: fareis vir vossos mais altos barões; eles testemunharão que sois a filha do rei Leodagan, aquela que devo ter como companheira por matrimônio legítimo. Farão essa declaração diante de todos meus barões, que convocarei; num dia marcado eles estarão aqui diante de vós e se tornarão vassalos vossos.

Guinevere responde que está disposta a assim fazer; e acrescenta:

– Quero que seja no dia da Ascensão. Mas antes de convocar vossos vassalos fareis o juramento que me prometestes.

40. Então o rei manda trazer os corpos santos* e presta juramento perante as pessoas da casa de Guinevere. Em seguida ela faz saber no reino de Carmelide que no dia da Ascensão todos seus barões deverão estar em Zelebrege, a capital. Por outro lado Artur envia mensageiros ao reino da Bretanha, primeiro para seu sobrinho sir Gauvan e depois para seus amigos; informa-lhes que está bem de saúde e convida-os a estarem todos no dia da Ascensão em Zelebrege, onde sua presença é necessária. Mas agora o conto se cala sobre o rei e sobre a damisela e fala dos barões da Bretanha, que o julgam perdido para sempre.

VII. 1-7. *Sem saber o que é feito de Artur e para pôr fim às desordens que se espalham pelo reino, os barões elegem Gauvan como rei. Ele fica comovido com essa escolha.*

*Galehot presta apoio à rainha.*

8-11. *Gauvan aceita o encargo, "em meio à aflição dos companheiros da casa de Artur, inconsoláveis". Lancelot e Galehot confortam a rainha. O abatimento geral "durou sem interrupção até depois da Páscoa".*

12. Foi então que chegaram a Carduel os mensageiros enviados de Carmelide pelo rei: os dois monteiros capturados com ele na floresta. Cavalgam diretamente para o salão* onde está sir Gauvan, cercado de numerosos cavaleiros. Ele se precipita a seu encontro, abraça-os e roga, por Deus, que lhe dêem notícias auspiciosas.

13. – Senhor – responde o primeiro –, meu senhor saúda-vos como seu homem lígio*, como seu sobrinho querido e a quem ele ama acima de tudo. Comunica-vos que está bem de saúde, feliz e tratado com deferência no país de Carmelide. Mas um problema espinhoso lhe surgiu recentemente e ele necessita que os barões vão à sua presença. Por isso manda dizer que os convoqueis em seu nome, para que no dia da Ascensão estejam em Zelebrege, a capital do reino de Carmelide.

14. Os mensageiros mal haviam chegado ao palácio e já as notícias correram até o quarto da rainha. Ela levantou-se sem demora para ir vê-los, juntamente com Galehot, que sempre lhe fazia companhia e participava de seus sofrimentos. Sir Gauvan repete o relato que lhe fizeram sobre o rei, mas não lhe revela toda a verdade, para não fazê-la sofrer.

15. Contam-lhe do começo ao fim como ele foi capturado e levado e por que seus barões devem ir encontrá-lo no dia da Ascensão.

– E para que eles dêem crédito a esse chamado – diz o mensageiro –, vou confiar a sir Gauvan provas irrecusáveis que o rei lhe enviou.

Gauvan reconhece-as, pois apenas o rei e ele sabiam do segredo. Mas não diz uma só palavra à rainha, que por isso suspeita que o rei já não lhe tem as mesmas disposições e que a damisela que o mantém preso operou em seu coração uma reviravolta inesperada. Isso a afeta profundamente; entretanto mostra um ar contente pelo que acabou de ouvir. Sir Gauvan envia mensageiros a todos os barões da Bretanha, ordenando, da parte do rei, que quinze dias antes da Ascensão estejam no castelo de Bredigan; de lá irão para onde reside o rei, a uma distância de sete etapas. Informa-lhes também que o rei está bem de saúde e dispõe livremente de sua pessoa.

16. A rainha conversa com Galehot a sós.

– Ah, Galehot – diz chorando –, preciso de conselho mais do que nunca! Esclarecei-me, suplico, pois sei que a damisela que retém prisioneiro o rei Artur provocou-lhe sentimentos que só me trarão sofrimento. Esse será o preço por meu pecado, porque me comportei mal para com o homem mais irrepreensível que há. Mas o poder do amor tinha tanta ascendência que não pude me defender, e por outro lado impelia-me a bravura daquele que superou todos os bons cavaleiros.

17. "No entanto, mais do que minha separação do rei, temo a morte a que ele me condenaria. Se mandar matar-me, que desastre! depois do corpo perderei minha alma."

18. – Minha senhora – responde Galehot –, não temais a morte: prometo-vos que reunirei todas minhas tropas no dia para o qual sir Gauvan convocou os barões. Se vos condenarem à morte, sereis socorrida energicamente, mesmo que eu tenha de incorrer para sempre no ódio do rei Artur. Darei minha vida para salvar-vos.

19. "Portanto, podeis ficar tranqüila: enquanto eu viver não precisais temer uma morte desse tipo. E se vos separardes do rei hei de dar-vos um reino, o mais belo e melhor de meus domínios, e sereis a senhora dele durante toda vossa vida. Não receeis a morte nem a separação; aconteça o que acontecer, tereis uma ajuda eficaz.

*A falsa Guinevere é proclamada rainha.*
20. Galehot ergue o moral da rainha, enquanto o dia do encontro se aproxima[7]. Ela se põe a caminho com Gauvan e com os freqüentadores de sua casa. Cavalgam até Bredigan, onde permanecem a quinzena inteira, à espera dos barões. Os cavaleiros de Galehot também se dirigem para lá. Sir Gauvan pergunta-lhe por que reuniu tais forças e Galehot responde:
– Porque, se o rei estivesse numa prisão onde necessitasse de ajuda, seria preciso desmantelar a fortaleza para libertá-lo e é justo que cada qual participe disso segundo seus recursos. Reservas de homens são indispensáveis para buscar um homem de bem como meu senhor.
21. Após quinze dias eles se põem a caminho para Carmelide e de lá para Zelebrege, três dias antes da Ascensão. A damisela instruiu bem seus barões e eles garantiram que lhe defenderiam o direito, convictos de que é realmente sua senhora; têm por ela o apego que homem deve a uma soberana e odeiam a rainha tão mortalmente quanto a gente do rei a ama.
22. No dia da Ascensão, perante a assembléia de seus barões, o rei faz um discurso cheio de unção:
– Senhores, mandei chamar-vos como leais barões meus: é imprudente resolver um assunto tão grave sem tomar conselho convosco. Todos ouvistes a queixa que a damisela apresentou à corte no dia da Candelária; pensei então que ela estivesse errada. Mas as coisas assumiram tal aspecto que ela está em seu direito; tenho certeza disso e de que a traição foi consumada por aquela que durante muito tempo foi rainha abusivamente. Tereis todo o povo deste reino para testemunhar que a damisela é a filha do rei Leodagan e da rainha sua mulher, e que aquela que desposei é filha de seu senescal. Eis por que vos convoquei. Pequei loucamente por ignorância; ajudai-me a redimir-me e aconselhai-me o melhor que souberdes.
23. Essa declaração deixou-os perplexos e o silêncio foi sua única resposta. Sir Gauvan chora amargamente, como se já visse morta a rainha, mas Galehot reage com vivacidade, adianta-se e toma da palavra perante os barões:
– Senhor, sois considerado o maior homem de bem do mundo; seria lamentável que realizásseis um ato que vos valeria recriminação e reputação de loucura e do qual vos arrependeríeis tarde demais. Como é possível que minha senhora seja acusada dessa traição?
24. – Minha impressão, senhor – responde o rei –, é de que não estais a par da verdade como os homens probos deste país. Eles dizem que o

---

7. Cf. VII, 15.

rei Leodagan era de grande senso e grande sabedoria e tinha em sua companhia* muitos homens de bem: as pessoas que o cercavam conhecem a verdade melhor que os forasteiros.

– É certo, sire, que passais por muito sensato, mas é bizarro que uma situação tão antiga seja denunciada tão levianamente. Nunca foi apresentada a esse respeito uma queixa em tribunal deste país nem de outro e ninguém contestou à minha senhora sua qualidade de rainha.

– Sei como são as coisas – responde o rei –, e se não fosse um grave pecado eu a preferiria a qualquer outra dama. Mas, se doravante a mantivesse como esposa, seria contra a lei divina. Para uma separação não é preciso julgamento nem batalha e será rainha aquela que os homens probos deste reino aprovarem.

25. O conselho chega ao fim; chamam aqueles que se aliavam à causa da rainha. Ela se mantinha de um lado e sua rival do outro.

– Senhores – diz o rei aos barões do país –, sois vassalos meus, prestastes-me juramento de fidelidade. Uma contestação estabeleceu-se entre estas duas senhoras; a que tem a posse legítima deste país afirma que é minha esposa e filha de vosso senhor e de sua mulher; e a que sempre tive por esposa sustenta as mesmas pretensões. Sois os únicos detentores da verdade e por isso vos convoquei. Quero que me jureis sobre os corpos santos* que vosso veredicto será dado sem amor e sem ódio e que fareis rainha aquela que deve ser.

26. Então se adianta Bertolai o Velho. Estende a mão sobre as relíquias que o rei mandou trazer e afirma, invocando Deus e os santos, que essa Guinevere foi a esposa do rei Artur, coroada rainha, filha dos reis de Carmelide. Depois dele prestam juramento todos os altos barões do país e os cavaleiros idosos que haviam estado na corte de Leodagan. A rainha tinha como partidários muitos dos que haviam vivido a seu lado desde que era rainha; mas nenhum conseguiu fazer prevalecer sua voz, devido à hostilidade do rei.

27-29. *O rei confia Guinevere a Gauvan.*

VIII. 1-8. *O julgamento da rainha é decidido. Sob o domínio dos sortilégios da feiticeira, Artur deseja uma condenação à morte e recusa o adiamento solicitado por Galehot. Os barões da Bretanha, tendo à frente Gauvan, Ivan e Kai, decidem não participar desse julgamento; se a rainha receber a pena capital, Lancelot contestará o veredicto e a defenderá em combate singular, encorajado nisso por Galehot.*

*A rainha é condenada. Lancelot será seu campeão.*

9. Enquanto eles assim combinam entre si, o rei está de volta do julgamento, com seus barões de Carmelide. Por ordem sua Bertolai o Velho toma da palavra em voz bem alta, para ser ouvido por todos:
— Senhores barões da Bretanha, o julgamento que fizemos é aprovado por meu senhor o rei Artur. Ei-lo: por haver vivido com o rei, que a teve como esposa, contra Deus e contra a razão, esta Guinevere incorreu nas seguintes punições: todas as marcas sacramentais que uma rainha porta serão apagadas dela.

10. "Por haver portado indevidamente a coroa, o local onde a coroa era colocada será estigmatizado com as marcas da desonra; serão cortadas sua cabeleira e a pele das mãos, porque é nelas que uma rainha recebe a unção; perderá a pele dos dedos, para ficar mais marcada aos olhos de todos; depois deixará os domínios de meu senhor o rei, sem esperança de retorno."

Quando os barões da Bretanha ouvem essa condenação, a consternação é geral e todos dizem que não assistirão a esse odioso tratamento.

11. Então se adianta o senescal Kai, tão inflamado que por pouco não trata o rei de falso juiz; posta-se perante ele como se quisesse apresentar seu penhor* para um duelo. Galehot olha para seu companheiro, faz-lhe um sinal e Lancelot se lança em meio à multidão, arrancando do pescoço o rico manto de seda com forro de arminho[8]. Quando chegou diante do rei, a multidão comprimiu-se para escutar; ele despertou uma admiração unânime, porque se apresentou sem manto de cerimônia.

12. Lancelot era de uma beleza notável, com seu rosto pálido mas irradiando bondade; ainda não tinha barba, sendo cavaleiro apenas há três anos, e tinha quinze quando se tornou cavaleiro. Tinha testa larga, cabelos castanho-escuros e ondulados, peito musculoso. Era bem-feito de cintura, de quadris e de todo o corpo.

13. Como ouvistes, ele atravessou o salão*, encolerizado, alcançou o senescal Kai no momento em que este se oferecia para a batalha em presença do rei e empurrou-o para trás, dizendo:
— Sir Kai, uma batalha tão importante não é assunto vosso. Alguém melhor do que vós se encarregará dela.
— E quem é ele? — pergunta Kai, que se sente ridicularizado.
— Vereis quando chegar o momento.

14. Essas palavras desconsideravam Lancelot, mas ele pouco se importava, pois em seus momentos de cólera lançava indistintamente palavras loucas e sensatas. E quando dizia que um melhor do que Kai travaria ba-

---

8. Jogar no chão o manto era considerado um sinal de protesto e de desafio. (N. da T.)

talha não estava pensando em si mesmo e sim na rainha, pois todos seus atos eram inspirados por ela.

– Sire – diz ele perante o rei –, pergunto-vos, em meu nome e em nome de todos os homens probos que aqui estão, se fostes vós que fizestes esse julgamento.

– Sim, mas não sozinho: havia comigo muitos homens de bom senso – responde o rei, e mostra-os.

15. – Sire, durante algum tempo fui companheiro da Távola Redonda, mas retiro-me dela, bem como da pertença à vossa casa, e doravante nada mais quero ter de vós.

– Por que, meu amigo querido? – pergunta o rei.

– Porque eu não poderia defender nenhuma causa contra vós enquanto fosse companheiro da Távola Redonda e membro de vossa casa. Afirmo que o julgamento que fizestes sobre minha senhora é mau e desleal e estou pronto a prová-lo enfrentando vossa pessoa ou um outro adversário. Se um cavaleiro não bastar, lutarei contra dois ou contra três.

16-21. *Kai exclama que "agora a loucura chegou ao auge". Lancelot reage afirmando que se baterá com três cavaleiros, "para que o direito de minha senhora seja mais bem reconhecido". Os barões de Carmelide, sentindo "vergonha e indignação por Lancelot contestar assim o julgamento e insistir em lutar contra três cavaleiros, rogam ao rei que receba os penhores\* dos dois lados". Muito a contragosto, este acaba concordando. Trava-se uma longa discussão para decidir se Lancelot lutará contra os três cavaleiros simultaneamente ou um após o outro.*

22-45. *Galehot protesta contra essa anomalia e obtém que Lancelot lute com os três cavaleiros sucessivamente. Ele vence e mata os dois primeiros; poupa o terceiro graças à intervenção da rainha junto ao rei.*

*Galehot oferece um refúgio para a rainha. Artur tenta dobrar Lancelot.*

46. Assim Lancelot salvou a rainha da desonra e todos os que a amam ficam felizes com isso. À noite, Lancelot e Galehot vão até o alojamento de sir Gauvan e Galehot diz à rainha, na presença deste:

– Minha senhora, eis-vos separada de meu senhor até que sejais novamente unida a ele, quando aprouver a Deus. Ofereço-vos a terra mais bela e melhor que existe, tanto nos domínios de meu senhor o rei quanto nos meus.

47. "Fostes rainha, mas vossa honra não sofrerá rebaixamento por falta de terras: tereis um reino belo e rico, tão provido de recursos que essa nova soberana evitará atacá-lo; sei que ela vos causará toda espécie de mal se permanecerdes sob seu domínio."

A rainha e sir Gauvan agradecem-lhe de todo coração.

– Mas – diz ela –, não aceitarei essa honra sem a permissão de meu senhor o rei; nada farei contra sua vontade. Porém vos agradeço, pois me honrastes mais do que todos os barões de meu senhor o rei.

48. De manhã a rainha foi falar com o rei, à saída da capela. Caiu-lhe aos pés na presença de uma multidão de cortesãos:

– Senhor, vou-me embora por ordem vossa e ignoro ainda para onde, mas, por Deus, dizei-me o que desejais que eu faça. Se vos aprouver, colocai-me num lugar onde eu possa salvar minha alma e onde meu corpo esteja ao abrigo de meus inimigos, pois não seria meritório para vós se me causassem mal enquanto estou sob vossa proteção. Se eu quisesse possuir uma terra não me faltariam pessoas que me proveriam, não por mim mas em consideração à vossa dignidade. Mas sem vossa permissão não aceitarei a terra que me estão oferecendo nem outra qualquer.

49. O rei pergunta onde é essa terra. Galehot, que estava perto, dá um brusco passo à frente e diz:

– Sire, darei a ela a mais bela terra de todas vossas possessões e de todas as minhas, a terra de Sorelois; é minha preferida e onde desejo que a rainha seja recebida com honras excepcionais.

O rei responde que vai deliberar a respeito e chama seus barões; depois que estes expressam o que sentiam, sir Gauvan chama-o de lado e diz-lhe:

– Sire, bem sabeis que unicamente vós é que estais expulsando minha senhora e que ela está deserdada por um ato arbitrário de vossa vontade, sem má ação de sua parte. Nós todos faltamos com a lealdade por havermos admitido isso, mas homem deve fechar os olhos ante um erro, mesmo que grave, de seu senhor, antes de erguer-se contra ele.

50. "Por isso vos aconselho a tratar minha senhora sem embaçar vossa honra. Caso se confirmasse que ela foi vossa concubina, seríeis, tanto como ela, atingido por essa lama; e, se sentis mais temor pela outra do que amor por ela, é certo que não a mantereis em vossa terra. Se quiserdes, podeis mandá-la para a de Ivan, meu primo, onde será acolhida com deferência; se não, ordenai que se retire para a de meu pai, em Leonois; e, se rejeitardes ambas essas soluções, aceitai que ela vá para a terra que Galehot lhe quer dar."

51-53. *O rei finalmente aceita que Guinevere se retire para a terra que Galehot está oferecendo, justificando que "não me seria possível protegê-la como gostaria, e não desejo sua morte, pois a amei com um grande amor".*

54. O rei toma-a pela mão, entrega-a a Galehot e é invadido por uma emoção tão forte que as lágrimas lhe vêm aos olhos. Galehot recebe-a, nas condições que o rei disse: irá protegê-la como a uma irmã. Todos os que presenciaram essa cena sentiram profunda piedade e não houve cavaleiro que não chorasse. O rei designou entre a gente de sua casa aqueles que partiriam com a rainha.

55. Então ela deixa a morada real, enquanto o rei permanece com seus barões.

– Sire – diz sir Gauvan –, sabei que carregais a pesada responsabilidade do casamento que estais rompendo. Estão dizendo que assim agistes não para sair do pecado e sim para entrar nele. Não importa o que acontecer doravante, muito perdestes por haver faltado com a lealdade na presença dos sustentáculos de vosso poder: perdestes Lancelot, o melhor cavaleiro de vossa corte, e a Távola Redonda está manchada por uma vergonha que nunca havia conhecido. Nunca um cavaleiro renunciou a ela por vontade própria; ao contrário, quem conseguia ter-lhe acesso se considerava realizado.

56. "Agora Lancelot deixou-a e, se não vos empenhardes em fazê-lo voltar atrás em sua decisão, disso resultará grande dano para vós, pois ele dispõe de todas as forças de Galehot e tanto fez por vós e pelos vossos que de um gesto de conciliação com ele só obtereis honra."

– Caro sobrinho, compreendo vossas razões e não economizarei esforços para reconciliar-me com ele. Acederei a todas suas solicitações, exceto renunciar a essa mulher.

57-58. *Lancelot não atende às súplicas do rei e dos outros para que permaneça na Távola Redonda.*

59. Pela manhã, Galehot, desejoso de voltar para seu país, foi despedir-se; o rei montou a cavalo para acompanhá-lo um pouco. Depois de percorrerem um trecho do caminho, ele chamou a rainha e sir Gauvan.

– Minha senhora, sei que Lancelot vos ama tanto que não vos recusaria coisa alguma. Visto que tendes a intenção de voltar para mim um dia, rogo-vos que peçais a ele que permaneça comigo, como no passado.

60. A rainha, sem perder o sangue-frio mas como mulher prudente e atilada, temendo que o rei tenha adivinhado seu amor por Lancelot, responde:

– Sire, devo amar Lancelot com todo meu coração se ele consentir em fazer por mim o que não faria por outros: terei então a certeza de que ele me ama muito mais do que a ninguém. Portanto não lhe pedirei isso, para ter mais constantemente a companhia dele que a vossa; e é meu dever amá-lo melhor que a vós, visto que me salvou com sua nobreza de alma, ao passo que queríeis destruir-me com vossa crueldade. Ele não tem por que estar contente convosco, pois, mesmo que eu merecesse a morte, deveríeis ter-me declarado quite em vez de deixá-lo lutar perigosamente contra três cavaleiros, se vos tivésseis lembrado do dia em que ele vos devolveu terra e honra.

61. Vendo que seus argumentos são inúteis, o rei não fala mais do assunto. Depois de acompanhar Galehot um pouco, despede-se dele e de seus barões. Lancelot desapareceu; vai a toda velocidade em seu cavalo, enquanto Artur deixa Bredigan, amargurado porque não conseguiu reter Lancelot.

### IX. *A rainha em Sorelois.*

1. Galehot partiu para seu país, levando consigo a rainha. Após muitas jornadas chegaram a Sorelois, onde seus vassalos prestaram a homenagem* à rainha. Depois que ela foi investida da terra e que se prestaram os juramentos, sir Gauvan, feliz por sabê-la em um abrigo acolhedor, deixou Sorelois. Lancelot teve então um encontro com a rainha, na presença apenas de Galehot, em quem ela depositava total confiança.

– Meu amigo querido – disse ela –, a situação chegou ao ponto em que estou separada do rei meu esposo, por culpa minha, confesso. Não que eu não seja sua mulher legítima, rainha coroada e ungida, filha do rei Leodagan de Carmelide; mas o pecado de dormir com outro homem que não meu marido atraiu a desgraça sobre mim.

2. "Entretanto não há no mundo mulher tão sensata que não assuma esse risco para fazer a felicidade de um cavaleiro tão perfeito como vós. Mas Nosso Senhor não leva em conta a cortesia deste mundo e alguém que é louvável aos olhos do mundo é condenável aos olhos de Deus. Agora vos solicito um dom*, pois estou numa situação em que, mais do que nunca, devo manter-me em guarda. Rogo-vos, em nome do grande amor que tendes por mim, que doravante não procureis minha companhia, exceto para um beijo ou um abraço e apenas a meu pedido, enquanto eu me encontrar nesta situação; e, quando for hora e lugar e assim desejardes, tereis sem dificuldade o restante.

3. "Mas por enquanto essa é minha vontade, que deveis aceitar pelo tempo necessário. Não receeis que eu não seja vossa para sempre; merecestes isso e, se quisesse afastar-me, meu coração não conseguiria suportar."

– Minha senhora, nada que vos aprouver me pesa; sou submisso à vossa vontade, seja para minha alegria ou tristeza, e obedecerei a vossos desejos, pois só por meio de vós posso ter felicidade.

4. Assim a rainha viveu na terra de Sorelois, sempre em companhia de Galehot, de seu amigo e da senhora de Malehaut. Permaneceu dois anos

em Sorelois. O rei Artur ficou em seu país e, se antes amara sinceramente sua mulher, amava duas vezes mais a intrusa. Nesse intervalo o papa de Roma soube do escândalo e considerou uma afronta o fato de um senhor tão poderoso como o rei da Bretanha ter abandonado sua mulher à revelia da Santa Igreja. Ordenou que isso fosse punido em todo o território onde ele desposara a primeira mulher, e assim o reino de Artur sofreu interdito durante vinte e um meses.

5-31. *A falsa Guinevere não tarda a ser atingida por uma grave doença. Um dia, durante uma caçada, ao sentir um mal-estar, Artur se confessa com Almustan, seu antigo capelão que se tornara eremita e que o faz tomar consciência de seus erros. A falsa Guinevere confessa ao rei seu embuste; Bertolai, que maquinou toda a impostura, é atingido por uma doença mortal e passa a fazer confissões públicas. Em breve os culpados acabam seus dias num velho hospital. Os barões de Carmelide que apoiaram a aventureira se retratam publicamente. Então mandam buscar a rainha em Sorelois.*

*Reconciliação entre Artur e Lancelot.*
32. Ao saber que o rei manda buscá-la como sua mulher, ela não manifesta a menor alegria; mas sente-se aliviada porque obteve justiça. Convoca seus vassalos de todo Sorelois e faz vir Galehot e seu companheiro, encantados ao saberem da nova, menos por eles que por ela. Quando chegaram, perguntou-lhes o que devia fazer.

– O rei pediu-me que fosse ao seu encontro, pois agora está convencido de que foi a mim que desposou, e ouvistes contar como morreu aquela que ele considerou esposa. Mas tenho tanta afeição por vós dois que nada farei sem vosso conselho. Dizei-me a conduta que vos parece preferível.

33-35. *Lancelot e Galehot aconselham a rainha a voltar para o rei, pois "incitar-vos a declinar da senhoria da Bretanha e do rei Artur, que é vosso esposo e um perfeito homem de valor, não seria amar-vos".*

36. Assim a rainha permaneceu em Sorelois dois anos inteiros, mais de Pentecostes até a última semana de fevereiro. Na partida, Galehot acompanhou-a juntamente com seus companheiros e grande número de seus homens. A dois dias de viagem de Carduel o rei Artur foi encontrá-los. Galehot rogara à rainha que proibisse Lancelot de permanecer na casa do rei Artur. Ela chamou-o:

– Lancelot, evitai permanecer junto do rei, por mais que ele vos rogue, se eu não cair a vossos pés; e não o farei por tanto tempo quanto for possível, para salvar meu amor-próprio.

37. O rei rejubila-se por esse encontro com Galehot e a rainha; mas ainda sente saudades da outra mulher. A rainha adota diante dele uma atitude humilde e por isso os que assistem à cena estimam-na ainda mais.

38-42. *Lancelot não presencia o reencontro; permanece "fechado num quarto, pensativo e inconsolável, pois estava convicto de que perdera sua senhora". Naquela noite "o rei foi unido à rainha por seus bispos e arcebispos, em meio ao regozijo geral". Galehot permanece mais uma semana, enquanto Lancelot volta para Sorelois, sem ter-se encontrado com Artur; este fica irritado e decepcionado ao saber que Lancelot partiu três dias antes.*

43. Quando o rei ouve que Lancelot o odeia para valer, vêm-lhe lágrimas aos olhos, pois o ama como ninguém exceto Galehot. Várias vezes deu-lhe prova disso, quando mais tarde as más línguas de sua casa proferiram palavras maldosas[9] e ele lhes disse que era trabalho perdido excitar contra Lancelot sua cólera: "Não existe má ação que me levasse a odiá-lo se ele fosse culpado, mesmo que eu tivesse de sofrer com sua conduta condenável."

44-45. *O rei, de joelhos, implora e obtém o auxílio da rainha e de Galehot. Este promete que voltará com Lancelot na época da Páscoa.*

46. Retornando a seu país, Galehot comunicou ao companheiro o desejo da rainha. Os dois permaneceram em Sorelois até a terceira semana da Quaresma. Então viajaram em pequenas etapas para encontrar o rei Artur no domingo de Ramos, em Disnadaron. Quando o rei soube que Lancelot chegara, ficou feliz e a rainha também, tanto por si mesma como pelo rei.

47. Toda essa semana passou-se em orações. No domingo de Páscoa, antes da missa cantada, o rei lembrou à rainha e a Galehot sua solicitação de antes, insistindo com eles para ver Lancelot:

– Apresentai-lhe tudo o que posso fazer por ele e conceder-lhe, dai-lhe garantia de que terá tudo que pedir e que esteja em meu poder e no vosso.

Galehot e a rainha mandam buscar Lancelot para os aposentos de Guinevere, que o toma nos braços. A senhora de Malehaut está presente, convidada para essa entrevista íntima.

48. Os quatro vão sentar-se num leito e a rainha diz a Lancelot:

– Meu amigo querido, eis que chegamos ao momento de vossa reconciliação com o rei. Ele me recomendou que vos conceda, com a garantia de uma promessa, tudo que quiserdes receber dele e de mim. Entretanto

---

9. Anúncio da *Mort Arthur*, em que Agravan delata a ligação entre Lancelot e a rainha.

vos exorto a não atender seus primeiros rogos; ouvireis em seguida os meus, os de Galehot e depois os de todos os barões. Quero que de início oponhais uma enérgica recusa. Deveis resistir até Galehot e eu cairmos a vossos pés, e depois todos os cavaleiros, damas e damiselas. Então ireis até meu senhor, ajoelhareis diante dele e concordareis em cumprir sua vontade.

49. Lancelot aceita. Juntamente com a rainha e Galehot, dirige-se para o salão* onde estavam o rei e seus barões. Fica com a senhora de Malehaut, enquanto a rainha e Galehot comunicam ao rei que fracassaram em chegar a um acordo com Lancelot.

– Mas vamos mandar buscá-lo; se não obtivermos resultado, convidai vossos barões a agirem como nós – diz Galehot.

50-51. *O encontro segue exatamente a estratégia combinada: quando a rainha, depois de todos os outros, cai aos pés de Lancelot, ele finalmente "ajoelha-se diante do rei, pede-lhe humildemente perdão e entrega-se à sua vontade. O rei ergue-o pela mão e, jubiloso, beija-lhe os lábios."*

52. Assim foi concluído o acordo entre o rei Artur e Lancelot. Ele permaneceu como companheiro da Távola Redonda e da casa do rei, como no passado. Houve grande júbilo no palácio, tanto pela alegria do rei como por não perderem um homem de tão alto mérito. Em meio ao regozijo de sua casa, o rei permaneceu em Disnadaron e decidiu fazer em Pentecostes uma reunião da corte, a mais magnífica de seu reinado. Ordenou a todos que estivessem em Londres para Pentecostes que fossem com um aparato excepcional e mais numerosos do que nunca.

b) Em busca de Gauvan, raptado por Caradoc.

X. *Artur reúne sua corte em Londres para Pentecostes. Na véspera da festa, Gauvan é raptado por Caradoc ao aventurar-se na floresta. Ivan, Galescalan duque de Clarence e Lancelot decidem ir em seu socorro.*

XI. *Uma prima do duque de Clarence informa-o sobre o raptor e previne-o contra as dificuldades do empreendimento.*

XII. *Ivan fracassa em retirar um cavaleiro, Driant, de um cofre encantado. Em seguida vai socorrer um senhor cuja casa foi saqueada por bandoleiros e coloca-os em debandada.*

XIII. *Lancelot consegue retirar Driant do cofre e fica sabendo por Traban, pai do cavaleiro, que a mãe de Caradoc é responsável por esse encantamento. Melian, irmão de Driant, aconselha Lancelot a não prosseguir com a busca por Gauvan.*

XIV. *Prisioneiro de Caradoc, Gauvan foi lançado num calabouço cheio de serpentes, mas é socorrido por uma damisela que o livra delas usando veneno e o alimenta em segredo*[10].

XV. *Galehot detém o impetuoso Lionel, que desejava partir em busca de Lancelot, que por sua vez está em busca de Gauvan.*

XVI. *O duque de Clarence fica sabendo do fracasso da senhora de Cabrion, que tentava libertar Gauvan. Ele socorre uma damisela cujas tranças um bruto cortara e castiga o ofensor. No castelo de Pintadol, vence quatro temíveis espadachins; fracassa em Escalon o Tenebroso, onde é preciso, sob uma chuva de golpes de espada, abrir a porta de um mosteiro de onde emana um fedor insuportável: as trevas abateram-se sobre esse castelo desde uma Sexta-Feira Santa em que o senhor cometeu o pecado da carne durante o ofício de Trevas.*

XVII. *Ivan liberta uma damisela que estava pendurada pelos cabelos a uma árvore. Depois afugenta os cavaleiros que haviam amarrado Sagremor a um poste.*

XVIII. *Meliant leva à corte notícias de Lancelot e de Caradoc. Artur manda que se inicie a busca por Gauvan.*

XIX. *Lancelot vai auxiliar Ivan, que está travando um combate desigual contra os cavaleiros*[11]*; com sua ajuda, desamarra do poste Sagremor, que volta para Londres.*

XX. 1-15. *Lancelot e Ivan são conduzidos por uma damisela à Torre Dolorosa, moradia de Caradoc. No caminho, Ivan tenta em vão a prova de Escalon o Tenebroso.*

*Lancelot em Escalon.*
16. A damisela diz, para ver se conseguirá abalar Lancelot:
– Em nome de Deus, eu bem sabia! Ainda não nasceu o cavaleiro capaz de abrir a porta!

---

10. O episódio será retomado, com algumas variantes, a propósito de Lancelot, cf. LXXXIII, 29 ss.
11. Cf. XVII.

— Verei isso agora mesmo — diz Lancelot. Pendura no braço a espada por uma sólida correia e tira do pescoço o escudo.

— Como, senhor cavaleiro — diz a damisela olhando-o —, acaso quereis ir morrer, como fez este aqui, que agora vale pouco mais que um morto? É preferível viver como covarde a morrer como homem audaz.

17. — Damisela, quer eu viva ou morra, arriscarei a aventura*; não ficarei desonrado se der meia-volta depois de dois bravos senhores da corte do rei Artur.

Faz o sinal-da-cruz e olha para o lado de Londres, guardando no fundo do coração a imagem daquela a quem ama muito mais do que a si mesmo: "Minha senhora, recomendo-me a vós e, seja qual for o perigo a enfrentar, que jamais se apague de mim vossa lembrança!", diz consigo.

18. Desce as escadas, espada em punho, e avança em grandes passadas ao longo dos elos da corrente, sentindo o frio e o imundo fedor; mas aquela que o faz esquecer os piores sofrimentos aquece-o e enche-lhe os sentidos de odores agradáveis. Avança em grandes passadas ao longo da corrente, mas não caminha muito antes de também ser moído de golpes em todo o corpo e cair de joelhos.

19. Logo volta a levantar-se e assesta grandes golpes ao redor, atacando à direita e à esquerda, em meio a um enorme alarido. Continua a avançar, mas logo é forçado a cair novamente de joelhos. Torna a erguer-se, sustentado pelo Amor. Com a espada faz molinetes, quebra lanças, fende escudos e elmos, porém em momento algum larga a corrente. Forçando-se ao extremo, arrasta-se até a frente da porta.

20. Quando vai tomar impulso para atravessá-la, vê-se sob uma saraivada de golpes. Cai de bruços, mas tão perto da porta que pode alcançá-la com o braço; intrepidamente, agarra-se à porta, puxa tudo para si e abre-a com vigor. Prontamente a escuridão se dissipa e uma claridade luminosa invade o mosteiro e todo o castelo, que nunca haviam conhecido luz tão intensa.

21. Quando a damisela que estava postada à porta o vê, quase desmaia de alegria; precipita-se para o interior da igreja com sir Ivan, que recobrou os sentidos. Lancelot levanta-se e corre pela porta até além das grades do coro. Então começam a soar os sinos, emudecidos há dezessete anos.

22-24. *Essa vitória vale a Lancelot a gratidão das pessoas de Escalon e designa-o como aquele que libertará Gauvan.*

XXI. *Um vavassalo\* que hospeda o duque de Clarence informa-o sobre a Torre Dolorosa e sobre o Vale sem Retorno, aconselhando-o a evitá-lo.*

*Apesar disso o duque entra sozinho no vale, pois seu escudeiro se recusa a acompanhá-lo, e é feito prisioneiro.*

XXII. Descrição do Vale sem Retorno.

1. O vale, diz o conto, era chamado de Vale sem Retorno ou Vale dos Falsos Amantes; Vale sem Retorno porque dele nenhum cavaleiro voltava, Vale dos Falsos Amantes porque ali permaneciam prisioneiros os cavaleiros que haviam cometido alguma infidelidade para com suas amigas, ainda que apenas em pensamento. Ides conhecer sua origem. Todos sabem que Morgana, a irmã do rei Artur, foi perita, mais que qualquer outra mulher, em encantamentos e sortilégios; por causa dessa paixão, manteve-se afastada de todo convívio e viveu dia e noite nas grandes florestas solitárias; por isso muitas pessoas – e naquela época não faltavam tolos pelo país afora – afirmavam que ela não era uma mulher e chamavam-na de Morgana a Deusa.

2. Na época em que começaram as aventuras\*, ela amara loucamente um cavaleiro e acreditara que ele lhe retribuía. Na verdade, ele preferia uma damisela de grande beleza, mas não encontrava nem lugar nem oportunidade para falar-lhe como desejaria, pois Morgana, por quem sentia mais temor do que amor, seguia-lhe os passos, sem que ele pudesse afastar-se. Um dia em que o cavaleiro e a outra damisela haviam marcado encontro nesse vale, um dos lugares mais encantadores do mundo, Morgana apanhou-os em flagrante delito e ficou transtornada a ponto de quase enlouquecer.

3. Então ela espalhou pelo vale um encantamento: nenhum cavaleiro sairia de lá se já houvesse sido infiel à sua amiga, mesmo que só em intenção; isso até que entrasse no vale um cavaleiro irrepreensível para com sua amiga, tanto em pensamento como em desejo. Por meio de um sortilégio condenou seu amigo a nunca mais sair do vale, assim como qualquer outro que entrasse posteriormente. Quanto à damisela, trancou-a numa prisão tão horrível que dia e noite lhe parecia estar dentro do gelo até a cintura e acima dela no fogo ardente.

4-7. *O vale "era fechado por uma barreira encantada, de muros tão impalpáveis quanto o ar". Os prisioneiros "assistiam diariamente à missa", "moravam em belas casas" e "era permitido levar a amiga e viver com ela". Quando o duque de Clarence entrou, "havia lá não menos que duzentos e cinqüenta e três cavaleiros prisioneiros". O encantamento, que já durava dezessete anos, acabaria "no dia em que chegasse ao vale um cavaleiro de uma fidelidade perfeita para com sua amiga".*

8. A prisão era mais agradável do que se pensava: tinham comida e bebida à vontade, diversões nos prados, jogos de triquetraque e de xadrez, danças e farândolas o dia inteiro, apresentações de harpas, de violas e de outros instrumentos. Mas é hora de contar como o duque entrou no vale e o que aconteceu com ele.

XXIII. *O duque de Clarence é feito prisioneiro no vale.*

XXIV. *1-6. Ivan também é aprisionado, mas Lancelot, que o acompanha, tenta a prova.*
*Lancelot no Vale.*
7. Então a damisela vai ter com Lancelot e lhe diz:
– Pois bem, nobre cavaleiro, minha intuição me diz que hoje libertareis deste vale todos os que estão aprisionados pelos maus costumes que aqui se estabeleceram. Entretanto isso não será uma grande proeza de cavalaria*, pois não vencereis a prova se não possuirdes uma outra qualidade. Não saireis deste lugar, durante toda vossa vida, se tiverdes sido infiel ou mentiroso para com vossa amiga, em ato ou em intenção.
8. Ao ouvi-la ele esboça um sorriso:
– Damisela, e, se entrasse aí um cavaleiro que nunca houvesse cometido infidelidade, que lhe aconteceria?
– Ele libertaria todos os que estão presos; são mais de duzentos cavaleiros que não têm esperança de sair. Sois um cavaleiro tão bravo que seria uma grave perda se caísseis numa prisão tão detestável. Em vez disso, exorto-vos a ir aonde encontrareis sir Gauvan, porque, em minha opinião, não existe cavaleiro que, amando de amor, não tenha, de algum modo, sido infiel à sua amiga.

*9-16. Lancelot entra no vale e mata dois dragões. Equilibrado sobre uma prancha estreita, derrota e joga na água um dos três cavaleiros que o atacam; os outros dois desaparecem misteriosamente.*

17. Então ele baixa o guante esquerdo da loriga*, olha seu anel[12] e não vê mais a água profunda nem a prancha que atravessou. Percebendo imediatamente que tudo não passava de encantamento, recoloca o guante, pega o escudo e vai até um grande braseiro que lhe barra o caminho.

*18-48. Lancelot coloca fora de combate dois cavaleiros que acima do braseiro defendem uma porta, persegue um terceiro, decapita-o e dissipa assim o encantamento do Vale. Morgana odeia a rainha desde que esta surpreendeu seus amores com Guiomar e causou a ruptura entre os dois*

---

12. Trata-se do anel que a Dama do Lago lhe deu quando o deixou na corte de Artur (XXIIa, 14).

*amantes. Furiosa com o sucesso de Lancelot no Vale, coloca sorrateiramente em seu dedo um anel que lhe provoca um sono profundo; leva-o embora e aprisiona-o.*

XXV. *Um escudeiro anuncia em casa de Kai de Estreus a libertação dos prisioneiros do Vale. Ao saber da notícia a mulher de Kai fica muito irritada, pois seu marido jurou permanecer com ela no castelo até a libertação dos prisioneiros. Kai junta-se aos companheiros que, pela manhã, constataram que Lancelot desaparecera, e parte com eles em busca de Gauvan.*

XXVI. Lancelot é libertado condicionalmente. A damisela tentadora.

1. Depois que Morgana e suas companheiras levaram Lancelot para a floresta, ela mandou que o tirassem da liteira, sem despertá-lo, e descerem-no em um lugar profundo e sombrio, especialmente destinado para ser um horrível calabouço. Lá, amarraram-lhe as mãos e os pés e tiraram o anel que Morgana lhe pusera no dedo para mantê-lo adormecido. Ele acordou prontamente e, estupefato, viu o local negro e horrendo.

2. Lancelot põe-se a lamentar amargamente a ausência de sir Gauvan, de sir Ivan e do duque de Clarence; tudo o que fizera e vira no Vale dos Falsos Amantes lhe parece um sonho. Olha ao redor mas não vê nem ouve ninguém; espantado, pergunta-se o que lhe aconteceu. Morgana foi ter com ele e, chamando-o pelo nome, disse:

– Lancelot, agora vos tenho prisioneiro; tereis de cumprir uma parte de meus desejos.

3. Lancelot reconheceu-a:

– Minha senhora, por que razão mereci que me retenhais prisioneiro?

– Não é por uma falta cometida contra mim, mas sim porque essa é minha vontade.

– E que fizestes de meus companheiros, minha senhora?

Ela responde, para aumentar-lhe a angústia:

– Estão sãos e salvos e portaram-se tão bem comigo que os deixei ir. Se quiserdes libertar-vos por resgate, devolverei vossa liberdade, ou então mofareis em minha prisão enquanto um outro se cobrirá das honras que tereis perdido.

4. A essas palavras a cólera aperta-lhe a garganta:

– Minha senhora, não me aniquileis: sabei que, se sir Gauvan fosse salvo por algum outro sem minha ajuda, eu preferiria a morte. Mas, se posso libertar-me por algum meio, concordarei de bom grado. Se me devolvêsseis a liberdade eu vos concederia sem dificuldade o objeto mais precioso que possuo, se o pedirdes.

5. – Vou dizer-vos o que exijo: deveis revelar-me quem amais de amor. Ante essa exigência a cólera dele aumenta, seu coração incendeia-se, o rosto fica rubro.

– Minha senhora, antes de ficar sabendo tereis gastado todos os dias de vossa vida.

6. Essa resposta mostra a Morgana o quanto ele está encolerizado. Põe-se a sorrir e declara que então ele nunca sairá de sua prisão.

– Pois bem, nunca – replica ele.

– Por Deus, eu vos deixarei ir se prometerdes voltar para minha prisão assim que o caso de sir Gauvan estiver encerrado. Entregai-me como penhor* esse anel que trazeis no dedo.

– Minha senhora, certamente vos darei garantia de meu retorno como vos aprouver, por promessa e por juramento, mas o anel só sairá de meu corpo junto com minha vida.

7. Morgana conclui que o anel era um presente da rainha. De fato, a rainha dera o anel a Lancelot no dia em que lhe concedera seu amor. Era pequeno, com uma pedra plana e cinza, de poder tão eficaz que, a um simples olhar, preservava de encantamentos quem o estivesse usando.

8. Quando vê que ele não concordará em desfazer-se do anel, Morgana decide:

– Vou libertar-vos, mas prometereis, como cavaleiro leal, que retornareis à minha prisão assim que sir Gauvan for libertado por vós ou por algum outro. Nesse momento não revelareis para qual lugar vos dirigis e assim que virdes meu mensageiro vireis colocar-vos novamente nesta mesma prisão.

Ele assim promete. Morgana retira-o do cárcere e serve-lhe uma copiosa refeição, pois está ansiosa para que ele parta. Preparam-lhe seu cavalo e trazem as armas.

9-16. *Morgana obriga Lancelot a levar consigo "a mais bela entre as damiselas que a cercavam", alegando que ela o guiaria até a Torre Dolorosa. No caminho, a jovem, cumprindo as instruções de Morgana, tenta inutilmente seduzir Lancelot.*

17. Ambos retomam caminho e cavalgam até a noite, sem que um dirija a palavra ao outro, a não ser por questões de itinerário. Então a damisela quebra o silêncio:

– Senhor cavaleiro, é hora de pensar onde dormiremos. Conto alojar-vos confortavelmente esta noite numa morada que contentaria até mesmo um rei.

18-26. *A jovem conduz Lancelot a um pavilhão magnífico que pertencia a Morgana. São recebidos por sete valetes\* e tratados com todas as* honras. Ele vai deitar-se no leito suntuoso que lhe designam, mas, suspeitando das intenções da jovem, "não tira o calção* nem a camisa". De fato ela entra no leito, assedia-o e por fim beija-o à força. Lancelot pega a espada para defender-se; mas, não ousando feri-la, corre para fora do pavilhão, sempre perseguido por ela.

27. – Acaso não sou bela o bastante para vosso gosto?

– Não, pois um amante perfeito é incapaz de uma infidelidade, seja de corpo ou de coração, ao ser a quem mais preza no mundo.

– Vou deixar-vos em paz se me disserdes quem amais de amor; senão, não partireis sem ter atendido minhas exigências ou vos causarei vergonha na corte mais nobre do mundo.

28. Essa escolha deixa-o tão ansioso que não sabe o que responder; muito lhe custa prevalecer-se de amar e ser amado, e por outro lado tem tanto medo das investidas intempestivas da damisela que apesar de tudo se decide a admitir aquilo de que tem certeza:

– Damisela, digo-vos como cavaleiro leal que sou amado por uma amiga tão fiel que devo temer uma infidelidade a ela mais do que temo morte, desonra ou deslealdade.

29. A essas palavras a damisela sorri e responde que ele disse o suficiente:

– E doravante não vos preocupeis – continua ela. – Tomo Deus por testemunha, nada farei que cause sofrimento a vosso coração. Vinde imediatamente repousar como o amante mais leal e o melhor cavaleiro do mundo e sabei que todos os dissabores que vos causei destinavam-se a pôr à prova vosso coração, como me ordenaram. Isso me causou prazer e sofrimento: prazer pela lealdade total que encontrei em vós e sofrimento porque receio muito que mereci vosso ódio. Apelo para vossa piedade; por Deus, perdoai-me.

Ela cai a seus pés e Lancelot ergue-a. Ambos entram no pavilhão; Lancelot deita-se em seu leito, a damisela no dela e ambos dormem até de manhã.

30-42. *Lancelot retira das profundezas de um rio dois mortos: um homem e uma mulher que se amavam com um amor totalmente platônico. O marido enciumado matou o homem, jogou-o no rio e a mulher atirou-se de um rochedo para juntar-se a ele. Lancelot decide, juntamente com os que libertou do Vale, atacar Caradoc, que está guerreando contra Artur no Passo Traiçoeiro.*

XXVII. *Ivan e o duque de Clarence aproveitam-se da ausência de Caradoc para entrarem de surpresa na Torre Dolorosa, mas são feitos prisioneiros.*

XXVIII. *Lancelot liquida Caradoc, o raptor de Gauvan.*

1. Lancelot e os seus deixaram o duque e sir Ivan e cavalgaram acompanhados pelas duas damiselas[13] até o Passo Traiçoeiro. Avistaram então os homens do rei Artur lutando com os de Caradoc para forçar a passagem que eles defendiam. As perdas eram pesadas do lado do rei, que estava cedendo à impetuosidade do inimigo. Lancelot e seus companheiros soltam brados na retaguarda e fazem furiosas investidas em que muitos são derrubados dos cavalos. Lancelot empenha-se na batalha e teria se arriscado ainda mais, porém vê que o adversário está debandando. Caradoc era muito valente, mas teve de virar as costas e bateu em retirada com toda a velocidade de seu excelente cavalo.

2. Nem todos os combatentes deram por sua fuga, mas Lancelot não o perdeu de vista e galopou em seu encalço. Caradoc percebe que Lancelot está perseguindo-o sozinho e avança para ele, de espada em punho. Trocam golpes terríveis nos elmos, nos braços e nos ombros; sangue rubro jorra de seus corpos, avermelhando as malhas da loriga* branca.

3. Enfrentam-se por longo tempo, mas Caradoc não ousa permanecer no local, por medo de ser surpreendido; parte a galope de volta para seu castelo e Lancelot persegue-o de perto, decepcionado, não vá ele escapar-lhe. Aproximando-se do castelo, Caradoc percebe que os homens de Lancelot e do rei estão perseguindo furiosamente os seus, que caem por toda parte. Então ele teme por si mesmo e por seu castelo e refugia-se para se proteger. Quando o olheiro sobre a muralha o vê chegando, desce correndo para baixar a ponte levadiça e dar livre acesso pela porta.

4-8. *Lancelot e Caradoc atravessam a ponte levadiça e entram lutando no castelo, que logo é atacado pelos homens de Artur. No interior, ambos continuam a atacar-se furiosamente; o duelo "se prolonga tanto que um não está em melhor posição que o outro e ambos perderam muito sangue".*

9. A damisela da torre olha, boquiaberta. Julga que Lancelot é o duque de Clarence e prepara-se para ajudá-lo com todo seu poder. Caradoc mantinha prisioneira essa damisela; raptara-a de um cavaleiro belíssimo que ela amava apaixonadamente; por isso não podia amar Caradoc, que lhe votava um amor exclusivo. Era tão dominado por ela que lhe dera para guardar um objeto que não confiaria a ninguém, uma espada encantada; sua mãe, uma exímia feiticeira, conseguira, lançando um sortilégio, que ele só viesse a morrer por meio daquela espada. Caradoc entregara-a à damisela, julgando que ela retribuía seu amor.

---

13. A que acompanhava Lancelot e a que levava a Kai de Estreus a notícia sobre o Vale (cf. final do cap. XXVI).

10-14. *A espada de Lancelot parte-se e a damisela joga-lhe a espada encantada que matará Caradoc. Reconhecendo-a, este procura fugir, mas a jovem aciona uma grade que impede o acesso à porta.*

15. Por medo da morte, ele sai em fuga pela escada e desce até uma poterna* secreta e subterrânea que ia do pé do torreão até o pátio fortificado onde ficava a prisão, com a intenção de matar sir Gauvan, já que ele mesmo não podia salvar-se.

16. Abre a porta e atravessa-a correndo, sempre com Lancelot em seu encalço; chega a um fosso com pelo menos duas toesas de profundidade, no fundo do qual havia uma grande abertura com barras de ferro: era a prisão de sir Gauvan. Caradoc está disposto a arriscar-se a morrer para atingir Gauvan e deseja que Lancelot salte atrás dele: ali ele perderia a vida, sem possibilidade de safar-se.

17. Ao saltar dentro do fosso, Caradoc quebra uma coxa, mas sua perfídia o faz esquecer a dor. Arrasta-se até a abertura bem no fundo, arranca as chaves que traz na cintura do calção* e abre. Na beira do fosso, Lancelot recomenda-se a Deus, persigna-se, salta e cai sobre Caradoc, que, com um grito de dor, perde os sentidos. Lancelot retira-lhe da cabeça o elmo, baixa a baveira* até os ombros e ataca-o com uma saraivada de golpes, ao acaso, sem conseguir enxergar coisa alguma; corta-lhe a cabeça e atira-a no fundo do calabouço.

18-19. *Na escuridão do calabouço, Lancelot e Gauvan identificam-se e alegram-se com o reencontro. Enquanto isso, a damisela da torre aconselha os homens de Caradoc a "irem pedir misericórdia ao bom cavaleiro que conquistou direitos sobre o castelo". Por meio de uma escada eles tiram Lancelot do fosso.*

20. Encostam a escada ao pilar onde estava sir Gauvan[14] e tiram-no para fora do calabouço, numa alegria que desafia qualquer descrição. Todos, cavaleiros e homens de armas, caem aos pés de Lancelot, colocam-se sob suas ordens e depois conduzem-no até onde sir Ivan e o duque de Clarence estavam aprisionados.

21. Imediatamente Lancelot manda abrirem as portas do castelo e vai ter com o rei; apresenta-lhe primeiramente seu sobrinho Gauvan e depois a cabeça daquele que o jogou na prisão. A alegria atinge o auge; todos elogiam a proeza de Lancelot. Nesse entretempo chegam os cavaleiros que ele libertou do Vale sem Retorno, os três companheiros da Távola Redonda e Kai de Estreus. As façanhas que ele realizou na busca são reme-

---

14. Em sua prisão, Gauvan estava sobre um largo pilar onde era forçado a permanecer para não cair no meio das serpentes (cf. XIV, 6).

moradas. Lancelot ficou feliz e Galehot mais ainda, bem como Lionel, agora cavaleiro, e as duas damiselas[15].

22-26. *Fiel à promessa feita a Morgana*[16], *Lancelot volta para sua prisão, depois de pôr Gauvan a par do segredo, mas sem revelar-lhe o local para onde se dirige.*

c) Morgana persegue Lancelot com seu ódio. Doença e morte de Galehot.

XXIX. *Lancelot acusado de amor condenável.*

1. Quando Lancelot, diz aqui o conto, voltou para a prisão de Morgana, esta empenhou-se ao máximo em mimá-lo a fim de sondar seu estado de espírito, mas nada conseguiu saber. Apenas notou em seu dedo um anel ornado com uma riquíssima esmeralda[17]. O anel era pequeno, belíssimo; assim que o viu ela o reconheceu como tendo pertencido à rainha: era o mesmo que Morgana cobiçou quando permitiu que Lancelot fosse à Torre Dolorosa. Agora torna a pedi-lo várias vezes, sem resultado.

2. Morgana possuía um outro anel que também pertencera à rainha, idêntico ao que ele estava usando, mas sem nenhum poder contra encantamentos, ao passo que o de Lancelot dissipava sortilégios e operações mágicas, pois no centro da pedra havia duas figuras diferentes, quase invisíveis.

3. Morgana tentou todos os tipos de encantamento para obter o anel mas fracassou. Tomou então de uma erva que chamam de "sopita", que mergulha no sono quem a experimentar, até que o acordem à força. Deu dessa erva a Lancelot, depois de macerá-la num vinho capitoso.

4. Naquela noite ele dormiu profundamente. Morgana tirou-lhe do dedo o anel e substituiu-o pelo dela. Espionou-o durante vários dias, para ver se ele notara. Alheio a qualquer idéia de embuste, Lancelot nada percebeu. Tranqüilizada, Morgana escolheu entre as de seu convívio uma damisela atilada e enviou-a à corte do rei Artur, ditando-lhe as palavras que pronunciaria lá. A damisela foi para Londres, onde estavam o rei, a rainha e com eles Galehot, que esperava impacientemente por notícias.

5. Na hora em que a damisela chegou à corte, o rei, a rainha, Galehot e sir Gauvan estavam conversando a sós sobre o destino de Lancelot; temiam que estivesse morto. Já estavam a dezessete dias após Pentecostes,

---

15. Ver a nota de XXVIII, 1.
16. XXVI, 8.
17. O anel que Lancelot está usando é descrito de modo diferente no cap. XXVI, 7; trata-se de uma contradição evidente.

com todo mundo triste e acabrunhado. A damisela apeou e saudou o rei e sua companhia*.

6. – Sire – disse ela –, vim até aqui de terras distantes e trago-vos notícias bem estranhas. Mas antes quero ter garantia de que, não importa o que eu diga, não sofrerei mal nem tratamento infamante, pois ignoro se alguém aqui me mostrará ressentimento pelas notícias que trago.

– Podeis falar, damisela. Nunca um mensageiro, não importa quais notícias trouxesse, foi maltratado em minha casa, e menos ainda uma damisela.

7. Ela começa então seu discurso. Em alta voz, fazendo-se ouvir por todos, diz:

– Rei Artur, trago-vos notícias de Lancelot do Lago. Sabei que nunca mais o vereis em vossa casa; ele está indo para um lugar onde não o encontrarão facilmente e, mesmo que o encontrassem, de nada adiantaria, pois ouso afirmar-vos que nunca mais um escudo lhe penderá do pescoço.

A essas palavras, um arrepio percorre o corpo de Galehot, seu coração contrai-se no peito e ele perde os sentidos em meio à assistência.

8. De um salto o rei acolhe-o nos braços. A rainha é tomada por uma angústia sem limite, intuindo uma desgraça. Levanta-se a fim de ir para seus aposentos, mas a damisela grita para o rei:

– Sire, se concordardes com a ausência da rainha, não sabereis nada mais do que já soubestes.

9. Gauvan corre atrás da rainha:

– Ah, minha senhora, por Deus, piedade, se vos retirásseis assim nos deixaríeis frustrados!

Então a rainha retorna, cheia de inquietude; Galehot recobra os sentidos e queixa-se amargamente:

– Por Deus – diz ele à damisela –, dizei-me a verdade sobre o melhor cavaleiro do mundo, por que nunca mais ele pendurará um escudo ao pescoço e se está vivo ou morto.

10. – Em nome de Deus – responde ela –, vou dizer tudo, visto que o rei e vós assim ordenais. É perfeitamente verdade que, quando Lancelot deixou a Torre Dolorosa, lutou com um dos melhores cavaleiros e foi ferido por uma lança que lhe atravessou o corpo. Perdeu tanto sangue que pensou que fosse morrer. Por isso confessou em público o vil e horrível pecado de haver desonrado seu senhor, aqui presente, e sua mulher. Recomendou-me que declarasse isso nesta corte, pois eu estava no local onde fez sua confissão.

11. "Depois de confessar essas infâmias diante de todos, ele se comprometeu sobre o corpo de Deus a nunca passar mais de uma noite em uma cidade, caminhar sempre com roupas de lã e descalço, nunca mais

portar escudo ao pescoço nem vestir armas. E para que dêem crédito a suas palavras ele lembra a sir Gauvan as palavras que trocaram entre eles em particular, na noite em que deixou a Torre Dolorosa: sir Gauvan perguntou-lhe se estava indo para um lugar em que seus amigos ficariam inquietos por sua causa. 'Senhor, respondeu-lhe, não temais, só vou para lugar seguro.'"

12. Sir Gauvan confirma essas provas. Então a damisela se volta para a rainha e, ante os olhares de todos, estende-lhe o anel que Morgana tirou do dedo de Lancelot.

– Minha senhora – diz-lhe –, embora a contragosto, devo desincumbir-me de minha mensagem; do contrário cometeria perjúrio, pois jurei sobre os corpos santos* a Lancelot que vos entregaria em mãos este anel que ele vos devolve.

13. A rainha pega o anel, sem forças para responder; a ansiedade que lhe invade o coração leva-a a perder os sentidos; os barões mais nobres e mais poderosos acorrem para ampará-la. Voltando a si, ela se queixa amargamente e, sem levar em conta o rei nem ninguém, não consegue impedir-se de lamentar por Lancelot, chorando copiosamente, com profundos suspiros:

– Quem quiser falar mal disso que fale, mas quero que todos saibam o que penso: nunca ouvi notícias que atingissem tão gravemente meu coração, exceto a dos prisioneiros na Rocha dos Saxões.

14. "Que Deus saiba, e todo o mundo, que nunca houve entre Lancelot e mim ligação condenável. Ele era o mais belo, o melhor entre os bons. Já superara todos os bravos, embora fosse cavaleiro apenas há pouco mais de sete anos. Não há qualidade física e moral em que um cavaleiro se tenha mostrado superior a ele; seu único defeito era um linguajar excessivo, mas isso se devia à nobreza de seus sentimentos: não suportava atos covardes ou desleais.

15. "Que Deus nunca tenha piedade de minha alma se ele não deixaria que lhe arrancassem um dos olhos em vez de confessar o escândalo que esta damisela acaba de denunciar aqui, mesmo que nossas relações fossem o que ela disse. Não me justificarei pelo anel nem por nada mais: dei a ele o anel, assim como tudo o que teria recusado aos outros cavaleiros. Aceito que me recriminem os que encontrarem razões para isso, mas é uma recriminação sem fundamento."

16. Assim se defende a rainha perante a assistência; muitos a estimam por isso e o rei não fica nem um pouco aborrecido: considera mentirosas as palavras da damisela e responde à rainha que gostaria que Lancelot a houvesse desposado, desde que ele o tivesse como companheiro por

toda a vida, até seu último dia. A damisela despede-se e pede ao rei que a mande conduzirem com segurança. Para isso Artur confia-a a sir Ivan.

17. A rainha recolheu-se a seus aposentos, e com ela Galehot, Lionel e a senhora de Malehaut. Eles se lamentam juntos.

– Com que então vosso companheiro me traiu? – diz ela a Galehot. – Palavra, ou ele está morto ou tem a traição no sangue, pois como imaginar que qualquer outra pessoa esteja de posse de meu anel? Se estiver vivo, pagará por sua deslealdade, nunca mais terá meu amor; e se estiver morto pagarei mais caro que ele, pois o caso será conhecido em todos os países.

Então Galehot declara que vai seguir a damisela e não cessará de cavalgar até saber se Lancelot está vivo ou morto.

18. Lionel diz que está pronto a acompanhá-lo, pois de qualquer modo iria sem ele. Ambos se despedem da rainha e do rei. Galehot manda de volta para Sorelois todos os de sua casa e leva consigo apenas quatro escudeiros. Ao saírem da cidade, ele e Lionel deparam com sir Gauvan, também armado, decidido a acompanhá-los. Sem tardança cavalgam no encalço de sir Ivan e a damisela.

19-23. *No dia seguinte alcançam Ivan e a damisela. Ela leva-os a crer que os conduzirá até Lancelot; em vez disso, deixa-os na casa de um vavassalo\* onde fizeram uma parada e parte sorrateiramente durante a noite.*

XXX. *O sonho de Galehot.*

1. Quando Galehot e seus companheiros, diz aqui o conto, levantaram-se de manhã em casa do vavassalo* onde a damisela de Morgana os alojara, ficaram surpresos e consternados por não encontrá-la. Com a morte na alma, deixaram aquele pouso e cavalgaram o dia inteiro, ansiosos, até depois da hora terça*. Então, a conselho de Galehot, separaram-se para vasculhar o país e a região, mas suas buscas se mostraram infrutíferas; ainda que fossem mil cavaleiros, não teriam encontrado Lancelot em casa de Morgana, e os encantamentos em que ela era exímia não permitiam que o descobrissem. Enquanto isso o conto relata as aventuras* dos quatro cavaleiros, e primeiramente de Galehot, que está mais desgostoso que os outros.

2. Galehot segue caminho com seus quatro escudeiros; não encontra homem nem mulher a quem não indague sobre o que procura, mas ninguém lhe fornece uma informação segura. Cavalga dois dias inteiros sem encontrar aventura* que mereça ser relatada no conto. No terceiro dia, mostra no corpo e no rosto as marcas da fadiga, pois perdeu a vontade

de comer e de beber, devido à preocupação por Lancelot. Depois de cavalgar até a hora terça*, chegou a uma floresta imensa, de árvores imponentes e veneráveis. O sol estava quente como costuma em junho e já era meio-dia. Invadiu-o uma intensa vontade de dormir; por isso apeou, deitou-se à sombra da árvore mais frondosa e dormiu profundamente por longo tempo.

3. Durante o sono, teve um sonho: parecia-lhe que estava num jardim, sob uma grande árvore carregada de flores e de folhas. Ia repousar sob essa árvore, sentindo-se fatigado; deitava-se na relva verde e via as flores e as folhas da árvore caírem. Ficou tão assustado que despertou e montou prontamente a cavalo. Ei-lo que parte com seus escudeiros, para onde o conduz o acaso. Cavalgando muito pensativo, rememora o sonho. Pensa nele tão intensamente que perde a noção de tempo; com a dor que lhe transpassa o coração, grossas lágrimas correm-lhe dos olhos pela face abaixo.

4-5. *A damisela que levou Lancelot e Ivan a Escalon[18] conta a Galehot que Lancelot está prisioneiro. Ao ouvir a notícia ele perde os sentidos.*

*Galehot apodera-se do escudo de Lancelot. Um ferimento apressa seu fim.*

6. Galehot permaneceu longo tempo sem sentidos sobre o pescoço do cavalo; seus escudeiros acorreram para ampará-lo até que voltasse a si. Gostaria de falar com a damisela, mas ela já estava longe, fora da vista. Os escudeiros e ele cavalgam até uma hora avançada do dia. Encontram no caminho um castelo; atravessam o pátio sem deter-se e saem do outro lado. Então Galehot vê à frente uma fortaleza, defendida por fossos galeses e trincheiras, e diante do portão, numa imensa praça, uma multidão de damiselas e de cavaleiros que, em regozijo, cantam e dançam fazendo roda.

7. No meio dessa praça, em um gancho fincado em um poste estava suspenso um escudo que tinha aparência de pertencer a um bravo, pois apresentava enormes furos de lança acima e abaixo da bossa* central; no topo e embaixo estava cortado em pedaços por golpes de espada, mas restava cor suficiente para ser reconhecível: o campo era de prata com banda vermelha em diagonal. Estava bem diante das rodas de dança e sempre que os cavaleiros e as damas passavam em frente inclinavam-se como se fosse uma relíquia.

8. Galehot contempla longamente o escudo; reconhece-o, certo de que é o mesmo que Lancelot trouxe de Londres quando perseguiu o raptor de

---

18. Cf. XX.

Gauvan[19]. Fica contente, pensando que assim poderá saber de alguma notícia. Cruza a soleira e cavalga rumo ao escudo, armado. Um cavaleiro vem a seu encontro e ele lhe pergunta a quem pertence esse escudo e por que todos o saúdam inclinando-se.

– Sire, ele pertenceu ao melhor cavaleiro, por isso lhe prestamos com júbilo estas honras – responde o ancião.

Galehot roga-lhe que o informe sobre o cavaleiro, se puder.

– Nada sei com certeza – disse ele –, mas nos chegaram notícias segundo as quais está morto; por isso este castelo ficou de luto durante três dias e ninguém tinha ânimo para divertir-se. Mas ontem à noite, para consolar-nos, trouxeram-nos seu escudo, que estamos homenageando, como vedes.

9. Já que não pode ter o cavaleiro, Galehot pensa em levar consigo o escudo; pega-o, sai da praça e entrega-o a um de seus escudeiros.

– Como? Tendes a intenção de levá-lo? – pergunta o cavaleiro idoso.

– Sim, mesmo que me custe a vida – responde Galehot.

– Pois bem, não tardareis a morrer: há aqui muitos bravos que o disputarão convosco.

Galehot interrompe o diálogo, retoma caminho a toda a pressa e ordena ao escudeiro que vá à frente, forçando ao extremo seu cavalo, e avance floresta adentro.

10-14. *Os cavaleiros do castelo perseguem Galehot a fim de recuperarem o escudo. Com o auxílio do outro escudeiro, ele mata ou derruba vários deles; é gravemente ferido, mas "segue lutando tão bem, apesar do ferimento, que todos ficam boquiabertos".*

15. Dentro em pouco o velho cavaleiro que o interpelou quando ele pegou o escudo volta ao local. Ao ver os mortos, os feridos e os cavaleiros sem montaria, persigna-se diante desse espetáculo inacreditável; vendo o sangue que do corpo de Galehot escorre para a terra, sente uma pungente emoção e não admitirá que ele morra. Vai a seu encontro e exorta-o a render-se.

– Não vejo por quê – responde Galehot. – Ainda estou levando vantagem nesta batalha.

– Por Deus, tendes o coração nobre e nem por um reino eu desejaria que morrêsseis em minha terra por causa de um delito tão pequeno.

Ele ordena aos cavaleiros que se retirem; depois cuida pessoalmente do ferimento de Galehot, que lhe suplica, por Deus, que diga se Lancelot está morto e onde seu corpo está enterrado. Mas o outro responde que lhe disse tudo que sabia.

---

19. Cf. X, 7.

16. Eles se separam amigavelmente, não tendo o ancião conseguido reter Galehot, que vai embora, transtornado pela morte de Lancelot. Decide não sobreviver mais e submeter seu corpo a todas as mortificações suportáveis, sem no entanto prejudicar a salvação de sua alma.

17. Arrasado, cavalgou até a noite e o acaso levou-o até um mosteiro. Recebeu hospitalidade e os monges trataram-no com honras; teve a sorte de lá encontrar um monge perito em cuidar de ferimentos. Permaneceu nesse convento até o ferimento estar em vias de sarar, mas sua saúde só foi piorando. Decidiu voltar para seu país, lá fundar igrejas e hospitais e distribuir esmolas generosas, principalmente pela alma de seu companheiro e também pela sua. Com essas intenções deixou o mosteiro e cumulou-o de dádivas que o tornaram uma rica e grande abadia.

XXXI. 1-5. *Em um eremitério, Lionel ouve que Galehot foi ferido e que nada se sabe sobre Lancelot, nem sequer se está vivo ou morto.*

*Lionel avista Lancelot vigiado por guardas no jardim de sua prisão.*
6. No quinto dia Lionel estava cavalgando na hora prima* e chegou a uma charneca onde encontrou uma belíssima damisela que manifestava grande aflição. Perguntou-lhe o motivo disso.

– É por causa do melhor cavaleiro do mundo que está estendido, morto, perto daqui: um traidor, um desleal matou-o.

Ao ouvi-la ele pensa que se trata de seu primo e perde os sentidos. Quando volta a si, ela quer saber a razão de seu desfalecimento.

– Damisela, creio que se trata de Lancelot.

– É ele, sem a menor dúvida – afirma a jovem.

Lionel torna a perder os sentidos e quando recobra consciência roga à damisela, por Deus, que o conduza até lá.

– De bom grado.

7. Lionel segue-a. Por fim chegam a um mosteiro vetusto que tinha entre seus muros um vasto e belo cemitério onde estavam enterrados muitos cavaleiros e onde ele vê uma sepultura recém-cavada.

– É aqui que descansa Lancelot – diz a damisela.

Lionel vê na extremidade do túmulo uma grande cruz de madeira da qual pende um escudo de ouro com banda de azul em diagonal.

– É esse o escudo do cavaleiro falecido? – pergunta.

– Sim.

Lionel supõe que se trata do escudo de Lancelot, que não portava escudo sem banda; aquele estava todo em pedaços. Sai então de um cercado um cavaleiro a cavalo.

— Traidor sujo — grita-lhe a damisela —, agora não tereis coragem de confessar a morte de um bom cavaleiro, pois pagaríeis caro por ela!
E o outro replica que não vê por que se dignaria a negá-la.

8-10. *Lionel luta furiosamente com o cavaleiro, domina-o e "ergue a espada como para cortar-lhe a cabeça, para grande satisfação da damisela que assiste à sua vitória".*

11. Então eis que chega outra damisela em uma égua toda suada. Ante o perigo que ameaça o vencido, ela sente imensa piedade. Apeia, vai até Lionel e pergunta-lhe de que aquele cavaleiro se tornou culpado.

— Ele matou por traição o melhor cavaleiro do mundo — responde Lionel.

— Como se chamava ele? — pergunta a damisela.

— Lancelot do Lago.

— Em nome de Deus, senhor, Lancelot está tão bem de saúde como nunca esteve: vi-o ainda ontem à noite lá onde ele está prisioneiro.

12. A essas palavras Lionel ergue-se.

— Damisela, será possível isso?

— Afirmo, pela salvação de minha alma, que o deixei esta manhã em perfeita saúde e estou indo para a corte do rei a fim de dar essa notícia.

— Só acreditarei se o vir com meus olhos — diz Lionel.

— Então o vereis antes do anoitecer. E, como não quero que duvideis de minha boa-fé, este cavaleiro virá conosco, sem armas. Se eu não vos mostrar Lancelot, que ele corra o mesmo risco de agora.

13. Lionel concorda e o cavaleiro também, mas a damisela que conduziu Lionel fica desconcertada e contrariada.

— Damisela, não me dissestes que este cavaleiro havia matado Lancelot? — questiona Lionel.

— Na verdade, senhor, nunca conheci Lancelot, mas vos disse aquilo porque esse cavaleiro matou meu amigo.

14. Eles cavalgam guiados pela damisela e ao anoitecer chegam ao local onde está Lancelot.

— Senhor cavaleiro — diz a damisela a Lionel —, se quereis ver Lancelot, prometei-me que não vos dareis a conhecer: sabei que morreríeis e que eu ficaria desonrada.

Lionel assim promete. Então ela o leva para os fundos de um magnífico jardim onde Lancelot ia distrair-se toda noite. Quando anoiteceu totalmente, ele saiu de sua prisão com dez homens que portavam machados e espadas, seus guardiães. Lionel viu-o tão claramente que não duvidou que fosse ele. Em seguida os três tornaram a montar e cavalgaram pelo menos duas léguas. Chegaram a um convento de religiosas, onde a damisela os alojou.

15-27. *Pela manhã, a damisela manda soltar o cavaleiro vencido por Lionel. Este retorna para o mosteiro onde haviam tratado de Galehot, mas ele já partiu. Lionel consegue alcançá-lo e ambos vão para Sorelois.*

XXXII. *O pesadelo de Lancelot. Morgana devolve-lhe condicionalmente a liberdade.*

1. Lancelot permaneceu tanto tempo prisioneiro, diz o conto, que suas forças declinaram e nada lhe dava a menor alegria. Um dia perguntou a Morgana se pretendia mantê-lo eternamente naquela situação; ela respondeu que, se não lhe revelasse o que já lhe perguntara, iria mantê-lo assim por muito tempo.

– Então será assim por todos os dias de vossa vida e da minha? Nesse caso estareis me matando, pois não sobreviverei muito tempo neste tormento.

2-5. *Morgana propõe-lhe a liberdade em troca de um juramento: "que de agora até o Natal não entreis em lugar algum onde se encontre a rainha". Lancelot rejeita categoricamente o acordo.*

6. Deixam-no abandonado em seu quarto; novamente ele ficou toda aquela noite sem comer. Morgana só tem uma idéia na cabeça: ludibriá-lo. Como Lancelot recusava alimento, ela despejou em sua bebida poções engendradas por magia e sortilégios e que lhe perturbaram o cérebro, de modo que durante o sono ele julgou encontrar a rainha deitada com um cavaleiro. Corria pegar a espada para matá-lo, quando a rainha se erguia e lhe dizia:

– Lancelot, por que desejais matar este cavaleiro? Não ouseis erguer a mão contra ele, pois lhe pertenço. E se prezais vossa vida tratai de não ir a lugar algum onde eu estiver.

7. Morgana provocou esse pesadelo para levá-lo a odiar a rainha. E, para que ele acreditasse que sua visão era real, mandou que no meio da noite o colocassem numa padiola e o transportassem adormecido para uma bela charneca a pelo menos três léguas dali. Ela própria acompanhou-o e mandou seus homens vigiarem-no de perto. De manhã Lancelot teve a impressão de estar em um magnífico pavilhão e viu diante de si um leito idêntico àquele onde vira a rainha e o cavaleiro; e ainda tinha na mão a espada com que queria matá-lo.

8. Sua dor mistura-se à fúria, pois está convicto de que seu sonho é a realidade; mas sofre principalmente pela proibição que a rainha lhe fez e jura que nunca ousará pôr os pés onde ela estiver. Quando vê os homens de Morgana, sente vergonha e tristeza. Aproximando-se dele, Morgana lhe diz:

– Como, Lancelot? É essa vossa lealdade? Fugistes sem minha autorização?

Ao ser acusado de deslealdade, fica tão desgostoso que quase enlouquece; tenta enterrar no próprio corpo a espada que tem a ilusão de segurar, mas Morgana o detém, afirmando que muitas pessoas que violam a palavra dada passam depois a vida toda em perfeita lealdade.

9. – Minha senhora, não resistirei por muito tempo a esse tratamento. Ontem à noite deixastes que eu partisse se vos jurasse nunca entrar antes do Natal em um lugar onde a rainha estivesse. Agora estou pronto para fazer esse juramento.

– Então vou dizer o que fareis. Estais tão magro e fraco que não podeis cavalgar. Por isso permanecereis comigo até recobrardes as forças; então me prestareis juramento e depois podereis ir tratar de vossos assuntos.

10. Lancelot concorda. Ela o leva de volta e serve-lhe alimentos fortificantes; por fim ele recupera as forças e a beleza. Despede-se dela, depois de prestar juramento, e vai embora, tomado de pensamentos melancólicos, sem saber para qual lado voltar-se; seu único consolo é chorar e comprazer-se dia e noite em sua tristeza. Vai cavalgando assim, vestido com as ricas e belas armas que Morgana lhe deu.

XXXIII. *Gauvan bate-se com um cavaleiro que vigia um caminho e é socorrido por Ivan. Eles encontram Lancelot, empenhado em um torneio, mas este lhes informa que não voltará para a corte, pois, sem dizer-lhes isso, pretende respeitar o juramento que fez a Morgana.*

XXXIV. 1. Depois de deixar sir Gauvan e sir Ivan, Lancelot decidiu ir ao encontro de Galehot e dirigiu-se para Sorelois. Se soubesse que seu amigo iria à sua procura, teria abandonado esse projeto, mas Gauvan esqueceu de contar-lhe isso. Chegando a Sorelois, Lancelot foi recebido com grande júbilo, mas não encontrou Galehot, que, juntamente com Lionel, partira à sua procura. Ficou tão transtornado que a todo momento corria o risco de enlouquecer, sem saber junto a quem encontrar reconforto, e as demonstrações de alegria de que era objeto pesavam-lhe.

2. Uma noite, escapou da gente de Galehot, vestindo apenas cota*, camisa e calções*. Sob efeito da dor, as veias de seu nariz haviam rebentado enquanto estava no leito e ele enchera de sangue toda uma escudela. De manhã, quando viram o sangue, julgaram que ele se matara e a desolação foi infinita. Porém agora o conto deixa de falar dele e volta para Galehot, que está à sua procura.

XXXV. *Morte de Galehot.*

1. Depois de partirem de Sorelois, Galehot e Lionel foram para a corte e encontraram sir Gauvan, que lhes deu notícias de Lancelot: disse que achava que Lancelot fora para Sorelois, explicando que esquecera de contar-lhe que Galehot estava à sua procura. Com isso Galehot volta para Sorelois; mas, quando lhe contam como Lancelot deixou o país e lhe falam do leito ensangüentado, ele não tem dúvidas de que seu companheiro se matou. Daí em diante qualquer consolo foi ineficaz. Desesperado, recusava-se a comer e a beber. Todo seu reconforto era o escudo de Lancelot, que tinha constantemente diante dos olhos.

2. A idéia da morte de Lancelot afetou-o tanto, diz o conto, que ficou onze dias e onze noites sem comer nem beber. Fizeram-no comer à força, sem resultado: o longo jejum enfraquecera-o demais. Um outro mal veio somar-se a esse: o ferimento que recebera quando se apossara do escudo de Lancelot infectou, pois estava mal cicatrizado; a carne apodreceu, uma doença ressecou-lhe o corpo e todos os membros.

3. Nesse estado ele se arrastou desde a festa de santa Madalena até a última semana de setembro. Então, como atestam os contos, faleceu aquele homem de bem, o homem mais perfeito de sua idade naquela época. Não seria fácil enumerar as esmolas generosas que distribuíra. Dera ao sobrinho a posse de suas terras, garantira-lhe a homenagem\* de seus vassalos e cumprira uma infinidade de boas obras. O conto encerra a história dele e volta para Lancelot.

# TERCEIRA PARTE
## O EPISÓDIO DA CARROÇA

XXXVI. 1-5. *O rei Artur e sua corte estão instalados em Camelot; Lionel veio comunicar que não há o menor vestígio de Lancelot. O rei está imerso em seus pensamentos.*

*O desafio de Meleagant. Lancelot em cima da carroça. O leito mágico.*
6. Enquanto o rei estava assim pensativo, entrou um cavaleiro armado de loriga\* e perneiras, a espada cingida, sem elmo; era de alta estatura e belo porte. Cruzou o salão\* a passos largos, mantendo, para aparentar segurança, a mão direita no pomo da espada. Chegando diante do rei, falou com arrogância:
— Rei Artur, sou Meleagant, filho do rei Baudemagu de Gorre. Venho a vossa corte para justificar-me e defender-me contra Lancelot do Lago a respeito de um ferimento que lhe fiz no ano passado durante uma justa\* com lança, porque ouvi dizer que ele me acusa de tê-lo ferido à traição. Se afirma isso, que apareça: estou pronto para inocentar-me.
7. — Senhor cavaleiro — responde o rei —, Lancelot não está aqui e há muito tempo não sabemos onde está. Se aqui estivesse, evidentemente ele defenderia seu direito, neste país, no vosso ou em qualquer outro.
A notícia chegou aos aposentos da rainha. Lionel, que lá se encontrava, acorreu ao encontro do rei, ansioso por aceitar o desafio contra aquele que covardemente ferira Lancelot; mas o rei não concordou com a luta e tampouco a rainha, que com todas as forças o impediu.
8. Então Meleagant se retira. Chegando à porta do salão\*, volta sobre seus passos e posta-se diante do rei.
— Rei — diz ele —, deixo vossa corte sem ter a luta, mas tanto farei que, se houver aqui um homem de coragem, hei de tê-la. Sabei que na terra de meu pai Baudemagu e minha uma multidão de cavaleiros, damas, da-

miselas e valetes\* de vosso país estão prisioneiros e em servidão. Não parece que haja aqui tantos bons cavaleiros como se diz, pois não vão procurá-los e libertá-los; não é muito longe, e passar uma ponte e enfrentar um único cavaleiro não é um esforço assim tão grande para cavaleiros dignos desse nome; eles podem facilmente conquistar essa honra, se tiverem coragem suficiente. Se ousardes confiar a um de vossos cavaleiros a rainha aqui presente, para conduzi-la até a floresta, e se esse cavaleiro puder defendê-la contra mim, libertarei os prisioneiros da terra de Gorre e me tornarei vassalo vosso, assim como meu pai. Quando o cavaleiro me houver derrotado, vós me retereis prisioneiro até o momento em que obtiverdes o cumprimento de minhas promessas. E, se eu derrotar o cavaleiro, não seja por isso: que cada qual faça o melhor que puder!

– Caro senhor – responde o rei –, estais retendo gente minha e sou obrigado a resignar-me até estar em condições de resolver o problema; mas eles não serão libertados com a rainha posta a prêmio.

Meleagant então sai, cavalga até a beira da floresta e espera para ver se alguém o está seguindo.

9-17. *O senescal Kai consegue a luta, contra a vontade do rei, ameaçando-o de abandonar sua corte se não obtiver a permissão. Meleagant derruba-o da sela, derrota-o e manda transportarem-no, gravemente ferido, em uma padiola.*

18. Os homens de Meleagant levaram com eles a rainha. Quando Lancelot, que aguardava o desfecho do combate, viu que estavam levando sua senhora, ficou consternado. Esporeia o cavalo e lança um brado; Meleagant, vendo-o chegar, volta-se contra ele: era tão valente quanto desleal. A charneca era plana, os cavalos, fogosos, os cavaleiros, vigorosos e agressivos. Eles avançam de longe, cada um golpeia forte o escudo do outro; Meleagant quebra sua lança e Lancelot atinge-o bem no meio do escudo. O cavaleiro manteve-se na sela, mas sob um novo ataque rolou por terra, tão brutalmente que ficou completamente atordoado.

19. O cavalo foge. Lancelot avança para os outros e fere o primeiro que alcança, estendendo-o morto; depois se precipita novamente para o meio do campo, atira-se sobre todos indistintamente, maneja a lança com tanta destreza que mata quatro. Desembainha a espada, ataca novamente sem temer a morte, corta escudos, fende elmos, danifica lorigas\*. Recolocado na sela, Meleagant assiste a essas façanhas sensacionais e sua intuição lhe diz que esse é Lancelot. Voltando-se para ele, esporeia o cavalo, pega a lança, golpeia o cavalo de Lancelot no meio do corpo e mata-o. Seus cavaleiros acorrem, mas Meleagant, temendo que chegue socorro, lhes ordena:

– Ide embora, deixai-o. O assunto não está encerrado.

20. Todos se vão e atrás vai Meleagant, que não tenta matar Lancelot nem se apossar dele, por medo de ser surpreendido. Lancelot, cujo cavalo está imprestável, permanece no lugar depois que o bando desapareceu, tão abatido que quase poderia se matar. Olha ao redor e vê chegando sir Gauvan, que avistou o cavalo de Kai fugindo em direção à cidade; os homens do rei pensavam que o senescal estivesse morto. Armado dos pés à cabeça para socorrer a rainha e para segui-la até o país de Gorre, Gauvan vinha ladeado por dois cavalos.

21-23. *Lancelot toma emprestado o cavalo de Gauvan, que não o reconhece, e vai no encalço de Meleagant. Lutam. O cavalo de Lancelot é morto. Meleagant e seus homens fogem a galope. Tentando alcançá-los a pé, Lancelot "avista, em uma estrada com muito mato, uma carroça habilmente conduzida por um anão corcunda".*

24. Ele caminha naquela direção.

– Ei, anão, poderias informar-me sobre os cavaleiros que vão lá adiante, levando uma dama? Responde-me e serei teu cavaleiro para sempre.

– Ah, aqueles que estão levando a rainha? Sobe nesta carroça e te conduzirei aonde terás boas informações.

Prontamente Lancelot salta para a carroça.

Naquele tempo, um costume mandava que fosse colocado sobre uma carroça de infâmia todo homem condenado à morte ou à desonra, em todos os países; com isso ele perdia o direito de ser ouvido na corte e era proscrito da cavalaria*.

25-30. *Gauvan recusa o convite do anão para subir na carroça e limita-se a segui-la a cavalo. Em um castelo onde ele chega com Lancelot e o anão, as pessoas cobrem de zombarias o cavaleiro da carroça. As damiselas do castelo recusam-se a sentar perto dele para a refeição. Gauvan tem de insistir com o desconhecido para que se alimente.*

31. De tanto insistir, Gauvan consegue que ele concorde em comer, desde que seja em um quarto, sozinho. Gauvan vai sentar à mesa com as duas damiselas, mas teria preferido jejuar ao lado de Lancelot, para poder descobrir sua identidade. Depois do jantar, uma das damiselas vai ter com Lancelot:

– Senhor cavaleiro – diz ela –, se ousásseis ver coisas fora do comum, eu as mostraria agora mesmo.

Lancelot ergue-se e responde que é para ver coisas maravilhosas que está percorrendo terras.

32. Segue a damisela e ambos entram em um grande salão inundado de luz. Havia ali três leitos, um alto, o outro mais baixo, e no meio do salão um terceiro, o mais suntuoso que Lancelot já vira.

– Damisela, onde está a maravilha que deveis mostrar-me? – pergunta.
– Como? Não estais vendo?
– Ah, isso! – responde ele. – Leitos esplêndidos é o que não falta!

33. – Nunca vereis outro tão belo nem tão agradável; mas, para vosso bem, cuidai de não deitar nele: não estaríeis arriscando menos que vossa vida.
– Ignoro quais são os riscos, mas vou deitar nele esta noite mesmo.
– Ora essa! Os homens mais valorosos e mais honrados já se dariam muito mal, e vós, que estais coberto de vergonha, quereis deitar nele! Veremos se vosso coração desprezível terá essa temeridade.

34. Lancelot despe-se e entra no rico leito. Gauvan deita-se no outro, agora convicto de que o imprudente é Lancelot. Este, exausto após o combate e atormentado pelo que sua senhora está sofrendo, mergulha no sono.

35. À meia-noite, todo o castelo começou a tremer; ouve-se um grande estrondo. Do teto desce uma lança, de haste totalmente branca e ferro rubro; dele brota uma chama que aponta para o leito, transpassa a coberta e o lençol, atinge Lancelot do lado direito e crava-se no chão. Lancelot ergue-se e, vendo a lança fincada no chão, arranca-a e joga-a longe. Apaga o fogo que se ateou no leito e coloca ao lado sua espada.

36. De manhã, o anão que conduziu Lancelot na carroça entra no quarto e brada:
– Cavaleiro da carroça, vem ver os que estão levando a rainha!

Lancelot, que estava de camisa e calção*, salta do leito, joga nos ombros sua cota* e precipita-se para o torreão. Vê às janelas damiselas que olham na direção dos campos, consegue um lugar para si e divisa abaixo os cavaleiros que na véspera estavam levando a rainha e, perto deles, o senescal Kai em uma padiola.

37. Ante esse espetáculo, Lancelot fica atônito. Quanto mais a rainha se afasta, mais ele se debruça à janela, para não a perder de vista. Sir Gauvan, que acorreu, vê que seu companheiro está para fora da janela até a altura das coxas; segura-o e puxa-o para trás. Ao ver-lhe o rosto, reconhece Lancelot; dá-lhe um beijo e diz:
– Ah, meu querido amigo, por que detestais vossa vida? Um pouco mais e estaríeis morto!

38-40. *Lancelot e Gauvan deixam o castelo. Uma damisela conta-lhes sobre as duas pontes que dão acesso ao país de Gorre: a Ponte sob a Água e a Ponte da Espada. Gauvan escolhe a primeira.*

XXXVII. 1-15. *Lancelot resiste a uma damisela que põe à prova sua fidelidade tentando seduzi-lo.*[1] *Um cavaleiro barra-lhe a passagem em um caminho calçado.*

*O pente da rainha.*
16. O cavaleiro do caminho calçado, reconhecendo o da carroça, brada:
– Tu que estás em cima da carroça não passarás! Teu mau cheiro me mataria!
– Vou passar, pois é meu caminho.
– Pela fé que devo a Deus, terás de entregar-me aquilo que eu preferir de tudo o que possuis, ou então lutarás comigo.
– Obténs isso de todos os que passam por aqui?
– Sim, seguramente, mesmo que o rei Artur passe por aqui. Recebi da própria mulher dele, hoje, um pedágio bem gracioso.
– E o que foi? – pergunta o da carroça.
17. O outro aponta um bloco de pedra na extremidade do caminho.
– Poderás encontrar ali – diz ele – o mais belo pente[2] que já viste; está cheio de adoráveis cabelos da rainha, mas eles não devem ser vistos por um homem que, como tu, esteve sobre uma carroça.
– Seja eu quem for, hei de vê-lo.
– Primeiro me darás o cavalo no qual estás sentado.
– O cavalo não terás sem trabalho, antes disso lutarei.
18-19. *Eles duelam. Lancelot vence.*
20. – Tomai, aqui tendes minha espada – diz o outro a Lancelot. – Declaro-me vencido por vossa mão.
– Primeiro me darás o pente da rainha.
O cavaleiro, muito a contragosto, leva Lancelot até o bloco de pedra e entrega-lhe o pente. Lancelot contempla-o tão ternamente que perde consciência de tudo; depois ergue a aba da loriga\*, esconde-o junto ao peito e diz ao cavaleiro que o considera quite, pois se resgatou largamente. Este vai embora muito alegre.

*O pretendente importuno*[3].
21. Depois de cavalgarem até o final da tarde, Lancelot e a damisela entram em uma trilha muito estreita entre dois paredões profundos. Então avistam um cavaleiro armado dos pés à cabeça. A damisela reconhece-o.

---

1. Esse episódio já foi narrado, mais pormenorizadamente, em XXVI.
2. Este episódio do pente da rainha é narrado no *Chevalier de la Charrette* [O cavaleiro da carroça], de Chrétien de Troyes.
3. O episódio do pretendente que quer disputar com Lancelot a damisela também provém do *Chevalier de la Charrette*.

– Senhor – diz ela ao cavaleiro da carroça –, eis aí um cavaleiro que há muito tempo vem me perseguindo com suas atenções, mas não gosto dele. Vamos ver como me protegereis.

22. Ao reconhecê-la o cavaleiro bate palmas de alegria:
– Meu Deus, finalmente encontrei o que procurava! Vou levar-vos comigo como sendo minha. – E a detém segurando a rédea.
– Largai-a, caro senhor, estou conduzindo-a sob minha guarda – diz o da carroça.
– Uma donzela de tão alta posição não deveria concordar em ser conduzida sob a guarda de um indivíduo que esteve em uma carroça, e não sereis seu responsável perante mim.
– Caro senhor, ainda não a conquistastes – torna Lancelot. – Voltai sobre vossos passos até um lugar desimpedido e, se insistis em continuar a discutir, então veremos.
– Isso me convém – responde o outro. – Prefiro tê-la por meio de luta e não benevolamente.

23. Faz seu cavalo dar meia-volta e retorna atrás. Ambos saem da floresta e vão dar em uma vasta campina repleta de damas, damiselas, cavaleiros e valetes*. Eles formavam uma roda; uns cantavam, outros distraíam-se justando*, jogando gamão e xadrez. Assim que se viu fora da floresta, o cavaleiro apaixonado pela damisela esporeou seu cavalo na direção dos que se divertiam na campina:
– Parai de jogar – bradou ele –, eis aqui o covarde que subiu na carroça!

24. Prontamente as brincadeiras cessam e todos se põem a vaiar Lancelot, exceto os numerosos súditos do reino de Logres, que se limitavam a assistir aos jogos, sem ânimo para participar. O cavaleiro segura o cavalo da damisela pela rédea e está prestes a levá-la consigo, mas um velho vavassalo* vai a seu encontro:
– O que é isso, caro filho? – pergunta ele. – Este cavaleiro cedeu-te a damisela?

25-27. *O pai do cavaleiro apaixonado proíbe-o de lutar em sua presença. Lancelot e a jovem prosseguem caminho e pedem pernoite em um monastério.*

*No Cemitério Santo do mosteiro, Lancelot ergue a lápide de Galaad.*

28. Em seguida eles chegam a um espaço amplo, cercado em toda a volta por altos muros: era um cemitério. Ali jazia o filho caçula de José de Arimatéia, Galaad, que foi gerado em Sorelice, depois chamada de Gales em memória de seu nome; lá ele difundiu a religião de Nosso Senhor Jesus Cristo. Ao lado repousavam vinte e quatro companheiros seus.

29. Havia lá duas lápides[4], misteriosas, pois ninguém sabia de que matéria eram feitas: uma no meio de um belo gramado e a outra subterrânea, numa cripta muito profunda. Na pedra do gramado havia uma inscrição segundo a qual aquele que erguesse a laje libertaria os prisioneiros do Reino sem Retorno; e, na pedra da cripta, uma inscrição segundo a qual aquele que erguesse a laje destruiria os encantamentos do Reino Aventuroso e ocuparia o assento vago da Távola Redonda. No túmulo do espaço murado jazia o corpo de Galaad e no da cripta o corpo de Simeu, que foi o pai de Moisés, cujo corpo repousava na Tumba Dolorosa da Sala dos Grandes Pavores de que fala o Grande Conto do Graal.

30. Tais eram as duas tumbas do monastério onde o cavaleiro da carroça recebeu hospitalidade. Os que ergueriam as lajes deviam pertencer a uma mesma linhagem. O monastério chamava-se Cemitério Santo devido aos corpos santos que nele estavam enterrados. Merlin profetizara que, assim que a laje de Galaad fosse levantada, seu corpo seria transportado para Gales, e quando seu corpo saísse da tumba chegaria a libertação dos prisioneiros.

31. O cavaleiro foi recebido com deferência. Logo depois chegou o vavassalo* que proibira o filho de combater. Os monges amavam-no muito; era o senhor de uma grande parte da região. Ele não se mostrou a Lancelot. De manhã este assistiu à missa antes de tomar das armas; o superior dos monges disse-lhe então:

– Senhor, bem sabemos que empreendestes esta viagem para libertar a rainha. As primeiras provas para os que tentam tal empreendimento sofrem-se aqui mesmo.

– Quais provas?

O superior descreve-as como o conto descreveu acima.

– Pois bem, enfrentarei a prova – responde Lancelot.

32. Levam-no até o cemitério e, ao ver as tumbas, ele se lembra da Guarda Dolorosa. Aproxima-se da grande lápide, contempla-a maravilhado, segura a laje, ergue-a no ar, sem dificuldade, e vê embaixo o corpo de um cavaleiro em armas; a loriga*, o elmo e o escudo estavam tão novos e brilhantes como no dia em que foram feitos; a espada nua pousava sobre o corpo e em vários lugares parecia manchada de sangue vivo; o escudo de ouro portava uma cruz vermelha. Ele lê a inscrição na pedra: "Aqui jaz Galaad, conquistador de Sorelice, primeiro rei cristão de Gales."

---

4. No *Chevalier de la Charrette* Lancelot também ergue uma lápide que o designa como o libertador dos prisioneiros do reino de Gorre. Mas aquela pedra não recobre, como aqui, o corpo de Galaad, primeiro rei cristão de Gales, e também não se menciona a tumba de Simeu.

33. Quando Lancelot largou a laje, ela permaneceu tal como ele a soerguera, tão firmemente como se continuasse a segurá-la. Chegou então um numeroso cortejo de monges que vinham de Gales para levar o corpo do rei que jazia na sepultura. O superior do convento perguntou-lhes como souberam que a sepultura fora aberta e eles responderam que graças a uma visão que tiveram oito dias antes.

34. O corpo do nobre rei foi tirado do sarcófago e levado para a terra de Gales. Quando o cavaleiro da carroça saía do cemitério, ouviu um enorme estrondo na cripta onde estava o corpo de Simeu; uma fumaça espessa e acre exalou-se. Lancelot pergunta de onde vêm essa fumaça e esse tumulto. O superior responde que vêm do lugar mais abominável e mais pavoroso que já existiu, e conta-lhe com detalhes em que consiste a aventura*.

– Essa aventura* eu quero enfrentar! – diz Lancelot.

35. O monge conduz Lancelot até uma escada sob uma abóboda sombria e escura, e todos o deixam ali, sem ousarem ir adiante. Ele desce os degraus até o lugar onde retumbava o estrondo, detém-se e vê por toda parte, no interior, uma grande claridade cuja origem não percebe, ofuscado como estava ao vir de fora. Logo seus olhos se habituam a essa luz intensa e ele descobre que está em um grande salão em cujo centro há uma laje pelo menos tão grande como a que levantara. Toda ela ardia, numa chama mais alta que uma lança, e espalhava um fedor infecto.

36. No interior da tumba, uma voz gritava e soltava longos e apavorantes gemidos. Ele é tomado de pavor e recua alguns passos, estarrecido. Chegando aos degraus, pára e reflete um pouco; depois suspira, derrama lágrimas abundantes e maldiz a hora em que nasceu. "Meu Deus, que perda!" diz. Dirige-se então para a tumba e cobre o rosto com o escudo por causa da chama.

37. Ao aproximar-se, ouve a voz que saía da tumba dizer:

– Foge, volta sobre teus passos, não tens poder nem permissão para concluir esta aventura*!

– Por quê? – pergunta ele.

– Vou dizer-te – responde a voz. – Mas, primeiro, por que pronunciaste as palavras "querido Senhor Deus, que grande perda"?

Então o cavaleiro se põe a chorar, de dor e de vergonha.

– Falei aquilo – responde Lancelot – porque traí e enganei vilmente o mundo. Consideram-me o melhor cavaleiro, mas sei que não o sou, pois quem sente medo não é bom cavaleiro.

38. – Tens razão – torna a voz –, um bom cavaleiro não conhece o medo; mas não tens razão de dizer "Que grande perda!" por pensares que

não és o melhor entre os bons. O Bom Cavaleiro ainda não chegou, mas sua vinda está próxima. Ele será bom, belo e provido de todas as virtudes: por isso, assim que puser os pés neste salão, extinguirá esta chama de tortura[5] que aqui arde e me devasta a alma e o corpo.

39. "Conheço-te muito bem, assim como a todos os de tua linhagem; digo-te que teu nome de batismo é o do santo homem que lá em cima tiraste da tumba e que eu sou seu primo-irmão; mas teu pai chamou-te Lancelot em memória de teu avô, que tinha esse nome. Será de vossa linhagem aquele que me arrancará daqui, que ocupará o assento perigoso[6] e levará a termo as aventuras* da Bretanha."

Então o cavaleiro lhe pergunta como se chama.

– Meu nome é Simeu e sou sobrinho de José de Arimatéia, que trouxe da Terra Prometida o Graal para a Grã-Bretanha. Mas, por um pecado de que me tornei culpado ante meu Criador, sou atormentado de alma e de corpo nesta tumba, pois Deus não quer que eu o seja no outro mundo: sofrerei este suplício até o dia em que Deus nos enviar aquele que nos libertará daqui.

40. "E agora, caro primo, ide embora, não vos envergonheis: tendes todo o valor e toda a bravura que se pode esperar de um homem corrompido. Sem isso, teríeis realizado as maravilhas que vosso parente realizará. Perdestes esse privilégio por causa do pecado de vosso pai, que se tornou culpado, uma única vez, de uma falta para com minha prima, vossa mãe. Ele observava a castidade, mas teve relações com uma mulher; tinha então mais de cinqüenta anos. Esse pecado vos fez perder o que eu vos disse, mas deveis vossas grandes qualidades às insignes virtudes que existiram e existem ainda em vossa mãe."

41. Ao ouvir que sua mãe ainda está viva, o cavaleiro sente uma alegria profunda, mas não quer sair da cripta sem tentar erguer a laje. Compreendendo que não conseguiria demovê-lo, Simeu diz-lhe:

– Caro primo, se é assim, fazei o que vou dizer; de outra forma estaríeis perdido. Pegai nesta pedra de mármore que está sobre mim, à direita, a água que ali encontrareis; é a água com que o sacerdote lava as mãos depois de comungar com o corpo de Jesus Cristo. Deveis aspergir com ela vosso corpo, do contrário perecereíeis; mas tirai vosso escudo, que só vos atrapalharia.

---

5. No final da *Quête du Graal* [A demanda do Graal].
6. O assento perigoso surge pela primeira vez no *Merlin* e no *Perceval* de Robert de Boron. O assento perigoso, na Távola Redonda e (isto apenas em Robert de Boron) na Mesa do Graal, está reservado para o cavaleiro eleito. Em nosso ciclo do *Lancelot-Graal*, esse cavaleiro também levará a termo "as aventuras do Graal".

Ele segue as recomendações da voz e depois vai até a laje; porém, por mais força que aplique, não consegue erguê-la nem um pouco, e a chama ataca-o tão gravemente que sua loriga* cai em pedaços antes que ele acabe de subir a escada.

42-43. *Lancelot sobe de volta ao cemitério, comunica a todos que "por enquanto nenhum cavaleiro é capaz dessa façanha" e vai embora com a damisela e o vavassalo\* que proibiu o filho de combater.*

XXXVIII. 1-37. *Lancelot vence dois cavaleiros que lhe barravam o caminho porque ele subiu na carroça. Depois é hospedado por um vavassalo\*; este lhe informa que aquele que erguerá a laje do túmulo de Simeu levará a termo a busca do Graal. Em seguida atravessa a Passagem dos Patamares, em um desfiladeiro entre duas montanhas, fechado por grandes barras e defendido por um cavaleiro mais dois homens de armas. Vai em socorro dos exilados de Logres (deve-se supor que muitos deles morem nos arredores do reino de Gorre propriamente dito); depois rechaça o ataque de trinta vilãos\* e dez cavaleiros. Por fim, derrota um provocador que o censurava pela infâmia da carroça.*

*Lancelot e a irmã de Meleagant.*

38. Enquanto o vencido se recusava a subir em uma carroça (castigo que Lancelot lhe impunha), surgiu a galope uma damisela em um palafrém negro; ela troca uma saudação com o cavaleiro da carroça e depois apeia, dizendo:

– Nobre cavaleiro, venho a ti porque tenho grande necessidade de tua ajuda. Em nome do ser que te é mais caro no mundo, conjuro-te a me concederes o dom* que vou te pedir: ele te valerá mais honra e proveito do que já tiveste por um serviço prestado.

O cavaleiro concede-lhe o dom*.

– Nobre cavaleiro – diz ela –, concedeste-me a cabeça deste cavaleiro, a cabeça que tens a intenção de cortar.

39-43. *Lancelot permite que o cavaleiro lute novamente com ele para salvar a vida. Derrota-o, corta-lhe a cabeça e entrega-a à damisela, que a joga em um poço. Ela é meio-irmã de Meleagant por parte de Baudemagu. Queria a cabeça do cavaleiro, "o cristão mais desleal que vive", porque ele, usando de um ardil, matara seu bem-amado, "um dos mais belos cavaleiros do mundo, ainda jovem adolescente".*

*Lancelot na Ponte da Espada.*

44-46. *Em companhia de um grande número de exilados de Logres, Lancelot chega à Ponte da Espada para tentar libertá-los. Na outra margem da ponte fica a capital do país de Gorre.*
47. Era nessa cidade que se encontrava a rainha Guinevere, na residência real. Ela estava à janela, assim como o rei, Meleagant e seus cavaleiros, as damas e damiselas. Lancelot fica sabendo que a rainha está lá, prisioneira. Olha na direção da torre, depois deixa que o preparem: seus companheiros prendem-lhe entre as coxas as abas da loriga* e amarram-nas com correias de pele de veado e fios resistentes como ferro; revestem seus guantes com breu quente para aderirem melhor à lâmina.
48-50. *Lancelot "monta na lâmina de aço como em um cavalo; arrasta-se em cima dela à custa de grandes sofrimentos" e consegue chegar ao outro lado, conquistando assim a libertação dos exilados de Logres. A rainha informa a Baudemagu que aquele é realmente Lancelot.*

XXXIX. Lancelot luta com Meleagant.

1-12. *Baudemagu acolhe Lancelot com grandes honras e demonstrações de amizade. Este lhe comunica que pretende lutar com Meleagant para libertar a rainha. Baudemagu tenta convencer o filho a libertar a rainha sem lutar com Lancelot: "Se a devolveres de bom grado, obterás disso mais renome e estima do que ele de sua façanha." Meleagant recusa categoricamente: "Quanto mais bravo e renomado ele for, mais glória terei por vencê-lo." No dia seguinte realiza-se a luta; a rainha, Kai, apesar de ferido, Baudemagu e todos os de sua casa assistem das janelas. Lancelot fere Meleagant: "Agora vos devolvi o ferimento que outrora me fizestes[7], mas não agi à traição."*
13. O duelo prolonga-se por muito tempo; os dois combatentes são ágeis e já perderam muito sangue. A respiração fica ofegante, os braços pesam. Meleagant sangrou abundantemente; começa a perder terreno, dominado por Lancelot. No calor tórrido, a rainha baixa o véu que lhe escondia o rosto e Lancelot, de olhos sempre voltados para ela, a vê a descoberto.
14. Fica tão ofuscado que por pouco a espada não lhe escapa da mão; não cessa de olhá-la, a ponto de perder a noção de si e portanto a vantagem sobre o adversário. Todos ficam estupefatos, pois visivelmente ele vai de mal a pior, ao passo que o outro lhe assesta grandes golpes e inflige-lhe numerosos ferimentos.

---

7. Cf. VI, 7.

15. Por longo tempo Lancelot levou a pior e mesmo os que nunca o tinham visto choravam de pena. Fora de si, Kai não consegue impedir-se de passar a cabeça pela janela e gritar:

– Ah, Lancelot, que aconteceu com a bela bravura com que fazíeis os mais encarniçados recuarem como covardes?

Ao ouvir essas palavras, Lancelot atira-se sobre Meleagant e acossa-o tanto que em alguns instantes o leva aonde quer; parece mais ágil que nunca e a consternação dos espectadores transforma-se em regozijo.

16. Meleagant demonstra fadiga e todos os que assistem julgam que ele está perdido. Então o rei diz à rainha:

– Minha senhora, prestei-vos honras e nunca vos contrariei; isso deveria valer-me um favor para o qual tendes poder. Meu filho está em uma situação desesperada. Isso não me aborrece, por Deus, contanto que não lhe cause a morte nem mutilação. Peço que vos digneis a pôr fim a esse combate.

– Com toda sinceridade, essa luta me entristeceu. Ide separá-los, é o que desejo.

17. Nesse entretempo Lancelot impeliu Meleagant e está com ele sob as janelas; ambos ouvem perfeitamente as palavras do rei e da rainha. No mesmo instante Lancelot pára de atacar e embainha a espada. Meleagant aproveita para aplicar-lhe um golpe traiçoeiro, mas nem por isso Lancelot volta atrás. O rei desce correndo e afasta o filho, que protesta:

– Deixai-me ter minha luta! Não vos ocupeis disto!

– Mas sim! – responde o rei. – Bem vejo que ele te mataria se persistisses. Tens de desistir agora!

– Podeis frustrar-me de minha luta, mas irei buscá-la com todas minhas forças onde pensar que obterei justiça.

18. Meleagant declara a Lancelot que, se este deixar o campo nessas condições, estará derrotado. O rei chama de lado o filho e propõe-lhe suspender a luta, ficando entendido que em uma data de sua escolha ele irá à corte do rei Artur e intimará Lancelot a decidir a desavença de ambos em um novo combate. A rainha jura sobre os corpos santos* que voltará com ele se conseguir conquistá-la nessa luta.

*Lancelot é acolhido friamente pela rainha.*

19-24. *Terminada a luta, Lancelot vai ter com a rainha, que o recebe friamente e não lhe dá explicações sobre essa atitude. Kai conta a Lancelot como o rei Baudemagu protegeu a rainha dos avanços de Meleagant. Lancelot comunica-lhe que no dia seguinte irá procurar Gauvan na Ponte sob a Água.*

*Desespero e noite de amor.*
25. Pela manhã Lancelot pôs-se a caminho para a Ponte sob a Água, com apenas sete dos exilados. Quando cavalgava para chegar à ponte, foi capturado por habitantes do país que julgavam estar obedecendo à vontade do rei; não se defendeu, porque estava desarmado e pensava que nada tinha a temer. Os que o prenderam foram levando-o até o rei e imediatamente o boato de sua morte espalhou-se até a corte de Baudemagu. Ao ouvi-lo, a rainha sentiu uma dor tão grande que por pouco não se matou, mas esperou para saber a verdade exata.
26. A rainha decide não mais se alimentar, arrasada principalmente por pensar que causou a morte de Lancelot, pois não quis dirigir-lhe a palavra. Ela se injuria e se recrimina: "Já que um cavaleiro como ele morreu por culpa minha, não tenho mais razão de viver." Recolhe-se ao leito para esconder sua aflição. O rei, compadecido, reconforta-a como pode, mas inutilmente. Ela permaneceu dois dias sem comer nem beber, diz o conto, e sua incomparável beleza ficou prejudicada. Enquanto isso os que trazem Lancelot se aproximam da corte.
27-31. *Corre então a notícia de que a rainha morreu. Na casa do vavassalo\* que lhes deu hospedagem, Lancelot decide matar-se, mas é impedido graças à vigilância dos homens que o capturaram. No dia seguinte, quando já estão próximos da capital, as notícias das duas mortes são desmentidas em toda parte.*
32. Eles entram na cidadela. A rainha sabe que Lancelot tentou matar-se. O rei manda jogar na prisão os que o haviam capturado, decidido a mandar matá-los. Lancelot implora-lhe que os perdoe e Baudemagu atende seu pedido. Depois leva-o até os aposentos da rainha, que o abraça. Os três sentam em uma cama, mas o rei teve a delicadeza de não lhes impor sua presença: disse que precisava se informar sobre a saúde de Kai.
33. Lancelot perguntou à rainha por que ela não quisera falar-lhe no outro dia. Foi porque ele deixara Londres sem sua permissão, diz a rainha, e Lancelot admitiu sua falta.
— Mas cometestes outra maior ainda — torna ela. E pede-lhe seu anel.
— Ei-lo, minha senhora — diz ele, mostrando-lhe o anel que estava usando.
34. Mas ela lhe mostra o anel que trazia no dedo e ele reconhece que é verdade: desola-se por haver usado o anel de outra, tira-o do dedo e joga-o por uma janela. A rainha conta como a damisela lhe trouxe seu anel e a incrível acusação que fez[8]; ele se lembra de tudo, descobre a ma-

---

8. Cf. XXIX.

quinação de Morgana, a traidora, e narra o sonho que teve e o episódio do resgate[9].

35. – Meu amigo querido – diz ela, ao ouvir a narração do sonho –, que eu perca a vida se algum outro além de vós dispôs de meu corpo! Ninguém além de vós deve ocupar vosso lugar em minha cama.

Ele pede que lhe conceda um encontro na próxima noite, pois há muito tempo não recebe esse favor; ela responde que deseja isso ainda mais do que ele e diz:

– Vamos aos aposentos de Kai. Vereis perto de meu leito uma janela com barras de ferro; esta noite podereis falar comigo por essa janela, sem entrar em meu quarto. Vireis pelo jardim, lá atrás; vou mostrar por onde entrareis mais facilmente.

36-37. *À noite, Lancelot "arranca as barras de ferro, sem o menor ruído, sem quebrar nenhuma, e entra pela janela".*

38. Quando Lancelot se esgueirou para dentro do leito, a rainha sentiu o sangue que lhe gotejava das mãos, cuja pele fora cortada pelas barras, e pensou que fosse suor; nenhum dos dois se deu conta. Então ela lhe contou sobre a morte de Galehot, da qual Lancelot nada sabia; ele teria sentido uma dor profunda, mas aquele não era o lugar. O prazer que desfrutaram mutuamente foi total. Ao aproximar-se o dia, separaram-se; Lancelot saiu do quarto, colocou as barras de ferro no lugar, recomendou sua senhora a Deus e foi deitar-se silenciosamente, sem ninguém ficar sabendo.

*Meleagant acusa Kai.*

39. Pela manhã, como de hábito, Meleagant foi ver a rainha. Ela ainda dormia; os lençóis estavam manchados do sangue de Lancelot. Ele vai até o leito de Kai, cujas feridas haviam-se aberto e sangrado abundantemente, o que lhe acontecia com freqüência durante a noite.

Meleagant diz à rainha, apontando-lhe o sangue em seu leito e no de Kai:

– Minha senhora, meu pai protegeu-vos muito bem de mim, porém muito mal do senescal Kai: é uma infidelidade pouco comum da parte de uma dama com vossa reputação desonrar o homem mais perfeito em proveito do mais covarde e para mim é uma grande humilhação vê-lo ser preferido. Valho mais do que ele, pois vos conquistei de armas na mão.

40-45. *A rainha nega a acusação: "Deus sabe que Kai nunca sujou com seu sangue este leito; simplesmente muitas vezes me acontece sangrar*

---

9. Cf. XXXII.

*pelo nariz."* Kai, *furioso, declara que "está pronto para isentar-se por julgamento ou por luta". Baudemagu chega com Lancelot, que se oferece para ser o campeão da rainha, pois Kai não está em condições de combater. Lancelot e Meleagant lutam. Quando vê que seu filho está derrotado e prestes a ser morto, Baudemagu solicita à rainha que ponha fim ao duelo. Lancelot obedece a contragosto.*

46. Os dois se separam, Meleagant coberto de vergonha e afirmando que matará Lancelot com as próprias mãos antes que ele saia do país.

– Fica sabendo – diz seu pai – que se o matares não receberás uma só polegada de meu reino: um traidor e assassino não será meu herdeiro após minha morte.

À noite, Meleagant saiu da cidade. Todos os que quiseram partir deixaram o país, pois o rei lhes deu livre passagem. Na manhã seguinte Lancelot parte em busca de sir Gauvan[10] com quarenta cavaleiros em armas, exilados ou habitantes do país.

47. O rei prescreve por todas suas terras que tenham para com Lancelot as mesmas atenções que para com sua própria pessoa. Mas, quando está a menos de sete léguas da Ponte sob a Água, Lancelot encontra um anão em um cavalo de caça branco; ele lhe diz:

– Senhor, saudações da parte de sir Gauvan. Ele vos comunica por meu intermédio uma mensagem secreta.

48-50. *Sob o pretexto de conduzir Lancelot até Gauvan, o anão leva-o, sozinho, até um castelo, onde ele cai em uma armadilha.*

51. Lancelot vê que é preciso obedecer: entrega-lhes sua espada e, ainda dentro do fosso, tem de tirar o elmo; depois sobem-no de volta para a superfície.

– Onde está Meleagant, o traidor que me mandou prender? – pergunta.

Dizem-lhe que Meleagant nada tem a ver com aquilo. Mas ele era realmente o instigador: de fato encontrava-se no castelo, sem aparecer. Depois que Lancelot foi desarmado, trancaram-no em um calabouço, no alto de uma torrezinha fortificada. Mas o conto pára um pouco de falar dele e volta aos que haviam partido em sua companhia à procura de sir Gauvan.

XL. *Os companheiros de Lancelot esperam-no em vão até a noite. No dia seguinte, retiram Gauvan da Ponte sob a Água, em um estado lamentável, e ele volta para a corte de Baudemagu. Ali, todos se inquietam com o desaparecimento de Lancelot. Por meio de uma carta mentirosa, Meleagant faz a rainha acreditar que Lancelot voltou para a corte de Artur. Lá*

---

10. Cf. 25.

*chegando, ela descobre, em meio à aflição geral, a mentira do traidor. Bohort volta por sua vez à corte, em cima da carroça, sempre conduzida pelo anão. Desafia os que outrora se recusaram a comer ao lado de Lancelot e derruba sucessivamente Sagremor, Lucan o Escanção, Bedoier e Kai. Então Gauvan (que também deixou o país de Gorre junto com a rainha), o rei, a rainha e os cavaleiros sobem na carroça, que perde assim seu cunho infamante. Pela damisela da Dama do Lago a rainha tem notícias de Lancelot e, para revê-lo, pede ao rei que anuncie para dali a quinze dias um torneio em Pomeglai.*

O torneio de Pomeglai.
XLI. 1. Lancelot, diz o conto, está prisioneiro no castelo do senescal de Gorre, que gosta muito dele: tem de tudo à vontade, sem sair. Mas a notícia do torneio espalhou-se tão depressa que ele toma conhecimento e fica consternado por não poder participar. O senescal não permanecia muito no castelo, mas sua mulher, uma dama bela e cortês, ali residia permanentemente. A prisão não pesava muito a Lancelot; todo dia ele saía da torre e comia com a dama, que o estimava pelas maravilhosas façanhas que ouvira contar a seu respeito.

2. Mas, quando se aproximou o dia da assembléia*, Lancelot ficou mais triste e pensativo que de hábito. A dama, vendo que se alimentava sem apetite e que sua beleza se fanava, perguntou-lhe o que tinha.

– Minha senhora, sabei que não beberei nem comerei pelo bem de minha saúde se não assistir à assembléia* anunciada. Eis aí a razão de minha tristeza.

– Lancelot, se alguém vos permitisse assistir ao torneio, receberia uma bela recompensa por isso?

– Oh, sim, minha senhora, tudo o que eu possuir.

– Se me concedêsseis um dom* que vos pedirei, eu vos deixaria ir e vos forneceria armas e um bom cavalo.

3. No auge da alegria, ele concorda.

– Sabeis o que me concedestes? – pergunta ela. – Vosso amor.

Ele não sabe o que dizer: se rejeitá-la, receia perder a assembléia*; se lhe conceder seu amor, estará enganando-a, pois ela exigirá o restante. Refletiu durante longo tempo.

– Que me respondeis? – pergunta ela.

– Minha senhora, não sofrereis recusa alguma daquilo que possuo, pois bem o merecestes.

– Concedeis-me vosso amor?

– Minha senhora, concedo-vos o que posso sem ser contestado.

4-8. *Lancelot recebe da senhora do castelo o cavalo e as armas do senescal e parte para o torneio, mediante a promessa de voltar quando este terminar. Luta incógnito e "faz maravilhas, despertando a admiração de todos". Ao saber que um cavaleiro morto por ele é o senescal do rei Claudas, "rende graças a Deus: foi vingado sem saber". Reconhecendo Lancelot, a rainha "fica feliz e cogita em iludir sir Gauvan e os outros".*

9. Então ela chama uma de suas donzelas, não ousando abrir-se com ninguém sobre seu projeto, pois a senhora de Malehaut estava em seu país, atingida por uma doença mortal, e ela não tinha outra confidente.

– Ide até aquele cavaleiro – fala para a donzela – e dizei-lhe que doravante ele lute o pior possível, depois de haver feito o melhor, e que desejo um terrível fracasso onde ele teve sucesso.

A donzela vai até o cavaleiro e transmite o recado. Pegando uma lança que seu escudeiro carregava, ele ataca um cavaleiro na justa*, erra o golpe, mas o cavaleiro atinge-o e derruba-o de costas sobre a garupa do cavalo, de tal forma que só com muita dificuldade ele torna a erguer-se.

10-13. *Nesse dia Lancelot luta alternadamente "o melhor possível" e "o pior possível", segundo a rainha vai lhe ordenando. Terminado o torneio, os da casa de Artur ficam sabendo "que aquele era Lancelot e que lutara covardemente para zombar deles". Sempre incógnito, ele volta para sua prisão.*

14. Mas, quando Meleagant, o pérfido, soube que ele estivera na assembléia*, ficou furioso e jurou que o prenderia num lugar de onde não conseguiria sair: mandou construir uma torre perto da marca de Gales, em um pântano onde qualquer imprudente que adentrasse era tragado até o fundo. Da casa do guardião, um servo de Meleagant, um regato corria até a torre; Lancelot foi encarcerado nela. Mandavam-lhe alimento em uma barquinha e ele a puxava para o alto por meio de uma corda. A torre não tinha porta, apenas uma janelinha por onde ele pegava o pão e a água, mas em quantidade insuficiente para acalmar a fome.

15. Apenas Meleagant e o servo estavam a par da presença de Lancelot na torre. Satisfeito com sua traição, Meleagant sai de Gorre e vai para a corte do rei Artur; encontra-o em Londres e apresenta-se a ele:

– Rei Artur, é fora de dúvida que este ano mesmo conquistei a rainha contra o senescal Kai, mas Lancelot foi buscá-la; travou-se a luta entre nós dois e seu desfecho foi que o deixei levar consigo a rainha. Ele então me jurou sobre os corpos santos* que lutaria comigo quando eu viesse desafiá-lo; a rainha jurou que me acompanharia se ele fracassasse em defendê-la. Vim desafiá-lo, mas não o estou vendo aqui. Se estiver aqui, que apareça: um cavaleiro como ele não deve recuar.

16. Reconhecendo Meleagant, o rei tratou-o com todas as honras, por afeição a seu pai.

– Meleagant, Lancelot não está aqui e não o vi desde que ele foi à procura da rainha e desde quase um ano antes. Esperai aqui quarenta dias; e, se ele não chegar nesse entretempo, retornai à vossa terra e voltai no fim do ano; se ele não lutar convosco ou um outro em seu lugar, tereis a rainha.

Ele diz que assim fará e não deixa a corte. Aqui o conto não fala mais do rei nem de Meleagant e sim de uma irmã sua.

XLII. *Evasão de Lancelot e punição de Meleagant.*

1. Meleagant tinha uma irmã da qual o conto já falou anteriormente: aquela a quem Lancelot concedeu a cabeça do cavaleiro morto por ele. O encarceramento de Lancelot muito a afetava. Quando a torre do pântano foi construída, entendeu que Meleagant só a fizera para emparedar Lancelot.

2-12. *A irmã de Meleagant, que o odeia, vai na barquinha até a torre, levando corda e picareta, e assim possibilita a fuga de Lancelot. Hospedado pela jovem, ele "recupera o vigor e a beleza". Um mensageiro que ela envia à corte informa que Meleagant está instalado lá, aguardando o quadragésimo dia, como o rei sugeriu. Com armas e cavalo fornecidos pela jovem, Lancelot chega à corte quando Bohort e Gauvan estão se apresentando para lutar em seu lugar. Meleagant, que não sabe de sua libertação, "fica abismado". Ambos lutam; Lancelot não atende ao pedido de Artur para que poupe Meleagant e, por ordem da rainha, corta sua cabeça. Toda a corte recebe-o "com um regozijo indescritível"; durante a ceia, o rei designou-lhe o lugar de honra em sua mesa.*

## QUARTA PARTE
## DEPOIS DA CARROÇA

*Lancelot acusado de traição.*
XLIII. 1. O rei faz uma grande acolhida festiva a Lancelot, a quem não via há longo tempo. Dirigindo-lhe a palavra, pergunta o que lhe aconteceu desde então. Foi tudo bem, graças a Deus, responde ele, pois está em perfeita saúde. Durante a conversa, eis que chega ao salão* um cavaleiro armado dos pés à cabeça.

2-7. *Esse cavaleiro, um primo de Meleagant, acusa Lancelot de deslealdade: "No momento em que ele vos implorou misericórdia e o matastes, fostes desleal e covarde." Desafia Lancelot a defender-se lutando com ele na corte de Baudemagu "no dia de Madalena". Depois parte, levando o corpo de Meleagant escoltado "por mais de vinte cavaleiros em armas". Lancelot fica sabendo que Lionel está à sua procura "há mais de meio ano". Após a ceia o rei pede a Lancelot que conte suas aventuras\* e "imediatamente mandou registrá-las por escrito, para que sua lembrança se conservasse após a morte deles".*

8. Nessa atmosfera de alegria e de festa o rei Artur reteve Lancelot a semana inteira; não houve divertimento nem comemoração de que ele não participasse. Obteve a plena posse de sua senhora, fonte de todo prazer.

9. No final da semana, quando chegou a hora de Lancelot partir, todos se entristeceram. A rainha derramou copiosas lágrimas, mas tão discretamente que ninguém ficou sabendo. Segunda-feira de manhã Lancelot assistiu à missa, armou-se, montou a cavalo e deixou a corte sem ninguém saber, exceto a rainha. Cavalgou o dia todo, sem encontrar aventura* digna de ser lembrada, e passou a noite em casa de um morador da floresta. Na manhã seguinte, retomou seu caminho e entrou em uma floresta chamada Pinheiral.

10. *Nessa floresta um cavaleiro afirma a Lancelot que a rainha é "a mulher mais desleal que existe".*

11. – Vou dizer-vos como sei disso. Recentemente eu estava na corte do rei Artur, quando lá chegou uma damisela anunciando que Lancelot estava morto e que suplicara o perdão do rei por haver dormido com sua mulher. Desse fato a damisela apresentou provas que forçaram à convicção de culpa.

– Quais provas? – pergunta Lancelot.

– O anel que a rainha havia dado a Lancelot como penhor de amizade amorosa: a damisela apresentou-o a ela, para que lhe dessem crédito. A rainha não negou; confessou diante de todos que amara Lancelot e lhe dera o anel. O fato ficou evidente, tal como vos estou contando.

12-17. *Para provar a honradez da rainha, Lancelot luta com o cavaleiro. Vence-o e, em troca de poupar-lhe a vida, exige que vá à corte "pedir perdão a minha senhora a rainha pelas palavras insultuosas que proferistes contra ela; e se ela perguntar quem vos enviou dizei-lhe que foi seu cavaleiro".*

18. – Para onde estáveis indo? – pergunta Lancelot.

– Ia para um torneio que terá lugar amanhã cedo à beira desta floresta. Os cavaleiros do Castelo das Damas organizaram-no contra os do Castelo das Donzelas e haverá amanhã uma multidão de homens de bela cavalaria\*. Vou embora, mas antes vos pedirei, por favor, para me dizerdes quem sois.

– Perguntai a minha senhora a rainha e ela vos dirá – responde Lancelot.

19-53. *Lancelot mata em duelo o cavaleiro de Plessi, que feriu Dodinel o Selvagem. Depois vence Meliaduc o Negro, que odeia a rainha porque ela causou indiretamente a morte de seus dois irmãos, e envia-lhe o vencido. No torneio do Castelo das Damas Lancelot se vê diante de Hector e Lionel e só os reconhece, mortificado, depois da justa\* que os opôs.*

XLIV. *Começam aqui vários capítulos dedicados a Bohort. Ele se faz campeão da damisela de Honguefort, despojada de suas terras pelo tio, Galides. Bohort vence o senescal de Galides e manda-o entregar-se em Honguefort, onde a damisela causa-lhe a morte com a máxima crueldade: usa uma catapulta para lançá-lo no meio de seus homens.*

XLV. *Recebido com honras em Honguefort, Bohort fere mortalmente em duelo o sobrinho de Galides; enfrenta com sucesso outros adversários e o próprio Galides. A mensageira da Dama do Lago convida-o a estar* "sete dias depois de domingo" na saída da floresta de Roevent. É hospedado por Maradoc o Moreno.

XLVI. Galides faz as pazes com sua sobrinha e conta-lhe que Bohort não quer encontrá-la novamente, indignado por ela ter castigado com tanta selvageria o senescal. Imediatamente a sobrinha parte em busca de Bohort para pedir-lhe perdão.

XLVII. 1-43. Bohort livra a filha do rei Agripe das tiras de ferro com que o rei Vadalon a prendeu por vingança: ela havia envenenado a fonte que abastecia de água o castelo desse rei, em guerra contra Agripe. Mas Bohort não se arrisca a arrancar a espada que transpassa a mão de um cavaleiro. Derrota Agravan, que afirmava com aspereza que Gauvan era o melhor cavaleiro do mundo, título que em sua opinião cabia a Lancelot. No torneio do castelo da Marca, organizado pelo rei Brangoire, Bohort desperta a admiração de todos.

44. Bohort é acolhido com entusiasmo; as damiselas desarmam-no e lavam-lhe o pescoço e o rosto, que a armadura sujou bastante. A filha do rei manda trazerem-lhe um rico traje de seda vermelha, forrado de arminho. O rei ordena que as mesas* sejam montadas nos prados e que armem perto de um pinheiro dois magníficos pavilhões. Em um deles colocam uma cadeira de ouro e a mesa dos doze pares, no outro a mesa reservada para o rei e seus cavaleiros mais antigos.

45. Conduzem Bohort ao pavilhão e fazem-no ocupar a cadeira de ouro; ele fica tão confuso que enrubesce, mas com isso só fica mais belo. Iguarias variadas passam pela mesa; os doze pares servem a Bohort o primeiro prato, de joelhos, e vão tomar seus lugares à mesa. Em seguida as damas servem o segundo prato, o rei e seus cavaleiros servem o terceiro, as damiselas os seguintes e a filha do rei a última iguaria, ou seja, as especiarias. Depois de retirarem as mesas, tiveram início as danças de roda pelos prados. Todas as damiselas estavam ricamente adornadas; eram mais de cem e belíssimas, mas a filha do rei superava a todas em graça e beleza; só perdia para a filha do Rei Pescador, segundo diziam.

XLVIII. *A princesa enamorada de Bohort.*
1. Terminado o festim, o rei ergue-se e diz a Bohort:
– Senhor, vosso valor e vossa bravura excepcionais fizeram que fôsseis eleito o melhor cavaleiro de todos os que participaram desse torneio. Não é uma honra pequena: tendes o privilégio de escolher para vós a mais

bela destas damiselas, com todos os domínios e riquezas que ela possuir. Tendes ainda mais a fazer: dar a estes doze cavaleiros aqui presentes doze destas damiselas, à vossa escolha.

2-3. *Bohort delega ao rei essa tarefa. Também se esquiva de escolher para si uma das jovens: "Engajei-me em uma busca e não posso tomar esposa antes de encerrá-la."*

4. O rei acata seu parecer e escolhe as doze damiselas para os doze cavaleiros. Sua filha, frustrada, sente a morte na alma, mas não deixa isso transparecer e pergunta-se, tão surpresa como as outras, por que o cavaleiro não a escolheu. As damiselas comentam entre si que esse cavaleiro teria direito ao nome de Belo Tímido, pois não reservou para si a mais bela criatura do mundo.

5-48. *Em honra da princesa, cada cavaleiro faz a promessa extravagante de realizar uma louca façanha. A jovem, perdidamente apaixonada por Bohort, que declinou da oferta de desposá-la, abre-se com sua governanta\*. Graças a um anel que esta dá a Bohort da parte da princesa, ele a conhece carnalmente – episódio simétrico (embora menos desenvolvido) ao da filha do rei Peles e sua governanta Brisane, que leremos em LXXVIII. Dessa união nascerá Helan o Branco, futuro imperador de Constantinopla. Ao deixar a jovem, Bohort aceita o broche que ela lhe pede que use como penhor de seu amor. Prosseguindo sua cavalgada, durante a qual evita encontrar-se com a senhora de Honguefort, sempre à sua procura, ele salva a damisela de Glocedon: alguns devassos estavam prestes a afogá-la, por ordem de um cavaleiro que desejava vingar a morte do irmão, que se apaixonara por essa damisela e fora morto pelo amigo dela.*

### XLIX. Lancelot leva consigo o corpo de Galehot e salva da fogueira a irmã de Meleagant.

1. Fazia muito calor, diz o conto, no dia em que Lancelot entrou na floresta de Sarpenic, mas nem por isso ele parou de cavalgar até a hora nona\*. Não encontrou vivalma até o cair da tarde, mas, ao sair da floresta, deparou com uma damisela que se lamentava; ela montava um palafrém negro, com arnês riquíssimo e sela lavrada da Inglaterra. Ambos trocam saudações e Lancelot acrescenta:

– Damisela, dizei-me, por favor, por que estais chorando. Se eu puder ajudar-vos a recobrar sossego, hei de empenhar-me nisso com todas minhas forças.

2. – Por Deus, senhor, vou dizer-vos. Todos sabem que Meleagant, o filho do rei Baudemagu, foi à corte de Artur para conquistar a rainha Guine-

vere. Nesse entretempo, uma damisela que era sua irmã conseguiu fazer Lancelot evadir-se de uma torre onde Meleagant o encerrara. Depois de libertá-lo, reteve-o consigo até que se curasse; então enviou-o à corte do rei Artur, onde ele matou Meleagant, como bem sabemos. Mas, quando seus parentes souberam que ela havia tirado Lancelot da prisão, afirmaram que assim fizera para eliminar Meleagant. Capturaram-na e acusaram-na da morte de Meleagant, dizendo que, se ela não encontrasse um campeão, haveriam de justiçá-la como irmã responsável pela morte do irmão.

3. "Ela disse que encontraria um defensor e marcou a data em que levaria um cavaleiro para defender sua causa. Pôs-se a procurá-lo por toda parte, mas não encontrou um único que ousasse tomar das armas contra aquele que a acusara. O prazo termina hoje, sem que ela tenha um campeão; por isso alguns dizem que ela está sofrendo pelo crime que lhe imputam. Condenaram-na à fogueira, creio que amanhã de manhã. É por isso que eu chorava amargamente, pois era uma das damiselas mais corteses do mundo e de maior mérito."

4-5. *Como a irmã de Meleagant se encontra "a apenas seis léguas inglesas" dali, Lancelot vai passar a noite em um monastério próximo. Antes de comer dirige-se à igreja, "pois não entrou em nenhuma durante o dia todo".*

6. Cruza a soleira da igreja para fazer uma prece, quando vê a grade do coro, em prata ricamente trabalhada, e atrás dela cinco cavaleiros em armas, portando elmo, espada em punho, como se esperassem um ataque. Lancelot fica perplexo; prontamente põe-se de pé, caminha até eles, saúda-os e eles lhe dão as boas-vindas.

7. Por um portãozinho ele passa a grade; então vê perto dos cavaleiros um túmulo de valor inestimável, todo de fino ouro, com pedras preciosas que valiam mais que um grande reino. Lancelot se pergunta, maravilhado, quem pode ser o príncipe que ali jaz.

8. Interroga os cavaleiros, que lhe respondem:

– Senhor, somos os guardiães do corpo que jaz nesta sepultura, para que não o levem daqui; somos cinco para guardá-lo de dia e outros cinco de noite. Um dos frades daqui, de grande sabedoria e vida santa, disse-nos que em breve viria um cavaleiro que o levaria à força e o tiraria deste país. E nós, pessoas desta terra, preferimos morrer a que ele nos seja arrebatado.

9. – Dizei-me, esse a quem deram tão nobre sepultura foi um príncipe nobre?

– Foi um homem nobre e poderoso, e também o homem mais sábio de sua época, senhor. Se sabeis ler, senhor, podeis ver: seu nome está escrito no alto dessa lápide.

10. Lancelot aproxima-se e lê a inscrição: "Aqui jaz Galehot, filho da Giganta, senhor das Ilhas Longínquas, que faleceu por afeição a Lancelot." Então cai sem sentidos e permanece longo tempo estirado no solo. Os cavaleiros acorrem para erguê-lo, sem entenderem o que está acontecendo. Voltando a si, ele brada:

– Ai de mim! Que dor e que perda! – Bate os punhos um contra o outro, arranha o rosto até sangrar, puxa os cabelos, dá grandes socos na testa e no peito, de causar piedade. Injuria-se e maldiz a hora em que nasceu:

– Ah, Deus, que dano e que perda essa do homem mais perfeito deste mundo, morto por causa do mais vil e mais miserável cavaleiro que já existiu!

11-13. *Desesperado, Lancelot decide ir buscar sua espada e matar-se. Ao sair da igreja, depara com uma mensageira da Dama do Lago.*

14. – Ela deseja que retireis daqui o corpo de Galehot e mandeis transportá-lo em uma padiola até a Guarda Dolorosa, e que seja colocado no mesmo túmulo em que vistes inscrito vosso nome. É a vontade dela, pois sabe que lá será enterrado vosso corpo.

Essas palavras são para Lancelot uma fonte de apaziguamento; são notícias reconfortantes, diz ele, e seguirá tais conselhos. Depois pergunta como vai sua senhora.

15. – Palavra de honra – responde a damisela –, durante oito dias ela ficou transtornada, porque lera em seus sortilégios que assim que descobrísseis o túmulo de Galehot vos mataríeis sob efeito da dor, se não fôsseis dissuadido. Eis por que me enviou para cá: roga-vos que acabeis com vosso desespero e vos acalmeis; senão, quando precisardes dela, não tereis seu auxílio.

– Vou recobrar ânimo, já que assim ela quer.

16-20. *A mensageira tenta inutilmente convencer os guardiães a entregarem o corpo de Galehot. Lancelot mata dois deles; o terceiro e o quarto fogem, feridos.*

21. Então Lancelot volta para o último e com um golpe de espada faz seu elmo voar longe. Com a cabeça desprotegida, ele implora piedade.

– Vais prometer – diz Lancelot – que conduzirás o corpo de sir Galehot à Guarda Dolorosa e lá o velarás até eu chegar. Se te perguntarem quem te enviou, responderás: aquele que portava armas brancas no dia em que o castelo foi conquistado. – O cavaleiro assim promete.

22-25. *Lancelot retira da tumba o corpo de Galehot e o prisioneiro leva-o para a Guarda Dolorosa. Lancelot retorna à abadia, onde pernoita. Na manhã seguinte, a mensageira da Dama do Lago conta-lhe que se encontrou com Bohort e que este está à sua procura. Por intermédio da dami-*

*sela, Lancelot envia a Bohort uma espada que pertenceu a Galehot. Depois se dirige para o local onde está a irmã de Meleagant.*

26. Observando os campos fora da cidade, vê uma grande azáfama em torno da fogueira onde deviam queimar a irmã de Meleagant. Galopa para lá a toda velocidade. Ao chegar, constata que a damisela já foi levada para o local do suplício, vestida apenas com uma camisa. Seis miseráveis seguravam-na e só esperavam a ordem dos juízes para atirá-la no braseiro. Ela chorava copiosamente e lamentava a ausência de Lancelot:

27. – Ai de mim, nobre cavaleiro Lancelot, quisesse Nosso Senhor que soubésseis o que me está acontecendo e estivésseis a apenas meia légua daqui! Sem a menor dúvida, com a ajuda de Deus e vossa, esta tarde mesmo eu estaria livre! Mas de nada sabeis e terei de morrer por vos haver salvado a vida. Meu consolo é que com minha morte as damiselas ganharão por não lhes faltar vosso auxílio, em memória de mim: sois tão nobre que vos agradecerão todas as que me invocarem em seu favor.

28-31. *Sem identificar-se, Lancelot luta com o cavaleiro que comanda os acusadores, derrota-o e joga-o na fogueira. Os outros entregam-lhe a irmã de Meleagant sã e salva e, a seu pedido, Lancelot acompanha-a até o castelo onde ela o abrigara durante vários dias.*

32-38. *Dali Lancelot dirige-se para a corte de Baudemagu a fim de inocentar-se da acusação de ter matado Meleagant à traição.*

L. 1-42. *No caminho ele tenta reencontrar um escudeiro que foi raptado por Arramant, mas os raptores furtaram suas armas. Um cavaleiro, Grifon do Mau Passo, cede-lhe as suas. Graças a uma velha que lhe indica o caminho certo, com a condição de que ele a seguirá na hora que ela escolher, Lancelot alcança Arramant, derruba-o e reconcilia-se com ele. Um morador da floresta conta-lhe sobre a desolação da corte, onde o julgam morto porque não o vêem desde que partiu para o reino de Gorre a fim de libertar a rainha. Em casa de um velho cavaleiro que o hospeda, encontra Banin, gravemente ferido depois de enfrentar três cavaleiros. Finalmente, chega à corte de Baudemagu e mata em duelo Argodras o Ruivo, seu acusador.*

*Lancelot não revela a Baudemagu que matou Meleagant.*

43. Lancelot tira o elmo e o rei Baudemagu, ao vê-lo, corre beijá-lo. Mas Lancelot lhe diz:

– Ah, senhor, por Deus, não me acolhais com tanta alegria! Se soubésseis o mal que vos causei, haveríeis de odiar-me mais que a qualquer homem no mundo.

– Ah, Lancelot, não faleis mais nada: adivinho o que pretendeis dizer e não quero ouvir: isso refrearia meu júbilo e enquanto estiverdes comigo desejo afastar todo motivo de aflição. Há no mundo apenas uma coisa que pode me acabrunhar e creio que já aconteceu. Como me recuso a saber da verdade, rogo que não me faleis uma só palavra sobre isso. Vamos contentar-nos com nossa felicidade presente: estais aqui; primeiro deve vir a alegria e só depois os motivos de aflição.

44. Assim o rei Baudemagu se consola corajosamente, mesmo acreditando que seu filho está morto; mas nada deixa transparecer, por causa de sua profunda afeição por Lancelot. Aceitaria todas as desgraças que Lancelot lhe infligisse, exceto a desonra, para tê-lo como companheiro todos os dias de sua vida. No entanto não ousa pedir-lhe isso. Quando os altos barões de Gorre reconhecem Lancelot, prodigalizam-lhe todas as mostras de contentamento e desarmam-no. O rei Baudemagu jura que não o deixará partir no mesmo dia e Lancelot, querendo ou não, tem de concordar em ficar.

45-56. *Lancelot vence Parides, que queria dar à força um beijo em uma damisela[1] e chega à Guarda Dolorosa.*

*Lancelot enterra Galehot na Guarda Dolorosa.*

57. Quando Lancelot chegou e viu o corpo de Galehot, não pergunteis se ficou arrasado de tristeza: todos os que estavam presentes pensaram que ele fosse morrer ali mesmo. Quando as pessoas do castelo o reconheceram, também se comoveram com sua aflição. Ordenou que preparassem a mais rica sepultura de que falariam no futuro.

– Por Deus – diz uma dama idosa –, há neste castelo a mais rica sepultura que existe no mundo, mas não sabemos bem onde está. Se quereis encontrá-la, mandai vir todas as pessoas idosas da região e delas obtereis informações úteis.

58. Lancelot manda buscar os anciãos da região. Eles afirmaram que a sepultura ficava na capela principal, sob um altar.

– É a mais rica do mundo – disseram –, feita outrora para o rei Narbaduc, que estabeleceu depois de Maomé os artigos de fé ainda observados pelos sarracenos. Como este castelo era a mesquita dos infiéis antes da chegada de José de Arimatéia ao país, enterraram aqui o rei e colocaram-no na sepultura que consideravam como um lugar sagrado. Quando a cristandade triunfou, o corpo foi retirado e lançado nos fossos fora da cidade; porém deixaram a sepultura intacta.

---

1. Voto de um dos cavaleiros de Brangoire, cf. XLVIII, 5 ss.

59. Lancelot manda retirarem o túmulo de onde estava e, ao vê-lo, valoriza-o no mais alto grau: não havia nele ouro nem prata, era todo feito de pedras preciosas engastadas tão artisticamente umas nas outras que dificilmente um mortal poderia passar por autor de tal obra-prima. Depois de transportado para onde Lancelot encontrara seu nome, colocaram-no diante de um nicho de mármore e nele depositaram o corpo de Galehot em armadura completa, como era costume naquela época. O próprio Lancelot deitou-o no túmulo, depois beijou-lhe os lábios três vezes, tão angustiado que seu coração quase se rompeu no peito; cobriu-o com uma rica seda trabalhada em ouro e pedras preciosas e colocou por cima a laje. Em seguida saiu do castelo, recomendou a Deus seus habitantes e deixou ali a damisela que trouxera consigo.

60-61. *Lancelot vai para Camelot, onde é acolhido com regozijo.*

LI. *Bohort salva Lambegue, que dez cavaleiros estavam levando por ordem de um senhor cujo filho ele matara para vingar a morte de um de seus companheiros. A damisela da Dama do Lago entrega a Bohort a espada que Lancelot lhe enviou[2]. Ele perdoa a damisela de Honguefort por sua crueldade[3]. Alguns cavaleiros dão-lhe informações sobre Lancelot, mas ele chega tarde demais à Guarda Dolorosa e não o encontra.*

---

2. Cf. XLIX, 25.
3. Cf. XLIV.

QUINTA PARTE

## OS DEZ E DEPOIS OS QUINZE
## À PROCURA DE LANCELOT

*Baudemagu toma conhecimento da morte de seu filho.*
LII. 1. Quando Parides, diz o conto, deixou Lancelot[1], cavalgou o dia inteiro, apesar de seu ferimento, e à tarde chegou à abadia\* onde Lancelot passara a noite[2]. Havia ali um frade de idade avançada, perito em curar ferimentos; à noite ele untou o de Parides com um ungüento cuja eficácia conhecia. Na manhã seguinte, Parides pôs-se novamente a caminho para Wissant. Lá encontrou o rei Baudemagu no meio de seus barões. Ajoelhou-se à sua frente, depois de saudá-lo, e disse:

– Senhor, Lancelot do Lago participa-vos que matou vosso filho Meleagant, implora vosso perdão por meu intermédio e envia-me a vós para anunciar-vos isso.

2. A essas palavras, uma dor pungente invade o coração do rei, pois já não tinha mais filho; cai desfalecido e os barões acorrem para segurá-lo. Tem início então uma lamentação que teria abafado o trovão do céu; a notícia deixa todos em lágrimas. Quando recobra os sentidos o rei, em prantos, pergunta a seus barões se sabem onde está o corpo.

– No castelo das Quatro Pedras – respondem.

– Irei – diz ele. Manda seus homens montarem nos cavalos mas o cavaleiro ficar ali mesmo, em razão de seus ferimentos.

3. Cavalga o dia inteiro e a noite inteira para chegar no dia seguinte ao castelo das Quatro Pedras. Encontrou no salão o corpo de seu filho, a cabeça separada do tronco, uma e outro embalsamados com substâncias aromáticas.

---

1. Cf. L, 45-56.
2. Cf. XLIX, 24.

4. Quando viu o corpo do filho e segurou nas mãos a cabeça coberta de feridas, beijou-a por tão longo tempo quanto conseguiu permanecer em pé; mas seu coração cedeu à intensidade da dor e ele perdeu os sentidos. Voltando a si, entregou-se ao desespero, deplorando com ternura a perda do filho. Eu não saberia descrever a dor que o aniquilou o dia todo, insensível às consolações, entregue às lágrimas e ao luto.
5-6. *Meleagant é sepultado em um eremitério. O conto "volta a Lancelot do Lago e ao rei Artur".*

LIII. *Lancelot tira a rainha das mãos de Bohort.*
1-2. Durante uma caçada da qual a rainha participa juntamente com damas e cavaleiros, Bohort, para cumprir o juramento insensato feito após o torneio no castelo de Brangoire[3], decide apoderar-se da rainha.
3-7. *Sem ser reconhecido e chorando de tristeza, Bohort declara à rainha que deve, a contragosto, cumprir seu compromisso. Derruba dos cavalos sucessivamente Kai, Sagremor e Dodinel o Selvagem, que tentam defendê-la.*
8. Então o cavaleiro toma distância para justar* contra Lancelot e este faz o mesmo. Quando vai pôr-se em movimento, eis que acorre à sua frente em um palafrém uma mulher idosa que se aproxima, segura-o pelo freio e diz:
– Senhor cavaleiro, deveis cumprir vosso juramento. Quando andastes à procura do cavaleiro vermelho, prometestes que, se eu o indicasse, me seguiríeis imediatamente quando eu assim pedisse[4]. Agora venho lembrar-vos disso. Deveis seguir-me sem tardança; senão, sois perjuro e perdestes toda honra aos olhos do mundo.
9-24. *Entretanto a velha dá a Lancelot tempo para concluir seu duelo; ele fere gravemente Bohort. A rainha manda Kai seguir Lancelot, que teve de acompanhar a anciã; ele o encontra às voltas com três cavaleiros e retorna até a rainha para tranqüilizá-la: Lancelot está são e salvo. Na Fonte das Fadas, Guinevere manda Sagremor e Dodinel irem pedir víveres em casa de Matamas. Uma damisela convida Dodinel a segui-la.*

LIV. *Sagremor devolve a um monteiro seu cãozinho perdigueiro que lhe fora roubado, liberta Calogrenant que estava acorrentado em um pavilhão, devolve a seu amigo uma damisela que acaba de ser-lhe raptada. Vê-se obrigado a lutar com Matamas e seus homens, que o receberam com*

---

3. Cf. XLVIII, 5-48.
4. Cf. L, 1-42.

hostilidade e o aprisionaram; mas a filha de Matamas, com pena do prisioneiro, leva-lhe comida às escondidas⁵.

LV. *Dodinel toma a defesa de uma damisela ultrajada; derrota o cavaleiro culpado, Maruc o Ruivo, e envia-o à rainha.*

LVI. *Grifon do Mau Passo exige de Lancelot suas armas*⁶. *Ao ver pendente da sela de Grifon uma cabeça de cavaleiro, recém-decapitada, Guinevere julga que é a cabeça de Lancelot e dá livre curso à sua dor. Por ordem dela Kai persegue Grifon, mas é vencido por ele e feito prisioneiro.*

LVII. *Equívoco e dor da rainha.*

1. A rainha, diz o conto, ficou esperando longo tempo na Fonte, para saber se um de seus cavaleiros viria, sem parar de chorar e entregue à inquietude, maldizendo a hora e o dia em que viera ao mundo. Todas as damas estavam em lágrimas, mas depois da hora nona* o cavaleiro ferido que derrubara os três companheiros⁷ esforçou-se para falar e perguntou-lhes por que se lamentavam daquela forma.

2-4. *A rainha explica a Bohort que estão chorando pela morte de Lancelot. Ele também se desespera.*

5. Assim oprimida de dor, a rainha permaneceu na Fonte até a hora nona*; então voltou a Camelot e, ao entrarem na cidade, proibiu a todos de falarem sobre Lancelot:

– Eu mesma nada direi até a hora em que os companheiros da Távola Redonda estiverem sentados para jantar; então lhes contarei tudo o que nos aconteceu hoje e eles ficarão muito tristes.

Aqui o conto deixa de falar a respeito da rainha e dos que a acompanham e volta a Lancelot, que se separou de Grifon depois de dar-lhe suas armas.

LVIII. *A velha que forçou Lancelot a segui-la*⁸ *leva-o ao país de Estrangore, onde o aguardam. Cuida dele na casa de um morador da floresta.*

LIX. *Má aventura\* de Dodinel.*

---

5. Como acontece em: XIV, auxílio recebido por Gauvan; LXXX, auxílio a Ivan; LXXXIII, auxílio a Lancelot.
6. Cf. L, 1-42.
7. Bohort, cf. LIII, 4-6.
8. Cf. L, 1-42, e LIII, 8.

1. Depois que Dodinel o Selvagem, diz o conto, deixou Maruc o Ruivo[9], cavalgou seguindo a damisela até o entardecer. Chegaram então a um rio de águas profundas e sombrias; por cima dele havia uma prancha, tão estreita que tornava perigosa a passagem. A damisela apeia e amarra seu cavalo a uma árvore da margem; Dodinel pergunta-lhe o que deve fazer de seu próprio cavalo.

– Tendes de deixá-lo aqui – diz ela. Sobe audaciosamente na prancha, como costumava, e depois convida Dodinel a segui-la. Ele sobe por sua vez na prancha e sente vertigens; vai avançando, inseguro.

2-4. *Dodinel acaba caindo no rio e esforça-se para sair, atrapalhado pelo peso da armadura. Surge um vilão\* que se recusa a ajudá-lo, declarando que "os vilões\* não devem ajudar os cavaleiros a levarem a termo suas aventuras\*, pois os cavaleiros ficariam desconsiderados". Por fim Dodinel consegue voltar para a margem e não vê mais a jovem a quem acompanhava.*

5. Então avista na orla de um bosquezinho um pequeno castelo de bela aparência. Dali sai um cavaleiro armado dos pés à cabeça e que avança para ele, ainda tão mal por causa da água que bebeu que não consegue permanecer em pé. O cavaleiro intima-o a render-se, mas Dodinel não está em condições de reagir. O outro arranca-lhe o elmo e ameaça cortar sua cabeça caso não se renda; mas Dodinel continua sem forças para responder. Vendo isso, o cavaleiro manda que seus homens o aprisionem em seu castelo, chamado Langue. Mas aqui o conto deixa de falar dele e volta para a rainha, que entrou em Camelot.

LX. *Saída à procura de Lancelot.*

1-7. *De volta à corte, a rainha, depois de cuidar da acomodação de Bohort ferido, vai para o quarto de Lancelot e põe-se a lamentar sua morte. O rei volta da caça, "alegre e plenamente satisfeito com sua jornada". A rainha não consegue esconder seu abatimento, mas nega-se a revelar-lhe o motivo. Após o jantar ela finalmente narra as ocorrências do dia na floresta.*

8. "Pouco depois passou diante de nós um cavaleiro vestido com as armas de Lancelot e trazendo, pendurada na sela, a cabeça de um cavaleiro morto recentemente, cuja cabeleira era ondulada como a de Lancelot. Gritamos e tentamos alcançá-lo, mas ele fugiu. Enviei em seu encalço o senescal Kai, mas ele não voltou; ficamos esperando durante muito tempo depois da hora nona\* e então voltamos para cá. Pronto, contei-vos o que nos aconteceu hoje."

---

9. Cf. LV.

9. – Palavra de honra – diz o rei –, é uma desgraça muito grande! Se realmente Lancelot foi morto, em toda minha vida não aconteceu neste país um desastre igual.

Fecha-se em seus pensamentos, mudo de desgosto, e vêm-lhe lágrimas aos olhos; a angústia oprime-lhe o coração, ele perde os sentidos e os barões acorrem para ampará-lo.

10. Então o desespero ressoa no palácio. Sir Gauvan chora e lamenta-se por seu amigo. O rei e os condes retorcem as mãos, puxam os cabelos e os companheiros da Távola Redonda desolam-se com seu desaparecimento. Mais que todos, a rainha dá mostras de sua dor, que não tem igual. Como descrevê-la e como acreditar na devastação que lhe faz no coração? Pouco falta para que ela atente contra a própria vida, e teria cedido a essa tentação se não estivesse esperando a confirmação da morte de seu amigo; apenas isso a detém.

11. Luto e lamentos enchem o salão; o desespero do rei é intenso. Sir Gauvan declara diante de todos que partirá na manhã seguinte e não cessará de cavalgar até saber com certeza se Lancelot está vivo ou morto. Pelo menos trinta dos mais valorosos cavaleiros da Távola Redonda asseguram que também se porão a caminho na manhã seguinte e não voltarão sem haver encontrado Lancelot, vivo ou morto. Todos decidem ir à sua procura, mas o rei Artur limita a dez o número de buscadores; deixa Gauvan escolher os que deseja levar consigo.

12-24. *Gauvan e seus nove companheiros partem em demanda e chegam à Cruz Negra, testemunha do martírio dos doze companheiros de José de Arimatéia, que havia evangelizado a região de Camelot, por ordem do rei infiel Agreste.*

LXI. *Os buscadores encontram um cavaleiro portando duas espadas. Gauvan indaga-lhe o motivo dessa atitude bizarra. Eliezer, filho do Rico Rei Pescador*[10]*, conta a história da espada que o senescal do sarraceno Argon quebrou na coxa de José de Arimatéia e da qual caem gotas de sangue. José ressuscitou Argon, estrangulado por um leão, e curou seu irmão Mategrant de uma chaga incurável na cabeça, convertendo assim à fé cristã os sarracenos da região. Gauvan não consegue unir as duas metades da espada quebrada\*, prova reservada àquele que levará a termo as aventuras\* do Graal. Eliezer recusa o convite de Gauvan para participar da busca a Lancelot.*

---

10. Ver a nota de XCVIII, 49.

LXII. *Agloval defende um cavaleiro que Grifon deixou em mau estado. Libertado por Grifon, Kai junta-se aos buscadores.*

LXIII. *Gauvan tira Sagremor da prisão de Matamas.*

LXIV. *Dodinel, libertado por Hector, também se junta aos que procuram por Lancelot.*

LXV. 1-23. *Gauvan presta auxílio a Tanaguin o Louro no torneio em que um gavião e um falcão são o prêmio reservado à amiga do vencedor. Durante as justas\*, Hector, que derrubou Gauvan do cavalo, lamenta ter vencido e desculpa-se com o amigo.*

*Gauvan e Hector na tumba ardente.*
24. Eles passaram lá aquela noite e de manhã partiram, decididos a ir juntos até que uma aventura\* os separasse. Chegam a charnecas desertas, tão distantes que não havia cidade nem castelo nas redondezas. Depois, à direita, perto de um caminho, deparam com uma velha capela. Dirigem-se para lá a fim de assistirem à missa. Apeiam, amarram os cavalos e entram: ninguém! A capela é vetusta, as paredes estão rachadas e gretadas. Avançam até o altar em ruínas e vêem atrás dele uma portinha que dava acesso a um vasto cemitério.

25. Entre o altar e o cemitério havia um túmulo de mármore vermelho em que letras brancas estavam traçadas com muita arte. Hector lê a inscrição: "Temerário cavaleiro errante, que vais em busca de aventuras\*, cuida de não pores os pés neste cemitério para cumprir as provas que aqui estão, se não fores o infortunado cavaleiro que por sua infeliz luxúria falhou em levar a termo as maravilhosas aventuras\* do Graal, às quais ele jamais poderá aspirar."

26. Essa advertência deixa perplexos os dois companheiros: confessam que não compreendem bem o que a inscrição quer dizer; o enunciado é obscuro. Entretanto Gauvan declara que não conseguirá deixar de ver as aventuras\* do cemitério. Avançando até a porta, Hector e ele avistam na extremidade do cemitério uma tumba em fogo; a chama erguia-se acima da altura de uma lança. Havia em toda a volta uma dúzia de túmulos que não ardiam, mas sobre cada um estava uma espada em riste.

27. Ambos maravilham-se com essa aventura\* e sir Gauvan diz:

– Hector, por minha cabeça, eis a mais extraordinária aventura\* que já vi! Teremos de tentar, se quisermos partir daqui com honra. Peço que me deixeis ir lá e me espereis aqui. Não deveis dar um passo até que eu fracasse totalmente ou seja bem-sucedido.

– De bom grado, senhor – responde Hector.

28. Então sir Gauvan entra no cemitério, escudo ao pescoço, espada de lado, e ao aproximar-se dos túmulos maravilha-se ainda mais ao ver as espadas em riste sobre os túmulos; elas avançam e fazem chover sobre seu elmo uma saraivada de golpes. Fica tão atordoado que cai de joelhos, apoiado nas mãos. Quando tenta levantar-se, sente abater-se sobre si uma nova avalanche; desaba no solo e permanece longo tempo estendido, inconsciente. Voltando a si, abre os olhos e vê-se na outra ponta do cemitério, diante de Hector.

29-31. *Gauvan tenta aproximar-se novamente e mais uma vez é rechaçado pelas espadas. O mesmo acontece a Hector.*

32. Hector deu consigo novamente na entrada da capela, cheio de estupor, aniquilado, mal conseguindo abrir os olhos. Por fim ficou novamente em pé, olhou ao redor como se despertasse e viu na porta uma inscrição que dizia: "Ninguém entrará neste cemitério sem dele sair com desonra, até que chegue o filho da Rainha Dolorosa."

33. *Ambos não compreendem a inscrição e partem, decepcionados.*

34. Eis que chegam a uma floresta de velhas árvores altas e cerradas, em cuja orla se abre uma encruzilhada com uma cruz de madeira. Sobre a cruz uma inscrição anuncia: "Temerário cavaleiro que caminhas por aqui, eis duas estradas, uma à direita e a outra à esquerda. Se tens amor à vida, evita a da esquerda, da qual não sairias sem desonra; não digo o mesmo sobre a da direita, que não apresenta esse perigo."

35. *Hector toma o caminho da esquerda e Gauvan o da direita. O conto "deixa de falar de Hector para acompanhar sir Gauvan".*

LXVI. 1-3. *Faminto, Gauvan entra em um pavilhão, no qual alguns cavaleiros estavam comendo. Recebem-no de forma insultuosa e hostil e por isso se vê obrigado a enfrentá-los, pondo-os em fuga.*

*Gauvan em Corbenic, o castelo do Graal.*

4. Sir Gauvan não se digna a perseguir os fugitivos; põe-se novamente a caminho. Cavalga até depois de vésperas* e então chega perto de um grande vale. Olhando para baixo, vê um pequeno castelo, totalmente cercado de água e de sólidas muralhas com ameias. Dirige-se para aquele lado, desejando passar lá a noite. Uma ponte de madeira dá acesso ao castelo.

5. Uma vez na rua principal, cavalga para a fortaleza e ao aproximar-se ouve uma mulher gritar bem perto. Galopa na direção do grito e encontra em um grande salão, dentro de um tanque de mármore, uma damisela

que gritava de causar dó: "Santa Maria, quem vai me tirar daqui?" Ele acorre: metade do tanque estava cheia de água, que chegava ao umbigo da damisela.

– Ah, senhor cavaleiro, tirai-me daqui! – diz ela ao ver Gauvan.

6. Ele estende as mãos, agarra-a pelos flancos, mas não consegue tirá-la, por mais que se esforce; tenta duas ou três vezes e então a damisela diz:

– Ah, senhor cavaleiro, fracassastes! Ficai certo de que não saireis sem desonra deste castelo.

– Damisela, se não vos libertei isso muito me entristece, mas fiz o possível e portanto não mereço censura. Gostaria de pedir que me dissésseis por que estais aí e se sereis libertada.

7. – Palavra de honra, estou sofrendo toda espécie de tormentos e não sairei daqui até que o melhor cavaleiro do mundo me tire. Quanto ao motivo pelo qual estou condenada a isto, não sabereis por minha boca, nem vós nem outro, antes da chegada daquele que me tirará daqui. Sua vinda está próxima: será este ano.

8. Sir Gauvan mergulha a mão na água, mas foi por pouco que a retirou a tempo: a água está tão quente que ele julga ter perdido a mão.

– Senhor cavaleiro – diz a damisela –, agora sabeis qual é meu tormento. Se um suplício pudesse causar a morte, há muito tempo eu estaria morta. Mas não é essa a vontade de Deus: ele ainda não me castigou o bastante por um grave pecado que cometi outrora. Nada mais sabereis sobre mim.

9. Vendo que ela não dirá mais que isso, Gauvan vai para o palácio* principal. Mais de dez valetes* acorrem a seu encontro para descê-lo do cavalo; levam sua montaria para a estrebaria e Gauvan para o palácio*. Lá encontra uma multidão dos mais belos cavaleiros que já viu; assim que o vêem aproximar-se, dão-lhe as boas-vindas. Desembaraçam-no de suas armas, dão-lhe um rico traje, convidam-no a sentar no meio deles e perguntam-lhe de onde é.

– Do reino de Logres e da casa do rei Artur – responde Gauvan. Quando pedem notícias da corte, conta-lhes o que sabe.

10. Enquanto assim conversam, sai de um aposento um cavaleiro de alta estatura, um dos homens mais belos que Gauvan já viu: dizem-lhe que é o rei. Ele saúda afavelmente Gauvan, faz que sente a seu lado e pergunta-lhe quem é. Ambos ficam conversando e conhecendo-se do modo mais amigável.

11. Enquanto conversam, sir Gauvan vê passar através de um vitral uma pomba branca levando no bico um rico incensório de ouro. Assim que ela entrou, o palácio* encheu-se de todos os aromas agradáveis que

um coração mortal poderia imaginar ou expressar em palavras. Todos permaneceram mudos, sem dizer palavra, e ajoelharam-se; a pomba foi diretamente para um aposento. Imediatamente os serviçais do palácio surgiram e colocaram as toalhas sobre as mesas; todo mundo sentou-se, sem pronunciar uma só palavra, sem que alguém os convidasse. Sir Gauvan fica boquiaberto com o que se passa; senta-se com os outros e os vê concentrados em preces e orações.

12. Quando todos estavam em seus lugares, do aposento onde a pomba entrara saiu uma damisela. Gauvan nunca contemplara outra mais bela; era sem a menor dúvida a mais bela das que existiam então e das que nasceram depois. Possuía todos os encantos de uma mulher; em suma, era a mais bela de todas, exceto a Virgem Maria, que carregou no seio Jesus Cristo. Saiu do aposento trazendo nas mãos o vaso mais rico que já se apresentou a olhos mortais; era moldado em forma de cálice e ela segurava-o acima da cabeça, inclinando-o levemente.

13. Sir Gauvan contempla o vaso, incapaz de dizer de qual matéria é feito: não é de madeira, nem de algum metal conhecido, nem de pedra, tampouco de chifre ou de osso. Em seguida olha a donzela e maravilha-se com sua beleza, nunca tendo visto uma mulher comparável a essa; distrai-se contemplando-a, sem pensar em mais nada. À medida que ela passa diante das mesas, todos se ajoelham ante o vaso sagrado e prontamente as mesas ficam recobertas de todas as suculentas iguarias que homem possa enumerar; o palácio* enche-se de odores suaves, como se emanassem de todas as especiarias da Terra.

14. Depois que deu a volta pelas mesas, a donzela tornou a entrar no cômodo de onde viera. Sir Gauvan segue-a com os olhos enquanto pode; quando desaparece, ele olha diante de si mas não vê comida alguma: seu lugar à mesa está vazio, ao passo que todos têm alimentos em profusão, como se surgissem do nada. Abismado ante esse espetáculo, não sabe o que dizer ou fazer, mas desconfia que cometeu alguma falta que o privou de comer como os outros; faz a si mesmo perguntas embaraçosas, até que as mesas são retiradas.

15. Então as pessoas saem, dispersando-se, sir Gauvan não sabe para onde. Quando quer descer para o pátio, encontra fechadas as portas do palácio*. Vai recostar-se a uma das janelas e põe-se a refletir seriamente.

16. Sai então de um aposento um anão carregando um bastão.

– Que é isso, vil cavaleiro? – diz ele ao ver Gauvan. – Desgraçado sede por vos apoiardes em minhas janelas! Fugi, não deveis ficar mais aqui, criatura indigna! Ide esconder-vos em algum desses aposentos e que ninguém vos veja!

Ergue o bastão para golpear sir Gauvan, mas este, lançando os braços à frente para aparar o golpe, tira-lhe o bastão. O anão diz:

– Ah, cavaleiro, isso de nada te serve, não podes sair daqui sem desonra.

O anão entra novamente no aposento, enquanto sir Gauvan, olhando para uma das extremidades do salão, avista um leito esplêndido e para lá se dirige, desejando deitar-se nele.

17. Quando está prestes a sentar no leito, ouve uma damisela que lhe grita:

– Ai de ti, cavaleiro, morrerás se deitares aí sem armas, pois esse é o Leito Aventuroso. Mas eis aqui armas; pega-as e depois senta-te, se quiseres.

Sir Gauvan corre pegar as armas. Portando loriga\*, elmo, escudo e espada, vai sentar no leito, mas imediatamente ouve um grito, o mais horrível e pavoroso, e pensa que é o diabo em pessoa que está gritando.

18. No mesmo instante sai de um aposento uma lança com o ferro em brasa e golpeia-o tão rudemente que lhe atravessa o ombro de lado a lado; ele perde os sentidos. A lança é arrancada do ombro, Gauvan não sabe por quem; está sangrando abominavelmente, mas não se move do leito e diz consigo que ou morrerá ali ou verá mais do que viu até agora; porém sente que está gravemente ferido.

19. Permaneceu ali até a noite; a escuridão seria total sem o luar que entrava por mais de quarenta janelas, todas abertas. Lançando um olhar para o aposento vizinho, viu uma serpente extraordinariamente grossa e assustadora. Era de todas as cores: vermelho, violeta, amarelo, preto, verde e branco; tinha enormes olhos rubros saltados, uma goela longa e larga e uma intumescência no meio do corpo. Ela se pôs a percorrer o aposento em todos os sentidos, brincando com a cauda e batendo-a no chão. Depois virou-se de barriga para cima e começou a gemer, gritar e debater-se com furor.

20. Depois de agitar-se assim durante muito tempo, a serpente esticou-se como se estivesse morta e vomitou pela goela umas cem serpentezinhas, todas vivas. Feito isso, ela saiu do quarto, chegou ao salão e deparou com um leopardo feroz. Avançam um para o outro e começam a luta mais selvagem, a serpente julgando levar a melhor sobre o leopardo, sem conseguir. Durante esse combate, sir Gauvan não enxergava coisa alguma, apesar da lua que brilhava esplendorosa; mas logo recuperou a visão e pôde assistir ao combate dos dois animais.

21. A luta durou longo tempo. Quando a serpente viu que não daria cabo do leopardo, voltou para o aposento de onde saíra. Assim que entra, põe-se a atacar as serpentezinhas, que se defendem com energia; a

refrega prolonga-se até tarde da noite, tanto que no fim a serpente e as serpentezinhas entrematam-se.

22. Então todas as janelas do salão entrechocam-se, fazendo tanto barulho que parece que todo o palácio* vai desmoronar. Um vendaval invade o interior, fazendo voar os ramos que juncavam* o chão; sir Gauvan maravilha-se com esse fenômeno e continua à espera para saber o que acontecerá. Muito tempo depois, escuta lamentos e choros dilacerantes que parecem vir de mulheres.

23. Então saem de um aposento doze damiselas que avançam em fila, entregues a uma dor lancinante:

– Querido Senhor Deus, quando escaparemos deste tormento? – dizem, em lágrimas.

Chegando à porta do aposento onde a pomba entrou ao anoitecer, elas ajoelham e fazem suas preces, sem parar de chorar; depois de longo tempo, voltam para o aposento de onde saíram.

24. Após a partida das damiselas, sir Gauvan vê sair de um aposento um cavaleiro de alta estatura, armado dos pés à cabeça, escudo ao pescoço, espada na mão.

– Levantai daí, senhor cavaleiro – diz-lhe ele – e ide dormir em um desses quartos, pois não deveis sequer pensar em permanecer aqui muito tempo.

– Ficarei aqui, mesmo que tenha de morrer por isso. Prefiro lutar a ir embora – responde sir Gauvan.

25-26. *Gauvan e o cavaleiro lutam até a exaustão; ambos "jazem por terra, inconscientes".*

27. O palácio* inteiro põe-se a tremer e balançar; trovões e relâmpagos desencadeiam uma tempestade apavorante, porém não chove. Gauvan atemoriza-se, mas seu estado de esgotamento não lhe permite erguer a cabeça; a trovoada perturbou-lhe o cérebro, tanto que já não sabe se está morto ou vivo. Então penetra uma brisa milagrosamente suave e agradável. Prontamente descem sobre o palácio* muitas vozes que cantam tão docemente que nada no mundo é comparável; parecem ser mais ou menos duzentas.

28. Gauvan mal pode entender o que elas dizem, a não ser que cantam em uníssono: "Glória, louvor e honras ao rei do céu!" Um pouco antes de se ouvirem as vozes, todos os aromas agradáveis da Terra espalharam-se pelo interior. Gauvan ouve as vozes, tão suaves e melodiosas que parecem de seres celestes, o que realmente eram. Quer erguer a cabeça, mas perdeu o uso dos membros e o vigor físico.

29. Então viu sair do aposento a linda donzela que levara o rico vaso diante das mesas; à sua frente iam dois círios e dois turíbulos. Chegando ao meio do salão, pousou o vaso sobre uma mesa de prata e sir Gauvan viu em torno dele uma dezena de turíbulos que espalhavam vapores de incenso. Novamente as vozes cantaram em uníssono, com uma doçura que coração mortal não poderia conceber nem língua humana expressar. Todas diziam em uníssono: "Bendito seja o Pai dos Céus!"

30. Quando o canto já durava longo tempo, a donzela pega o vaso, leva-o para o aposento de onde veio e as vozes afastam-se e desvanecem. De um só golpe todas as janelas do palácio fecham-se e o salão escurece a ponto de sir Gauvan não enxergar coisa alguma; mas tem a surpresa de sentir-se em perfeita saúde, completamente curado do ferimento no ombro. Ergue-se jubiloso e sai em busca do cavaleiro com quem duelou, mas não consegue encontrá-lo.

31. Então ouve aproximar-se uma multidão de pessoas; sente que o carregam para fora do salão e o amarram solidamente sobre uma carroça que estava no meio do pátio. De manhã, quando o sol se ergueu e Gauvan despertou, deu consigo na horrível carroça, viu seu escudo amarrado ao timão e seu cavalo na traseira; na dianteira estava atrelado um cavalo magro e combalido. Ao descobrir-se em tal situação, ficou desgostoso e preferiria estar morto.

32. Logo em seguida chega ao lugar uma velha que chicoteia o cavalo e o conduz a passo rápido pelas ruas da cidade. Quando os botiqueiros vêem o cavaleiro sobre a carroça, perseguem-no com apupos e gritos, jogam-lhe excrementos, lama, lixo e escoltam-no desse modo até fora da cidade. Passada a ponte de madeira, a velha pára, desamarra-o e depois manda-o saltar fora da carroça. Ele salta, monta em seu cavalo e pergunta à velha o nome do castelo. "Corbenic", responde ela. Gauvan vai embora, consternado, maldizendo a hora em que nasceu e a hora em que o fizeram cavaleiro: ter vivido tanto para ser o mais aviltado e o mais infamado de todos os homens!

33. Caminha o dia inteiro, chorando de decepção, dando livre curso à sua dor. No fim da tarde, chega à cabana de um eremita que chamavam de eremita Segre. Ele perguntou a Gauvan quem era e de qual país. E, quando Gauvan lhe respondeu, sem nada esconder, disse:

– Ah, senhor, sede bem-vindo! Sem dúvida sois o homem que eu mais desejava ver. Mas, por Deus, onde passastes a noite?

34. Gauvan conta-lhe todas as aventuras* da noite. O eremita olha-o, abismado, em longo silêncio; quando recupera a voz, diz:

– Ai de vós, senhor, tivestes um verdadeiro azar, pois o vistes e não o reconhecestes!

35. – Ah, caro senhor, por Deus, se sabeis o que era aquilo, dizei-me!

– Pois era o Santo Graal onde o sangue de Nosso Senhor se derramou e foi recolhido! Como não tivestes humildade nem simplicidade de coração, seu pão vos foi e vos é recusado com razão. Bem percebestes isso quando todos os outros foram servidos e vós nada recebestes.

– Por Deus, caro senhor, dizei-me toda a verdade sobre as aventuras* que vi!

– Nada ouvireis de mim, mas em breve sabereis de tudo.

– Caro senhor, dizei-me ao menos o que significa a serpente, se souberdes.

36. – Vistes no quarto a serpente que se debatia e que vomitou pela goela as serpentezinhas, deixando-as lá. Então ela saiu para ir até o salão e quando lá chegou encontrou o leopardo, com o qual lutou sem conseguir vencê-lo. Voltou então para seu quarto, as serpentezinhas atacaram-na e todas se massacraram mutuamente. Foi isso mesmo que vistes?

– Exatamente – responde sir Gauvan.

37. – Pois bem, vou dizer-vos o que significa. A serpente tão enorme e forte representa o rei Artur, vosso tio, que sairá de sua terra, como a serpente saiu de seu quarto; ele deixará os vassalos e os parentes em seu país, como a serpente deixou os filhotes. E, assim como a serpente atacava o leopardo e lutava com ele, sem conseguir vencê-lo, assim também o rei atacará um cavaleiro, sem conseguir vencê-lo, apesar de muito se esforçar. E, assim como a serpente voltou para seu quarto, incapaz de derrotar o leopardo, assim também o rei voltará para seu país quando vir que não consegue ferir o cavaleiro.

38. "Acontecerá então um fato extraordinário: assim como a visão vos foi tirada durante a luta entre o leopardo e a serpente, assim também nesse momento a luz de vossa bravura se extinguirá[11]. Depois, quando o rei tiver voltado para seu país como a serpente para seu quarto, seus vassalos o atacarão como as serpentezinhas atacaram a serpente; e a batalha durará muito tempo, até um massacre mútuo[12]. Agora ficastes sabendo o que a serpente significa; acedi a vosso desejo e quero que façais o mesmo para o que vos pedirei."

---

11. Anúncio da *Quête du Graal*, em que Gauvan, o cavaleiro "terreno" por excelência, se torna um réprobo. Em *Mort Arthur* ele é mortalmente ferido por seu ex-amigo Lancelot, a quem passou a odiar implacavelmente desde que este matou seu irmão.

12. Toda esta passagem (§§ 37 e 38) anuncia o desfecho do *Mort Arthur*, em que, no campo de batalha de Salisbury, o rei e seu filho Mordret matam-se mutuamente em um duelo sem misericórdia.

Gauvan assim promete.

39. – Tendes de jurar sobre os corpos santos* que em nenhum dia de vossa vida falareis do que eu vos disse e que nada contareis a qualquer homem vivo.

Gauvan presta juramento sobre os corpos santos*, apesar de perturbado com as palavras do eremita. Passou lá a noite, tão bem tratado quanto o eremita podia. De manhã, depois de assistir à missa, pegou suas armas e seguiu caminho a cavalo, como na véspera. Mas aqui o conto deixa de falar dele e volta a Hector, que entrou na busca.

LXVII. *Hector põe fim aos maus costumes do castelo de Marigart o Ruivo, que manda arrastar pelas ruas qualquer cavaleiro que se apresente em seu castelo e todo mês toma à força uma das filhas dos burgueses para em seguida entregá-la em concubinato à sua criadagem. Depois de matar dois leões que a vigiavam, liberta a prima de Lancelot, Angale, que Marigart violou e deixou presa em um porão.*

LXVIII. *Ivan devolve a uma damisela seu cavalo que um cavaleiro tentava tomar-lhe, e a outra damisela seu gavião.*

LXIX. *A partir daqui, uma série de capítulos trata dos quatro irmãos de Gauvan, que estão entre os que buscam por Lancelot. Retratos de Gauvan, Guerehet, Gaheriet, Agravan e Mordret. Mordret mata um cavaleiro cujo anão matou seu cavalo. Seduz uma damisela e, surpreendido pelo amigo dela, consegue vencê-lo e obriga-o a perdoar a amiga infiel.*

LXX. *Agravan mata em combate singular Druas o Desleal, guardião da Colina dos Prisioneiros, mas é aprisionado por Sorneham, irmão de Druas.*

LXXI. 1-16. *Guerehet assusta involuntariamente um vilão*. Presta auxílio a um velho cavaleiro atacado pelos sobrinhos porque matou por engano, com uma flechada, um dos irmãos deles. Indeniza um vilão* que perdeu seu burro. Repele um ataque noturno contra seu anfitrião, o velho cavaleiro, e reconcilia os adversários.*

*A filha do sire da Torrinha e seu marido ciumento.*
17. Então Guerehet ata o elmo e parte, com o assentimento de todos. Depois de cavalgar até por volta de meio-dia, seu caminho conduziu-o a uma pequena campina, muito bonita, onde jorrava uma fonte tentadora.

Aproxima-se para beber e depara com três damas de idades diversas: uma com quarenta anos pelo menos, a outra de sessenta e a terceira de vinte anos no máximo. Elas haviam estendido sobre a relva uma toalha branca; estavam comendo tortas de cabrito e não tinham consigo outro homem além de um anão que as servia em uma taça de prata. Vendo o cavaleiro, elas se levantam e dão-lhe as boas-vindas.

18. *Guerehet compartilha a refeição das três mulheres. A mais nova dispõe-se a contar-lhe por que parece tão aflita.*

19. – Faz agora dois anos que morreu meu pai, o senhor da Torrinha, esse castelo que está diante de nós. Quando minha mãe me viu órfã, receou que me desposassem à força se ela não me casasse sem demora. Desabafou com nosso senescal, homem rico mas de uma família de vilãos* e que meu pai fizera cavaleiro em razão de sua riqueza. Ao saber que minha mãe queria casar-me, disse-lhe que me desposaria de bom grado. "Se me concederdes vossa filha como esposa, hei de tratá-la com todas as honras e não voltarei atrás com minha palavra", acrescentou. Minha mãe por fim cedeu, contra minha vontade. Após o casamento, no início ele me quis bem; mas logo em seguida começou a humilhar-me. Se um cavaleiro vinha à nossa casa e eu lhe dirigia o olhar, concluía prontamente que eu estava apaixonada por ele. Mergulhou em um ciúme doentio, suspeitando de mim a propósito de todos. Ora, há menos de um ano sir Lancelot do Lago recebeu hospitalidade em nossa casa. Quando meu marido o reconheceu, tratou-o com amabilidade, porque ouvira falar de sua bravura.

20. "Quando estávamos à mesa, na hora do jantar, fiquei olhando Lancelot por sua beleza e seus méritos, de modo que meu marido me disse, como tomado de loucura:

– Minha senhora, muito olhastes para sir Lancelot esta noite. Por Deus, dizei-me o que pensais dele.

"Tanto me atenazou que lhe declarei, encolerizada:

– Pois bem, senhor, já que vos apraz ouvir isso, vou dizer-vos, com a condição de me garantirdes que não sofrerei mal algum.

"Ele assim me jurou e, irritada por sofrer essa coação, eu lhe disse:

– Senhor, quereis que vos diga o que penso sobre este cavaleiro? Pois bem, parece-me que ele possui tanto de qualidades quanto vós de defeitos e que ele deveria ser objeto de tantas honras quanto vós de desonra. Ele é no mundo o homem que merece mais elogios e honras.

"Essas palavras deixaram atônitos todos os convivas e, quando meu marido ficou em condições de falar, pediu-me para explicar o que dissera."

21-22. *A mulher fez então um discurso sobre as qualidades de Lancelot em comparação com os defeitos do marido. Para vingar-se este obrigou-a a passar a viver como uma criada. Guerehet promete-lhe que fará "a vergonha de tudo isso recair sobre ele e as honras recaírem sobre vós e sobre mim".*

23-39. *Em seguida Guerehet presta assistência a uma dama que foi coagida a prometer a filha para um cavaleiro brutal. Ele vence o pretendente e corteja a jovem, que o rejeita por fidelidade a um outro a quem ama. Comovido com essa atitude, Guerehet leva-a de volta para sua mãe e retorna ao castelo da Torrinha.*

*Punição do marido ciumento.*

40. A dama chama os valetes\* do castelo; um leva o cavalo de Guerehet para a estrebaria, o outro carrega seu escudo. Ela lhe dá a mão, faz que suba até o palácio\*, que lhe tirem a armadura e lhe tragam uma roupa leve, por causa do calor; depois senta a seu lado. Logo o senhor da casa voltou da floresta onde passara o dia. Ao ver um hóspede tão belo, encheu-se de cólera, mas nada deixou transparecer e foi dar-lhe as boas-vindas:

41-46. *Sagremor o Impetuoso chega ao castelo da Torrinha e pede hospedagem. Um criado avisa à mulher que o marido pretende matar os dois cavaleiros. Durante o jantar ele insulta e esbofeteia a mulher. Sagremor esmurra-o. Na luta que se segue, Guerehet e Sagremor matam o marido, seu irmão e os dois sobrinhos e põem em fuga os homens do castelo.*

47. Após o massacre, a dama imediatamente envia um valete\* a seus parentes, dizendo-lhes para virem e eles não se fazem esperar. O desfecho do caso enche-os de júbilo, pois odiavam o senhor e amam a dama, que é bondosa e cortês. De manhã, Guerehet e Sagremor despedem-se de sua anfitriã e retomam caminho. Guerehet pergunta a Sagremor se soube notícias daquele que estão procurando.

– Nenhuma – responde ele.

– Que Deus nos conduza aonde tenhamos notícias autênticas! – diz Guerehet.

48-49. *Os dois amigos separam-se. Nos pavilhões de Guinas, Sagremor põe-se a serviço da irmã de Agloval. Guerehet dorme em um pavilhão com uma dama que, por causa da escuridão, toma-o por seu marido. Quando este retorna, Guerehet provoca-o e mata-o; persegue a dama com suas atenções e agride seus irmãos; para escapar-lhe ela se torna religiosa de uma abadia. Na Colina dos Prisioneiros[13], Guerehet é aprisionado por*

---

13. Cf. LXX.

*Sornebam e na prisão encontra Agravan. Uma damisela a quem Guerebet socorreu anteriormente leva comida e bebida para os dois amigos e promete facilitar-lhes a fuga.*

LXXII. *Gaheriet dispõe-se a defender a causa da filha do conde de Valigues, que estava à procura de Lancelot como campeão, pois seu tio queria despojá-la de suas terras. Nos pavilhões de Guinas, ambos justam\* e Gaheriet vence-o. Liberta Brandelis, que estava sendo maltratado pelos parentes de um cavaleiro a quem matou, enquanto Grosenain, por sua vez, liberta uma damisela que lhe pediu auxílio. Grosenain enfrenta um cavaleiro que brutaliza seu anão. Em casa da senhora de Roestoc ele vence Guidan, o tio usurpador, que se afoga durante a perseguição. Na Colina dos Prisioneiros, vence Sornebam e liberta Agravan e Guerehet. Os três irmãos oferecem auxílio ao duque de Kales, em guerra com seus filhos, que se consideram lesados porque o pai dá como herança à irmã deles metade de suas terras. Trava-se uma luta durante a qual Agravan é feito prisioneiro. Gaheriet destaca-se pela bravura. Agravan é trocado por dois filhos de Kales.*

LXXIII. *A corte está de luto, pois todos continuam a pensar que Lancelot morreu. Lionel reencontra ali Bohort, doente e ferido*[14]. *Uma mensageira da senhora de Galvoie vai à corte pedir um campeão para defender sua senhora. Na ausência de Lancelot e Gauvan, o rei cede-lhe Bohort. A rainha, cuja doença "vem daquele a quem nunca esquecerá", confia a Bohort um anel para ser entregue a Lancelot na primeira oportunidade. Lionel e Bohort deixam a corte, em busca de Lancelot.*

LXXIV. *Pesadelo da rainha, que manda uma mensageira procurar a Dama do Lago.*

1. Depois que os dois irmãos, diz aqui o conto, deixaram a rainha, como foi relatado[15], ela ficou abatida e tristonha com essa partida, sem ter a quem confiar seus pensamentos. Nessa noite, ficou mais perturbada que de hábito. Deitou sozinha no quarto, em companhia apenas de uma jovem que era sua prima-irmã, chamada Elibel. Caiu num sono penoso, soluçando, enfraquecida pelo jejum.

2. Dormindo, pareceu-lhe que Lancelot estava presente, em trajes melhores e mais ricos que os de qualquer homem no mundo e tão belo que não se encontraria outro igual. Atrás dele vinha uma damisela de perfeita

---

14. Cf. LIII, 9-24.
15. Cf. LXXIII.

beleza, que o rei acolhia com júbilo e ela também. Chegando a noite, quando Lancelot estava deitado no quarto da rainha e esta queria juntar-se a ele no leito, já encontrava ali a damisela; furiosa, avançava diretamente sobre Lancelot, que em altos brados implorava piedade e jurava, por tudo o que devia a Deus, que ignorava que a damisela lá estivesse. Mas em vão, porque a rainha proibia-o de aparecer em sua presença onde quer que fosse, acrescentando que nunca mais o amaria. Lancelot ficava tão perturbado que fugia sem roupas, apenas de calção* e camisa, e enlouquecia.

3-5. *Transtornada pelo sonho, a rainha, delirante, passa longo tempo abraçada à escultura de um cavaleiro, julgando que se trata de Lancelot. No dia seguinte, propõe a sua prima Elibel que se encarregue de levar uma mensagem. Ela concorda.*

6. A rainha reflete e depois chama sua prima:

– Damisela, tereis de ir amanhã para a Gália; lá, procurareis um castelo chamado Trebe. Perto desse castelo há uma abadia chamada Mosteiro Real; a igreja foi erigida em memória do rei Ban, que ali morreu; o monastério fica no topo de uma colina e abaixo, em um vale, há um lago. Quando chegardes, entrai no lago sem hesitar e não receeis, pois é apenas sortilégio. Dentro do lago encontrareis belas casas, em grande número, belos salões, pessoas corteses e sábias. Perguntai pela senhora cujo nome é Niniane e cujo cognome é Dama do Lago. Direis a ela que sois minha, que vos enviei e que, em nome de Deus e de sua fidelidade àquele a quem criou e a quem não ama menos do que eu, peço-lhe que por nada do mundo deixe de vir encontrar-se comigo.

– Transmitirei conscienciosamente vossa mensagem – afirma a damisela – e por isso me sereis grata.

– Sim, se agirdes segundo meus desejos, toda vossa vida mudará – garante a rainha.

7-9. *A mensageira parte, ricamente trajada, em um cavalo veloz; a rainha deu-lhe também "um anão bem-falante, que sabia várias línguas, para fazer-lhe companhia, e um escudeiro valente para garantir sua segurança".*

10. Olhando distraidamente as mãos, a rainha vê um anel de ouro que a Dama do Lago dera a Lancelot quando o mandara para a corte a fim de ser feito cavaleiro. Contempla-o longamente e lembra-se daquele de quem o recebeu, beija-o, presta-lhe culto como a uma relíquia.

– Ai de mim – diz ela –, meu querido amigo Lancelot, já que não posso receber alegria de vós nem reconforto com as notícias que me trazem, este anel que tanto amastes me dará apoio e vê-lo me devolverá o contentamento. Que Deus, por sua santa piedade, me mantenha viva para poder estreitar-vos nos braços, em plena saúde, e doravante estar a salvo de todos os males!

Assim a rainha fala consigo mesma e consola-se. Desce do torreão mais serena que de costume e roga a Nosso Senhor que em breve lhe envie notícias desse a quem tanto deseja, para recuperar a alegria. Agora o conto deixa de falar dela e do rei Artur e volta a Lancelot, sobre o qual manteve um longo silêncio.

LXXV. *Lancelot devolve a uma damisela a irmã que um cavaleiro raptou.*

1. Lancelot, diz aqui o conto, permaneceu mais de seis semanas onde a anciã o levara; então sentiu-se melhor de saúde e quis portar as armas. Embora ainda não estivesse totalmente curado, a inação pesava-lhe. Partiu, depois de recomendar todos a Deus. A anciã preparara-lhe boas e belas armas e um escudo novo em folha; assim ele se pôs a caminho seguindo os passos da velha. Depois de cavalgar até meio-dia, alcançou na orla de uma floresta uma damisela montada em um pequeno palafrém negro e imersa em pensamentos; por seus olhos vermelhos e inchados via-se que estivera chorando. Aproximando-se, Lancelot saúda-a e ela responde à saudação.

– Damisela – diz ele –, pareceis bastante assustada e eu gostaria de saber o motivo: de bom grado vos ofereceria qualquer solução que estivesse em meu poder.

2. – Senhor, meu sofrimento tem duas causas: outro dia um cavaleiro levou à força minha irmã; e um bravo perfeito me teria vingado se tivesse vivido até hoje. Mas está morto, e eis como sei disso. Após o rapto de minha irmã, como o cavaleiro se recusava a devolvê-la, fui à corte do rei Artur para apresentar minha queixa sobre esse rapto injustificado. Lá chegando, menos de três dias atrás, não tive resposta: todos estavam entregues às lágrimas e ao desespero. Fiquei espantada e pedi a um escudeiro que me dissesse o motivo daquela consternação. "Por causa da morte de Lancelot", disseram-me. Vendo que nada conseguiria, deixei a corte ontem de manhã, com a morte na alma pelo desaparecimento do bom cavaleiro cuja falta todos sentirão e cuja piedade pelas pobres damiselas era sem igual. Estou desorientada e não parei de chorar, por não ter quem me faça justiça e de pena por alguém tão bravo. Se ele estivesse vivo e soubesse do dano de que sou vítima, tomaria nas mãos minha vingança.

3. Ao ouvir que a rainha se consome de dor por sua causa, Lancelot alarma-se; voltaria para a corte, se não fosse pela anciã a quem teve de prometer apoio. Diz à donzela que lhe deu a notícia:

— Damisela, caso concordeis em encarregar-vos de uma mensagem, empregarei todos meus esforços para libertar vossa irmã.

Ela responde que não há lugar, por mais distante, a que não vá em troca da libertação da irmã.

— Dizei-me onde está o cavaleiro e iremos para lá – fala ele.

— Não é longe daqui.

Ela sai da estrada principal e entra em um caminho mais estreito. Lancelot e a anciã seguem-na. Depois de cavalgarem duas léguas inglesas, avistam abaixo um pequeno vale com uma alta torre fortificada. A damisela chama Lancelot:

— Senhor, é naquela torre que estão minha irmã e o cavaleiro de que falei.

— Vireis comigo e me apontareis vossa irmã. Não receeis: vou devolvê-la a vós.

4-6. Eles *"entram a cavalo no salão do andar térreo", onde encontram o cavaleiro e a jovem. Lancelot devolve-a à irmã, sem que o raptor possa reagir, pois foi gravemente ferido por dois cavaleiros que tentaram evitar o rapto.*

7. Cavalgaram até a orla de um pequeno bosque, onde chegaram a uma casa alta, cercada de grades e fossos. As damiselas apeiam e convidam Lancelot a fazer o mesmo, mas ele recusa, dizendo que tem ainda pela frente um longo trajeto.

— Senhor, precisais restaurar-vos; nada comestes o dia inteiro.

Lancelot apeia e a anciã também. Após a refeição ele diz à damisela que encontrou de manhã:

— Em vosso interesse e pelo serviço que vos prestei, peço-vos, ide à corte do rei Artur e dizei à rainha e a todos que Lancelot não morreu, que está em perfeita saúde e que estivestes com um cavaleiro que ontem à noite havia comido com ele e partilhado o mesmo leito.

— Por Deus, estou certa de que serei uma mulher rica e poderosa assim que participar à corte essa notícia; não duvido de que o rei me ofereça um castelo ou uma cidade se eu puder ser a primeira a anunciar-lhe a nova.

8. Então Lancelot e a anciã deixam as irmãs e cavalgam até o entardecer, quando chegam a uma abadia branca[16], de monjas. Quanto à damisela, dirige-se, radiante, para Camelot, onde chega no dia seguinte, à hora de vésperas*. Nesse momento o rei está em uma campina ao pé do tor-

---

16. Uma abadia de religiosas que adotaram a regra de Cîteaux e que portam hábito branco. Na *Quête du Graal* os monges brancos são os cistercienses.

reão, com vários de seus barões. Ela apeia e pede para ver o rei e a rainha; dizem-lhe que o rei está na campina e a rainha, no quarto. De fato, ali a encontra, tomada de tristes pensamentos por causa de Lancelot.

9. A damisela ajoelha a seus pés e diz:
– Minha senhora, trago-vos notícias de Lancelot, que está bem de saúde.
– Minha querida amiga, como sabeis disso? – pergunta a rainha, arrebatada de alegria.

Ela conta que o cavaleiro que lhe devolveu sua irmã disse que na véspera à noite havia comido e bebido com Lancelot.
– Mas vistes esse cavaleiro sem armadura? – pergunta a rainha.
– Sim, minha senhora, ontem à tarde ele comeu em nossa casa. Era um dos mais belos cavaleiros do mundo, levemente moreno.

Foi o suficiente para que a rainha soubesse que se tratava de Lancelot.

10. Seu júbilo ultrapassa tudo o que se poderia dizer. Abraça impetuosamente a damisela e diz-lhe:
– Terdes vindo aqui é uma felicidade! Nunca damisela terá trazido tanto contentamento a meu esposo. Deveis ir vê-lo agora mesmo; quero muito que receba de vós esta notícia.

Conduzindo-a até diante do rei, a rainha manda-a repetir sua narrativa. Transbordando de júbilo, ele diz perante todos seus barões:
– Vossas palavras trouxeram-me uma alegria maravilhosa; e como recompensa dou-vos de meus castelos aquele que mais vos agradar.

Ela cai-lhe aos pés e pede o castelo de Louezeph, sua casa natal, que o rei lhe concede imediatamente. As manifestações de júbilo explodem na corte, ruidosas a ponto de encobrir a trovoada do céu. Cada qual encoraja o outro a manifestar seu regozijo; o da rainha não tem igual. Dia a dia ela vai sarando e recuperando sua incomparável beleza, ri e brinca com os cavaleiros e roga a Deus que preserve de desgraça aquele por quem tanto sofreu. O conto deixa de falar do rei e da rainha e volta a Lancelot do Lago.

LXXVI. *Lancelot, envenenado pela água de uma fonte, é tratado por uma damisela que se apaixona por ele.*

1. Lancelot, diz o conto, deixou a abadia branca* onde dormira e cavalgou contente por haver mandado notícias suas à rainha. Perguntou à anciã aonde pretendia levá-lo.
– Senhor, não sabereis antes de chegardes lá.

Ele não falou mais disso. Chegaram a uma grande e bela campina; fazia muito calor, pois era dia de São João. Lá avistaram, à sombra de dois sicômoros, uma bela fonte límpida; dois cavaleiros e duas damiselas haviam estendido sobre a relva uma toalha branca e comiam muito alegres. Vendo Lancelot, dão-lhe as boas-vindas e convidam-no a apear e compartilhar da refeição. Depois de tirar o elmo ele lava as mãos e senta-se; tinha o rosto em fogo e sua beleza era sem igual.

2. Essa beleza atraiu os olhares de uma damisela que era irmã de um dos cavaleiros, donzela gentil, a mais sedutora de corpo e de figura em todo o país; não havia cavaleiro que não a teria desposado por sua beleza. Mas ela não sentia vontade de tomar marido, nunca tendo amado de amor. Contempla Lancelot enquanto ele come e admira-lhe a boca rubra, os olhos que são duas esmeraldas límpidas, a bela fronte, os cabelos brilhantes e ondulados que parecem de ouro, e pensa que não deve haver no paraíso um anjo tão belo. Imediatamente Amor fere-a tão cruelmente que ela estremece.

3. Lancelot, tentado pela água límpida da fonte, pega uma taça de ouro, enche-a, bebe a água toda e acha-a boa e fresca. Pensando agir bem, bebe desmedidamente. Antes de levantar da mesa é tomado de um mal-estar tão violento que pensa estar morrendo. Desfalece e permanece longo tempo estendido, como morto. Quando recobra os sentidos e o uso da voz, diz:

– Ah, minha senhora, vou morrer agora, longe de vós! Essa morte me pareceria doce se eu morresse em vossos braços!

Então se deixa cair, revira os olhos e jaz sem sentidos.

4. Vendo-o assim aniquilado, a velha põe-se a gritar:

– Santa Maria, socorro! Então morrerá assim o melhor cavaleiro do mundo?

– Ah, minha senhora, quem é ele? – pergunta o cavaleiro.

– É Lancelot do Lago, o melhor cavaleiro conhecido! Por Deus, cuidai dele! Penso que a fonte de onde bebeu está envenenada.

Então eles vêem sair da água duas cobras enormes, horrendas e compridas. Depois de se perseguirem por muito tempo ambas tornam a entrar na fonte.

– Senhor – diz a velha ao cavaleiro –, com aqueles dois bichos ali, não há como duvidar: este gracioso senhor bebeu água envenenada.

5. E põe-se a soltar gritos e lamentos, entregando-se sem reserva à sua dor.

– Ah, querida irmã – diz o cavaleiro –, então deixareis este cavaleiro morrer por falta de cuidados? Tendes experiência do poder das plantas, mais que qualquer outra donzela no mundo. Por Deus, nunca vos vi tão lenta!

– Por Deus, tudo farei para prestar-lhe socorro.

Ela caminha pela campina, colhe plantas eficazes para expulsar o veneno, tritura-as com o pomo da espada de Lancelot na mesma taça em que ele bebeu, mistura-as com teriaga, depois abre-lhe a boca e joga dentro um pouco. Ele bebe como pode. Estava muito inchado.

6. Depois que bebeu a poção da damisela, Lancelot começou a inchar mais e mais; ficou enorme como um tonel.

– Senhor – diz a damisela ao irmão –, ide correndo e trazei-me todas as roupas que encontrardes em meu quarto; vamos deitar aqui este cavaleiro, pois morreria se o transportássemos agora.

O cavaleiro cavalga a toda velocidade e não tarda a estar de volta, trazendo um cavalo carregado de roupas e um frasco que ela pediu.

7. Lancelot já não enxerga e seu rosto está todo inchado. A damisela manda trazer uma cama, deita-o e cobre-o com todas as roupas de que dispõe; então manda que tragam um pavilhão, para que o calor não o prejudique.

8-9. Lancelot *"sofreu esse martírio o dia inteiro e a noite inteira, imóvel e mudo, transpirando sob as cobertas; seus anfitriões não descansaram para poderem velá-lo."*

10. Lancelot suportou seu sofrimento aquela noite. Na manhã seguinte, falou para a damisela:

– Estais me matando, sufocando-me com este calor.

Ela tirou os três edredons e as três cobertas que o cobriam e encontrou desinchados o rosto e os membros. Não lhe resta pele sobre o corpo, nem unhas nas mãos e nos pés, nem cabelos na cabeça, mas sente-se aliviado de seu mal. Coloca os cabelos em um cofrezinho e guarda-os com cuidado a fim de enviá-los à rainha. Então a damisela obriga-o a comer um pouco, sem afastar dele os olhos: parece-lhe tão belo que não se cansa de admirá-lo. Considera-se louca, censura-se severamente, chama a si mesma de infortunada.

11. A damisela discute assim consigo mesma enquanto Lancelot come. Então fica à sua cabeceira até que adormeça. Senta-se diante dele, sozinha; pensativa, contempla-o e murmura, confusa:

– Senhor, foi para minha desgraça que vi vossa beleza: estou definhando de amor e só posso escapar pela morte. Nunca havia amado de amor, embora grandes senhores me tivessem cortejado. Agora vos amo sem poder libertar meu coração e preferindo morrer a libertá-lo. Nunca damisela amou tanto como eu; e tanto vos servi que não ousaríeis recusar-me vosso amor se, reduzida a esse extremo, suplicasse por ele. Mas, se aprouver a Deus, não chegarei a isso e renunciarei a vós, pois não vos dignaríeis a amar uma damisela pobre como eu.

12-15. *A jovem luta com seus sentimentos; Lancelot continua a melhorar. Passando pelo local, Lionel e Bohort pedem pouso no pavilhão e regozijam-se ao encontrar Lancelot. Dão-lhe notícias da corte, de onde saíram há oito dias, quando todos e sobretudo a rainha ainda se desolavam por ele. Bohort "dá-lhe o anel que devia entregar-lhe assim que se encontrassem e comunica-lhe os desejos da rainha".*

16. Lancelot pega o anel, reconhece-o e diz, em lágrimas:

– Meu querido primo, não posso obedecer às ordens dela: estou tão doente que me é impossível cavalgar; e quando sarar terei de cumprir a tarefa dessa senhora [a anciã] que me está levando consigo. Voltai pois à corte, Lionel ou vós, dizei a minha senhora como estou, contai-lhe o que me aconteceu. E, para que tenha provas de minha desventura, levai-lhe os cabelos que mandei guardar em um cofrinho, em sua intenção.

17-20. *Na manhã seguinte, ao despedir-se de Lancelot para ir ao encontro da senhora de Galvoie, Bohort confessa-lhe que foi ele que tentou, a contragosto, capturar a rainha. Lancelot admoesta-o e perdoa-o. Lionel vai para a corte. Põe a rainha a par da doença de Lancelot e entrega-lhe o cofrinho com os cabelos. O rei manda avisar que não voltará esta noite da floresta.*

21. A rainha diz a Lionel:

– Meu querido amigo, que conselho me dais? Sinto mais vontade que nunca de ver Lancelot. Gostaria de vê-lo e de tê-lo, se possível, sem o conhecimento do rei e dos barões, somente convosco.

– Vou dizer-vos como ele virá ter convosco sem que ninguém fique sabendo além de nós dois, em total intimidade. O melhor é pedir ao rei que mande anunciar um torneio para o oitavo dia após a festa de Madalena: se aqui se reunirem os cavaleiros de toda parte, haverá uma grande multidão; e, quando o torneio estiver no auge, ele e eu viremos, incógnitos; assim podereis vê-lo e tê-lo. Para agir com mais discrição ainda, nesse entretempo fazei como se não soubésseis de coisa alguma.

– Palavra de honra, nada direi.

Plenamente de acordo, eles jogam e divertem-se a noite inteira.

22. No dia seguinte o rei voltou da floresta. Assim que o avistou, a rainha foi a seu encontro e deu-lhe as boas-vindas. Ele foi assistir à missa. Após o almoço, quando as mesas* foram retiradas, a rainha disse-lhe:

– Sire, estou com o coração pesado por sir Gauvan e seus companheiros, que não sabem das notícias que a damisela nos trouxe outro dia sobre Lancelot. Faz muito tempo que não há um torneio neste país: mandai anunciar um para o oitavo dia após a festa de Madalena, e que seja nos campos de Camelot. Creio que, se Lancelot ouvir falar disso, virá para cá, como todos os outros que partiram em demanda.

O rei dá-lhe razão, pois também deseja muito rever Lancelot.

23. Então ele envia por todo o país convites anunciando o torneio.

– Agora podeis ir quando vos aprouver; acatei vossos conselhos – diz a rainha a Lionel. – Saudai em meu nome vosso primo e dizei-lhe que de modo algum deixe de vir.

Ele parte discretamente, sem dar-se a conhecer, e cavalga até o lugar onde Lancelot estava acamado. Sob os sicômoros haviam armado três pavilhões.

24. Depois de apear e tirar as armas, Lionel foi para junto de Lancelot e, achando-o muito doente, perguntou-lhe como se sentia.

– Não estou me restabelecendo bem: a donzela que cuidava de mim está ela mesma tão doente que há três dias não deixa o leito, e por isso minha saúde vai mal.

Lionel transmite-lhe então a mensagem da rainha.

– Meu Deus, por que, por que minha senhora fez isso? Estou gravemente doente e a data está tão próxima, falta menos de um mês. Tenho medo de não conseguir chegar a tempo, sobretudo por causa do assunto dessa dama[17], que preciso concluir antes de voltar para lá. – E começa a lamentar-se e a deplorar sua doença.

25-28. *Ao conversar com a jovem, acamada em outro pavilhão, Lionel intui que ela está doente de amor por Lancelot. Desenvolvendo uma sólida argumentação lógica, Lionel demonstra a Lancelot que, se ele recusar à jovem seu amor, causará sucessivamente a morte dela, sua própria morte e a da rainha, que não suportará perdê-lo; e então "todos teriam perfeitamente o direito de acusar-vos de traição, se assim fizésseis".*

29. Lancelot cala-se por falta de resposta, chora lamentosamente e maldiz a hora em que nasceu, sentindo-se forçado a agir contra sua preferência.

– Querido amigo – diz a Lionel, depois de secar as lágrimas –, é certo que nada farei sem a permissão de minha senhora. Tomai sem mais tardança o caminho para a corte, dizei à rainha como estou e que estarei morto sem remissão se não fizer a vontade de uma damisela; dizei-lhe também que, se ela preferir, morrerei.

– Palavra, eu iria de muito bom grado, mas vos vejo em um estado tão lamentável que não creio que ainda estaríeis vivo quando voltasse; tendes de decidir rapidamente.

30. Lionel vai ao pavilhão da damisela, que está muito enfraquecida, saúda-a da parte de Lancelot e diz-lhe:

---

17. Cf. L, 1-42, e LIII, 8.

– Damisela, meu senhor vos faz saber que já o salvastes da morte uma vez e em troca deve devolver-vos a vida. Se conseguísseis tirá-lo de perigo, ele vos promete que doravante, se vos aprouver, podeis considerá-lo vosso cavaleiro e vosso amigo.

A essas palavras ela fica tão feliz como se tivesse Deus nas mãos e diz suspirando:

– Estou realizada: terei agora tudo que desejei na vida. Doravante a doença não me atormentará mais, pois só de ouvir essas palavras meu júbilo supera tudo.

Então se arruma o melhor que pode e vai ter com Lancelot, portando adornos que realçam sua beleza. Lionel já montou a cavalo; põe-se a caminho a toda velocidade para ir à corte.

31-33. *A jovem apresenta-se diante de Lancelot, que se compromete "a ser vosso cavaleiro durante minha vida toda". Graças a seus cuidados, ele se recupera rapidamente. Na manhã seguinte Lionel retorna e transmite-lhe a mensagem da rainha: "Deveis fazer a vontade da damisela, para escapardes da morte e ela também; senão, perdereis seu amor." A sós com Lancelot, a jovem cobra dele o cumprimento de sua promessa.*

34. A essas palavras, Lancelot reflete um pouco.

– Damisela, tanto fizestes por mim que devo ser vosso cavaleiro e vosso amigo, e sou-o de bom grado. Digo-vos sinceramente que não há no mundo damisela que eu ame tanto quanto a vós, nem amarei nunca, em sã consciência. Mas a ordem que me dais de ter apenas a vós como senhora e amiga desola-me. Vou fazer-vos uma confissão que nunca fiz a ninguém. Amo uma dama muito nobre e hei de amá-la fielmente, mesmo que disso me advenha morte ou desgraça; meu coração está preso a ela para sempre e, se quisesse tomá-lo de volta, não teria forças; meu corpo pertence-lhe, na vigília ou no sono; dia e noite meus pensamentos são para ela. Minha alma e meu corpo pertencem-lhe inteiramente; não posso dispor de mim, assim como o servo não pode furtar-se às ordens de seu senhor. Sobre esse assunto não sei o que vos dizer sem vossa ajuda.

35. – Senhor – responde a donzela –, falastes como cavaleiro leal e homem sensato; vejo que não gostaríeis de decepcionar-me e sou grata por isso. Entretanto, visto que sois o melhor cavaleiro do mundo, não vos considerarei quite assim tão facilmente: quero que respeiteis nosso acordo como vou dizer-vos. Eis o que fareis: amais uma nobre dama e portanto cometeríeis uma falta grave se désseis vosso amor a uma outra dama; mas se o désseis a uma donzela, sem manchar a honra que vossa dama vos fez, quem vos censuraria por isso?

– Ninguém, de fato – responde ele.

36. – Quanto a mim, amo-vos de modo muito diferente de como uma mulher costuma amar um homem. Em nosso amor a virgindade não será prejudicada; hei de guardá-la durante a vida inteira, do modo seguinte. Prometei-me que me tereis como vossa amiga, respeitando a honra de vossa dama, em todo lugar onde me encontrardes; e prometerei que em toda minha vida só amarei a vós. Não terei relação carnal com homem algum, serei vossa em toda parte aonde for e recorrerei a vós como meu amigo. Assim não cometereis falta alguma para com vossa dama; amareis a mim como donzela e a ela como dama e salvaguardareis a honra de ambas. Terei mais prazer em guardar minha virgindade até meu último dia, por amor a vós, do que em ser a soberana do país mais poderoso do mundo.

37-51. *A anciã[18] leva-o até o filho do duque Kales e Lancelot toma sua defesa contra o pai. Mata o duque e, sem dar-se a conhecer, vê-se em presença de Agravan, Guerehet e Gaheriet, que foram aprisionados durante a batalha; pede aos filhos de Kales que eles sejam tratados honrosamente. Uma damisela é raptada por um cavaleiro, apesar da intervenção de Lionel, que por sua vez é levado também.*

LXXVII. *Hector encontra uma damisela que deplora o destino de Lionel. Luta com Teriquan, irmão de Caradoc, no Outeiro da Fonte, mas é derrubado por Teriquan, que o aprisiona em seu castelo; lá Hector encontra Sagremor e Lionel.*

LXXVIII. *Lancelot e as três feiticeiras.*
1. Enquanto Lancelot, diz aqui o conto, estava mergulhado no sono após a partida de Lionel, passou por lá uma bela dama que era rainha da terra de Sorestan, limítrofe de Norgales do lado de Sorelois; levava consigo mais de sessenta cavaleiros em armas. Ela vê o cavalo de Lancelot pastando e supõe que pertença a um dos cavaleiros aventureiros da casa do rei Artur. Faz sinal a duas damas, uma das quais se chamava Morgana a Fada e a outra era a rainha Sedile: eram as três mulheres mais experientes em encantamentos e sortilégios, com exceção da Dama do Lago. Ligadas por mútua afeição devido a seus conhecimentos, cavalgavam, comiam e bebiam sempre juntas. A rainha de Sorestan diz que quer ir ver a quem pertence esse cavalo. Deparam com Lancelot ainda profundamente adormecido e contemplam sua rara beleza, que, declaram, não é de um homem de carne e osso e sim de um ser encantado.

---

18. Cf. L.

2. A rainha é a primeira a tomar a palavra:

– Por Deus – diz ela às companheiras –, confessai que nunca vistes um rapaz tão belo! Poderia considerar-se feliz a dama que tivesse em seu poder um jovenzinho como este, e aprouvesse a Deus que ele me amasse mais do que um cavaleiro já amou uma damisela!

– Ei, minha senhora – diz Morgana –, ele estaria mais bem colocado comigo do que convosco: sou de melhor família que vós, apesar de serdes rainha. Sei mais que vós o que são honra e cortesia; por isso ele me amaria mais e me trataria mais generosamente.

– Por Deus – diz a outra dama, Sedile –, eu é que deveria tê-lo. Sou bela, mais animada e mais jovem que vós, saberei melhor como servi-lo e tê-lo a meu bel-prazer; por isso me parece que deveis calar-vos e deixar-me falar.

3. – Vou dizer o que faremos – torna a rainha de Sorestan. – Vamos despertá-lo e oferecer-nos todas a seu serviço; a que for escolhida ficará com ele para servi-lo.

– Por Deus – replica Morgana –, se o despertarmos talvez ele não se digne a escolher nenhuma de nós três, e ficaremos cobertas de vergonha. Vamos mandar construir uma padiola levada por cavalos; lancemos-lhe um feitiço e ele só despertará quando quisermos; então o colocamos na padiola e fazemos que seja levado para o castelo da Carroça. Quando o tivermos em nosso poder ele se submeterá mais depressa a nossas vontades.

4-6. *Lancelot é levado assim para o castelo da Carroça. Desperta em um belo quarto "onde havia apenas uma porta e duas janelas de ferro". Uma jovem traz-lhe "comida em profusão", sugere-lhe que durma "nesse leito suntuoso" mas não lhe dá informação alguma.*

7. No dia seguinte, quando o sol se ergueu, as três damas entraram no quarto, vestidas e adornadas com extremo luxo. A rainha de Sorestan tomou da palavra:

– Senhor cavaleiro, sois prisioneiro nosso, mas tendes sorte: o resgate será leve. Escolhei de nós três a que vos agradar; ou então, se fordes bastante orgulhoso para não achar de vosso gosto nenhuma de nós, continuareis prisioneiro para sempre.

8. Ao ouvir que ela lhe propõe uma alternativa inaceitável, Lancelot olha-a de alto a baixo com desprezo e responde encolerizado:

– Minha senhora, estou sob vossa dependência a ponto de ter de adotar uma amiga, queira ou não, ou então ficar prisioneiro? Por Deus, prefiro mofar vinte anos preso a fazer de uma de vós minha amiga! Que rebaixamento!

– Bem, é o que dizeis. Por minha cabeça, isso não vos trará nada de bom. Nunca pronunciastes palavras que vos custassem tão caro.

– Pouco me importa – replica ele.

Vai deitar novamente em seu leito, mais irritado que antes, e diz consigo que prefere estar morto a trocar sua senhora a rainha, que é fonte de beleza, por essas mulheres velhas. Elas saem desgostosas e encolerizadas. Morgana não o reconheceu porque ele perdera os cabelos[19].

9. Lancelot ficou três dias em seu cárcere, desolado a ponto de perder a vontade de comer e beber. Uma damisela do castelo sofria muito com isso; todo dia trazia-lhe a comida e haviam-na encarregado de servir e vigiar o prisioneiro. Fazia-lhe todo o bem que podia, comovida com sua aflição. No quarto dia, cavaleiros do castelo voltaram de um torneio que se realizara na véspera; Lancelot pôde ouvir os comentários que faziam. Absorto em seus pensamentos, considerava-se o mais infeliz dos cavaleiros: justamente quando deveria percorrer o mundo e levar a termo as aventuras* perigosas que os outros evitavam, tinha de acontecer que umas diabas o aprisionassem e que seu destino fosse estar constantemente doente ou encarcerado! Lamenta os azares de que tantas vezes foi vítima e entrega-se a uma dor sem igual.

10. *Ele diz a sua guardiã que se chama "Lancelot do Lago, o Infeliz".*

11. Ao saber que esse é Lancelot, considerado o melhor cavaleiro do mundo, ela sente uma alegria transbordante e diz:

– Palavra de honra, vou libertar-vos, caso concordeis em fazer o que eu ordenar.

– Ordenai e assim farei, se estiver em meu poder.

12-14. *A damisela, que é filha do duque de Rocedon, abre-lhe a porta da prisão e em troca Lancelot compromete-se a defendê-la contra um cavaleiro que matou seu noivo e agora quer desposá-la à força. Ela lhe conta que houve um torneio, que vai recomeçar dentro de dois dias, entre os homens do rei de Norgales e os do rei Baudemagu.*

*Má aventura* tragicômica de Lancelot.*

15. Quando ouve que o rei Baudemagu foi expulso de um campo fechado, Lancelot fica desgostoso; Baudemagu é um dos homens que mais honras lhe prestou e ele lamenta não haver estado presente nesse primeiro torneio. Monta a cavalo e recomenda a Deus a damisela, que o incita a não esquecer seus compromissos.

---

19. Cf. LXXVI, 10.

Cavalgando, depara com uma vereda estreita que o conduz diretamente a uma floresta; nela estava armado um pavilhão diante de um grande olmo. Apeia à entrada do pavilhão e vê no interior três círios acesos e um grande leito coberto de seda púrpura. Aproximando-se, não vê homem nem mulher no leito e tampouco no pavilhão. Então se desarma, coloca a espada na cabeceira do leito e despe-se, dizendo consigo que deitará ali, já que não há ninguém; apaga os círios, deita-se e prontamente adormece.

16. Pouco depois entra o cavaleiro a quem o pavilhão pertencia; ao ver os círios apagados, julga que sua mulher está dormindo. Não traz espada nem armas. Despe-se prontamente e esgueira-se para junto de Lancelot; aperta-se contra ele, abraça-o e dá-lhe beijos, julgando realmente que ali está sua mulher. Ao sentir-se coberto de beijos, Lancelot ergue-se, embasbacado, acreditando que se trata de uma dama ou damisela, e segura-o nos braços. O outro, convencido de que esse é o amante de sua mulher, solta-se, agarra-o de surpresa pelos dois braços e, antes que Lancelot possa reagir, joga-o no chão:

— Ah, patife, não vos trará sorte virdes deitar com minha mulher em meu próprio pavilhão! — diz ele. Dá-lhe um soco na boca e quase lhe quebra os dentes; o sangue jorra, inundando o queixo.

17. Lancelot agarra-o pela garganta, atira-o longe e vai pegar a espada. Quando vê Lancelot aproximar-se de espada em riste, o cavaleiro, totalmente nu, foge desabalado para a floresta. Mas Lancelot persegue-o ferozmente, também despido; acaba por alcançá-lo e com um golpe fende-lhe a cabeça até os dentes; o outro desaba por terra. Lancelot volta ao pavilhão e deita-se, dolorido do soco que levou na mandíbula.

18-34. *No dia seguinte, Lancelot encontra em um monastério a irmã de Meleagant; ela lhe confirma que haverá um torneio entre os homens do rei de Norgales e os de Baudemagu. Lancelot opta pelo partido de Baudemagu, que não é o favorito. Incógnito, distingue-se pelos mais belos lances do torneio e depois desaparece na floresta.*

*Lancelot admirado por uma dama e seu marido.*

35. Lancelot cavalgou o dia todo, exausto dos esforços que fizera. Então vê aproximar-se um cavaleiro em armas, acompanhado de uma dama belíssima; saúdam-no, mas, com medo de ser reconhecido, ele responde em voz baixa.

— Caro senhor, quem sois? — pergunta a dama.

— Um cavaleiro, como bem vedes.

— Que Deus me ajude, sois um cavaleiro que, em minha opinião, não tem igual no mundo. Sei disso por ouvir dizer e porque vi. Peço que vos hospedeis em meu castelo, perto daqui, e asseguro que vos mostrarei amanhã a mais bela criatura que já se apresentou a vossos olhos.

Ele aceita o convite.

36. A dama cavalga à frente e Lancelot segue-a. Chegam a um vale no fundo do qual se ergue um castelo bem construído, de bela aparência, com muralhas altas e sólidas. Quando entram no castelo já é noite fechada. Vão a cavalo até o salão principal; as pessoas acorrem a seu encontro com círios e tochas, ajudam a dama a apear e ela recomenda:

– Prestai honras e serviço a este cavaleiro, pois é o mais valoroso e o melhor do mundo.

37-42. *A dama banha o rosto ferido de Lancelot, dá-lhe para vestir um traje de seda, dirige louvores a seu escudo. Estão no início do jantar quando chega o senhor do castelo, que participou do torneio do rei Baudemagu e do rei de Norgales. A mulher, "que sente prazer em escutar o que viu com os próprios olhos, e diante daquele que era o herói", leva o marido a narrar entusiasticamente as "incríveis façanhas" do cavaleiro desconhecido durante o torneio. Quando finalmente lhe revela que esse cavaleiro é o que está ali à mesa, o marido "fica feliz a mais não poder".*

43. Essa noite Lancelot teve um leito confortável e dormiu até por volta da hora prima\*. Quando despertou o sol já se erguera; a dama havia lhe preparado uma roupa de linho, fresca e nova. Nesses trajes assistiu à missa. Depois serviram-lhe a refeição; então Lancelot pediu suas armas e declinou da oferta do senhor para que permanecesse doravante em sua casa.

– Minha senhora – diz então à dona da casa –, peço que cumprais o acordo que fizemos, vós e eu.

– De bom grado.

44. Ela manda selar um palafrém.

– Minha senhora, aonde deveis ir? – pergunta seu esposo.

– Vou conduzir este senhor a Corbenic, pois prometi mostrar-lhe a mais bela criatura do mundo.

Ela se põe a caminho com Lancelot. Cavalgam até depois da hora nona\* e então avistam no fundo de um valezinho um pequeno castelo de bela aparência, cercado de água profunda e de bons muros ameados. Nas proximidades do castelo uma damisela pergunta à dama:

– Aonde estais levando este cavaleiro, minha senhora?

– A Corbenic.

– Realmente gostais pouco dele para levá-lo a um lugar de onde não pode sair sem desonra e sem dano.

*Lancelot em Corbenic. Concepção de Galaad.*

45. Eles atravessam a ponte pela qual se chegava ao castelo e quando avançam pela rua principal as pessoas põem-se a apostrofar Lancelot: "Senhor cavaleiro, a carroça está à vossa espera!" Cavalgam até as proximidades do torreão. Olhando à direita, parece-lhe ouvir bem pertinho uma voz de mulher. Era a damisela que sir Gauvan tentou tirar do tanque e não conseguiu; ela gritava:

– Santa Maria, quem vai me tirar daqui?

Lancelot vai até o tanque, segura a damisela pelos braços e puxa-a para fora. Vendo-se livre, ela cai a seus pés e beija-lhe o sapato, dizendo:

– Oh, senhor, bendita seja a hora em que nascestes, pois me arrancastes do pior sofrimento em que mulher já esteve!

46. Prontamente o salão se enche de damas e cavaleiros; todos os da cidade ajuntam-se para ver a damisela e levam-na a uma capela para dar graças a Nosso Senhor. Então conduzem Lancelot a um cemitério sob o torreão e mostram-lhe um túmulo riquíssimo, no qual uma inscrição dizia: "Esta lápide nunca será levantada antes que nela ponha as mãos o leopardo do qual nascerá o grande leão; ele a erguerá e então será gerado o grande leão na bela filha do rei da Terra Deserta." Ele lê a inscrição e não a compreende. Os que estão a seu redor dizem:

– Senhor, pensamos que é de vós que esta inscrição fala, pois sabemos, por causa da damisela que libertastes, que sois o melhor cavaleiro de todos os que hoje vivem. Queremos que levanteis esta lápide e olheis o que há embaixo.

Ele coloca a mão na extremidade mais pesada, ergue-a sem esforço e vê lá dentro uma serpente, a mais horrenda e temível de que já ouviu falar. Ao ver Lancelot o bicho lança sobre ele uma chama tão ardente que lhe queima a loriga\* e as armas; depois salta fora do túmulo para o meio do cemitério, queimando com seu fogo os arbustos do local.

47. Os que presenciam a cena fogem e sobem às janelas para ver o que acontecerá. Lancelot coloca o escudo à frente do rosto e avança para a serpente. Ela lança sua chama envenenada que calcina a parte externa do escudo, mas Lancelot atinge-a em pleno peito com a lança, enterrando-lhe no corpo o ferro e a haste. Mortalmente ferido, o monstro põe-se a bater as asas no solo e Lancelot, empunhando a espada, assesta-lhe um grande golpe que faz sua cabeça voar longe. Os sinos começam a tocar. Prontamente acorrem jubilosos inúmeros cavaleiros, damas e damiselas, dando-lhe as boas-vindas; levam-no até o salão e desarmam-no.

48. Nesse entretempo saiu do interior um cavaleiro de alta estatura, seguido de numerosa companhia\*. Era um dos homens mais belos que

Lancelot já vira desde que deixara Camelot; tinha um ar de grande nobreza. Enquanto ele se adianta e todos se erguem à sua presença, dizem a Lancelot:

– Senhor, eis o rei que chega.

Então Lancelot ergue-se e dá-lhe as boas-vindas; o rei, abraçando-o, diz-lhe:

– Senhor, desejávamos tanto ver-vos e ter-vos que, graças a Deus, agora vos temos para nós. Sabei que precisamos muito disso: nosso país foi assolado e devastado[20], os pobres habitantes perderam suas colheitas; agora é justo, se aprouver a Nosso Senhor, que suas perdas sejam reparadas e que recuperem os bens de que por longo tempo se viram privados.

49. Então os dois sentam-se e o rei pergunta-lhe de que país é e qual seu nome.

– Lancelot do Lago.

– Dizei-me, o rei Ban, o homem de valor que morreu de dor, era vosso pai? – pergunta o rei.

– Sim, sire.

– Palavra de honra, tenho certeza absoluta de que por vós ou por alguém vindo de vós esta região será libertada das estranhas aventuras* que aqui acontecem dia e noite.

Nesse momento apresentou-se uma dama muito idosa, que bem podia ter cem anos; fez sinal ao rei e disse-lhe:

– Sire, quero falar convosco.

O rei ordena a seus cavaleiros que façam companhia a Lancelot e vai com a dama para um aposento.

– Sire – diz ela –, que poderemos fazer desse cavaleiro que Deus nos trouxe?

– Não sei, exceto que ele terá minha filha para dispor dela como quiser.

– Meu Deus – diz a dama –, tenho certeza de que ele se recusará a possuí-la quando lhe for oferecida, pois seu amor total pela rainha o impedirá de desejar outra mulher. Portanto será preciso manobrar com tanta habilidade que ele nada perceba.

– Pois bem, resolvei como quiserdes, mas isso precisa ser feito – diz o rei.

– Não vos preocupeis, hei de conseguir – responde a dama.

50. O rei retorna ao salão e vai ter com Lancelot. Entabulam conversação do modo mais cortês. Lancelot pergunta-lhe seu nome e ele responde

---

20. Alusão à "terra gasta", a terra devastada; após o "golpe doloroso" dado por uma arma mágica, aqui uma espada (cf. §§ 57-58), a região tornou-se estéril. Essa maldição só terá fim quando for cumprida a prova do Graal. O motivo provém do *Conte du Graal*, de Chrétien de Troyes, e circula tanto nas *Continuations* em verso como nos romances do Graal em prosa.

que se chama Peles da Terra Deserta. Então Lancelot vê entrar por uma janela a pomba que sir Gauvan viu anteriormente, trazendo no bico um turíbulo de ouro extremamente rico. Prontamente o palácio* se encheu de todos os aromas suaves com que homem pode sonhar. Fez-se silêncio, todos se ajoelharam e então a pomba desapareceu em outro aposento.

51. Surgem então os serviçais, que colocam as toalhas nas mesas. Os homens do rei sentam-se em silêncio, sem que ninguém seja convidado. Lancelot muito se maravilha com esse mistério; faz como os outros, senta-se diante do rei e, como todos estão em preces e orações, adota o mesmo comportamento. Pouco depois, vê sair de um aposento uma damisela, a mesma que sir Gauvan olhou com tanta insistência; era tão bela e encantadora que Lancelot tem de admitir consigo que nunca viu mulher tão deslumbrante, exceto a rainha, e reconhece que a dama que o levou até lá disse a pura verdade. Olha o vaso que a damisela traz nas mãos, o mais rico que olhos mortais poderiam contemplar: tem a forma de um cálice e Lancelot fica certo de que se trata de um objeto santo e digno; à sua passagem, junta as mãos e inclina-se piedosamente. À medida que a damisela ia passando em meio às mesas, todos se ajoelhavam diante do vaso santo, e Lancelot também. Prontamente as mesas ficaram cobertas das mais suculentas iguarias que seria possível descrever; o palácio* encheu-se de aromas suaves, como se todas as raras especiarias do mundo ali se espalhassem.

52. Depois de dar a volta às mesas, a damisela retornou diretamente para o aposento de onde viera. Após sua saída o rei Peles disse a Lancelot:

– Na verdade, senhor, eu estava com muito medo de que a graça de Nosso Senhor faltasse desta vez, como aconteceu antes, quando sir Gauvan aqui esteve.

– Sire, não é necessário que Nosso Senhor, que é tão meigo de coração, se mantenha perpetuamente encolerizado contra seus pecadores – responde Lancelot.

Depois que o rei comeu à vontade, retiraram as toalhas e ele perguntou a Lancelot o que lhe parecia do rico vaso que a damisela portava.

– Parece-me que nunca vi damisela tão bela; dama, já não digo o mesmo – responde ele.

53. A essas palavras o rei imediatamente pensa no que ouviu dizer sobre a rainha Guinevere e considera verdadeiros os rumores que correm sobre ela. Vai ter com Brisane, a mesma que lhe falara antes, e relata-lhe a opinião de Lancelot sobre sua filha.

– Sire, eu bem vos disse! Esperai aqui um pouco e irei falar com ele.

Vai ter com Lancelot e pede-lhe notícias do rei Artur; ele lhe dá as que sabe sobre a rainha.

– Senhor – diz ela –, não é isso que vos estou perguntando, pois não faz muito tempo a vi com boa saúde e feliz.

A essas palavras ele estremece de alegria e pergunta-lhe onde a viu.

– Perto daqui, senhor, a duas léguas, onde ela passará a noite.

– Minha senhora, estais zombando de mim!

– Por Deus, de modo algum! Vinde comigo e podereis vê-la.

Lancelot manda buscarem suas armas, enquanto Brisane vai ter com o rei, que a aguarda no aposento.

– Mandai vossa filha ir imediatamente para o castelo de Quasse – diz ela. – Irei em seguida com Lancelot e, quando lá estivermos, farei que acredite que se trata da rainha. Preparei para ele uma beberagem e, depois que a beber e os efeitos lhe subirem ao cérebro, não receeis: ele se comportará como eu quiser e assim o que desejamos se realizará.

54. O rei manda preparar sua filha e dá-lhe vinte cavaleiros para conduzi-la ao castelo de Quasse. Lá, depois de apearem, mandam erguer em um salão um leito de uma riqueza sem igual e a damisela deita-se nele, seguindo as instruções dos que a levaram. Em armas, Lancelot monta a cavalo; Brisane e ele cavalgam até Quasse. Quando chegaram, era noite fechada. Brisane levou-o a um aposento onde estavam os cavaleiros, que à sua entrada se ergueram, deram-lhe boas-vindas e desarmaram-no.

55. Uma grande claridade reinava no interior, com pelo menos vinte círios acesos. Brisane, que confidenciara seus projetos a uma donzela sua, entregou-lhe a beberagem, dizendo:

– Quando ouvires que peço de beber, traze-nos uma taça cheia disto e entrega-a a Lancelot.

Depois que o desembaraçaram das armas, Lancelot sentiu vontade de beber, por causa do calor durante o trajeto, e perguntou onde estava sua senhora a rainha.

– Senhor, ela está naquele quarto, e já dormindo, creio eu – responde Brisane.

Ele pede vinho e a damisela que recebeu ordens para isso traz-lhe a beberagem, mais límpida que água de nascente e da cor do vinho. A taça não era grande, mas estava cheia até a borda. Ele bebe tudo, gosta e pede mais; é servido e bebe até a última gota.

56. Mais falante e animado que de hábito, pergunta a Brisane como poderá aproximar-se de sua senhora a rainha. A dama constata que ele está totalmente transformado, pois não sabe mais onde se encontra nem como chegou ali e realmente acredita estar na cidadela de Camelot; tem

a ilusão de estar falando com uma dama que pertence ao séquito da rainha depois que a senhora de Malehaut morreu. Ao ver que Lancelot está fora de si e que poderá enganá-lo facilmente, Brisane diz:

– Senhor, minha senhora espera por vós e pede para irdes falar com ela.

Prontamente ele faz que o descalcem e entra no quarto em calção* e camisa; aproxima-se do leito e deita com a damisela, julgando que se trata da rainha. Ela, cujo único desejo é ter para si esse que faz brilhar a cavalaria* terrestre, acolhe-o com regozijo e ele lhe prodigaliza o prazer e as atenções que reserva para sua senhora a rainha.

57. Assim são unidos o melhor e mais belo cavaleiro e a donzela mais bela e de mais alta linhagem dessa época. Ambos se desejam por razões diferentes: ela não tanto pela beleza desse homem nem por luxúria e ardor carnal como para receber o fruto graças ao qual todo o país deve recuperar sua beleza primitiva, esse país destruído e arrasado pelo golpe doloroso da espada com estranho talabarte, como é claramente contado na *Demanda do Graal*[21]. Ele porém a desejava de modo muito diferente: não a cobiçava por sua beleza e sim por julgar que fosse sua senhora a rainha; isso acendeu a chama de seu desejo e ele a conheceu como Adão conheceu sua mulher, ou antes, de modo diferente, pois Adão conheceu sua mulher legitimamente e por ordem de Nosso Senhor, ao passo que Lancelot conheceu essa jovem no pecado e por uma união ilícita, contra os mandamentos de Deus e da Santa Igreja. Mas o Senhor, em quem habita toda a piedade e que não julga os pecadores somente por seus atos, considerou essa união segundo o proveito que traria aos habitantes do país, recusando-se a vê-los para sempre na desgraça. Concedeu que gerassem e concebessem um fruto tal que, em troca da flor da virgindade que então foi corrompida e violada, nascesse uma outra flor por cuja virtude e compaixão muitas terras recobraram plenitude e ventura, como nos conta a *História do Santo Graal*. Em troca dessa flor perdida foi dado Galaad, o virgem, o cavaleiro sem par, aquele que levou a termo as aventuras* do Graal e ocupou a Cadeira Perigosa da Távola Redonda, na qual ninguém sentara sem perder a vida.

58. E, assim como Lancelot perdera o nome de Galaad[22] por ardor de luxúria, assim também esse nome foi restaurado por aquele infante, gra-

---

21. Os parágrafos 57 e 58 anunciam a *Quête du Graal* e o destino de Galaad. A espada com estranho talabarte provém do *Conte du Graal* (ed. Hilka, versos 3160, 4712); ela seria a recompensa de Gauvan se ele libertasse a damisela do poço de Montescleire. Observe-se também que nessa mesma obra de Chrétien o Rei Mutilado é ferido nas ancas (nas coxas, segundo alguns manuscritos) por um dardo. Cf. a nota de XCVIII, 49. – *A História do Santo Graal* designa na verdade a *Demanda*.
22. Cf. Ia, 1.

ças à sua continência: até a morte ele se manteve virgem em intenção e de fato, como conta a história. Assim se recuperou flor com flor: para seu nascimento a flor da virgindade foi corrompida e aniquilada, mas aquele que depois foi a flor e o espelho da cavalaria* reparou tal degradação; e, se a virgindade perdeu-se para concebê-lo, ao longo de sua vida ele resgatou esse pecado com uma virgindade que devolveu sã e intacta a seu Salvador ao deixar este mundo e com as boas ações que praticou em vida. Aqui o conto não fala mais dele e volta a Lancelot, que passou a noite com a damisela e arrebatou-lhe o nome que ela não teve mais o direito de portar: se à noite podia ser chamada de donzela, no dia seguinte esse nome mudou para damisela.

LXXIX. 1. Quando nasceu o dia, Lancelot despertou e, olhando ao redor, nada viu: com todas as janelas fechadas o sol não podia penetrar. Tenta entender onde está, tateia à sua volta e dá com a damisela; pergunta-lhe quem é, pois recobrou a lucidez, tendo a beberagem perdido o efeito quando ele conheceu carnalmente a damisela.

– Senhor, sou uma damisela, a filha do rei Peles da Terra Deserta.

Então ele compreende que foi logrado; salta fora do leito, com amargura no coração, pega a camisa e o calção, veste-se, calça-se e reveste as armas.

2. Em armas, volta ao quarto onde esteve deitado e abre as janelas. Ao ver aquela que o enganou, fica tão fora de si que julga enlouquecer: vai vingar-se sem mais demora, pensa. Desembainhando a espada, avança para a jovem.

– Damisela – diz-lhe em um acesso de cólera –, matastes-me e tendes de morrer, para que nunca mais um homem seja enganado por vós como eu fui.

Ergue a espada e ela, com pavor de morrer, implora piedade:

– Ah, nobre cavaleiro, não me mateis, em nome da piedade que Deus teve por Maria Madalena!

3. Lancelot suspende sua vingança, indeciso: tem ante os olhos uma criatura de beleza sem igual. Tremendo de cólera e rancor, mal consegue reter a espada; reflete em silêncio sobre o que fará, se a matará ou a deixará viver, enquanto ela implora misericórdia, ajoelhada à sua frente, nua sob a camisa. Contemplando-lhe os olhos, o rosto, Lancelot vê tanta beleza que fica abismado.

– Damisela – diz, repleto de remorso –, vou embora vencido e covarde, como homem que não tem coragem de vingar-se de vós: seria muito cruel e desleal se destruísse uma beleza tão insigne como a vossa. Peço que me perdoeis por haver desembainhado minha espada contra vós num impulso de cólera e rancor.

– Senhor, perdôo-vos, com a condição de que me perdoeis por haver provocado vossa ira – responde ela.

4. Descendo ao pátio, Lancelot encontra selado seu cavalo: Brisane mandou prepará-lo de propósito, sabendo que ele não se eternizaria no castelo depois de descobrir o logro. Monta, depois de pegar seu escudo e uma lança encostada em uma árvore, e vai embora, aflito e descontente, perdido em seus pensamentos, com a mente perturbada. De manhã o rei Peles foi ao castelo de Quasse para ver a filha, que lhe contou o que acontecera. Quando soube de suas relações com Lancelot, mandou que zelassem por ela com atenção e a honrassem ainda mais do que antes. Mal se passaram três meses, os médicos e a própria damisela confirmaram que ela estava grávida. O regozijo foi exuberante no castelo e entre os habitantes do país.

*5-15. Em um vau, Lancelot, sempre pensativo, deixa um cavaleiro pegar seu cavalo. Mata os agressores de uma damisela que um bruto queria desonrar; ela o acolhe em seu castelo, mas ele pede suas armas para recuperar o cavalo que lhe roubaram. O cavaleiro, seu anfitrião, tenta dissuadi-lo e acompanha-o em sua empreitada.*

*Lancelot fica sabendo que Hector é seu irmão.*
16-17. *O anfitrião de Lancelot pergunta-lhe se conhece "um cavaleiro jovem, companheiro da Távola Redonda, chamado Hector". Quando Lancelot lhe fala elogiosamente de Hector, o cavaleiro pondera que "é natural que ele seja um cavaleiro valoroso: assim foi também seu pai, o rei Ban de Benoic, que o gerou".*

18. Lancelot fica muito espantado:

– Caro anfitrião, estais enganado; talvez vos tenham induzido em erro.

– Em nome de Deus, sei realmente que o rei Ban de Benoic, que vos gerou, também gerou esse Hector, e vou contar-vos em que circunstâncias.

– Contai, pois estais me causando grande espanto – diz Lancelot.

– Há não muito tempo, após a morte do rei Uterpendragon, na véspera da coroação do rei Artur, então um jovem infante, os barões vassalos de Uterpendragon foram chamados perante Artur para dele receberem seus feudos e prestarem-lhe homenagem*. Assim o rei Ban e seu irmão, o rei Bohort de Gaunes, foram à cerimônia e passaram uma noite no castelo onde ontem à noite queríeis entrar.

19. "Nessa época o senhor do castelo era o duque dos Pântanos, que tinha a mais bela filha do país. Ao vê-la, Ban desejou-a tanto que deitou com ela às escondidas e gerou Hector. Quando o cavaleiro que vos preparais para combater[23] deu a Hector armas para ir à corte do rei Artur, proibiu-o de revelar-vos quem era se sua bravura não lhe conferisse esse privilégio, e Hector assim lhe prometeu lealmente. Surpreende-me que ele seja tão bravo como dizeis: nunca se relacionou convosco e não vos envergonhais por ele ser vosso irmão."

– Por Deus, não! – diz Lancelot. – Estou feliz por ele ser meu irmão! Assim que eu tiver provas incontestáveis disso, ele terá de prestar contas por haver se escondido tanto de mim.

20. Sempre conversando, chegam perto do castelo e o anfitrião diz a Lancelot:

– Senhor, esperai-me um pouco aqui; não vou demorar.

Lancelot detém-se, enquanto seu anfitrião vai a toda a pressa ao castelo e encontra um cavaleiro, irmão da mãe de Hector, que estava guardando a porta e que era seu primo-irmão. Eles trocam saudações.

– Caro primo – diz o anfitrião –, tomai uma decisão sensata, pois o melhor cavaleiro do mundo está vindo aqui para lutar convosco e forçar a passagem pela ponte. Valente como é, não conseguireis fazer-lhe frente. Por isso vim dizer-vos para propor-lhe o acordo mais honroso possível.

– Quem é ele? – pergunta o cavaleiro guardião da ponte.

– É sir Lancelot do Lago.

– Por Deus, não o enfrentarei, se aprouver a Deus. Mesmo que pudesse levar a melhor eu desistiria do combate, por amor a meu sobrinho Hector, de quem ele é irmão. Mas dizei-me que armas ele está portando.

21. O cavaleiro descreve-as e seu primo compreende imediatamente que se trata daquele a quem derrubou na água na véspera à tarde.

– Ah, caro primo, que me estais dizendo? Esse que porta armas brancas seria Lancelot? Em nome de Deus, não é Lancelot, o filho do rei Ban e que é tido como um cavaleiro tão bravo: ele chegou aqui ontem à noite, lutamos e derrubei-o no fosso. Se fosse esse cavaleiro de tão prestigioso e universal renome, eu nunca o teria feito beijar o chão; trata-se de algum malandro, algum poltrão que, disfarçando-se de cavaleiro, tomou emprestado o nome daquele perfeito fidalgo para receber honras em toda parte.

A essas palavras, o anfitrião fica abismado. O outro pergunta-lhe como eram os cabelos de seu adversário.

---

23. Cf. 5-15.

– Ele não tem cabelos; sua cabeça foi raspada recentemente.
– Em nome de Deus – diz o cavaleiro da ponte –, então tenho certeza de que não é Lancelot, pois ele tem os mais belos cachos castanhos que alguém já viu. Deixai vir tranqüilamente esse que se faz chamar de Lancelot; que eu nunca mais porte armas se não o derrubar da sela!
22. *Ambos lutam. Lancelot derruba no fosso seu adversário, que finalmente reconhece quem é ele: "Rendo-me e ponho-me inteiramente à vossa disposição." Lancelot coloca-o na garupa e entra no castelo, "desejando, se possível, saber toda a verdade sobre si mesmo e sobre Hector".*
23. Chegando ao salão, o cavaleiro apeia e diz à senhora da casa:
– Cara irmã, trago-vos sir Lancelot, o melhor cavaleiro do mundo, que é irmão de vosso filho Hector. Recebei-o com alegria no coração, como deveis.
Ela manda que o desarmem e, quando seu rosto é descoberto, julga estar vendo o rei Ban: de fato, quem tivesse visto o rei Ban e depois Lancelot não poderia duvidar que Hector fosse filho do rei. Ela beija-o, chora de alegria e de emoção e leva-o ao salão principal.
– Certamente, senhor – diz-lhe em lágrimas –, não me surpreende que sejais um cavaleiro valente e bravo, pois sois filho do melhor cavaleiro de sua época, o rei Ban de Benoic.
Ela senta sobre o tapete de ramos verdes de que o salão estava juncado*; Lancelot pede-lhe que conte toda a verdade sobre ele mesmo e sobre Hector, explicando:
– Disseram-me que ele é meu irmão. Se for verdade, essa será para mim a notícia mais feliz.
– Por Deus, Hector é vosso irmão, gerado pelo rei Ban de Benoic – responde ela. Repete-lhe com os mesmos detalhes a narrativa do anfitrião, o que o convence totalmente. E acrescenta:
– Além disso, senhor, vou mostrar-vos um objeto que conheceis bem.
24. Vai até seu quarto e pega um anel de ouro ornado com uma safira em que estavam esculpidas duas serpentezinhas. Voltando para junto de Lancelot, diz-lhe:
– Senhor, o rei Ban deu-me este anel quando deixou este país, e disse-me que o ganhara da rainha vossa mãe e que ela possuía outro idêntico. Sei que me disse a verdade, pois recentemente cavalguei pela Gália para encontrar-me com um de meus tios e meu caminho levou-me ao Mosteiro Real, onde está enterrado vosso pai. Lá encontrei vossa mãe, a melhor e mais santa mulher que pode existir no mundo. Apresentei-me a ela, disse-lhe quem era e de qual país; ela me fez perguntas sobre vós e contei-lhe que ouvira dizer que éreis o melhor cavaleiro que já existiu. Eu

estava usando este anel; ela o viu e confessou que sabia de quem eu o recebera; mostrou-me o seu, que estava usando, totalmente idêntico.

25. Essa revelação encheu Lancelot de uma felicidade maior do que se lhe dessem a melhor cidade pertencente ao rei Artur. Essa noite houve no castelo regozijo e festejos pela chegada de Lancelot. A dama estava ansiosa para ser informada sobre seu filho Hector, que não via há mais de dois anos. Prepararam para Lancelot um leito luxuoso e ele dormiu até de manhã. Vestiu-se e assistiu à missa na capela do castelo.

26. *Lancelot parte, prometendo à mãe de Hector que zelará por ele.*

27-33. *Um eremita e depois uma damisela advertem Lancelot contra os perigos da Floresta Perdida. Tanto ele como o valete\* que o acompanha não lhes dão atenção.*

*A ronda mágica.*

34. Eles cavalgaram até chegarem a uma belíssima campina diante de uma torre e na qual estavam armados uns trinta pavilhões magníficos. No meio dos pavilhões havia três pinheiros, formando um triângulo, e no centro um trono de marfim coberto de seda vermelha; sobre a seda, uma imponente coroa de ouro; em torno dos pinheiros, damas e cavaleiros, dançando de mãos dadas uma dança de roda, uns com os elmos atados, outros em cota\* e manto. Quando Lancelot viu as rodas dançando em torno dos pinheiros, ficou bobo de admiração e disse ao valete\*:

– Eis ali uma bela companhia\* e pessoas animadas, provando que não há perigo em caminhar pela floresta!

35. Avança na direção dos pavilhões e, mal chegando ao primeiro, muda de sentimentos e de intenções: se até agora desejou apenas proezas de cavalaria\*, ataques, escaramuças, agora seu único desejo é participar da roda. Esquece e apaga da memória sua senhora, seus companheiros e ele mesmo; entrega o cavalo para o valete\*, joga no chão a lança e o escudo, entra em armas na roda e segura a mão da damisela mais próxima; põe-se a cantar e a bater o pé como os outros, entrega-se inteiramente à diversão e à alegria.

36-37. *Por duas vezes o valete\* tenta inutilmente convencer Lancelot a sair da roda para prosseguirem caminho. Por fim, "com lágrimas nos olhos e a morte na alma", compreende que ele está sob o poder de um sortilégio e parte sozinho. O conto volta a Ivan, "sobre quem se calou durante longo tempo".*

LXXX. *Ivan luta com Bohort, sem reconhecê-lo, para devolver a um anão seu cãozinho. O combate é interrompido quando ambos se identifi-*

cam. O anão dá-lhes notícias de Lancelot e de sua participação no torneio do castelo da Carroça[24]. Uma anciã faz Ivan derrubar por terra um escudo e pegar em um pavilhão uma espada e um elmo; doze damiselas choram por causa dessa audácia. Um eremita explica a Ivan que com isso ele desencadeou o furor de Mauduit o Gigante. Ivan luta com Triadan, que censurou sua conduta, vence-o e manda-o levar uma mensagem de desafio a Mauduit, que mutila o mensageiro. Tomado de desvario assassino, Mauduit mata e destrói tudo por onde passa. Um cavaleiro recusa hospitalidade a Ivan ao reconhecer o escudo de Mauduit, que ele está portando. Ivan é aprisionado por Mauduit no castelo de Trespasse, mas a senhora promete ajudá-lo a fugir, em reconhecimento pelo bem que Urien, pai de Ivan, fez outrora a seu próprio pai.

LXXXI. 1-10. *Na corte do rei Peles, Bohort luta com Marial, que pretendia despojar a senhora de Galvoie de suas terras. Depois de vencê-lo, é acolhido no castelo.*

*Bohort diante do Graal.*
11. Bohort é levado ao castelo e as damiselas dançam danças de roda e farândolas por amor a Lancelot, a quem não haviam festejado tanto quanto gostariam. No palácio\*, eles cantaram e divertiram-se até a noite, quando as mesas foram postas. Bohort foi colocado entre o rei Peles e sua bela filha. Ela já não levava o Santo Graal diante das mesas, pois os oficiantes a serviço do Graal tinham de ser virgens e puros; assim, ela fora destituída desse privilégio e sua prima-irmã, sobrinha do rei, virgem de corpo e de intenções, ocupara seu lugar.

12. Quando todo mundo estava à mesa, entrou no salão a nova damisela, trazendo nas mãos o Santo Graal. Ao vê-lo, Bohort adorou-o com recolhimento; inclinou-se diante dele, em lágrimas, meditando que aquele era o vaso santo de que ouvira falar muitas vezes. Quando a damisela percorreu o salão, as mesas cobriram-se das mais suculentas iguarias e todos mostraram jubilosa animação. Mas a damisela sentada perto de Bohort não compartilhava dessa euforia; chorava comoventemente e disse a seu pai:
— Ai de mim, sire, vós é que me arrebatastes essa honra.
— Cara filha, agimos assim com as melhores intenções.

13. O rei mandou arrumarem o leito de Bohort em um quarto térreo, para poupá-lo das singulares aventuras\* que aconteciam no palácio\*.

---
24. Cf. LXXVIII, 18-34.

Quando acordou, ele foi assistir à missa, pegou suas armas e deixou o castelo.

14-31. *Um eremita que o hospeda conta-lhe a história da coroa e da capela construída pelo rei Bohort, seu pai, em ação de graças pela vitória que conquistara outrora sobre o rei Serses. Uma damisela censura-o por não haver tentado as provas do Palácio Aventuroso. Por fim, ele devolve a uma damisela seu irmão que dois cavaleiros haviam raptado.*

LXXXII. *A damisela que curou Lancelot do envenenamento dá notícias dele a Gauvan*[25].

LXXXIII. *Lancelot põe fim à ronda mágica.*
1. Quando o valete*, diz aqui o conto, deixou Lancelot na dança de roda, galopou a passo rápido; estava muito preocupado, certo de que Lancelot ficaria retido para sempre, mas este se divertiu e cantou com os outros até a noite. Então uma damisela lhe disse:

– Senhor cavaleiro, ide sentar nesse trono; colocaremos a coroa de ouro em vossa cabeça.

Ele responde que não quer saber de coroa nem de trono e que só quer prazer e alegria.

2. – Tendes de ir – insiste ela –, para sabermos se sois nosso libertador. Caso não sejais, tereis de permanecer aqui conosco e esperaremos até que Deus nos envie aquele que está destinado a libertar-nos da loucura de que sofremos.

– Está bem, irei, já que assim quereis.

Senta no trono e ela lhe coloca na cabeça a coroa, dizendo:

– Caro senhor, podeis dizer que portais na cabeça a coroa de vosso pai.

Então ele vê cair do alto da torre uma estátua que representava um rei; ela desaba no solo e parte-se em mil pedaços. Imediatamente o sortilégio cessa; todos recuperam a lucidez, após uma longa alienação.

3. Lancelot agarra a coroa de ouro, joga-a no chão e salta fora do trono que, em seu entender, está ocupando indevidamente, porque é símbolo de realeza. Cavaleiros, damas e damiselas correm abraçá-lo e manifestam sua alegria na mais entusiástica acolhida já reservada a um homem:

– Bendita seja a hora em que nascestes, senhor, pois nos tirastes de um incrível desvario que só terminaria com a morte, se Deus não vos tivesse trazido para cá.

---

25. Cf. LXXVI.

Fazem-no subir ao topo da torre e tiram-lhe as armas. Entra um velho cavaleiro que lhe diz:

– Lancelot, eu não estava enganado ao dizer que o sortilégio deste lugar não cessaria antes de vossa vinda; sois sem contestação o melhor cavaleiro do mundo e o mais belo; sem vós essa gente nunca teria saído da ronda mágica.

4-13. *O cavaleiro idoso narra a origem da ronda, instaurada por um letrado do rei Ban, que se deixou seduzir pela beleza de uma damisela sentada naquele trono. Ban destinou sua coroa para o cavaleiro que pusesse fim ao encantamento. O letrado confeccionou um jogo de xadrez mágico que deixava em xeque-mate seus adversários. Lancelot vai jogar uma partida.*

*Lancelot vence a partida de xadrez e envia o tabuleiro e as peças para a rainha. Jogado em um poço, é libertado por uma damisela.*

14. Lancelot manda que lhe tragam imediatamente o jogo de xadrez. As peças eram belas, finamente trabalhadas; dispõe as de prata e depois as de ouro. Começa a manobrar e a colocar o pião perto da rainha; conduz o jogo diante dos espectadores e consegue salvar o rei. Os que estão assistindo ficam maravilhados.

– Senhor – dizem-lhe –, o jogo de xadrez é vosso, vencestes! O jogo foi feito para testar vossa habilidade e bravura: nunca em um só dia de vossa vida sereis derrotado ou conquistado pelas armas, assim como não fostes derrotado por essas peças.

15. Todos se divertem e festejam no castelo, regozijando-se porque Lancelot os libertou. Depois da ceia, arrumaram seu leito em um quarto muito belo. De manhã, ele se vestiu, pegou as armas e perguntou a um cavaleiro do reino de Logres se levaria para lá uma mensagem de sua parte:

– Solicito de vós o serviço de irdes a Camelot, onde penso que encontrareis meu senhor o rei e minha senhora a rainha. Saudareis ambos em meu nome e apresentareis a minha senhora este jogo de xadrez, dizendo-lhe que o mando para ela; falai-lhe sobre a natureza e o poder destas peças e como as venci.

16. O cavaleiro pega as peças e o tabuleiro e parte. Quando chega a Camelot, as tribunas de madeira, com bem meia légua de extensão, já estavam armadas para o torneio. Entra na cidadela poderosa, rica de todos os bens. Chegando ao pátio, apeia e entra no salão onde o rei, no meio de seus barões, deliberava sobre o papel a desempenhar no torneio: todos os grandes senhores do mundo viriam, segundo lhe haviam informado. Perto dele estava sentada a rainha, nobremente vestida e adornada, sem

rival. O cavaleiro saúda-os da parte de Lancelot do Lago e conta que o deixou em perfeita saúde.

17-19. *O mensageiro entrega à rainha o jogo de xadrez. Imediatamente ela joga uma partida "com toda sua habilidade", mas leva xeque-mate. Todos estão à espera do oitavo dia após a festa de Madalena, data do torneio.*

20. Deixando os que libertou da ronda mágica, Lancelot cavalga através da floresta o dia inteiro. Então encontra um cavaleiro armado dos pés à cabeça, montado em um grande corcel veloz. Saúda-o, mas o outro, em vez de responder, pergunta-lhe quem é.

– Sou um cavaleiro da casa do rei Artur e me chamo Lancelot do Lago.

– Então foi para vossa desgraça que tomastes este caminho; morrereis por isso antes do fim do dia.

E faz meia-volta por onde viera, a toda velocidade de seu cavalo, sempre xingando Lancelot, que vai lhe pagar mais cedo do que pensa, segundo diz.

Lancelot corre para ele, de lança em punho, mas o cavaleiro foge. Percebendo que não conseguirá alcançá-lo, Lancelot abandona a perseguição.

21-23. *Ao chegar diante de uma torre, Lancelot é atacado por mais de trinta cavaleiros que o aguardam ali. O líder deles domina-o e faz menção de cortar sua cabeça. Lancelot permanece impassível.*

24. Diante dessa atitude o cavaleiro fala:

– Ah, traidor, é realmente verdade o que dizem de ti! Todos afirmam que és da mais extrema audácia e bem vejo que sim; estás tão calmo como se não quiséssemos teu mal. Mas não importa, morrerás da morte mais cruel que um cavaleiro já conheceu.

Manda despirem totalmente Lancelot, exceto o calção*, e que seja chicoteado por quatro brutamontes que fazem o sangue jorrar de toda parte. Ele continua sempre mudo e finge nada sentir, mas sangue escorre até o chão. Por fim, esgotados, largam-no e o cavaleiro manda que o desçam no fundo de um poço negro e horrendo, repleto de cobras e de insetos, com água nauseabunda e envenenada.

25. Descem-no por meio de uma corda e ele sente a água fria e profunda, empestada pelo fervilhamento dos insetos e pelo veneno das cobras. Assim que toca o fundo, as cobras atacam-lhe as pernas, mordem-no de alto a baixo, atormentam-no a tal ponto que ele já não tem consciência de seus sofrimentos. Defende-se como pode, agarra as cobras com as mãos nuas e esmaga a cabeça das que consegue alcançar. Mas está tão impregnado de veneno que pensa que morrerá sem confissão.

26-27. *Certo de que vai morrer, Lancelot lamenta-se a Deus e à Fortuna, deplorando sua triste sorte.*

28. Enquanto ele se queixava, uma damisela chegou àquelas paragens e foi recostar-se na borda do poço.

– Senhor cavaleiro que estais aí no fundo, objeto de um ódio tão tenaz, dizei-me qual é vosso nome – falou ela ao ouvir os lamentos de Lancelot.

Ele ergue a cabeça. Olha para cima, mas não consegue vê-la. Então responde que se chama Lancelot do Lago.

– Lancelot? Que estais dizendo? Em nome de Deus, se sois Lancelot, filho do rei Ban de Benoic, não ficareis mais aí, não importa o que deva acontecer.

29-34. *Subindo por uma corda que a jovem amarra a um carvalho, Lancelot consegue sair do poço. Seguindo suas instruções, esconde-se à sombra de umas árvores; ela vai sorrateiramente à torre buscar-lhe roupas e armas; porém desperta as suspeitas de um serviçal, que alerta seu amo. Sem perceber que estão lhes armando uma emboscada, a jovem volta e entrega as roupas e as armas a Lancelot. Está levando-o para descansar em um quarto da torre quando são atacados pelo pai e catorze homens.*

35. Lancelot liberta-se dos dois homens que o seguravam, arranca a espada de um deles e com um golpe terrível faz voar longe a cabeça do outro. Corta o elmo de um terceiro, enterra-lhe a espada através da cabeça e derruba-o morto. Apavorados com esse golpe, seus adversários fogem, recuando para o interior do palácio; Lancelot persegue-os furiosamente. Entra no palácio empunhando a espada e encontra uns vinte cavaleiros que olhavam dois outros jogarem xadrez.

36-58. *Lancelot espalha o pânico por sua valentia; e, quando seus adversários os perseguem, faz uma carnificina. A damisela tem um sonho: um abutre falante ameaça-a de morte por haver roubado seu alimento e uma chama que sai de sua goela incendeia seu vestido, mas um leopardo apaga o fogo. Lancelot arranca uma damisela das mãos de um cavaleiro que por ciúme a maltratava e que, em desafio, mata-a diante dele. Lancelot inflige-lhe uma dura penitência: deve obter o perdão de Artur, de Baudemagu e do rei de Norgales, indo para isso às cortes deles e apresentando a cada um o cadáver de sua vítima. Juntamente com alguns cavaleiros, o irmão da damisela que o tirou do poço conduz a irmã à fogueira, para vingar o pai, morto por Lancelot. Este derruba e dispersa os carrascos. Assim o sonho da damisela se realiza. A irmã dela trata das pernas de Lancelot, que estão perigosamente inchadas.*

*Lancelot opõe-se ao casamento da filha do duque de Rocedon.*

59. Lancelot e a damisela que o tirara do poço chegaram ao castelo da Carroça, onde deviam celebrar-se as núpcias do irmão da rainha de Sorestan com a filha do duque de Rocedon. Na entrada do castelo, um menino postou-se diante deles.
– Senhor – diz ele a Lancelot –, fazei-me o favor de dizer vosso nome.
– Eu me chamo Lancelot.
– Sede realmente bem-vindo! Por Deus, esperei-vos por muito tempo. Gostaria de levar-vos até a igreja, quando chegar a hora, para libertar minha prima, aquela que vos tirou da prisão[26].
60. Então os sinos soam alto por todo o castelo. Ele diz à damisela que o acompanhava que o espere.
– Meu bom menino, levai-me agora mesmo à igreja onde vossa prima deve casar-se.
61. Eis que chegam à igreja, para onde acorre uma multidão de poderosos barões e nobres damas. O padre já colocou as vestes sacerdotais. Lancelot continua a cavalo, em armas, e interpela o cavaleiro que quer casar com a damisela:
– Senhor cavaleiro que quereis ter como mulher esta donzela, proíbo-vos de ir adiante: sois tão poltrão e desleal que não tendes o direito de desposar uma jovem tão nobre. Vou provar que sois culpado de deslealdade por haverdes matado vosso sobrinho, se tiverdes coragem para defender-vos.
O cavaleiro pede que se marque um dia para o combate.
– Ora essa, providência inútil! – dizem os outros. – Visto que ele vos acusa de traição, defendei-vos; senão a acusação recairá sobre vós e vos consideraremos culpado.
62. Vendo que não pode esquivar-se da luta, ele está em grandes apuros, convicto de que seu acusador é temível; além disso sabe que é culpado de crime e traição. Tem a idéia de apresentar seu penhor* diante de todos os presentes e quando estiver armado montará a cavalo e deixará o país, escapando assim dessa luta a que não compareceria por nada no mundo, covarde que é como nenhum outro.
63-64. *O noivo covarde foge sorrateiramente e todos se alegram. A filha do duque de Rocedon recebe imediatamente as terras a que tem direito. Morgana encontra-se presente e pergunta a Lancelot quem é ele, "com a intuição de que ele era da casa do rei Artur, seu irmão".*
65. Lancelot olha para ela, reconhece-a e sente grande receio de ser reconhecido. É a mulher a quem mais teme no mundo, sabendo que mais

---

26. Cf. LXXVIII, 12-14.

de uma vez prejudicou muitos homens de valor, inclusive ele. Não ousa revelar seu nome, mas mesmo assim responde:

– Minha senhora, sou um cavaleiro errante da casa do rei Artur, companheiro da Távola Redonda e cavaleiro de minha senhora a rainha Guinevere.

– Dizei-me vosso nome.

– Por enquanto não ficareis sabendo mais.

Morgana pensa imediatamente que esse é Lancelot, o homem a quem mais odeia no mundo.

– Senhor cavaleiro, peço, em nome do ser que vos é mais caro, que tireis o elmo para que eu vos veja a descoberto.

66. Essas palavras atingem-no vivamente e, quando tira o elmo, Morgana reconhece-o ao primeiro olhar.

– Ah, Lancelot – diz ela –, recentemente não vos reconheci tão bem como agora! Tínheis a cabeça raspada, o que infelizmente nos enganou.

– Minha senhora, estou fora de perigo, por mais que isso cause desgosto a algumas pessoas. Se não fôsseis mulher eu não hesitaria em pôr fim a vossas maquinações contra os cavaleiros errantes e os homens de valor: em vós só há traição e deslealdade.

– Bem, Lancelot, é o que dizeis. Dou-vos minha palavra de que não vereis acabar este ano sem que lamenteis isso mais do que todos vossos atos passados – retruca ela.

– Oh, bem sei, minha senhora, que se tiverdes vida longa fareis muito mais mal do que bem! Mas, se aprouver a Deus, um homem de valor livrará o mundo de vossa pessoa, o que será uma felicidade, pois sois o mal personificado.

– Graças a Deus estais brincando comigo! Ide agora e ficai certo de que vos prejudicarei na primeira ocasião que puder.

67-75. *Cumprindo a punição determinada por Lancelot, o cavaleiro que matou a damisela vai às cortes de Artur, de Baudemagu e do rei de Norgales e obtém perdão.*

LXXXIV. *Uma mensageira para a rainha e um mensageiro da rainha para Lancelot.*

1. Quando Lancelot, diz aqui o conto, partiu do castelo em que Morgana o ameaçara, cavalgou diretamente para Camelot, pois faltava pouco para o dia do torneio. Quando estava a uma jornada de Camelot, recebeu hospedagem de um eremita para a noite.

– Damisela – disse Lancelot àquela que o acompanhava –, não posso mais levar-vos comigo pois devo ir tratar de um assunto. Ide ter com minha senhora a rainha e levai-lhe uma carta que vos darei. Quando a ler, ela vos manterá consigo de bom grado.

Então pergunta ao eremita se ele tinha tinta e pergaminho.

– Sim, em quantidade – responde este. Lancelot redige a carta sem dificuldade: recebera uma educação tão avançada que nessa época não se encontraria cavaleiro mais instruído. Lacra a carta e confia-a à damisela, para que de manhã a leve à corte.

2. Assim que nasceu o dia, Lancelot e a damisela partem. Chegando a uma encruzilhada de dois caminhos, recomendam-se mutuamente a Deus e ela cavalga até Camelot. Apeando no pátio, sobe ao salão*, que estava repleto de reis, rainhas, barões e cavaleiros de todos os países. Pergunta pela rainha Guinevere, vai até ela, ajoelha-se, saúda-a e diz:

– Minha senhora, eis aqui uma carta que sir Lancelot do Lago vos envia.

Quando ouve que se trata da mensageira daquele a quem ama de todo coração, Guinevere abraça-a e dá-lhe as boas-vindas.

3. Entra em seu quarto, levando consigo a damisela, abre a mensagem e lê que Lancelot lhe envia a damisela para que a mantenha consigo, pois o arrancou da morte, de que sozinho jamais teria se salvado. Em resposta a esse terno pedido a rainha dá-lhe as boas-vindas:

– Damisela, por amor a Lancelot que vos enviou, não vos separareis de mim, se quiserdes, até estardes bem casada e em alta posição; e possuireis mais terras e feudos do que vosso pai teve.

A damisela agradeceu-lhe efusivamente; ficou na corte, com prazer.

*4-6. Bohort e Gauvan chegam à corte para o torneio. Em conversa com o rei Ider, Artur e a rainha afirmam que, se Lancelot resolvesse lutar contra os da Távola Redonda, "com um punhado de homens abateria o orgulho de nossa gente".*

7. Essas palavras do rei e da rainha causam mágoa e vergonha a todos os da Távola Redonda, exceto a sir Gauvan, que não se sente diminuído. Falam longamente disso e a maioria acaba de acordo sobre um ponto: se Lancelot quiser ajudá-los, eles não colocarão os pés no torneio, "pois, se fôssemos vencedores com Lancelot em nosso campo, mesmo que ele não desfechasse um só golpe, diriam que a vitória lhe cabia, e ganharia todos os prêmios, como tem feito em toda parte aonde vai". Cento e catorze bravos e bons cavaleiros apóiam essa proposta; decidem que, se Lancelot vier, não ficarão do seu lado: lutarão contra a corte, disfarçados de modo a tornar-se irreconhecíveis; assim poderão derrotá-lo. Se não vier, desbaratarão todos os forasteiros que se anunciarem como seus adversários.

8. Naquela mesma noite a rainha tomou conhecimento desses propósitos; relatou-os a Bohort e indagou-lhe sobre a conduta a adotar:

– Sei que agiram por ciúme – diz ela. – Gostaria que fracassassem; se isso acontecesse uma única vez, nunca mais ousariam erguer a cabeça.

– Minha senhora, se meu senhor soubesse que medir-se com eles fosse o que desejais, estou certo de que, aliado a nós, facilmente os desbarataria – responde Bohort.

– Eu daria muito para que Lancelot se declarasse contra eles. Mas não vejo como informá-lo desse meu desejo.

9. No dia seguinte a rainha escreveu de próprio punho um bilhete e entregou-o à damisela que tirara Lancelot do poço.

– Damisela, ide até a Cruz do Gigante, que fica na extremidade daquele prado, do lado do castelo de Montignet, e colocai sobre a pedra este bilhete. Quando Lancelot passar por lá, dizei-lhe que o saúdo e que não deixe de fazer o que o bilhete lhe ordena.

A damisela pega o bilhete e cavalga até a Cruz do Gigante. Passando pelo castelo do duque de Broceliande, depara com uma multidão reunida: estavam ali nada menos que seis reis e um jovem imperador da Alemanha, doze duques e mais de quarenta condes; haviam se reunido para lutar com os da Távola Redonda e derrotar os homens do rei Artur. Só os altos barões estavam hospedados no castelo; os cavaleiros de média nobreza haviam se alojado no prado em galerias* de folhagem e pavilhões.

10. Chegando à Cruz, a damisela colocou o bilhete sobre a pedra e esperou até a noite; dormiu na casa do eremita que morava ali perto. No dia seguinte esperou novamente, mas ninguém apareceu. O torneio devia acontecer no terceiro dia; então chegou à Cruz um cavaleiro em armas: era Lancelot, em armas vermelhas. Havia trocado de armas em casa de um cavaleiro, para não ser reconhecido no torneio.

11. Avistando o bilhete sobre a pedra, pega-o e lê: sua senhora saúda-o como a quem mais ama no mundo; informa-o dos planos que os da Távola Redonda fizeram contra ele; por isso quer que lute contra os homens do rei, que preste ajuda aos de fora e se ilustre de tal modo que os companheiros da Távola Redonda não ousem mais levantar a cabeça diante dele. A leitura dessa carta alegra seu coração: muitas vezes desejou medir-se com aqueles cuja bravura havia levado a melhor sobre todos os outros. Vindo-lhe ao encontro, a damisela pergunta-lhe quem é; não podendo esconder-lhe, responde que é Lancelot. Ela prontamente o abraça.

– Podeis dizer a minha senhora a rainha que executarei suas ordens a qualquer preço. Foi para sua própria desventura que os da corte imaginaram essa maquinação que se transformará em vergonha para eles.

12. A damisela parte sem demora; ainda era cedo. Cavalga até as tribunas da rainha, erguidas no meio dos prados; com ela estavam mais de

quinhentas damas e damiselas, todas vindas para assistir ao torneio em que deviam enfrentar-se os mais valorosos combatentes do mundo; estavam ricamente vestidas e adornadas, oferecendo um espetáculo maravilhoso. Quando viu chegar a damisela, a rainha foi a seu encontro.

– Minha senhora, falei com sir Lancelot; ele me disse que não poupará esforços para cumprir vossas ordens. Está portando armas vermelhas e um escudo vermelho e não creio que demore muito a chegar – relata a damisela.

13. A rainha vai recostar-se às janelas. Em meio às damas e damiselas que estão a seu redor, distingue a que curou Lancelot do envenenamento na fonte; está usando o cinto que a rainha deu a Lancelot. Ela reconhece perfeitamente o cinto e fica irritada e aflita, suspeitando que essa damisela lhe tenha roubado o ser a quem não ama menos que a si mesma. Com o coração pesado, decide que descobrirá a verdade: ouvirá da outra palavras que a aliviarão ou que provocarão inexoravelmente sua morte.

14-23. *Lancelot garante a Baudemagu seu apoio no torneio de Camelot. No torneio, ilustra-se portando armas vermelhas.*

*Lancelot tranqüiliza a rainha, depois de deixar a luta. Confissão da jovem que o curou.*

24. Lancelot tanto brilha por sua bravura que todos falam do cavaleiro vermelho e dizem que ele triunfa em toda a linha. O rei Artur, que nesse dia não porta armas, pergunta quem é ele.

– Sire – responde um valete* –, ele é da casa do rei Baudemagu e nunca vimos prodígios comparáveis aos seus. Lancelot, que é considerado um cavaleiro sem par, não fez nem metade das façanhas que ele realizou hoje.

A essas palavras o rei fica abismado, pois lhe será doloroso ver seus homens abandonarem o campo por medo dos inimigos. Em seu desnorteamento, lamenta a ausência de Lancelot:

– Ah, Lancelot, meu amigo querido, agora vejo que minha casa está vazia de homens de valor quando não estais aqui! Hoje a Távola Redonda precisará de vós. Graças tão-somente a vós ela não seria destituída de seu belo renome; por isso temo que percamos a honra por não vos termos conosco.

25. Assim o rei falava consigo mesmo. As damas e damiselas do reino de Logres, vendo os cavaleiros da casa do rei Artur em posição constrangedora, choram copiosamente, maldizem encolerizadas o cavaleiro de armas vermelhas e lamentam a ausência de Lancelot.

A rainha, que está ouvindo esses lamentos e que tem ante os olhos quem elas invocam, sorri e olha seu amigo que vai e vem como se o terreno estivesse livre à sua frente, pois à sua aproximação todos fogem como diante da morte. De tanto perseguir uns e outros, ele chegou sob a janela onde estava recostada a rainha.

26-32. *Ao ver a rainha, Lancelot fica tão arrebatado que desfalece. O rei Baudemagu leva-o para um bosquezinho próximo para que ele se recupere. Com sua saída do torneio os cavaleiros de Artur conseguem pôr em fuga os de Baudemagu. A rainha manda Bohort saber notícias de Lancelot, e, "se estiver apenas levemente ferido, dizei-lhe que venha encontrar-me depois de anoitecer, tão discretamente que ninguém o reconheça". Bohort leva a mensagem a Lancelot; ele está bem de saúde e atenderá ao chamado. A rainha convoca a "damisela do cinto" para uma conversa em particular.*

33. A damisela que havia curado Lancelot do envenenamento entra no quarto da rainha e saúda-a, ajoelhando-se diante dela. A rainha manda todas as outras saírem e diz-lhe:

– Chamei-vos por causa de uma dama nobre que é minha amiga íntima e que hoje veio queixar-se de vós para mim. Sabeis por quê? Ela conquistou um cavaleiro, tão nobre quanto valoroso; eles se amaram durante muito tempo. Mas agora, disse-me ela, roubastes-lhe o cavaleiro, que por vossa causa a abandonou. Ela está cheia de mágoa e indignação, pois é evidente que qualquer um a estimaria cem vezes mais que a vós pelo nascimento, pela beleza e pela riqueza. E, para que não possais negá-lo, afirma que possuís um objeto fácil de identificar – e aponta para seu cinto. – A dama disse que o deu ao cavaleiro de que vos falo e é por esse cinto que correis risco de morte antes de sair deste país.

34-38. *A jovem, aterrorizada, narra à rainha todo o episódio da fonte, desde o envenenamento de Lancelot até "a promessa que fizera, tudo o que eles haviam combinado entre si". Conta também que Lancelot lhe deu o cinto como recompensa por seus cuidados. A rainha reconhece que "nunca damisela amou um cavaleiro tão lealmente como vós; e, se a dama concebesse ódio por isso, daria prova de uma baixeza bem grande". Convida a jovem a permanecer em sua companhia. Durante o jantar, os homens de Artur elegem Bohort como o cavaleiro que mais se destacou entre eles durante o torneio. Simultaneamente, elogiam a atuação do misterioso "cavaleiro vermelho", considerando-o superior ao próprio Lancelot.*

39. Sir Gauvan elogia o cavaleiro, mas as damas e damiselas vão ainda mais longe. Afirmam que ninguém nunca assistiu a tais maravilhas: seus adversários iam fraquejando em toda parte por onde ele passava e todos o evitavam como à morte.

– Por Deus – diz sir Gauvan –, farei qualquer coisa que não ofenda minha honra para vê-lo às voltas com Lancelot em uma assembléia*.

Não pararam de cantar louvores ao cavaleiro e o rei reconheceu que Baudemagu era realmente um homem de mérito por tê-lo em sua casa.

– Por minha cabeça – diz –, se ele não tivesse se ferido seriamente, os companheiros da Távola Redonda teriam deixado a liça à força.

40-43. *Para desmentir as palavras depreciativas do rei Ider por Lancelot ter abandonado a luta, a rainha, por intermédio deste, pede a Baudemagu que marque um novo torneio. Bohort e Lancelot voltam a Camelot e Lancelot vai ter com a rainha.*

*Noite de amor. Lancelot explica seu desfalecimento.*

44-47. *Lancelot e a rainha "passaram toda a noite juntos e um teve do outro todo o gozo que vinham desejando há tanto tempo". Ele explica que desfaleceu no torneio porque "vossa beleza, vosso encanto e meu intenso desejo arrebataram-me tanto que não tive mais forças para manter-me na sela e subitamente fiquei esgotado e doente, como vistes".*

48. – Por Deus, essa fraqueza me entristece: se tivésseis prosseguido, teríeis dado conta de todos os da Távola Redonda que disseram sobre vós palavras maldosas.

– Hoje escaparam por sorte, mas voltarão para a assembléia* de amanhã.

– É verdade, mas tratai de brilhar tanto que ninguém ouse resistir-vos. Nada de fraqueza nem de entorpecimento, pois, se eu julgasse que por causa de meu amor perdíeis vossa valentia, seria capaz de não amar-vos mais.

– Com vosso amor nada perco, minha senhora. Ao contrário, jamais cavaleiro se elevou tanto em perfeição pelo amor de uma dama. Sem vós jamais eu teria o renome de que desfruto; lembrando-me de vós, nunca empreendi tarefa que não tenha vencido.

49. Essa noite eles foram felizes. Pouco antes de nascer o dia a rainha aconselhou Lancelot a ir embora, porque o rei costumava vir encontrá-la de manhã:

– Por nada no mundo ele deve surpreender-nos juntos; eu seria morta e ficaríeis desonrado.

Lancelot levanta e se apronta, enquanto a rainha acorda Bohort. Quando ambos estavam a ponto de se retirarem, a rainha diz a Lancelot:

– Caro senhor, voltai amanhã à noite para ver-me, como esta noite, tomando o mesmo caminho.

Atravessando o jardim, os dois pulam o muro por onde haviam passado, encontram os cavalos no lugar onde os deixaram, montam e tomam o caminho para o bosque onde o rei Baudemagu se alojou. Então Bohort pergunta a Lancelot o que é feito de seu irmão Lionel e ele lhe conta como adormeceu em uma floresta[27], por volta de meio-dia, e quando despertou deu consigo no castelo da Carroça, sozinho.

– Desde então não ouvi falar dele em lugar nenhum e ignoro o que lhe aconteceu. Mas, se eu sair deste torneio com toda a honra que prometi a mim mesmo, não descansarei até encontrá-lo.

50-56. *De volta ao acampamento de Baudemagu, Lancelot, sempre incógnito, mente a todos que o cavaleiro com armas vermelhas que se distinguiu na véspera era Bohort. Este "entra no jogo" e é muito festejado. À noite "Lancelot e a rainha desfrutaram a ventura e as carícias reservadas aos amantes". Ela ordena que no dia seguinte Bohort porte armas vermelhas e entrega a Lancelot armas brancas, recomendando-lhe que "não apareça no torneio antes da hora terça\*". A luta se reinicia. Ambos os lados mostram grande bravura, mas os homens de Artur, sobretudo graças aos da Távola Redonda, começam a levar vantagem.*

57. Sir Gauvan e Gaheriet estão desenfreados; avançam para todos os lados, derrubam cavalos e cavaleiros. Os inimigos não conseguem mais fazer frente a Gauvan e aos da Távola Redonda e fogem a galope pelos campos. As mulheres das tribunas vaiam, chamando-os de covardes e inúteis. Quando Bohort vê que aqueles que se comprometeu a socorrer estão fugindo, diz a Lancelot:

– Senhor, agora estais demorando demais. Vamos ajudá-los, estão precisando muito.

– Acompanhai-me com vossos homens; acho que nossa espera durou demais – diz Lancelot ao rei Baudemagu.

Então Bohort aponta Gauvan e Gaheriet para Lancelot:

– Estais vendo aqueles dois?

– Por minha cabeça – diz Lancelot –, são os que puseram em fuga nossos homens. Atacai um e atacarei o outro; se conseguirmos fazê-los desocupar a sela a perseguição terminará.

58. Bohort investe contra Gaheriet e com um rude golpe derruba-o de costas mais seu cavalo, amontoados um sobre o outro. Sob o peso do cavalo, Gaheriet perde os sentidos por causa da dor. Lancelot avança a galope para Gauvan, que não o reconheceu, enganado pelas armas que ele trocara; atinge-lhe o escudo e a loriga\*, mete-lhe a lança no ombro esquerdo, derruba-o por terra atravessado pelo ferro e imobiliza-o entre as patas de seu cavalo. Vendo Gauvan e Gaheriet derrubados das montarias, os da corte do rei Artur, tomados de surpresa, não sabem o que fazer.

---

27. Cf. LXXVIII, 1 ss.

59. Mas Lancelot, que não pretende afrouxar, empunha a espada, avança de novo para onde a aglomeração é mais densa e golpeia o primeiro que alcança, sem que elmo nem coifa* o impeçam de derrubá-lo morto por terra. Massacra cavaleiros e cavalos, arranca escudos de pescoços, elmos de cabeças; sua bravura inaudita quebra a resistência de um por um; todos fogem como se ele fosse realmente a morte, pois cada golpe seu matava o adversário visado. A debandada é geral e perseguindo-os ele depara com os companheiros da Távola Redonda.

60. Assim que os viu reconheceu-os pelas insígnias que portavam. Avançando de espada em punho contra eles, distribui golpes tremendos, joga-os dos cavalos, derruba-os por terra, abate escudos, rompe lorigas*. A seu lado, Bohort inflige-lhes todo o mal que pode; graças à ajuda do rei Baudemagu e seus homens, ambos os deixam em mau estado, reduzindo a nada seus esforços, de tal forma que eles viram as costas e abandonam o campo. Ao vê-los debandar, os outros pressentem a derrota e fogem. Lancelot persegue-os, montado em um cavalo ágil e vigoroso; vão acossando-os, fazendo-os rolar por terra, e a perseguição prolonga-se até a porta de Camelot, em cujo interior se precipitam todos juntos.

61. Os da casa de Artur fogem pelas ruas; os perseguidores vão acuando-os até o palácio real; depois voltam, triunfantes e jubilosos. O rei Artur, debruçado em uma janela, observou muito bem os que haviam combatido mais brilhantemente, e em especial Lancelot, insuperável na batalha; mas não o reconheceu, porque trocou de armas; no entanto desconfia que seja ele.

62. Terminada a perseguição, o rei só tem olhos para o cavaleiro que decidiu a vitória. Quando Lancelot se aproxima, ele vai até uma janela mais baixa e diz.

– Caro senhor, estais indo embora e sois no mundo um dos homens que eu mais desejaria conhecer. Rogo-vos, dizei-me vosso nome e tirai o elmo para que eu vos veja a descoberto.

– Sire, não ficareis sabendo meu nome, mas vou tirar meu elmo.

63. Lancelot tira o elmo. O rei reconhece-o ao primeiro olhar e sente uma alegria indizível; desce correndo a escada. Lancelot salta do cavalo e corre abraçá-lo, em armas como estava. O rei abraça-o, beija-o e pergunta:

– E quem é o cavaleiro em armas vermelhas que o dia inteiro vos auxiliou tão bem?

– É meu primo Bohort, sire.

– Ah, Bohort, sabíeis que Lancelot estava neste país e não me contastes! Se eu estivesse a par disso, teríamos evitado a vergonha que passamos.

64. O rei leva pela mão Lancelot e Bohort até o palácio; faz que sejam desarmados e depois manda dizer à rainha que venha. Ao ver Lancelot, não pergunteis se ela o acolheu jubilosamente; e agradeceu-lhe pelo jogo de xadrez. Em meio a esse regozijo, sir Gauvan é levado para a corte, com um ferro de lança no corpo. Depois de examinar o ferimento e retirar o pedaço de lança, o médico disse ao rei que não havia motivo para temer e deita-o em um quarto afastado do barulho.

65. – Senhor – diz Gauvan a Lancelot, quando o viu à sua cabeceira –, se eu soubesse que éreis vós não me teria deitado e vos faria companhia como ao melhor cavaleiro do mundo, o mais perfeito e por quem tenho mais afeição; foi o que demonstrastes de uma forma que nunca esquecerei, nem os da Távola Redonda, pois vossa bravura abateu o orgulho deles e reduziu a nada a traição que por jactância haviam maquinado contra vós.

– Oh, não importa o que me tenham feito, perdôo-lhes por amor a meu senhor o rei e porque são meus companheiros – responde Lancelot.

– Sire – diz Gauvan ao rei –, levai daqui Lancelot, demonstrai-lhe um regozijo sem limite e mandai vir os que foram de seu partido: reis, duques, condes e cavaleiros; que ninguém falte, e primeiro de todos o imperador da Alemanha.

Assim será feito, aprova o rei, e manda buscar o imperador, o rei Baudemagu, os reis, os duques, os condes e todos os cavaleiros, pobres ou ricos. Os festejos prolongaram-se até domingo depois do almoço.

66-67. *Então o rei, a rainha e os convidados mais importantes reúnem-se em torno do jogo de xadrez mágico. O rei Baudemagu, o imperador, o rei de Norgales e a rainha jogam e perdem, causando risos gerais. Por fim Lancelot joga e vence.*

68. Todos se persignam, maravilhados; nunca pensariam que um mortal fosse dotado de tal conhecimento. Naquele dia, depois do almoço, o rei Artur reuniu todos os companheiros da Távola Redonda e mandou que sentassem. Chamou então os letrados que registravam por escrito as aventuras\* e depois mandou trazer os corpos santos\* sobre os quais se prestava juramento. Na presença de todos, disse a Lancelot:

– Depois que partistes daqui, Lancelot, deparastes com várias aventuras\* que desejamos ouvir. Primeiro jurai sobre os corpos santos\* que só direis a verdade e que, ainda que incluam vergonha, não escondereis uma só de vossas aventuras\*.

Lancelot presta juramento e depois dele sir Gauvan, Bohort e Gaheriet.

69-73. *Cada um deles narra suas aventuras\*. O rei, ofuscado pelas de Lancelot, tece-lhe um elogio que lhe vale o ódio dos companheiros da Távola Redonda. Esse ódio explodirá quando, em* Mort Artur, *Agravan apanhar os amantes em flagrante delito.*

SEXTA PARTE
# LANCELOT EM BUSCA DE HECTOR E LIONEL

LXXXV. 1. *A busca deve recomeçar para que sejam encontrados os cavaleiros ausentes: Hector, Lionel, Ivan e outros.*

*O magnífico amor de Lancelot.*
2. Naquele dia houve na corte grande regozijo e grande festa e falaram de várias coisas. Adveio que a rainha estava a uma janela do palácio e Lancelot com ela, ambos a sós, longe dos outros.
– Ah, Lancelot – diz a rainha –, ouvistes o que sir Gauvan disse sobre a aventura* na capela arruinada? Ele disse que ninguém levaria a termo aquela aventura* antes da vinda do infeliz cavaleiro que por sua mísera luxúria havia perdido qualquer possibilidade de cumprir as aventuras* do Santo Graal. Em outro lugar esse cavaleiro era chamado de filho da Rainha Dolorosa. Dizei-me se sabeis quem é esse cavaleiro.
– Não, minha senhora.
– Por minha cabeça, é de vós que a inscrição falava: sois vós o filho da Rainha Dolorosa e entristece-me que por ardor carnal tenhais perdido a oportunidade de cumprir o que atormentará todos os bravos do mundo. Pagastes caro por meu amor, pois por minha causa perdestes o que não podereis mais recuperar. Além de fazer de vós o melhor de todos os cavaleiros, Deus vos deu o privilégio de ver as maravilhas do Santo Graal, mas o perdestes por causa da ligação entre nós. Acho que para mim seria melhor nunca haver nascido em vez de por minha causa restarem por fazer tantos bens.
3. – Não tendes razão, minha senhora. Sem vós eu não me teria alçado a tão nobre grandeza, não teria, no começo de minha vida de cavaleiro, coragem para empreender as coisas a que os outros renunciavam. Mas

o desejo que me impelia para vós e para vossa grande beleza pôs meu coração em meu orgulho e assim eu levava a termo qualquer aventura* com que deparava: sabia que, se não conseguisse vencer as aventuras*, nunca chegaria até vós, e tinha de chegar ou morrer. Isso era o que fazia meus méritos crescerem.

— Então não estou mais triste porque me amastes, visto que vos elevastes a uma tal bravura. Mas estou triste por haverdes perdido o privilégio de cumprir as altas aventuras* do Santo Graal, para as quais a Távola Redonda foi criada.

— Vossas palavras confundem a imaginação — torna Lancelot — e vou dizer-vos por quê. Creio que sem vós eu nunca teria adquirido minha eminente bravura, pois eu era um infante jovem e inexperiente, longe de meu país, e nada teria feito se não estivesse em vossas boas graças como estou.

4. Ela indaga então sobre a irmã do rei Artur, Morgana, que o ameaçou, e Lancelot conta-lhe tudo. A rainha fica muito perturbada, pois pensa que só por causa dela é que Morgana o odeia.

— Se Morgana vos odeia, aconselho que desconfieis dela — diz-lhe. — É uma pessoa temível, perita em encantamentos. Posso apenas exortar-vos a portar no dedo o anel de ouro que vossa Dama do Lago vos deu quando vos fizeram cavaleiro; ele descobre e revela os encantamentos, é um talismã que pode defender-vos dela.

Essa noite o rei Artur mandou retirarem seu leito do quarto mais belo e maior e arrumarem ali o de Lancelot; os que viram isso disseram que o rei prestava mais honras a ele do que a todos os da corte.

5-50. *Baudemagu é admitido na Távola Redonda, graças ao apoio de Lancelot. Baudemagu, Lancelot, Bohort e Gaheriet partem em busca de Lionel e Hector, mas Gauvan não os acompanha, ainda acamado por causa do ferimento que Lancelot lhe fez no torneio de Camelot. Lancelot põe fim aos maus-tratos a que os homens de Matain o Traidor submetem Mordret; ele e os outros buscadores incendeiam a cidade e o castelo do Espinheiro Branco. Recusam-lhes hospitalidade no castelo do Trespasse, onde Ivan se encontra prisioneiro*[1]. *Ivan é solto e o senhor explica que ele foi aprisionado por haver derrubado o escudo de Mauduit. Bohort consegue permissão para enfrentar Mauduit o Gigante; depois Ivan junta-se aos quatro buscadores. Combinam encontrar-se nesse mesmo castelo do Trespasse no dia de Todos os Santos e cada companheiro segue seu caminho. Uma damisela informa a Lancelot que Lionel se encontra em casa de*

---

1. Cf. LXXX.

*Teriquan[2] e leva-o até o torreão deste. Teriquan chega, trazendo na sela um cavaleiro ferido (Gaheriet) e é morto por Lancelot, que retoma seu caminho com a damisela, enquanto Gaheriet liberta Lionel, Hector e os outros companheiros. Por falta de cavalos eles permanecem no torreão.*

*Hector feliz por ser irmão de Lancelot.*

51. Os companheiros permaneceram lá e à noite, após o jantar, perguntaram a Gaheriet se tinha notícias da corte; ele responde que saiu de lá recentemente e descreve-lhes o torneio, o mais magnífico do reino de Logres desde a coroação do rei Artur, e como os da Távola Redonda foram derrotados graças a Lancelot, que se engajou no campo de Baudemagu. Após essa narrativa eles concordam que Lancelot é o homem mais maravilhoso do mundo.

– Por Deus – diz Kai –, nessa ocasião ele provou que a Távola Redonda recebe mais glória dele que de metade de todos os outros.

– Meu Deus, sir Hector – diz Gaheriet –, Lancelot se queixa de vós! Diz que sabíeis que sois seu irmão mas sempre usastes de dissimulação para com ele, como se fosse um inimigo mortal. Como podeis agir desse modo, sendo que ele é a flor da cavalaria* e o homem mais valoroso do mundo?

52. Hector fica vermelho de vergonha; embaraçado, responde:

– Caro senhor, se eu lhe tivesse dito que é meu irmão, ele é cavaleiro de tão incomparável bravura e de tão alta condição que não teria se dignado a crer em mim. Mas, já que ficou sabendo da verdade por um outro, assim que eu estiver de posse de um cavalo não descansarei até encontrá-lo; e se estiver ressentido comigo hei de oferecer-lhe reparação como ele quiser.

53. Ao ouvir essa espantosa revelação, Lionel enche-se de júbilo e abraça Hector com exuberante alegria:

– Por Deus, Hector – diz-lhe –, sois um primo bem mau, que vos dissimulásseis para comigo!

– Caro senhor, sois de alta nobreza e ilustre posição, descendente de reis e rainhas, ao passo que sou um homem modesto, de tão baixa origem por parte de mãe que não pensaria em ser reconhecido como primo vosso.

– Isso é pura bobagem, não possuo sequer uma polegada de terra! – responde Lionel. – Mas, se aprouver a Deus e a meu primo, o rei Claudas se arrependerá e conhecerá a reviravolta merecida por um traidor que deserda um homem nobre.

---

2. Cf. LXXVII.

54. *Os companheiros partem, graças ao conde do Parque que, feliz ao saber da morte de Teriquan e ao reencontrar seu irmão, que também era prisioneiro dele, fornece-lhes cavalos.*

LXXXVI. 1-13. *A damisela que acompanha Lancelot leva-o até um cavaleiro que roubou seu palafrém e tentou violentá-la. Lancelot mata o cavaleiro e continua a procurar por Hector, sem saber que ele está no torreão de Teriquan. Chega ao castelo de Terraguel, onde mata dois gigantes. Usando de um subterfúgio, afasta-se desse castelo onde não pretende eternizar-se: diz que vai até a floresta e que voltará logo.*

*Lancelot prisioneiro de Morgana. A arte consoladora.*
14. Lancelot entra na floresta e cavalga o dia todo; ao cair da tarde, chega a um vale profundo. Encontra então uma damisela que o saúda e pergunta seu nome; ele responde que se chama Lancelot do Lago, filho do rei Ban de Benoic.

– Por Deus, eu estava à vossa procura – diz ela. – Sede bem-vindo. Há nesta floresta a mais extraordinária aventura* do mundo e que apenas vós podeis levar a termo, se quiserdes ir até lá.

– Certamente que vou – responde ele.

E segue a damisela, pensando agir bem, mas está indo ao encontro de uma grande desgraça: a traidora leva-o para a prisão de Morgana, que se alojou na floresta, em uma morada belíssima onde tencionava prendê-lo para sempre. Ela mandou doze damiselas irem por outras terras em busca de Lancelot, com ordem de conduzi-lo sob pretexto de perigosas façanhas; a que o está levando é uma das doze.

15. Eles cavalgam até uma imponente e rica construção, cercada de muralhas e fossos; entram e a damisela diz a Lancelot:

– Senhor, vamos alojar-nos aqui esta noite; já é bem tarde. Amanhã, quando for dia, vos conduzirei aonde vos disse.

Ele concorda e apeia.

– Aguardai aqui até que eu volte – diz ela.

Entra nos aposentos e vai ter com Morgana.

– Minha senhora – diz-lhe –, trouxe-vos Lancelot. Que devemos fazer com ele?

– Vou dizer o que deveis fazer: desarmá-lo, mandar armar a mesa de gala e servir-lhe alimento em profusão. Eis aqui uma beberagem que fabriquei e que lhe dareis para beber no final da refeição; ele beberá de bom grado e então poderemos agir com ele como quisermos.

16. A damisela volta para junto de Lancelot, acompanhada de três serviçais. Desarmam-no, conduzem-no ao salão e trazem-lhe uma roupa de escarlate*. Em seguida as mesas são arrumadas. No fim da refeição, Lancelot bebe a bebida que a damisela lhe traz em uma taça de prata. Saciado, sente muito sono e pede à damisela que prepare seu leito.

– Senhor, ele já está pronto; podeis ir deitar quando vos aprouver – responde a damisela.

Imediatamente ele se deita e dorme prontamente. Então a damisela vai dizer a Morgana:

– Minha senhora, Lancelot já está deitado e dormindo.

17. Morgana pega uma caixa cheia de um pó que fez para ele; vai até a cabeceira de Lancelot, mergulhado em um sono profundo, enche com o pó um tubo de prata que lhe coloca no nariz e sopra o conteúdo em seu cérebro. Feito isso, declara à sua confidente que se vingou bem:

– Penso que ele não recobrará o juízo enquanto o poder desse pó agir sobre seu cérebro.

Recolhe o pó, coloca-o em um estojo e explica à damisela:

– É certo que, quando os companheiros da Távola Redonda ficarem sem notícias de Lancelot, vão procurá-lo por todas as terras. Ele tem dois primos muito valentes, Lionel e Bohort; pela afeição que sentem por Lancelot, detesto-os tanto que, se por acaso aqui viessem, saciaria neles minha vingança. Eis por que estou guardando este pó.

18-20. *Lancelot é transportado "para um amplo quarto fortificado, com janelas de ferro que se abriam para um jardim". Demora um mês para sarar e descobrir que está prisioneiro. Depois permanece trancado "de setembro até abril". Ao ver pela janela um homem pintar em um muro a história de Enéias, decide pintar nas paredes do quarto sua própria história; poderia então "admirar as belas maneiras de sua senhora e isso seria um grande alívio para seus males".*

21. Pediu ao velho que estava pintando que lhe desse um pouco das tintas para fazer um quadro em seu quarto. O outro concordou de bom grado, fornecendo-lhe ainda os instrumentos necessários. Lancelot pintou primeiro a cena em que a Dama do Lago o enviava à corte para ser cavaleiro, a cena em que chegava a Camelot, a cena em que ficava ofuscado pela beleza sem par da rainha, a cena em que ia socorrer a senhora de Nohaut. Nessa tarefa ocupou seus dias. As pinturas eram feitas com tanta arte como se ele tivesse se dedicado a esse trabalho a vida inteira. À meia-noite, Morgana foi vê-lo, como todas as noites assim que ele adormecia. Amava-o mais do que uma mulher pode amar um homem; sofria com suas rejeições e mantinha-o prisioneiro não por ódio mas por pen-

sar que pelo cansaço venceria as repugnâncias dele; freqüentemente pedira seu amor, mas ele nada queria ouvir. Ao ver as pinturas, decifrou sem dificuldade seu significado.

22-23. *Quando ele adormece, Morgana vai admirar as pinturas; planeja levar um dia o rei Artur a esse quarto para mostrar-lhe "a verdadeira conduta de Lancelot e da rainha". Ele continua a representar "sua história pessoal e também as dos outros, durante toda a estação, até depois da Páscoa". O conto volta para Gauvan.*

LXXXVII. *Gauvan sara e parte em busca de Lancelot. Encontra em uma abadia Baudemagu, acamado: foi ferido ao auxiliar Guerehet contra quatro cavaleiros. Como combinado, os companheiros dirigem-se para o castelo do Trespasse, exceto Lancelot, prisioneiro de Morgana, e Bohort, que, como se saberá mais tarde, está no Outeiro Proibido. Eles se dão o prazo de um ano para encontrar ambos. Passado esse ano, reaparecem no castelo do Trespasse apenas três companheiros: Mordret, Agloval e Baudemagu. Enviam um mensageiro à rainha, em busca de notícias dos ausentes; como nada se sabe na corte, decidem reiniciar a busca.*

LXXXVIII. *Fuga de Lancelot.*
1. Lancelot, assim narra o conto, permaneceu na prisão de Morgana dois invernos e um verão. A Páscoa já havia passado quando ele viu reflorescer o jardim vizinho de seu quarto. As árvores estavam com folhas e carregadas de flores, as rosas abriam-se diariamente ante sua janela, pois Morgana mandara plantar um belo vergel para que Lancelot ficasse mais à vontade o verão todo. O inverno fora penoso para ele; mas a longa permanência na prisão lhe teria pesado ainda mais sem as pinturas e os retratos com que ornara seu quarto, representando com surpreendente exatidão todos seus feitos, pequenos ou grandes. Toda manhã ao levantar-se ia até cada uma das imagens da rainha, beijava-lhes os olhos e os lábios, como se ali estivesse ela em pessoa, chorava e desolava-se de modo comovente. Depois de chorar e lamentar-se por sua desgraça, voltava às imagens, beijava-as, prestava-lhes as maiores honras e assim recobrava ânimo.

2-3. *Em um dia de maio, Lancelot, desesperado para alcançar uma rosa recém-desabrochada que o fazia lembrar-se da rainha, consegue quebrar as grades da janela e sair do quarto.*

4. Dirige-se para o torreão, cuja porta estava aberta, entra e encontra elmos, lorigas\* e armas em profusão; arma-se imediatamente com o melhor que pode. Depois escolhe dois corcéis vigorosos e velozes; arreia o

melhor e monta. Ainda era tão cedo que ninguém se levantara, exceto o guardião da grande porta de entrada, tomado de surpresa ao vê-lo chegar, certo como estava de que no castelo não havia cavaleiro algum.

– Quem é o senhor disto? – pergunta-lhe Lancelot.

– Não é um senhor, e sim uma dama a dona desta morada. Chamam-na de fada Morgana e é irmã do rei Artur – responde o outro.

5. A essas palavras, Lancelot pensa em fazer meia-volta e matá-la, mas desiste, em consideração ao rei Artur e porque se trata de uma mulher.

– Caro amigo – diz ao guardião –, dirás a tua senhora que Lancelot do Lago, que está saindo daqui, saúda-a como deve, isto é, como à mulher mais desleal do mundo. Não fosse a afeição que tenho pelo rei Artur, faria dela o que se deve fazer de uma traidora. Eis o que lhe dirás de minha parte.

O outro vai ter com sua senhora ainda adormecida, desperta-a e repete-lhe as palavras de Lancelot. Ela corre para o quarto de Lancelot e fica profundamente abalada ao encontrá-lo vazio.

6-11. *Ao sair da floresta Lancelot fica sabendo por uma damisela que Lionel está prisioneiro do rei Vagor e que, ferido, deve bater-se com o filho desse rei, que o acusa de traição. Por isso dirige-se para o castelo de Estranglot, também chamado de Ilha Estranha, onde Vagor mora, e encontra no caminho um cavaleiro deitado em uma liteira, justamente à procura de Lancelot: esse cavaleiro está ferido na coxa por uma flecha que só poderá ser retirada pelo melhor cavaleiro do mundo. Ele convida Lancelot para seu castelo; nele se encontra um cavaleiro doente, que não é outro senão Baudemagu.*

*Lancelot com Baudemagu e campeão de Lionel.*

12-19. *No castelo, o anfitrião de Lancelot recusa-se a deixá-lo tirar a flecha do ferimento, "pois não sois o melhor cavaleiro do mundo". Lancelot, incógnito, não insiste. No dia seguinte, pede para ver "o cavaleiro doente da corte do rei Artur" e depara com Baudemagu, que se regozija por vê-lo vivo e lhe conta sobre os desencontros dos companheiros, que "estão todos perdidos nessa busca, como engolidos por um abismo". Lancelot despede-se de Baudemagu e parte "diretamente para o castelo que chamam de Ilha Estranha". Seu anfitrião fica sabendo por Baudemagu que o desconhecido que partiu há pouco é Lancelot do Lago, "o melhor cavaleiro do mundo", o único que pode retirar a flecha de seu ferimento. Desolado, vai em seu encalço em uma liteira.*

20. Lancelot cavalgou o dia todo e pouco depois de vésperas* chegou ao castelo chamado de Ilha Estranha. Era poderosamente fortificado, so-

berbo, construído sobre uma alta rocha natural; havia apenas uma única entrada, tão estreita que dois cavaleiros dificilmente passariam lado a lado. Lancelot aborda um escudeiro que ia para o castelo, saúda-o e pergunta:

– Sabeis quem é o cavaleiro que o senhor desse castelo mantém prisioneiro e que seu filho acusou de traição?

– Senhor, estais falando de Lionel, o primo de Lancelot do Lago. Ele ainda não está bem restabelecido e o combate é amanhã. E vós, de onde sois?

– Da casa do rei Artur.

– Tencionais lutar em lugar de Lionel contra o filho do rei?

– Sim.

– Que Deus vos assista – diz o valete* –, pois o direito está de vosso lado, pelo que ouvi muita gente dizer; Marabron está errado e Lionel está certo.

21. Os dois subiram até o castelo. Depois de apear no pátio, Lancelot apresentou-se diante do rei e saudou-o. Considerando que estava tratando com um homem de valor, o rei prontamente se levantou e retribuiu a saudação.

– Senhor – diz Lancelot –, tendes prisioneiro um cavaleiro com quem eu gostaria de falar, se não vos desaprouvesse, pois é meu conterrâneo e meu parente muito próximo.

Levam-no até a prisão de Lionel; ele estava em um quarto belíssimo, ao pé do torreão. Quando os dois primos ficaram em presença um do outro é inútil perguntar se manifestaram seu júbilo; de emoção, ambos se entregam às lágrimas.

22. – Contai-me por que estais prisioneiro, acusado de traição – diz então Lancelot a Lionel.

– Depois do Natal, eu estava cavalgando por este país, à espera de notícias vossas, quando o acaso me levou até a morada do irmão de Marabron, que me ofereceu hospitalidade por uma noite. Ele tinha uma mulher muito bela e encantadora que me requestou de amor, embora uma mulher não deva fazer avanços a um homem. Eu tinha na cabeça pensamentos muito diferentes, pois me perguntava a vosso respeito e estava inquieto por causa de meu irmão Bohort, que não vejo há mais de um ano. Não dei a menor atenção a sua solicitação e declarei-lhe que me recusava a ceder a seus desejos. Essa resposta deixou-a fora de si; afirmou que eu a desdenhara para minha desgraça e que não sairia vivo dali.

23. "Ela foi ter com meu anfitrião, seu marido, e disse-lhe que eu a requestara de amor e queria violentá-la. Ele acreditou e na mesma hora me desafiou. Avançou de espada em punho, defendi-me e tanto fiz que o

matei. Quando Marabron, seu irmão, filho do rei Vagor, soube que eu matara seu irmão, acusou-me de traição perante o rei seu pai, e me propus a defender-me na hora que ele quisesse. Foi marcado o dia do combate. Então parti e fui ferido em frente a uma capela na Floresta Perigosa, tão gravemente que ainda não me restabeleci. No dia da luta, quando cheguei à corte, consideraram que eu devia ter um adiamento até estar curado. Mas, como o rei não estava seguro de minha volta no dia marcado, fez que me pusessem em prisão e reteve-me aqui até agora. Por favor, é preciso que luteis em meu lugar e que tomeis minha defesa: estou tão doente que não poderei portar armas."

– Foi para isso que vim.

24. *Lancelot apresenta-se ao rei para lutar com Marabron em nome de Lionel.*

25. À noite, o rei reservou-lhe acomodações confortáveis, festejou-o e prestou-lhe honras. De manhã, Lancelot e Lionel foram assistir à missa; depois entraram no palácio, onde encontraram uma numerosa companhia\* de cavaleiros e damas que tinham vindo para ver o combate. Marabron já estava em armas, sentado perto do rei seu pai. Lancelot vai armar-se e diz ao rei:

– Sire, deram-me a entender que esse cavaleiro sentado ao vosso lado acusou de traição meu companheiro que aqui está; hoje é seu dia de inocentar-se. Como pessoalmente ele seria incapaz de travar combate, estou pronto a lutar em seu lugar.

26. – Caro senhor, vede bem qual contenda estais assumindo, pois sustento que o cavaleiro sentado perto de vós matou meu filho por assassinato e traição, sendo que eu lhe havia concedido hospitalidade com benevolência e simpatia.

– Sire, direis o que vos aprouver, mas vossas palavras não expressam a verdade.

Então, erguendo-se, Marabron diz ao rei, designando Lionel:

– Sire, eis aqui meu penhor\*; estou pronto para provar que este cavaleiro matou meu irmão por assassinato e à traição.

Lancelot avança de um salto e declara-se pronto para assumir a defesa; o rei aceita os dois penhores, leva os adversários para um grande jardim ao pé do torreão, fecha-os ali e coloca doze cavaleiros para guardarem o campo fechado.

27-30. *Lancelot vence em duelo Marabron. O cavaleiro na liteira*[3] *continua à procura daquele que irá curá-lo.*

---

3. Cf. 6-11 e 12-19.

LXXXIX. *Lancelot leva consigo Lionel, ainda doente. Ambos chegam à abadia da Pequena Esmola. História da abadia, em que o rei Eliezer, batizado por José de Arimatéia, recebeu abrigo caridoso, depois de renunciar a seu reino e às riquezas. Por ordem divina reassume sua posição e seus bens; reencontra seu filho Lanvales, que foi reconhecido como legítimo herdeiro do trono pela prova da cova dos leões (como Daniel na Bíblia), e depois sua mulher, que passou a vida orando e fazendo caridade.*

XC. *Por causa do parco alimento que lhe foi dado, Eliezer mudou para Pequena Esmola o nome da abadia, que antes se chamava Socorro da Gente Pobre.*

XCI. 1-5. *Quatro escudeiros chegam à abadia trazendo um cavaleiro morto: ele vem do Outeiro Proibido. Um frade de outra abadia onde Lancelot passou a noite conta-lhe a história desse Outeiro: seu senhor, por amor a uma damisela, mandou construir um castelo acessível apenas por uma trilha estreita em cujo início uma inscrição proíbe qualquer pessoa de aventurar-se por ela. Esse senhor manda para a abadia os escudos dos cavaleiros que derrotou; Lancelot reconhece os de muitos companheiros da Távola Redonda. Então dirige-se para o Outeiro.*

*No Outeiro Proibido, Lancelot luta com Bohort.*
6. Lancelot deixa a abadia, seguindo o caminho por onde veio com Lionel. Vai a passo rápido para a floresta, até que chega ao pé da colina e depara com a cruz que lhe haviam indicado; lê nela uma inscrição que lhe parece recente: "Jamais nos últimos vinte anos subiu lá em cima um cavaleiro que não fosse morto ou pelo menos aprisionado, exceto um único, e esse nasceu da alta linhagem do rei Davi." A inscrição deixa Lancelot perplexo; não sabe o que pensar e entra no caminho; ainda era bem cedo.
7. Olhando à direita, vê um recluso em uma casinha pobre e arruinada. Saúda o homem, que lhe dá boas-vindas como ao melhor cavaleiro que já portou armas, acrescentando:
– E bendito seja Deus que vos trouxe aqui, pois por vós serão libertados os do Outeiro Proibido. Lancelot, saístes da prisão de Morgana e viestes a este país para vencer o melhor cavaleiro que jamais foi vencido por feito de armas. As mais belas aventuras* do mundo serão levadas a bom termo esta semana e nenhum cavaleiro poderia suportar metade dos sofrimentos que vos aguardam.
8. Dito isso, ele volta a fechar a janela por onde lhe falou. Lancelot afasta-se e chega ao pé da trilha, encontrando-a em tão mau estado que

é obrigado a apear; amarra sua montaria a um pinheiro e depois escala o outeiro, espada em punho, escudo ao pescoço.

9. Ei-lo agora no topo. Vê ali, amarrado a um magnífico sicômoro, um cavalo vigoroso e veloz, com xabraque* negro; apoiadas bem perto, dez lanças com ferros pontudos e afiados; uma trompa de marfim cingida de ouro e prata pendendo de um pequeno ramo; pouco além, um suntuoso pavilhão. Lancelot depõe a lança que trouxe e dirige-se para o pavilhão, onde encontra um anão deitado em um belo leito. Quando o saúda, este salta furioso, pega um bastão e, segurando-o com as duas mãos porque é mirrado e fraco, golpeia Lancelot em pleno elmo.

10. Lancelot dá um salto para a frente, arranca-lhe das mãos o bastão e pergunta por que lhe bateu.

– Por que bati? Envergonhai-vos por isso? – pergunta o anão. – É certo que hoje mesmo sofrereis vergonha ainda maior.

– Como sabes disso? Espero que cresças mal!

– Sei de tudo – responde o anão. – Acaso não subistes aqui para lutar com meu senhor, o melhor cavaleiro desta terra que chamam de Outeiro Proibido?

– Sim, e gostaria que ele já estivesse diante de mim.

– Em breve estará; basta que sopreis aquela trompa e ele virá assim que a ouvir. Quanto ao cavalo que ali vedes preparado, montai-o. Se sois da casa do rei Artur, não sofrereis dano maior do que ser trancado naquela torre; do contrário, não deixareis de ter a cabeça cortada. Contei-vos o costume do Outeiro. Podeis ir embora, se preferirdes, ou então fazer soar a trompa; escolhei.

11. Lancelot responde que nem pensa em dar meia-volta; pegando a trompa, leva-a aos lábios e sopra tão forte que todo o Outeiro retumba. Voltando o olhar para um outro lado, vê uma torre de altura mediana, tão fortificada quanto a grande fortaleza onde morava o senhor do castelo. Assim que a trompa ressoa, aparecem nas ameias da torre mediana uns catorze cavaleiros que lhe gritam:

– Ai de ti, cavaleiro, estás soando a trompa para chamar teu grande sofrimento. Por Deus, vai-te embora, é mais sensato!

– Quem são os cavaleiros naquelas ameias? – pergunta ele ao anão.

– São os prisioneiros da casa do rei Artur. Gostariam que fôsseis embora, pois sabem que viestes aqui para vossa desonra.

12. Olhando os das ameias, Lancelot julga distinguir, entre outros, sir Gauvan, com a cabeça enfaixada por causa de seus dois grandes ferimentos; e cada um dos outros tinha um ferimento no braço ou na cabeça. Esse espetáculo aflige-o profundamente. Monta o cavalo amarrado à ár-

vore, pega a lança que trouxe consigo e espera, até que o cavaleiro sai em armadura completa, escudo ao pescoço, lança em punho.
— É esse o bom cavaleiro com quem devo lutar? — pergunta Lancelot ao anão.
— Sim. Por Deus, tereis de admitir que é o melhor cavaleiro que existe.

13-15. *Lancelot e o outro cavaleiro travam uma luta violenta que "dura da hora prima\* até meio-dia". Então o cavaleiro faz a espada de Lancelot voar longe.*

16. Lancelot não se alarma com esse contratempo. O cavaleiro, que imagina estar em vantagem, avança de espada em punho, mas Lancelot se esquiva do golpe; o outro não consegue reter-se a tempo e enfia a espada na terra até a guarda. Então Lancelot bate-lhe com o escudo em pleno rosto, derrubando-o atordoado no chão, corre até a espada e retira-a da terra. Mas, quando a ergue no ar, percebe que essa é a espada que Galehot, o filho da Giganta, lhe deu no dia em que venceu os três cavaleiros de Carmelide. Abismado, recua alguns passos e diz ao cavaleiro da torre:
— Senhor, em nome do ser que mais amais no mundo, dizei-me vosso nome.
— Por certo que o direi, pois sois a maravilha dos cavaleiros e homem não deve recusar a um bravo uma resposta que nada tem de vergonhosa. Meu nome é Bohort o Exilado e sou primo de sir Lancelot do Lago.

17-20. *Os dois se abraçam, jubilosos. Bohort conta que, mais de três meses antes, estando à procura de Lancelot, chegou ao Outeiro Proibido, lutou com o cavaleiro que dominava o lugar e matou-o. Mas antes da luta teve de prometer-lhe que "se o matasse no duelo eu seria o guardião do Outeiro até o dia em que fosse vencido por um outro, que me sucederia". Prometeu também que mataria todos a quem vencesse: "Vieram mais de quarenta para se arriscarem comigo e matei todos, exceto catorze que estão presos, preservados da morte porque são da casa do rei Artur."*

21. — Palavra de honra, eis aí uma história espantosa! — diz Lancelot. — E os que estais mantendo presos, sabeis quem são?
— Não, palavra, nem um único quis dizer-me seu nome e não os forcei. Mas posso dizer-vos que ali está um dos mais admiráveis justadores: nós dois justamos\* mais de seis vezes antes que um derrubasse o outro, e ainda esta manhã derrubamos um ao outro de nossos cavalos.

Feliz com essa aventura\*, Lancelot diz a Bohort:
— Pois bem, caro primo, adquiristes uma honra sem par; os que souberem dessa façanha vos considerarão o melhor cavaleiro do mundo. Vencestes todos os que passavam por modelos de cavalaria\* e que realmente o eram. Um deles é sir Gauvan e os outros sir Ivan, Sagremor o Im-

petuoso, Girflet filho de Do e meu irmão Hector. Este deveríeis ter reconhecido, por amor a mim e porque é primo vosso.

22. Em seguida Lancelot diz os nomes de todos os outros cujos escudos viu. Ouvindo-o, Bohort enrubesce de vergonha e lamenta:

– Ah, senhor, não me digais que sir Gauvan e vosso irmão Hector estão entre eles! Por nada no mundo eu queria isso: são amigos queridos e teria cometido uma falta grave e ignominiosa aprisionando cavaleiros tão valorosos E, se de fato assim é, por Deus, aconselhai-me sobre a conduta que devo adotar.

– Vou dizer-vos. Mandai que os tirem sem demora da prisão, que lhes forneçam roupas novas e os levem à porta da torre. Segurareis vossa espada pela ponta, estareis de cabeça nua, sem elmo, ajoelhareis diante deles, implorareis perdão a todos por vosso mau procedimento e vos colocareis à sua total disposição.

23-25. *Enquanto isso, na torre, Gauvan, Ivan e Girflet comentam a bravura que os dois combatentes demonstraram. Gauvan reconhece Lancelot. Bohort age como Lancelot lhe aconselhou e os prisioneiros recém-libertados perdoam-no, jubilosos. Hector e Lancelot finalmente se reencontram e "os dois irmãos entregam-se sem reservas à sua alegria".*

26. Em meio ao regozijo, os companheiros espantam-se ainda mais por ter sido vencidos por Bohort, que é um simples rapazinho, sendo que há entre eles cavaleiros experientes e vigorosos. Não há um só que não sinta no fundo do coração consternação e rancor, e esse foi um dos motivos da inimizade deles pelos parentes de Lancelot. Mas Hector e Lancelot estão longe de ficar aborrecidos: por nada no mundo desejariam que não lhes coubesse essa honra que enaltece a linhagem de ambos.

27. Naquele dia, Banin, o afilhado do rei Ban, apresentou-se a Lancelot e Bohort; contou-lhes quem era e como o rei Ban sempre gostara muito dele e o fizera cavaleiro. Lancelot alegra-se muito; diz-lhe que será seu amigo e lhe prestará ajuda e assistência, por haver servido seu pai tão fielmente.

– Senhor – diz Gauvan a Lancelot –, nós vos procuramos pelo mundo inteiro. Onde vos demorastes tanto? Ficastes doente ou prisioneiro?

– Estive em um lugar de onde nunca teria saído sem circunstâncias excepcionais graças às quais estou livre. Nada vos contarei agora, mas, se estiverdes na corte no dia em que teremos de narrar nossas aventuras*, sabereis como e onde fiquei preso.

28. *Bohort mandará abrir novamente os três caminhos que outrora subiam até o Outeiro.*

29. Nesse dia as conversas prolongaram-se até a hora do jantar; sentaram-se em um vergel e comeram em meio a grande alegria. Lancelot, Bohort e Hector estão jubilosos; os outros muito menos, e alguns menos bem-humorados que outros. Quando chegou a hora de dormir, os leitos foram arrumados nos quartos do castelo. Lancelot teve um quarto só para si e recebeu a melhor parte das honrarias.

30. Ele teve um sonho estranho: parecia-lhe que chegava à sua frente um homem muito idoso que o chamava por seu verdadeiro nome, dizendo: "Lancelot, meu querido neto, levanta-te e vai para a Floresta Perigosa, onde encontrarás uma aventura* fora do comum, que apenas tu podes levar a termo; e ainda assim não o conseguirias sem a rainha Helena, tua boa mãe, que reza por ti noite e dia. Sabes quem sou? Sou Lancelot, que foi rei da Terra Branca, vizinha do reino da Terra Deserta, e sou um antepassado teu; por amor a mim e para prestar-te honras, o rei Ban, meu filho, chamou-te Lancelot, mas teu nome de batismo é Galaad."

31. *Lancelot desperta, manda o escudeiro preparar suas armas e dirige-se sozinho para a Floresta Perigosa.*

XCII. *De manhã, os companheiros, constatando a ausência de Lancelot, interrogam o escudeiro, que nada sabe informar. Lionel deixa a abadia onde estava sendo tratado e vai encontrar os companheiros.*

XCIII. *Lancelot no túmulo do avô.*

1. Depois que Lancelot, diz o conto, entrou na Floresta Perigosa e cavalgou até o sol erguer-se, encontrou um anão montado em um pequeno palafrém negro; ele o saudou e perguntou-lhe quem era.

– Pertenço à casa do rei Artur – responde Lancelot.

– Ei, senhor – diz o anão –, por Deus, sois um dos cavaleiros mais loucos do mundo! Sois desses cavaleiros errantes que vão flanando por todos os países, em busca de loucuras, e que acabam morrendo de fome e de miséria, como bichos. Dizei-me, por Deus, o que estais procurando?

– Aventuras*.

– Aventuras*! – exclama o anão. – Há muitas nesta floresta, que só ficará livre delas com a vinda do Bom Cavaleiro, repleto de todas as virtudes e de toda a bravura. Esse cavaleiro é simbolizado pela figura do leão. Ninguém, exceto ele, entrará na floresta sem sair coberto de vergonha. Por isso vos aconselho a ir embora antes de vos defrontardes com os riscos, pois sei que obtereis mais dano que proveito.

– Não irei embora. Seria uma desonra imperdoável.

2. Lancelot deixa o anão e cavalga floresta adentro até a hora prima*, quando vai dar em um vale. Vê uma casa velha e baixa e dirige-se para lá. Ao chegar, avista sob uma grande ramagem uma fonte que saía por um cano e desaguava em uma bacia de chumbo. Uma lápide de mármore estendia-se entre dois grandes pinheiros e nas duas extremidades da pedra havia dois enormes leões. Guardavam a pedra para que só se pudesse alcançá-la passando diante deles, deitados por terra. Assim que Lancelot se aproxima, ambos se erguem sobre as patas e chicoteiam furiosamente o solo com a cauda.

3. Lancelot julga inevitável o combate. Vê à sua frente uma cruz antiga e arruinada e diante dela um bloco de mármore cinzento, no qual decifra uma inscrição: "Sob esta pedra jaz o corpo de rei Lancelot, pai do rei Ban, e nesta fonte está imersa sua cabeça; o corpo não será retirado nem a pedra será erguida até que o melhor cavaleiro do mundo lhe ponha a mão." Então ele se lembra do cavaleiro do sonho[4] e decide atacar os leões para tentar erguer a lápide. Amarra o cavalo à cruz, desembainha a espada, coloca à frente o escudo e avança na direção dos leões.

4. *Os leões investem e Lancelot mata-os.*

5. Aproximando-se da sepultura, não acredita no que vê: na extremidade do mármore, gotas de sangue rubro caem em cinco ou seis lugares, tanto que no lado maior a laje está toda ensangüentada. Lancelot decide não pôr a mão nela antes que o sangue pare de correr; vai até a fonte e ao olhar a bacia de chumbo vê ali uma cabeça de homem, branca e encanecida, o rosto corado de um homem de incomparável beleza. A água está fervente como se todos os fogos do mundo ali ardessem. Ele lê no chumbo uma inscrição: "Este calor não se extinguirá antes da vinda do melhor cavaleiro, cuja virgindade não será corrompida nem desviada. Então, porque nele não haverá fogosidade de luxúria, este calor cessará."

6. Lancelot diz consigo que mesmo assim tentará retirar da fonte a cabeça; mergulha os dedos, mas a água está tão quente que lhe queima as mãos; entretanto ele persiste e suporta o calor até retirar a cabeça da água. O eremita do lugar brada-lhe:

– Ah, nobre cavaleiro, trazei-a aqui, é a cabeça do homem mais sábio que já existiu neste país.

Lancelot coloca-a nas mãos do eremita e ao segurá-la este a beija docemente.

– Senhor – diz a Lancelot –, ide até a lápide para saber se conseguireis erguê-la; encontrareis sob ela o corpo ao qual esta cabeça pertence.

---

4. Cf. XCI, 30.

Lancelot vai até a laje e vê que dela já não sai uma só gota de sangue. Segura-a pelo lado maior, ergue-a, afasta-a e descobre deitado na sepultura o corpo sem cabeça e perto dele uma riquíssima taça de ouro. O corpo estava descalço e tão belo como se tivesse falecido naquele instante.

7. Ante o corpo decapitado de seu avô, Lancelot sente profunda piedade e gostaria de saber a causa de sua morte. Vai ter com o eremita, que entrou em casa. Encontra o homem santo ajoelhado diante de seu altar, sobre o qual está a cabeça.

– Senhor – chama-o Lancelot –, que farei do corpo que encontrei sob a laje?

Levantando-se prontamente, o eremita pergunta-lhe se levantou realmente a lápide. Lancelot responde que sim.

– Dizei-me então quem sois.

– Sou da casa do rei Artur e me chamo Lancelot do Lago.

– Senhor, conheço-vos bem. Sois o filho do rei Ban de Benoic, um homem superior entre todos. O corpo na sepultura é o de vosso avô e eis aqui sua cabeça. Vamos ver se conseguimos retirá-lo, pois, se pudéssemos trazê-lo para cá, haveríamos de enterrá-lo diante deste altar, com sua mulher, vossa avó, que outrora quis ser enterrada aqui.

8-9. *Os dois carregam o corpo até diante do altar e sepultam-no ao lado do corpo da rainha Marta, avó de Lancelot. O eremita põe-se a contar-lhe a história de seu avô.*

10. – Senhor, vosso avô que aqui jaz pertencia à linhagem de José de Arimatéia. Seu pai legou-lhe a Terra Branca, limítrofe do reino da Terra Deserta. Tornando-se senhor dessa terra, ele expulsou os incréus e os sarracenos e difundiu por toda parte a fé cristã. Havia neste país um castelo da Guarda Branca onde morava uma dama, mulher de um primo do rei, jovem, bela, virtuosa e tão piedosa que portava sempre um silício. Seus méritos eram como a luz de um círio aceso, que não pode passar despercebida: ela trazia no fundo do coração o culto à Trindade.

11. "O rei Lancelot, um dos homens mais belos e sábios que já existiram e de vida santa, tornou-se amigo familiar da dama e amou-a por suas eminentes virtudes. Visitavam-se com freqüência e sua afeição mútua tornou-se tão profunda, pelas qualidades que um reconhecia no outro, que mal conseguiam suportar a separação. As pessoas, insensatas e maldosas, julgaram imoral essa ligação, e aqueles que com a língua se fazem intérpretes do diabo pretenderam que o rei amava a dama com amor culpável, contra Deus e contra a Santa Igreja."

12. *O irmão do duque da Guarda Branca, marido da dama, instiga-o a vingar esse suposto ultraje à sua honra.*

13. "O duque da Guarda Branca não alterou em nada seu comportamento. Estavam na Quaresma, o tempo da Paixão. O rei e a dama viam-se diariamente; o prazer de ambos estava em servir Nosso Senhor e sobreviviam alimentando-se apenas de um pouco de água e de pão. Na Sexta-Feira Santa, o rei veio para esta floresta, descalço, pobremente vestido de lã, com dois companheiros, para assistirem ao ofício divino na capela onde estamos.

14. "O duque da Guarda Branca espionara-o, em armas, com dois companheiros, tencionando vingar-se da grave traição que imaginava. O rei confessara-se com o eremita que morava aqui e, depois de assistir ao ofício do dia, saiu da capela e foi até a fonte que está diante de nós. Quando se curvou para beber, o duque veio por trás, de espada em punho, e assestou-lhe um golpe tão rude que fez sua cabeça voar para dentro da fonte. Pensou então que a vingança estaria incompleta se não retalhasse o corpo e a cabeça.

15. "Mergulhou as mãos na água para retirar a cabeça. Imediatamente ocorreu um milagre: a água da fonte, que era fria, pôs-se a ferver e ficou tão quente que ele queimou as mãos. Ante esse fato extraordinário, compreendeu que agira mal e que incorrera na cólera de Deus por haver matado um homem de bem. Então eles enterraram o rei onde o encontrastes e dirigiram-se para o castelo; quando estavam próximos, encontraram um valete* que fugia desabalado. 'Senhor, disse ele ao duque, as trevas abateram-se sobre vosso castelo, tão espessas que ninguém enxerga coisa alguma, e isso agora mesmo, ao meio-dia.'

16. "'Ai de mim, disse o duque, é mesmo verdade, agi mal.' Chegou ao castelo e viu pessoalmente a escuridão que tudo invadira. No limiar da porta, um grande lanço de muralha desabou sobre ele, esmagando-o, bem como aos que o haviam ajudado a cometer aquela loucura.

17. "Assim morreram o duque e seus companheiros. As trevas ainda reinam naquele castelo e perdurarão até a vinda do Bom Cavaleiro, graças ao qual as aventuras* do Santo Graal chegarão a termo. Mas não sois vós o Bom Cavaleiro de que estou falando; sois o melhor de todos os que hoje portam armas, mas o outro será superior a vós em tudo, pois será virgem e casto todos os dias de sua vida, o que não sois: sois vil, impuro e libidinoso."

18. Ante essa acusação, Lancelot enrubesce de vergonha.
– Contai-me o que aconteceu com aquela mulher de bem.
– Ela faleceu no mesmo dia em que soube da morte do marido, reclusa naquele castelo, sem que tivesse chegado notícia alguma.

– Contai-me por que os leões estavam ali, guardando a lápide de onde vi saírem as gotas de sangue – pede Lancelot.

19. – Após os funerais de vosso avô Lancelot a notícia espalhou-se por toda parte; vossa avó veio imediatamente para cá e quis tirá-lo do lugar onde estava enterrado e colocá-lo nesta capela. Mas não houve homem forte o bastante para erguê-lo, e todos compreenderam que essa era a vontade de Nosso Senhor; então colocaram sobre ele a laje que erguestes. Diariamente ocorria um milagre: na hora em que ele fora morto saíam gotas de sangue que tinham o poder de curar os ferimentos de qualquer cavaleiro que as tocasse. A notícia circulou na região, de forma que os cavaleiros feridos nesta floresta acorriam para cá e obtinham cura imediata.

20-21. *Dois leões feridos ao lutarem por um cervo descobriram o poder curativo das gotas de sangue e passaram a vigiar constantemente o túmulo, impedindo que qualquer pessoa se aproximasse.*

22. – Mas e a fonte? Algum dia deixará de ferver? – pergunta Lancelot.
– Está fervendo como nunca, parece-me.

– Por minha cabeça, bem vedes que eu tinha razão ao declarar-vos ardendo de concupiscência e luxúria e que virá um cavaleiro superior a vós em méritos. Se fôsseis aquele que levará a termo as aventuras* do Santo Graal, o calor da fonte teria cessado. Mas os fogos da luxúria não estão extintos em vós; portanto, por melhor cavaleiro que sejais, o calor da fonte não se extinguirá. Podeis partir daqui quando vos aprouver, pois levastes a termo as aventuras* ao alcance de um cavaleiro enfermo; mas, se fôsseis tão puro e íntegro quanto será a pessoa perfeita de que vos falo, poderíeis ter conseguido êxito nessa aventura* e nas outras que estão espalhadas através da Grã-Bretanha; mas os graves pecados que vos sobrecarregam são a causa de vosso fracasso.

23. – Visto que nada de bom farei aqui, vou partir. Recomendo-vos a Deus e rogo que não deis notícias minhas a ninguém.

O eremita assim promete e acrescenta:
– Senhor, nada comestes o dia inteiro; aceitai algum alimento.

E lhe traz apenas pão e água, pois nada mais tem. Lancelot agradece e come com apetite.

24-25. *Em uma floresta, Lancelot mata um urso que perseguia um valete*; depois pergunta a este onde poderia encontrar pouso.*

O cervo branco.

26. – Caro amigo – diz Lancelot –, acaso sabes onde eu poderia alojar-me agora?

– Senhor, não há cidade nem habitação a menos de sete léguas; mas quando eu vinha pela floresta vi naquela colina dois pavilhões armados no meio das árvores.

– Então conduze-me até lá – diz Lancelot.

O valete* concorda, e retoma o caminho por onde viera. Quando chegaram ao fundo de um vale, a lua já se erguera, bela e clara. Viram então passar à frente deles um cervo mais branco que a neve recém-caída[5]; tinha em volta do pescoço uma corrente de ouro e cercavam-no seis leões, dois à frente, dois atrás e dois dos lados, guardando-o com tanta solicitude como uma mãe guarda o filho. Passaram diante de Lancelot e do valete* e desapareceram na espessura da floresta.

27. – Eis aí uma coisa incrível – diz Lancelot a seu companheiro –, pois evidentemente aqueles leões são os guardiães do cervo para protegê-lo. Como é possível? Apenas a força divina ou um encantamento têm o poder de dotar um leão de inteligência, superando o instinto. Para entender isso, faço o voto solene de não sair desta floresta antes de saber a verdade sobre aquele cervo.

– Por Deus, senhor, nunca ouvi falar de uma aventura* tão bela e tão maravilhosa! – exclama o valete*.

28-32. *Lancelot mata em duelo Marlan, que lhe recusou hospitalidade, e compartilha da dor de damiselas que choram o morto e louvam suas qualidades.*

*Lancelot fica sabendo do nascimento de seu filho Galaad.*

33. Enquanto Lancelot comia, entrou um cavaleiro, armado dos pés à cabeça, e com ele dois escudeiros. Perguntam a Lancelot se poderão ser alojados por essa noite. Lancelot concorda. O cavaleiro apeia e sentam-se à mesa. Depois de comerem à vontade, Lancelot pergunta ao cavaleiro sobre sua origem.

– Sou da casa do rei Artur – responde ele.

– Sois companheiro da Távola Redonda?

– Não, mas gostaria muito de ser, se aprouvesse a Nosso Senhor. Sonho com elevar-me à Távola Redonda!

– E qual é vosso nome?

– Sarraz de Logres.

– Quando partistes da corte?

– Um dia depois da Páscoa, senhor.

– Onde o rei instalou sua corte?

---

[5]. O cervo branco é um animal mítico; o cervo é também o símbolo de Jesus Cristo.

– Na cidade de Camelot, mas não houve muita animação, por causa de Lancelot, de sir Gauvan e dos companheiros da busca, a quem consideram como perdidos: não há o menor sinal deles. Mas, se estivessem presentes, a alegria teria sido imensa, porque um homem de bem trouxe as mais jubilosas notícias: anunciou que nascera aquele que levará a bom fim as sublimes aventuras* do Santo Graal. Ele descende do melhor cavaleiro do mundo e da filha do Rei Pescador, a damisela mais bela que existe.

34. Ante essa notícia, Lancelot ficou abismado. Assim que ouviu falar da filha do Rei Pescador, lembrou-se de que dormira com ela no castelo da Quasse, quando foi logrado pela beberagem que lhe serviram; então pensou que essa criança podia ter nascido dele.

– Que procurais nestas paragens, caro senhor? – perguntou ao cavaleiro.

– Procuro nesta floresta a Fonte dos Dois Sicômoros, pois na Páscoa chegou à corte um cavaleiro dizendo que estivera nessa fonte no dia em que Belias o Negro derrotou sir Gauvan, sir Ivan, o duque de Clarence e Osenan o Ousado. Por essa razão parti da corte no dia seguinte, com uma dúzia de companheiros, mas nenhum da Távola Redonda, e comprometemo-nos a encontrar essa fonte para sabermos se Belias é um justador* tão bom como contaram.

35-48. *Sarraz e Lancelot vão até a Fonte dos Dois Sicômoros, guardada por Belias o Negro. Sarraz luta com Belias, vê-se em apuros e é socorrido por Lancelot. A caminho da corte, Sarraz encontra o cavaleiro da liteira[6]; dá ao rei Artur notícias de Lancelot e dos companheiros; em Pentecostes eles estarão na corte, que o rei instalará em Camelot.*

XCIV. 1-5. *A mensageira que a rainha enviou, acompanhada de um anão, à Dama do Lago[7] chega a Gaunes. Descortesmente, Claudas obriga-a a deter-se ali para interrogá-la sobre Lancelot e seus companheiros.*

*A mensageira da rainha é aprisionada por Claudas.*

6-13. *Claudas interroga a mensageira sobre Lancelot, Lionel e Bohort. Ela ressalta a bravura dos três e, "se eles aqui vierem, nem o mundo inteiro vos salvará da morte; vão atacar-vos, furiosos por terem perdido suas terras, das quais vos apossastes abusivamente quando eram crianças". Quando a jovem se nega a revelar-lhe o motivo de sua viagem, Claudas vai consultar seu senescal. Este pondera que provavelmente a jovem traz uma mensagem aos barões da terra a fim de incitar uma revolta "e todo*

---

6. Cf. LXXXVIII, 6-11 e 12-19.
7. Cf. LXXIV, 6 ss.

*o povo desta nação abraçará a causa dos infantes e se empenhará em prejudicar-vos"*. Enquanto isso, temendo que tentem tomar-lhe a carta, a mensageira entrega-a ao anão, recomendando-lhe que, se necessário, jogue-a no rio. O senescal intima a jovem a entregar-lhe a carta e ela nega que esteja levando uma mensagem.

14. Então ele chama dois homens de armas e diz-lhes:
– Revistai esta damisela, sua gente e seus baús, até encontrardes a carta que estão trazendo.

Obedecendo, eles vasculham tudo, sem nada encontrar; em seguida passam para o escudeiro e, diante dessas humilhações, a damisela diz ao anão que cumpra suas ordens. Ele joga a carta no rio, mas seu gesto não escapa ao senescal, que da janela a vê afundar em sua caixa de madeira. Vai ter com seu senhor e conta-lhe o que o anão fez.

– Agora não tenho mais dúvidas: a carta era endereçada a um de meus barões para trair-me – conclui Claudas. – Quero que vos aposseis da damisela e de sua escolta e que eles sejam aprisionados lá em cima, naquela torre, até sabermos o destinatário e o teor da carta.

O senescal executa a ordem recebida.

15-19. *Claudas envia dois valetes\* para ter informações sobre a corte de Artur. Um deles, Tarquino, conquistado pela magnificência do rei, permanece lá; o outro volta a Gaunes para fazer seu relatório. Tarquino revela à rainha a conduta inqualificável de Claudas para com sua mensageira.*

*Carta de ameaça da rainha a Claudas e resposta ofensiva deste.*

20. Então a rainha pede tinta e pergaminho. Entrando em seu quarto, escreve uma carta, apõe-lhe seu selo e diz ao valete*:
– É preciso que me prestes um serviço que te valerá proveito e honras se o executares bem. Deves ir até o rei Claudas, entregar-lhe esta carta e dizer-lhe que sou eu pessoalmente que a envio. Se ele executar minha ordem, me darei por satisfeita; senão, que ele saiba que nunca fez algo de que devesse se arrepender tanto.

O valete* parte, vai por terra e mar e chega à corte de Claudas um dia depois da Páscoa.

21. Claudas instalara sua corte na cidadela de Gaunes, sua preferida. Quando o valete* chegou, estavam acabando de comer.
– Sire – diz ele, apresentando-se diante do rei –, a rainha Guinevere, mulher do rei Artur, saúda-vos e envia esta carta para que executeis sua ordem; senão, nunca fizestes algo de que vos arrependereis tanto.

Claudas, por desdém, não solta uma só palavra: passa a carta a um de seus escreventes. Este a lê de ponta a ponta e depois diz ao rei:

– Sire, minha senhora a rainha manda dizer-vos para lhe devolverdes por boa vontade e cortesia uma donzela sua que mantendes prisioneira. Caso contrário, sabei que resultarão para vós males tais que melhor seria se não tivésseis nascido. Perdereis vossa terra e ninguém, exceto Deus, poderá salvar-vos da morte. Vede qual decisão tomareis. É tudo o que leio nesta carta.

22. Ao ouvir as ameaças da rainha, o rei Claudas fica tão consternado que o coração quase lhe falha. Agarra a carta, pisoteia-a, deixa-a em frangalhos.

– Tarquino – diz ele ao valete\* –, vai embora e dize a tua senhora que não lhe devolverei a donzela, ainda que ela empregue nisso todos seus meios; vou retê-la prisioneira e por sua causa lhe infligirei desonra, crueldade e vergonha. Dize-lhe também que não gosto dela nem a temo, e que a odeio como a rainha mais desleal que conheço. Dize-lhe também que considero que ela e seu amante valem menos que uma espora. Se alguém tivesse coragem para tal, ela mereceria a fogueira mais que qualquer outra mulher, pois recebe em seu leito um que conheço bem e que é tão bravo e tão corajoso que não possui uma polegada de terra! Eis meu recado, recita-o para ela.

23-25. *O valete\* chega a Camelot e, a sós com a rainha, transmite-lhe a mensagem insultuosa de Claudas. A rainha anseia pelo dia de Pentecostes, quando Lancelot estará de volta e poderá vingá-la. O conto volta para Lancelot, que se separou de Sarraz.*

XCV. *Na Fonte dos Dois Sicômoros, Lancelot luta com Belias o Negro e persegue-o em seu castelo, onde depara com Mordret acorrentado e liberta-o. Uma damisela acusa Lancelot de haver matado seu pai, Broadas, e seus dois irmãos, Belias e Briadas, os dois guardiães da Fonte dos Dois Sicômoros. Um valete\* fornece cavalos e armas a Lancelot e assim ele e Mordret podem deixar o castelo. O valete\* conta-lhes por que os dois irmãos haviam decidido tornar-se guardiães da Fonte: para dar prova de bravura e assim adquirirem títulos para terem acesso à honra da Távola Redonda. Lancelot arranca a flecha da coxa do cavaleiro da liteira e manda pelo valete\* um recado aos companheiros que ficaram no Outeiro, para que estejam na corte em Pentecostes. Um torneio está sendo preparado no castelo de Penigue, onde mora Galehodin, afilhado de Galehot. Lancelot não deixará de comparecer, pensam os companheiros; vão esperar por ele lá e, desejando manter-se incógnitos, alojam-se na casa de um burguês rico. Os companheiros intervêm contra pessoas armadas que estão maltratando Agloval, ferido na cabeça e em lamentável estado; eles temem represá-*

lias da parte de Galehodin, mas Gauvan empenha-se em obter uma reconciliação. Agloval explica o motivo das sevícias que sofreu: um senhor cujo irmão ele matara surpreendeu-o desarmado e vingou-se. Quando Galehodin volta da caça, Gauvan relata-lhe o incidente em que os companheiros se envolveram e obtém seu perdão. Todos são acolhidos com júbilo e honras no castelo.

XCVI. *Explicação sobre o Cervo Branco e os leões.*
1. Quando o valete* enviado ao Outeiro Proibido[8] deixou Lancelot, diz o conto, este e Mordret cavalgaram até a noite pela floresta imensa e misteriosa. Quando a lua se ergueu, chegaram a um pequeno outeiro e, olhando à frente, viram o cervo branco e os seis leões que o escoltavam; passaram diante dos dois cavaleiros sem lhes fazer mal e lançaram-se na floresta espessa. Quando desapareceram, Lancelot foi o primeiro a falar:
– Por Deus, eis a mais bela aventura* que já vi e, juro, vou saber aonde vão esses leões.
– Por Deus – responde Mordret –, eu também os vi há pouco tempo e os teria seguido, mas estava perseguindo um cavaleiro. Se vos aprouver, estou disposto a fazer-vos companhia.
Eles seguem os leões o mais depressa que podem e chegam a um bosquezinho de árvores densas.
*2-7. Surgem dois cavaleiros que os apanham desprevenidos e roubam seus cavalos. Um anão indica-lhes dois pavilhões onde encontrarão os ladrões, dos quais retomam à força suas montarias. O anão leva-os a um eremitério.*
8. Os companheiros apeiam, entram na casinha do eremita e desarmam-se. Recomendando-os a Deus, o anão anuncia que está de partida e vai embora a toda a pressa pela floresta, à luz da lua. O eremita oferece a Lancelot e Mordret pão e água, o único regalo que lhe é permitido. Exaustos e em jejum o dia todo, eles aceitam com gratidão. Lancelot pede ao homem santo:
9. – Senhor, explicai-me, se puderdes, uma aventura* que me aconteceu hoje. Vi passar diante de mim um cervo mais alvo que a neve; tinha no pescoço uma corrente de ouro e seis leões conduziam-no com toda deferência, como se fosse sagrado.
– Ah, senhor, então vistes o Cervo Branco? Pois bem, é uma das maiores maravilhas que vossos olhos já viram, mas nem vós nem outro homem solucionareis esse mistério, exceto o Bom Cavaleiro que sobrepujará

---

8. Cf. XCV.

em virtudes e em bravura todos os cavaleiros profanos. Ele é que esclarecerá o mistério dos leões e do cervo e fará o mundo saber por que os leões tomaram o cervo sob sua proteção. Não se trata de sortilégio nem de tenebrosa feitiçaria diabólica; é um maravilhoso milagre que foi desejado outrora por Nosso Senhor.

– Visto que nada podemos saber por vós nem por pessoa alguma exceto esse Bom Cavaleiro a quem Deus concederá tal honra, não vos forçarei a revelar mais que isso – diz Lancelot.

10-19. *Então Lancelot indaga do eremita sobre Marlan[9]: esse personagem não merece os elogios que as damiselas lhe faziam; é na verdade um rei criminoso que enforcou o próprio pai. Enquanto Lancelot e Mordret descansam perto de uma fonte, os dois cavaleiros que tomaram seus cavalos reaparecem, mas desta vez Lancelot e Mordret é que pegam os cavalos deles. Um vavassalo\*, seu anfitrião, informa-lhes que no dia seguinte haverá um torneio no castelo de Penigue[10] e dá-lhes armas.*

*Mordret mata o eremita.*
20. O anfitrião vai ter com Mordret e pergunta-lhe se deseja portar armas no torneio do dia seguinte.

– Irei, se meu companheiro quiser ir – responde Mordret.

– Dizei-me quem sois, qual é vosso nome e o de vosso companheiro – pede o anfitrião. – É um cavaleiro tão perfeito que estou curioso para saber quem é.

– Sou sobrinho do rei Artur e irmão de sir Gauvan. Meu nome é Mordret e meu companheiro chama-se Lancelot do Lago, filho do rei Ban de Benoic. Sabei que ele é o melhor cavaleiro do mundo, o mais rico em qualidades, o mais belo, de linhagem muito nobre, descendente de reis e rainhas, desde que a cristandade se implantou nesta terra.

21. Deixando Mordret, o anfitrião vai dizer a seus filhos.

– Meus filhos, amanhã será preciso dar mostra de grande bravura, pois tendes nesta casa o melhor cavaleiro do mundo, a quem servireis lanças no torneio do castelo de Penigue.

De manhã, ao nascer o dia, o anfitrião levantou-se, mandou buscar uma carroça de lanças no castelo de Penigue e especificou o lugar onde a esperariam; depois mandou que os filhos montassem cavalos grandes e resistentes.

---

9. Cf. XCIII, 32.
10. Cf. XCV.

22. Lancelot levantou-se bem cedo. As pessoas da casa saudaram-no; ele retribuiu e perguntou a seu anfitrião:

– Haverá perto daqui alguma capela ou igreja onde possamos assistir à missa antes de irmos para o torneio?

– Sim, senhor, perto daqui há um eremitério.

– Então mandai selar nossos cavalos.

Cavalgando com Mordret, chegam a um bosquezinho espesso onde deparam com um rico túmulo. Diante do túmulo havia um homem vestido com uma túnica branca e que parecia um religioso; estava de joelhos, dizendo suas preces. Era tão idoso que todos diriam nunca ter visto homem tão velho, apesar de ainda vigoroso.

23. Os cavaleiros detiveram-se para contemplá-lo. Ele se põe de pé mais agilmente do que imaginariam; às suas perguntas, não pensam em dissimular-lhe a verdade e dizem seus nomes.

– Por minha cabeça – diz ele –, ambos estais entre os mais infelizes que conheço, e vou dar-vos prova disso.

A seu pedido, o vavassalo* e o escudeiro afastam-se um pouco e então ele diz a Mordret:

– Sabes por que eu disse que és o homem mais infeliz desta terra? Porque provocarás mais mal que todos os homens do mundo: por tua causa será destruída a grandeza da Távola Redonda e por ti morrerá o homem mais valoroso que conheço, que é teu pai. E morrerás pela mão dele; assim o pai perecerá pelo filho e o filho pelo pai. Então estará aniquilada toda tua parentela, que hoje é a soberana do mundo. Tens muitas razões para odiares a ti mesmo, já que tantos homens de valor morrerão por causa de tuas ações.

24. A essas palavras Mordret fica muito confuso:

– Senhor, podeis dizer o que quiserdes, mas é impossível que eu mate meu pai, pois ele já morreu há muito tempo. Vossas palavras não merecem crédito, pois é evidente que mentistes sobre meu pai.

– O quê?! – exclama o homem santo. – Afirmas que teu pai está morto? Acreditas que foi o rei Lot da Orcânia que te gerou, como gerou teus outros irmãos?

– Sim, o rei Lot da Orcânia, sem a menor dúvida.

– Oh, não! Quem te gerou foi um outro rei[11], de maior valor e que realizou mais façanhas do que esse que julgas ser teu pai. Na noite em que te gerou, sonhou que saía de si um dragão que calcinava toda sua terra e matava todos seus homens. Depois de massacrar seu povo e devastar

---

11. Novo anúncio da *Mort Arthur*. Ver a nota de XLIXa, 18.

suas terras, o monstro lançava-se sobre teu pai e queria devorá-lo, mas este se defendia e matava-o, porém contaminado pelo veneno e também condenado a morrer. Esse foi o sonho que teu pai teve.

25. "E, para que acredites em mim, encontrarás na igreja Saint-Etienne de Camelot um dragão que ele mandou pintar lá, para se lembrar desse sonho todos os dias de sua vida. Sabes quem é o dragão que teu pai viu em sonho? És tu, pois és um homem impiedoso e sem bondade. Acontece contigo como com o dragão, que é inofensivo quando começa a voar; não foste cruel demais nos primeiros tempos de tua existência de cavaleiro, foste bom e aberto à piedade. Doravante serás um verdadeiro dragão, só farás o mal e massacrarás os homens com todas tuas forças. Que posso dizer-te? O mal que farás em um dia será maior que o bem que teus parentes fizeram durante toda a vida. E eu mesmo, que sou velho e a quem jamais uma arma deveria trazer a morte, sentirei em mim tua crueldade, pois me matarás com tua mão."

26. – Por Deus, velho – responde Mordret –, mentistes sobre certos pontos mas dissestes a verdade sobre outros: ao afirmar que morrereis por minha mão não mentistes. Morrereis agora mesmo e assim uma parte de vossa profecia estará certa.

– Ah, por Deus, espera um pouco até que eu fale com Lancelot! – pede o homem santo. – Depois poderás agir como quiseres.

– Que Deus nunca venha em meu auxílio se continuardes mentindo a meu respeito e a respeito de outros! – diz Mordret. Desembainha a espada e assesta-lhe um golpe tão rude que faz sua cabeça voar longe; o corpo desaba de comprido, sem se mexer mais.

27. – Ah, Mordret, agistes mal e cometestes um pecado mortal matando assim esse inocente homem santo! Por Deus, isso não será bom para vós, só vos trará vergonha e desonra! – censura-o Lancelot.

– Não ouvistes os malefícios que ele me dizia? Por Deus, só lamento não tê-lo matado antes.

Olhando o homem santo, Lancelot vê que ele tinha na mão uma carta. Desce do cavalo, pega-a sem que Mordret perceba e esconde-a sob o manto.

28. Em presença desse assassinato, o anfitrião fica triste, mas não ousa demonstrar. Deixam o corpo no chão e vão para o eremitério, que ficava sobre um monte abrupto e difícil de escalar. Encontraram o eremita já vestido com os trajes sacerdotais. Depois da missa, Lancelot afastou-se bastante dos outros, ajoelhou em um canto da capela, tirou do peito a carta que pegara da mão do homem santo e leu o conteúdo: "Temerário Mordret, por cuja mão devo morrer, fica sabendo que o rei Artur, que te

gerou[12] na mulher do rei Lot da Orcânia, não te tratará com menos rigor do que me trataste: se me cortaste a cabeça, ele transpassará teu corpo com um golpe tão impiedoso que os raios do sol passarão através de ti. Apenas contra ti é que Deus permitirá essa estocada fora do comum; então desabará o grande orgulho da cavalaria* da Grã-Bretanha, pois após esse dia ninguém verá o rei Artur a não ser em sonho."

29. Lancelot contempla longamente a carta e o que fica sabendo sobre o rei Artur enche-o de uma emoção profunda; tinha a mais sincera afeição pelo rei, porque nele encontrara toda a bondade e toda a cortesia que podiam existir no mundo. Se descobrisse um motivo válido para matar Mordret, nunca teria tanta satisfação em eliminar um homem; mas não fez nada disso, por amor a sir Gauvan.

30. Foram então para a casa do vavassalo*, onde se armaram e comeram. O vavassalo* preparou xabraque* vermelho e um escudo vermelho para Lancelot, e um escudo branco para Mordret. Dirigem-se para o prado onde devia realizar-se o torneio. Lancelot pergunta a seu anfitrião em qual partido há mais combatentes.

– No partido do castelo, senhor, pois do lado de Galehodin sei que se alinharão todos os cavaleiros de valor; no outro haverá apenas forasteiros, exceto o sobrinho do rei de Norgales, o rei dos Cem Cavaleiros e o conde de Norestan, bravos cavaleiros que também serão do partido dos de fora. Para derrotar melhor os de fora, sir Galehodin tem em seu partido não sei quais cavaleiros da casa do rei Artur, que alguma aventura* trouxe para sua casa.

31-43. *No torneio de Penigue, em que se aliou ao partido dos "de fora", Lancelot, em armas novas, enfrenta Gauvan, Bohort, Hector, Ivan, Kai e Agloval. Socorre Mordret, de quem Gauvan e Hector se apossaram.*

44. Quando Lancelot viu que os do castelo estavam em debandada, recolocou a espada na bainha e deixou o torneio, despercebido de todos, com exceção de Bohort: notando que Lancelot estava partindo, foi a galope atrás dele, adivinhando quem era, e seguiu-o até o interior de uma floresta. Lancelot não desconfiou que estava sendo seguido.

45-46. *Bohort alcança Lancelot. Ambos se reconhecem e decidem ir juntos para a corte, "se alguma aventura* não nos separar". O conto "não fala mais deles e volta para sir Gauvan e os companheiros da busca".*

XCVII. *No castelo de Galehodin, os companheiros põem-se à procura de Bohort. Mordret conta a Hector que Lancelot esteve no torneio. Gauvan e*

---

12. Ver a nota anterior.

*depois Galehodin ficam furiosos por terem-no deixado escapar. Os companheiros põem-se a caminho da corte; Ivan conduz em uma liteira Mordret, ferido no torneio de Penigue por seus irmãos, que não o reconheceram.*

XCVIII. 1-18. *Cavalgando na floresta, Lancelot e Bohort avistam o clarão de uma fogueira e ouvem gritos de mulher. Bohort vai na direção dos gritos e arranca das mãos de ladrões Landoine e Marant, filha e filho do rei dos Cem Cavaleiros; porém não encontra mais Lancelot, que foi na direção do fogo. Chegando a Corbenic, ele tem de lutar com Brinol de Plessie, que lhe barrava a entrada, por ódio a Lancelot: Brinol esperava aproveitar-se de uma vitória sobre Lancelot para convencer aquela a quem amava. Bohort envia o vencido para Lancelot.*

*Bohort em Corbenic.*
19. *Bohort chega ao castelo de Corbenic, onde o acolhem jubilosamente. O rei Peles pede-lhe notícias de Lancelot.*
20. *Bohort tranqüiliza Peles: viu Lancelot recentemente no torneio de Penigue, mas ele foi aprisionado por uma dama (Morgana) e estará na corte no dia de Pentecostes.*
21. Durante essa conversa, entrou no salão a filha do rei Peles, ricamente adornada e vestida. Sua beleza eclipsava tudo; era sem dúvida possível a mais bela damisela daquele tempo. Como mulher cortês e digna que era, saúda Bohort, que retribui com a mais requintada nobreza. Ela senta a seu lado, informa-se sobre aquele a quem tem grande vontade de ver e ele lhe diz o que sabe.
22. Nesse entretempo, juntou-se a eles um velho cavaleiro trazendo nos braços um bebê adorável, de uns dez meses, envolto em um pano de seda.
– Sabeis quem é esta criança, senhor? – pergunta o cavaleiro. – Descende da mais alta linhagem de cristãos; é primo vosso. Reconheceis com quem ele se parece? Examinai-o bem e não tereis dificuldade em reconhecê-lo.
Bohort tem a impressão de estar vendo Lancelot; a semelhança é perfeita. Pelo que lhe parece, é filho de Lancelot; mas, sabendo a verdade sobre ele e a rainha, hesita em expressar o que pensa. Entretanto, como não pode furtar-se à pergunta, responde:
– Em minha opinião, senhor, ele se parece mais com Lancelot do que com qualquer outro.
– Por Deus, isso é muito natural, pois é filho dele!
23. Essa revelação deixa Bohort arrebatado de júbilo; pergunta o nome da criança e o velho cavaleiro diz que o chamam de Galaad. Bohort pega-o no colo e, tomado pela emoção, beija-o como faria com o ser mais precioso.

— Senhor, venturoso seja vosso nascimento! – diz-lhe. – Pressinto que sereis o chefe e o estandarte de vossa linhagem. Bendito seja Deus que me trouxe aqui!

24. *Entram então no aposento a pomba com o turíbulo de ouro e a donzela trazendo o Santo Graal. Como das outras vezes, as mesas enchem-se de iguarias; todos oram e comem.*

25. Terminada a refeição, o rei foi recostar-se às janelas do palácio*, e Bohort com ele. Peles contou-lhe toda a história de Lancelot e sua filha, como ele fora habilmente enganado e conhecera a damisela como um homem conhece sua mulher.

— Bendito seja Deus que planejou tal estratagema! – diz Bohort. – Ficai certo de que de vossa linhagem nascerá o verdadeiro cavaleiro por quem as aventuras* do Santo Graal serão levadas a bom termo e que sentará na cadeira perigosa da Távola Redonda, da qual ninguém tomou posse sem morrer. Se não for essa criança, não sei quem pode ser; sir Lancelot é o melhor dos cavaleiros e no entanto haverá outro de maior valor que ele; sei disso e os eremitas afirmam-no.

26-27. *Bohort comunica ao rei Peles que está decidido a "não partir antes da noite, para assistir às maravilhas que Gauvan me contou, quando aqui esteve". Como não consegue demovê-lo, Peles convence-o a só tentar a aventura\* na noite seguinte.*

28. À noite Bohort dormiu em um quarto sob o torreão. De manhã, na hora da missa, o rei lhe disse:

— Bohort, quereis passar a próxima noite no Palácio Aventuroso. Então confessai-vos com um de nossos capelães antes de aparecerdes diante do Santo Graal: quando estiverdes limpo de todo pecado, creio que não correreis tanto perigo quanto se estivésseis vil e maculado.

Imediatamente após a missa, Bohort confessou a um dos capelães todos os pecados de que se sentia culpado perante Deus. O padre ficou feliz quando soube que ele só havia pecado com uma única mulher, a filha do rei Brangoire, que dele tivera Helan.

29-37. *À noite, Bohort, armado e sozinho, vai sentar no Leito da Maravilha. Passa então pelas mesmas experiências que Gauvan: os estrondos, a lança chamejante, o duelo com o cavaleiro. Derrota o cavaleiro e obriga-o a prometer que "no dia de Pentecostes estarás na corte do rei Artur e lá te entregarás ao rei, da parte de Bohort de Gaunes". Em seguida suporta impassível uma saraivada de flechas e pedras, mata um leão que o ataca, assiste à luta do leopardo com a serpente e da serpente com as serpentezinhas.*

38. A luta prolongou-se até que a serpente e as serpentezinhas perderam a vida. O defecho deixou Bohort atônito: está seguro de que isso tem

um sentido, mas qual? Então viu sair do quarto um homem pálido, magro e tão exangue que parecia morto; trazia ao pescoço duas cobras entrelaçadas que o picavam no pescoço e no rosto. Ele se queixava e gemia comoventemente: "Meu Deus, por que cometi uma falta que me vale um sofrimento tão grande? Meu Deus, virá algum dia aquele que me livrará destes tormentos?" Ia assim, chamando-se de fraco, infortunado e mísero; e levava ao peito uma harpa de uma riqueza inaudita, recamada de ouro, prata e pedras preciosas.

39. Depois que entrou no salão, o homem sentou em uma cadeira de ouro que lá estava permanentemente. Afinou a harpa e entoou um lai, sem parar de chorar. Bohort, que o ouvia com prazer, entendeu que o homem chamava esse canto de Lai das Lágrimas; contava como José de Arimatéia veio para a Grã-Bretanha, conduzido por Nosso Senhor. Bohort presta muita atenção, pois lhe parece que se trata de um debate encetado outrora entre José de Arimatéia e Orfeu o Encantador, que fundou o Castelo dos Encantamentos na marca da Escócia.

40. Terminado o lai, o homem ergue-se e diz a Bohort:
– Senhor cavaleiro, foi em vão que permanecestes neste palácio: as aventuras* daqui não serão concluídas antes da vinda do Bom Cavaleiro que deve levar a termo as aventuras* do Santo Graal e todas as que tentastes esta noite. Ele me libertará de meu tormento. Podeis ir embora quando vos aprouver, pois não obtereis outros resultados.
– Dizei-me por que suportais em volta do pescoço essas cobras que vos causam mal.
– Estou condenado a suportá-las; é a vingança de Deus pelos excessos de orgulho que cometi outrora. Se este sofrimento terrestre me tornasse quite da danação eterna, haveria de considerar-me bem-aventurado. Em minha vida fiz tanto mal que dificilmente obterei o perdão divino, apesar de minhas torturas neste mundo. Na verdade, bem mereci o castigo que estou sofrendo.

41. Sem dizer mais nada, o homem volta para o quarto de onde saíra. Pouco depois, a pomba que portava no bico o turíbulo de ouro entrou pelo vitral e foi para o quarto de onde o Graal viera na véspera. O palácio* tornou-se tranqüilo e silencioso, exalando os mais suaves aromas. Saíram então do quarto quatro crianças de pouca idade, tão belas que Bohort não as toma por criaturas terrestres, levando quatro candelabros com velas acesas. À frente caminhava um portador de incenso e atrás um homem muito idoso, encanecido, em trajes sacerdotais, segurando uma lança; do ferro corriam, uma a uma, gotas de sangue ao longo da madeira.

42. Persuadido de que esse é um objeto santo e venerável, Bohort levanta-se e se inclina à sua passagem. O portador vem diretamente para a cadeira, senta-se e diz a Bohort:

— Senhor cavaleiro, sois o mais puro e o mais digno entre os da casa do rei Artur que entraram aqui. Podereis dizer, quando estiverdes em vosso país, que vistes a lança vingadora[13]. Só sabereis o que isso significa quando a cadeira perigosa da Távola Redonda encontrar seu dono; aquele que a ocupará vos revelará a verdade sobre esta lança, quem a trouxe para este país e de onde veio. Se vosso primo Lancelot houvesse se resguardado como vós, teria levado a termo isso pelo que agora todos penais. Ele é um cavaleiro tão valoroso que não tem igual, mas está tão maculado que as louváveis virtudes que deveriam ser as suas se anularam e se arruinaram pela fraqueza da carne.

43. O homem com a lança vai para o quarto principal. Logo entraram no palácio* umas doze damiselas, pobremente vestidas e enfeitadas com adornos sem valor; vinham lentamente, uma após a outra, em silêncio, e choravam lamentosamente. Chegando à porta do quarto, pararam e ajoelharam, entregando-se a uma dor sem igual. Bohort compreende que estão orando; decide que tentará obter delas alguma explicação.

44. Aborda uma das damiselas:
— Que Deus vos abençoe, damisela. Gostaria de saber quem sois, por que chorais, por que estais tão malvestidas.
— Senhor, não vos ocupeis de nós e deixai-nos fazer o que devemos; por enquanto nada sabereis.

Ele vai sentar no leito, enquanto as damiselas saem do salão. Pouco antes de meia-noite, Bohort foi para diante do aposento principal e viu uma claridade tão intensa como se o sol houvesse estabelecido ali sua morada. Aproxima-se da porta, mas, quando tenta entrar, vê uma espada clara e afiada, pronta para golpeá-lo se der um passo adiante.

45. Então faz meia-volta, pensando que se trata de uma advertência de Deus. Entretanto, lançando um olhar para dentro do quarto, distingue uma mesa de prata sobre quatro pequenas peças de madeira, de prestigiosa riqueza, revestidas de ouro e pedras preciosas; eram de origem sobrenatural[14], como o divino livro sobre o Graal contará no devido tempo e lugar. Sobre a mesa de prata está colocado o Santo Graal, coberto de seda branca, e diante da mesa de prata está de joelhos um homem, ves-

---

13. No *Conte du Graal* (vv. 6.170 ss.), é ela que destruirá o reino de Logres. O cortejo do Graal, com a lança (talvez não a mesma lança vingadora) da qual caem gotas de sangue, também provém da mesma obra, vv. 3.190 ss.
14. Essa madeira provinha da Árvore da Vida. Cf. *Quête du Saint-Graal*, ed. Pauphilet, pp. 210 ss.

tido como um bispo, imóvel muito tempo nessa atitude. Depois ele vai até o Vaso Santo, retira a seda que o recobria e subitamente uma luminosidade indescritível invade o aposento.

46. Quando o homem santo desvelou o Santo Graal, Bohort teve a impressão de que um raio de sol o atingira em cheio nos olhos; perdeu a visão a noite inteira, sem enxergar coisa alguma. Então ouviu uma voz que lhe dizia:

– Bohort, não te aproximes mais; não és digno de ver mais destes segredos. Se tua audácia levar-te a infringir essa proibição, não escaparás sem ficares paralítico de teus membros, privado para sempre de andar e de ver, o que seria lamentável, pois és bravo e ousado.

47. A essas palavras Bohort é tomado de pavor. Fazendo meia-volta, caminha para o leito onde esteve sentado, mas não enxerga coisa alguma; no entanto sente-se curado do ferimento que a lança flamejante lhe fez. Procura às apalpadelas o leito; incapaz de achá-lo, senta-se no chão, exausto, pensando que perdeu definitivamente a visão. Outrora sir Gauvan ouvira melodias e cantos grandiosos, que celebravam a glória de Nosso Senhor; naquela noite Bohort ouviu exultações maiores. Permaneceu desperto a noite inteira. Quando o dia nasceu, invadindo o palácio* através dos numerosos vitrais, e ele viu a claridade, não pergunteis se ficou contente: nunca experimentara alegria igual.

48. Chegaram então o rei Peles, sua bela filha e muitos cavaleiros. Vendo Bohort são e salvo, ficaram jubilosos.

– Por Deus, Bohort – disse o rei –, não contávamos rever-vos ileso e forte: jamais cavaleiro permaneceu aqui como fizestes, sem que saísse em vergonha ou fosse encontrado morto.

49. Naquele dia Bohort não foi embora do palácio, pois não houve meio de deixarem-no partir; prestaram-lhe grandes honras, felizes pela bela aventura* que Deus lhe concedera.

– Senhor, vistes meu pai? – pergunta-lhe o rei. – É o Rei Mutilado[15], que chamavam de Rei Pescador, o cavaleiro mais audaz e mais sábio de nossa época.

– E de onde lhe veio essa mutilação?

---

15. Aqui o Rei Mutilado ou Rei Pescador distingue-se do rei Peles, de quem é pai. Em nosso romance, Peles, o Rei Pescador, não é mutilado como seu análogo em Chrétien de Troyes; na obra deste, o senhor do castelo do Graal está condenado aos prazeres da pesca, sem poder se entregar aos da caça por causa de seus ferimentos nos quadris (ou nas coxas). Em Chrétien, o pai é aquele personagem que sobrevive exclusivamente com o alimento que o Graal lhe traz todos os dias. Em nosso romance não há vestígio das perguntas que Perceval (aqui substituído por Galaad) deve fazer a respeito do Graal para curar os ferimentos do Rei Mutilado.

– Do ato de violência que ele ousou: desembainhou a espada que não devia ser desembainhada antes daquele a quem cabe a conclusão das aventuras* do Santo Graal. Por havê-la desembainhado apesar da proibição imposta, a espada golpeou-o no alto das coxas; assim ele ficou mutilado e não terá cura antes da vinda do Bom Cavaleiro, que ungirá suas feridas com o sangue da lança.

50. – Não o vi, senhor – responde Bohort. – Mas, por Deus, dizei-me a verdade sobre essa lança de que me falais; vi claramente que dela emanavam gotas de sangue.

– Não é permitido revelar a verdade sobre a lança; mas, quando a derradeira demanda do Graal for empreendida e todos os cavaleiros do mundo penarem antes de conhecerem a verdade sobre ele, então o que me perguntais será revelado a vós e aos outros; mas não antes.

O dia todo e toda a noite ele permaneceu no palácio. Na manhã seguinte, partiu, em armas, e cavalgou até Camelot. Porém o conto não fala de nenhuma aventura* que lhe tenha acontecido depois que partiu de Corbenic e o levará de volta para a corte de Pentecostes; agora o conto volta a Lancelot.

XCIX. 1-31. *Lancelot, que foi na direção do fogo[16], encontra ali dois pavilhões e solicita a uma damisela que lhe dê abrigo por aquela noite. Ela hesita, temendo que seu amigo volte. De fato, este expulsa Lancelot, que o mata e depois tem de voltar-se contra o irmão do morto. Uma damisela perseguida por um cavaleiro pede-lhe auxílio, mas o bruto antecipa-se e atinge-a mortalmente. Lancelot sai em sua perseguição e mata-o. Alojado em casa de um habitante da floresta, vai em socorro de Kai, que dois cavaleiros perseguem. De manhã, Lancelot não acorda o senescal, cujas armas veste por engano. Quatro cavaleiros, tomando-o por Kai, provocam-no; são derrubados dos cavalos e fogem. Lancelot encontra em um vale Gauvan, Ivan, Hector e Sagremor, que também são enganados pelas armas que está portando e julgam que poderão vencê-lo facilmente. Ele derruba os quatro e foge quando os ouve dizerem quem são. Por um feliz acaso, depara no caminho com a damisela que o curou do envenenamento na fonte[17]: ela promete escondê-lo caso os quatro companheiros apareçam à sua procura.*

*Lancelot e Helan o Branco.*

32. Enquanto conversam, eles vêem aproximar-se pela estrada principal da floresta cavaleiros, damas e damiselas. A que está com Lancelot diz-lhe:

---

16. Cf. início de XCVIII.
17. Cf. LXXVI.

— Alegrai-vos, senhor: creio que daqui a pouco vereis um parente vosso que nunca vistes.

Quando eles chegaram perto do pavilhão, cavaleiros e serviçais acorreram para ajudar uma damisela que era sua senhora a descer do carro em que estava. Assim que a avista, Lancelot se ergue em sua presença, pois era muito bela e tinha aparência de uma dama nobre.

— Meu querido senhor, continuai sentado; provavelmente estais mais fraco e cansado do que eu – diz ela. Ambos sentam e ela ordena a suas damiselas:

— Trazei-me Helan o Branco.

33. Elas vão até o carro, pegam uma criancinha que estava no colo de uma damisela e levam-na para sua senhora; não tinha mais que dois anos. Lancelot contempla-a, tão bela e graciosa que ele nunca viu criatura tão perfeita.

— Sir Lancelot – pergunta a que lhe dera hospitalidade –, sabeis quem é este menino? É primo próximo vosso, gerado por Bohort de Gaunes quando venceu o torneio do rei Brangoire, onde foram enunciados os votos extravagantes[18].

34. Essa notícia enche de alegria Lancelot; examinando a criança, constata que é o retrato vivo de Bohort e põe-se a beijá-la e a mimá-la. Quando a damisela soube que ele era Lancelot do Lago, primo do homem a quem amava acima de tudo, ficou muito feliz. A donzela que havia alojado Lancelot contou-lhe como e por qual plano divino Bohort dormira com a damisela; ele acreditou em suas palavras e pensou que a mesma coisa lhe acontecera com a filha do rei Peles, que tivera um filho seu, segundo lhe haviam dito.

35. A filha do rei Brangoire queixa-se de Bohort, que não cumpriu a promessa de procurá-la em breve. Lancelot justifica-o e obtém para ele o perdão da jovem. O conto "volta a sir Gauvan e seus três companheiros, que Lancelot derrubou[19]".

C. 1-21. *Gauvan leva consigo o escudo que Lancelot abandonou depois de vencer os quatro companheiros, que não sabem quem os derrubou. Os quatro voltam à corte de Artur para o encontro em Pentecostes, mas a rainha fica decepcionada por Lancelot não estar com eles. Chegam os irmãos de Gauvan, depois Bohort e Lionel, mas todos continuam a esperar Lancelot. O rei distribui generosamente seus presentes. Bohort é reconhe-*

---

18. Cf. XLVIII, 5-48.
19. Cf. XCIX, 1-31.

*cido como o melhor cavaleiro. Kai chega à corte, seguido de um dos cavaleiros, que Lancelot havia derrubado do cavalo em primeiro lugar*[20]. *Ao verem o escudo de Lancelot, desfaz-se o mal-entendido: o verdadeiro vencedor dos quatro companheiros é Lancelot, que enviou à rainha esse cavaleiro vencido.*

*Chegada de Lancelot à corte. Punição de Brumant.*
22. Com o anúncio dessas notícias têm início as festividades na corte, mas todos anseiam pela chegada de Lancelot. Se não chegar esta noite ou amanhã cedo, diz o rei, nunca a ausência de um cavaleiro o terá contrariado tanto.

Todos o aguardam impacientes; se estivesse a apenas cinco ou seis léguas dali, pensam, iriam ao seu encontro com uma grande multidão de cavaleiros. Mas se entristecem com sua demora: todos os outros ali estão sãos e salvos, e ele, que deveria ter vindo mais cedo, faz-se esperar! Não param de falar dele e planejam uma acolhida transbordante de alegria, se Deus o trouxer no dia seguinte antes do almoço.

23-24. *Mas o dia termina sem que Lancelot chegue. Todos vão dormir muito tristes.*

25. Nessa noite Hector chorou, Bohort e Lionel também. Dos que não eram parentes de Lancelot, foi sir Gauvan que mais sofreu: era no mundo a pessoa que, exceto o rei Artur e sua família, mais amava Lancelot. O rei tinha grande afeição por ele; e esse apego teria durado a vida toda se não fosse o orgulhoso Agravan mais Mordret, que, cedendo ao ciúme que sentiam, denunciaram ao rei a vergonha e a desonra que lhe infligia Lancelot, que tinha os favores de sua mulher. Por causa de suas palavras a nobre parentela do rei afundou na morte e na destruição: Artur e Mordret mataram um ao outro, todos os irmãos pereceram e o rei, apesar de valente, também pereceu, o que foi perda e pecado, pois naquela época ninguém teve o poder de Artur nem foi tão generoso com suas riquezas ou tão cortês.

26-29. *De manhã, após a missa, o rei sobe ao torreão e avista ao longe Lancelot chegando sozinho. Alerta os barões e cavaleiros, que se armam às pressas e vão encontrá-lo, justando\* durante o trajeto. Por um erro de cálculo, Gauvan derruba Lancelot e seu cavalo.*

30. Lancelot monta novamente, tira o elmo e entrega-o a um cavaleiro. O rei apressa-se a dar-lhe um beijo e desejar-lhe boas-vindas. As festividades começam, o regozijo é indescritível. Sir Gauvan, como homem

---

20. Cf. XCIX, 1-31.

da mais delicada cortesia, lamenta amargamente sua conduta. Lancelot perdoa-o e não lhe guarda ressentimento.

31. Os barões fazem festa para Lancelot, alguns mais alegres do que outros, mas faltam palavras para contar o júbilo de Hector, que não consegue impedir-se de chorar. Chama-o de seu irmão e seu senhor; a afeição que sente dita-lhe um humilde respeito que emociona os que o ouvem. Nessa atmosfera de festa Lancelot foi acolhido na cidadela de Camelot no dia de Pentecostes, quatrocentos e vinte e seis anos após a encarnação de Nosso Senhor. Quando percorreu a rua principal, encontrou-a paramentada de tecidos de seda e de peles tão suntuosas como se Deus em pessoa devesse descer do céu. O rei demonstrou assim seu apego e suas honras a Lancelot.

32. Chegando à corte, apearam e levaram-no para o palácio* principal. Quando o viu chegar são e salvo, a rainha, radiosa, correu para ele, de braços abertos, abraçou-o e deu-lhe as boas-vindas. Ele tirou a armadura e os cavaleiros que haviam participado da justa* também trocaram de roupa. Em aparato real, usando a coroa de ouro, Artur foi em procissão a Saint Etienne, a principal igreja de Camelot; abria o cortejo, seguido da rainha, dos reis e dos duques.

33. Quando Lancelot entrou na igreja e viu o dragão de que falara o homem santo morto por Mordret, ponderou que sua predição era verdadeira; ficou muito aflito, perseguido pela idéia de que o homem de ilustre linhagem que via à sua frente seria destruído pelo crime de um único homem. Gostaria de evitar tal catástrofe, mas para isso teria de suprimir Mordret, e então incorreria no ódio de toda sua parentela, o que não queria de forma alguma. Por isso desistiu de matá-lo. Permaneceu longo tempo absorto em seus pensamentos; olhava ora Mordret ora o rei, depois o dragão, e seus olhos não conseguiam desprender-se deles. A rainha percebeu e decidiu interrogá-lo tão logo ficassem a sós.

34. Terminada a missa, o rei e os condes voltaram ao salão, onde encontraram as mesas já postas. Esse dia foi marcado pela alegria, pois constataram que dos cento e cinqüenta cavaleiros da Távola Redonda não faltava nenhum. A notícia chegou aos ouvidos do rei.

35. Os barões trocaram muitas idéias sobre isso. Lancelot, que está sentado perto da Cadeira Perigosa, nota nela uma inscrição recente: "É neste dia que deve morrer Brumant o Orgulhoso, e se ele não morrer Merlin mentiu em suas profecias." Lancelot chama os letrados e faz que leiam a inscrição; eles lhe explicam:

– Senhor, eis aqui uma aventura* pouco comum. Não faleis disso com ninguém por enquanto, pois ides presenciar hoje uma coisa extraordinária. Sabei que provavelmente esta inscrição foi feita hoje.

36-37. *No final do banquete chega um cavaleiro desconhecido que declara ter vindo "para morrer ou para viver". Desarma-se e vai sentar na Cadeira Perigosa; antes porém entrega a Lancelot uma carta para ser lida caso venha a morrer.*
38. Todos se põem a dizer que esse cavaleiro deu prova de grande audácia ao sentar na Cadeira Perigosa. Mas logo em seguida ele brada:
– Ah, Deus, estou morrendo! Ah, Lancelot, vossa bravura de nada adianta! Não sois aquele que levará a termo as aventuras\*; se fôsseis, poderíeis tirar-me da morte em que estou!
39. Ele grita, sofrendo morte tão atroz que todos ficam apavorados. Então uma chama fulminante cai do alto e se abate sobre o cavaleiro, que em um instante é consumido até só restarem cinzas; o horrível odor que se exala causa náuseas em todos os companheiros.
Quando tudo terminou e não se encontrou o menor resto do cavaleiro, o rei declarou diante de todos que nunca presenciara um fenômeno tão sobrenatural.
40-46. *A leitura da carta revela que seu autor era Brumant, sobrinho do rei Claudas. Ele se propôs a sentar na Cadeira Perigosa para provar que era superior a Lancelot. O rei Artur encerra o episódio declarando que "esse cavaleiro foi mais insensato do que ousado e mereceu mais censura do que louvor". Terminado o banquete, enquanto os outros se divertem com a quintana\* e em "uma justa\* tão tumultuosa que antes do final já havia muitos feridos", Lancelot, Hector, Bohort e Lionel conversam com a rainha. Lancelot conta "como ficou prisioneiro de Morgana durante dois invernos e um verão"; vê-se forçado a confessar que escapou quase involuntariamente, quebrando as grades para alcançar a rosa que lhe lembrava a rainha.*

*Lancelot vinga-se de Claudas por Guinevere.*
47. – Foi assim que escapei. Agora sabeis, pelo que vos contei, por que demorei tanto a vir para a corte. Sem esse impedimento não teria esperado tanto, pois tinha muita vontade de estar aqui.
– Por Deus – diz a rainha –, pensavam que estivésseis morto e por esse motivo fizeram sobre mim afirmações infamantes, que teriam calado se vos soubessem vivo.
48. A essas palavras, Lancelot foi tomado de cólera, pois amava a rainha acima de todas as mulheres:
– Por Deus, dizei-me quem fez tais afirmativas: não será alguém tão poderoso que eu não possa vingar-vos.

– Foi o homem que mais vos causou mal, que mais vos odeia e a quem mais deveríeis odiar. Fez essas afirmações por desprezo a vós e não por maldade para comigo, que não lhe havia feito mal algum.

– Por Deus, minha senhora, não há nada que eu deseje mais do que saber quem vos caluniou por minha causa.

– Mesmo que não me pedísseis eu vos contaria, pois ele me irritou demais: foi o rei Claudas da Terra Deserta, que roubou de vosso pai seu patrimônio e por causa de quem vossa mãe se tornou monja.

49-50. *A rainha conta sobre o aprisionamento de sua mensageira por Claudas e sobre o recado insultuoso. Encolerizado, Lancelot promete: "Não o deixarei em paz, no mar, em terra e em qualquer outro lugar, até matá-lo, e vos enviarei sua cabeça." A rainha incentiva-o a vingar-se e pondera que os da Távola Redonda lutarão a seu lado, pois "têm vivido em paz por tempo demais e terão mais prazer em partir do que em permanecer aqui, visto que não gostam de Claudas".*

51. "E, se quiserdes, meu esposo se aliará a vós e levará consigo forças tais que nem uma só torre de Claudas continuará em pé. Vingai-vos logo desse traidor desleal! Mesmo que contásseis apenas com os que vos cercam, com vossos parentes e com os dos castelos que conquistastes, não creio que no mundo haja adversário capaz de vencer-vos, exceto meu senhor o rei. Por isso vos rogo que enceteis essa guerra e convençais vosso irmão Hector e vossos dois primos. Mandai dizer a vossos amigos deste país e das terras distantes, onde brilhastes por tantas proezas, que venham em vosso auxílio. Atenderão de bom grado a vosso apelo."

52-80. *A partir daqui tem início a guerra da Gália, entre Claudas e os bretões – conseqüência dos primeiros capítulos do romance, nos quais Claudas despojou Ban de seu reino, confrontando-se em seguida com Farien e Lambegue a propósito de Lionel e Bohort. Baudemagu, Gauvan e Ivan prometem participar; Lancelot não partirá com eles, permanecendo de reserva. O rei Artur concorda com o plano de guerra. Dois espiões informam Claudas sobre os projetos e o efetivo de Artur. Claudas realiza um conselho de guerra; seu senescal aconselha-o a buscar o apoio de Roma; um sobrinho recomenda-lhe que mantenha consigo apenas os barões fiéis, com quem possa contar. Seus espiões relatam-lhe como Brumant morreu. Claudas fortifica seus castelos. Na véspera do dia de São João, entre os barões que ele reuniu, alguns decidem deixá-lo e outros optam por defender sua causa. O mensageiro enviado a Roma volta anunciando que os romanos apoiarão Claudas.*

CI. 1-11. *Artur reuniu os companheiros que participaram da busca para ouvir suas aventuras\*. Lancelot e depois Gauvan narram as deles.*

*Notícias de Galaad.*
12. Depois da refeição, Bohort e Lancelot estavam sentados às janelas e começaram a conversar.
– Agi mal para convosco, senhor – diz Bohort a Lancelot. – A filha do rei Peles pediu-me que vos saudasse em seu nome e só agora me lembrei disso. Essa mulher tem um profundo amor por vós! Ela vos saúda e manda dizer que podeis ir ver, quando vos aprouver, vosso filho Galaad, que me pareceu a mais bela criatura que existe e que é vosso retrato perfeito. Se gostásseis de mim tanto como dizeis, teríeis me confidenciado tudo há muito tempo.
13. Lancelot fica abismado e não sabe o que dizer: impossível esconder de Bohort a história, impossível afirmar o contrário. Responde apenas que nunca teve relações carnais com outra mulher além da rainha.
– Sei que não estáveis então em vossa plena consciência – diz Bohort – e que sofrestes o mesmo destino que eu, quando fui enganado pela filha do rei Brangoire. Nessas condições, não deveis ficar encolerizado mas sim feliz, pois sei que essa criança levará a termo as aventuras* em que fracassastes. É para vós uma grande honra ter trazido ao mundo a flor da cavalaria*.
– Minha senhora não pode tomar conhecimento desse equívoco, pois não acreditaria que agi contra minha vontade. Não lhe conteis coisa alguma, peço-vos; e, se chegarem a falar disso, desviai para vós a culpa, isentando-me.
– Assim farei, se ficar reduzido a essa contingência – consente Bohort.
14. Nesse dia os barões muito falaram das aventuras* dos cavaleiros presentes, mas insistiram no que Bohort lhes contou sobre as maravilhas que vira no palácio* do Rei Pescador. Reconhecem que ele é o mais favorecido de todos os que lá estiveram; por isso lhe atribuem o prêmio da demanda, e a Gaheriet também. Nesse dia, depois de vésperas*, Lancelot entrou no quarto da rainha e eles sentaram-se em um coxim, a sós.
– Lancelot, ontem estáveis mais pensativo que de hábito; olháveis com freqüência para Mordret, para meu esposo e para um dragão pintado na igreja. Dizei-me a razão disso; não creio que fosse sem motivo.
Lancelot revela-lhe como morreriam Mordret, seus parentes e o próprio rei, e depois lhe explica o significado do dragão. Mas omite que Artur havia gerado Mordret; amava tanto o rei que por preço algum prejudicaria sua honra.
15. Ao ouvir esse relato sobre Mordret, a rainha ficou aflita e ficaria ainda mais se já pudesse conhecer o desenrolar dos acontecimentos. Porém, recusando-se a crer na predição do homem santo antes da confirma-

ção pelos fatos, provocou a perda de homens de bem: se tivesse posto o rei a par, a guerra e a luta na planície de Salisbury[21], em que ele e muitos outros bravos encontraram a morte em conseqüência de uma falta imperdoável, teriam sido evitadas. A ilustre parentela cuja ascensão Deus permitira acima de todas as outras linhagens foi aniquilada. Mordret deu origem a essa catástrofe, como o conto narrará detalhadamente. Mas ainda não é o momento de falar disso; portanto o conto se cala sobre esse assunto e diz que a semana inteira o rei Artur manteve na cidadela de Camelot uma corte tão numerosa, tão rica em generosidade que ele bem mereceu o nome de fidalgo perfeito.

---

21. Ver a nota de LXVI, 38.

SÉTIMA PARTE

# GUERRA DA GÁLIA.
# GUERRA CONTRA OS SAXÕES.
# GALAAD NA CORTE

a) Campanha dos bretões contra Claudas.

16-25. *Artur convoca seus barões para o dia da festa de Madalena. Chegam à corte os reis Brangoire, Baudemagu, Caradoc, Cabarantin. Lancelot permanece em Logres na companhia do rei e da rainha, pronto para ir em socorro da expedição, se for preciso. Partida e travessia dos bretões, que desembarcam no continente.*

CII. *Eles se apossam de Flandres, que é entregue a Patrides, sobrinho de Baudemagu. Chegando à Gália, tomam o castelo de Pagon, cujo senhor, Serses, refugia-se junto a Claudas no castelo de Tor. Claudas prepara um ataque noturno que surpreende os bretões; Lionel e Benin são feitos prisioneiros; apesar de uma defesa feroz, os bretões sofrem graves perdas.*

CIII. *Claudas encarcera em Gaunes os prisioneiros bretões. Organiza as tropas para a batalha, mas seu filho Claudin incita-o a não participar dela.*

CIV. 1-49. *Os bretões enfrentam o inimigo diante do castelo de Tor e levam vantagem, mas Baudemagu e Patrides são aprisionados. Claudin pede socorro a Gaunes. Gauvan e Hector destacam-se nos combates. Ivan presta auxílio a Gauvan; Hector bate-se com Claudas; Canart, um primo de Claudas, Claudin e Esclamor lutam com Gauvan e Hector. Canart é feito prisioneiro. Claudas afasta-se da batalha e prepara em Gaunes reforços para socorrer os combatentes. Quando as novas forças entram em ação, Gauvan recorre a Gaheriet e seus homens. Hector é ferido por Claudin, en-*

*quanto as tropas de Gaunes fogem para sua cidadela e decidem acionar o reforço romano. De comum acordo é feita uma troca de prisioneiros.*

### A rainha de Benoic e seus sobrinhos.

50. Quando os prisioneiros chegaram e Claudas os viu tão bem vestidos, perguntou quem lhes dera aqueles presentes. "Os de Logres", respondem-lhe, e fazem tantos elogios à cortesia e bondade deles que os homens de Claudas ficam pasmados; se não tivessem confiança no socorro de Roma, teriam feito a paz. O cerco é muito cerrado, mas os sitiados estão tranqüilos quanto ao destino da cidade, bem fortificada e com uma guarnição numerosa. Ao saber do ferimento de Hector, os sitiadores substituem-no por Bohort, que juntamente com sir Gauvan é o senhor do acampamento.

51. Dez dias após o início do cerco, a rainha de Benoic foi até o acampamento com uma multidão de freiras. Ao encontrar-se com seus dois sobrinhos, chorou de alegria e emoção. Fizeram-na permanecer oito dias e todos prestaram-lhe as maiores honras possíveis. Ao partir ela suplicou-lhes que a fizessem ver seu filho pelo menos uma vez antes de morrer; os sobrinhos responderam que seu desejo seria atendido. Depois de reconduzi-la ao Mosteiro Real, voltaram para o acampamento.

52. Naquele mesmo dia chegou aos pavilhões do exército a Dama do Lago com uma numerosa companhia*. Bohort e Lionel correram a seu encontro, acolhendo-a como à mulher que muito amavam e que tanto os beneficiara e honrara na infância. Ela indagou-lhes sobre Lancelot:

– Ele não veio convosco?

– Não; ficou com o rei Artur na Grã-Bretanha.

Então ela já não quer prolongar sua visita. No entanto cede aos rogos deles e permanece, juntamente com um cavaleiro que a desposara. Quando travou conhecimento com o cavaleiro, Bohort imediatamente lhe deu a posse do castelo de Tor, que conquistara, e de todos os domínios sob sua dependência. A Dama do Lago foi embora. Os sitiadores mantiveram o cerco até o dia de São Miguel e nesse entretempo se tornaram senhores de todos os castelos ao redor. Três dias antes do dia de São Miguel chegou a notícia de que os romanos se aproximavam com grandes tropas.

53-96. *Prosseguimento da campanha da Gália. As forças romanas deveriam atacar de surpresa os bretões no dia de São Miguel, mas a Dama do Lago os viu, escondidos na floresta, e avisou Bohort. Em decorrência disso os bretões tomam as devidas providências. Trava-se a batalha. Baudemagu e Patrides cedem sob a grande massa de inimigos; Caradoc restabelece a situação, mas Baudemagu é feito prisioneiro. Gauvan divide suas forças, enquanto os romanos fazem as deles atacarem em bloco. Os bretões investem contra o último batalhão romano; Bohort destaca-se por seus feitos. Após nova investida, os bretões deixam em campo um grande número de prisioneiros e constatam que Baudemagu não está presente. Há uma trégua para enterrar ou queimar os mortos.*

*Um mensageiro de Lancelot informa-se com Ivan sobre a situação dos de Logres e comunica que Lancelot está pronto para vir prestar auxílio. Em um novo combate, Hector enfrenta Claudin; Bohort vai em seu auxílio. Claudin, às voltas com Patrides e Hector, é socorrido por Canart e Esclamor. Bohort e Gauvan batem-se respectivamente com Claudin e Canart, que são feitos prisioneiros. Há uma nova trégua. A valentia de Bohort é admirada no acampamento inimigo. Baudemagu é trocado por Claudin e Canart.*

CV. 1-26. *Voltando à corte, o mensageiro de Lancelot informa Artur sobre a situação na Gália. O rei reúne mais de doze mil homens. Lancelot e Artur desembarcam na Gália. Um conde da Alemanha, Frole, contesta a Artur a posse da Gália; na batalha travada diante das muralhas de Bestoc, Frole fica em desvantagem. Propõe então a Artur um combate singular; Artur aceita e vence. Desnorteado ao saber desse fracasso, Claudas sai clandestinamente de Gaunes. Claudin opõe-se a que incendeiem a cidadela e lealmente entrega as chaves a Artur. É então que Lancelot revê sua mãe.*

*Lancelot recusa a coroa.*
27. Assim as terras foram devolvidas ao rei Artur. No terceiro dia, a mãe de Lancelot foi ao encontro deles, com um numeroso séquito de freiras; nenhuma alegria se compara à que ela demonstrou a Lancelot e aos sobrinhos Bohort e Lionel. Em seguida chegou a Dama do Lago, escoltada por uma multidão de cavaleiros, loucamente feliz por rever Lancelot. Depois a mãe dele voltou para a abadia e faleceu oito dias mais tarde; seu filho fez que fosse enterrada ricamente, como era devido a uma dama tão nobre.

– Lancelot – diz o rei –, conquistamos esta terra e o reino da Gália; aconselho-vos a portar coroa de rei neste Natal.

– De modo algum – responde Lancelot. – Mas farei meu irmão Hector rei de Benoic e Lionel rei da Gália.

Artur consente. Lancelot chama Hector:

– Querido irmão, recebei o reino de Benoic, do qual meu pai e o vosso foram senhores por tanto tempo.

Hector aceitou-o. Em seguida Lancelot chamou seu primo Lionel e entregou-lhe o reino da Gália.

28. Chamando Bohort, propõe dar-lhe a posse de Gaunes.
– Que é isso, senhor? – diz Bohort. – Que pretendeis fazer? Assim que eu estiver à frente de um reino serei obrigado a abandonar a cavalaria, queira ou não; e teria mais honra sendo pobre e bom cavaleiro do que rei rico e inativo. E o que digo sobre mim digo sobre vosso irmão Hector: será pecado mortal se, tornando-o rei, vós o desviardes de seus altos feitos de cavaleiro e de sua bravura exemplar.

29. Bohort tanto discute com Lancelot que o demove de seus projetos e diz a Artur que opta por sua situação atual. O rei ficou na Gália até a Páscoa e instalou uma corte plenária magnífica na cidadela de Gaunes. Quinze dias depois da Páscoa, voltou para a Bretanha: saindo de Gaunes, viajaram até o mar, fizeram a travessia e cavalgaram até Camelot oito dias antes de Pentecostes.

b) Novo desvario de Lancelot. Bohort, Lionel e Hector procuram por ele. Anúncio de Galaad.

*Lancelot banido pela rainha.*
30. A rainha, que em momento algum deixara o país, acolheu o rei e os barões com todas as honrarias possíveis. Chegando a Camelot, ele mandou dizer aos barões da Bretanha e a todos os vassalos que no dia de Pentecostes reuniria a corte mais solene e mais numerosa de sua vida, e prescreveu-lhes que comparecessem com grande pompa. A notícia, que se espalhou depressa, logo foi conhecida na Escócia, na Irlanda e em todas as ilhas da vizinhança. Cavaleiros, damas e damiselas prepararam-se para cumprir a ordem.

31. A notícia chegou à corte do rei Peles. Sua filha, que tivera Galaad de Lancelot, a quem amava tanto como uma mulher pode amar um homem, pediu ao pai permissão para comparecer a essa festa; o rei Peles concordou de bom grado. Ela levou consigo sua governanta* Brisane, damas, damiselas, cavaleiros e escudeiros; levou também Galaad. Fez o trajeto de modo a chegar a Camelot na véspera de Pentecostes. O rei e todos os outros receberam-na jubilosamente.

32. A rainha não se conteve de alegria, em razão da admirável beleza e da alta linhagem da damisela, e deixou-lhe uma parte de seu próprio quarto para ela acomodar-se. Lancelot diz consigo que teria cometido uma grave crueldade se houvesse matado uma mulher tão bela e, tomado de remorsos, não ousa encará-la. Mas ela, que o ama acima de tudo,

deleita-se olhando-o e no íntimo lamenta não atrair-lhe os olhares. Não esconde isso de sua governanta* Brisane, que lhe diz:
— Não vos inquieteis, damisela. Por Deus, antes de partirmos hei de colocá-lo sob vossa posse e todos vossos desejos serão realizados.

33. A festa começa, alegre e animada, na véspera de Pentecostes; a presença da damisela, cuja beleza o rei e todos os outros admiram, dá-lhe mais brilho. Pobres e ricos empenham-se em servi-la; mas sobretudo Bohort, Hector e Lionel lhe prestam honras, por afeição a Lancelot, cujas relações com a damisela conhecem; não se cansam de admirar Galaad. Na tarde de terça-feira depois de Pentecostes, a rainha avisou a Lancelot que mandaria uma damisela buscá-lo. Mas Brisane, que só pensava em lográ-lo, entreouviu esse diálogo e garantiu à damisela que lhe levaria Lancelot naquela mesma noite.

34. À noite, quando todo mundo no palácio já se deitara, Brisane, temendo que a rainha se antecipasse a ela, foi até o leito de Lancelot.
— Senhor — diz-lhe —, minha senhora espera por vós; vinde depressa a nossos aposentos.

Lancelot julga que essa é uma mensagem da rainha. Levanta-se precipitadamente, só em calção* e camisa; Brisane leva-o diretamente ao leito da damisela e deita-o com ela. Lancelot entrega-se aos jogos do amor, tomando-a realmente pela rainha. Depois ambos adormecem, plenamente felizes, ele porque julga possuir sua senhora e ela, o ser a quem mais ama no mundo. A rainha, deitada em seu leito, aguarda a chegada de Lancelot, sem entender tanto atraso. Chama aquela sua prima que ficou muito tempo prisioneira em Gaunes e a quem confidenciou sua ligação com Lancelot; pede-lhe para ir encontrá-lo e trazê-lo.

35. *A prima vai duas vezes até o leito de Lancelot e não o encontra.*

36. Depois de meia-noite, Lancelot deu um gemido, como acontece freqüentemente com quem está dormindo. A rainha reconheceu sua voz e descobriu que ele estava deitado com a filha do rei Peles. Sofreu tal choque que cometeu um ato do qual mais tarde se arrependeria amargamente. Não consegue mais conter-se e, erguendo-se, põe-se a tossir de leve. Despertando em sobressalto, Lancelot reconhece que se trata da rainha a alguma distância e sente a damisela a seu lado: compreende então que o enganaram. Veste a camisa e quer ir embora, mas a rainha, que se antecipou para surpreendê-los juntos, segura-o pelo punho e diz, enlouquecida:
— Ah, miserável, traidor infiel que vos entregais a vossa devassidão em meu próprio quarto e em minha presença! Ide embora daqui e tratai de nunca mais aparecer em um lugar onde eu esteja!

37. *Lancelot, desesperado, sai da cidadela de Camelot, vestindo apenas camisa e calção\*.*

38. Lancelot desola-se e atormenta-se assim até o amanhecer. Então se embrenha na floresta, bradando:

– Morte, morte, apressa-te a vir a mim, pois estou cansado de viver!

Durante três dias vagou pela floresta, sem comer nem beber, nos lugares mais afastados, para escapar a qualquer busca. Ficou seis dias numa prostração tal que era um milagre continuar vivo, sem ninguém para o consolar e totalmente privado de subsistência. Perdeu a razão a ponto de não saber mais o que fazia; não encontrava homem ou mulher contra quem não se voltasse, dama ou damisela a quem não maltratasse. Mas aqui o conto deixa de falar dele e volta ao rei Artur e seus companheiros.

CVI. *Arrependimento da rainha.*

1. Depois que Lancelot, diz o conto, saiu do quarto, a filha do rei Peles, que sabia que ele partira mortalmente aflito e desolado, disse à rainha:

– Agistes mal, minha senhora, expulsando da corte o homem mais perfeito do mundo!

– Damisela, vós é que sois responsável por isso, com vossas maquinações: sabei que, se surgir uma oportunidade, hei de revidar! Maldita seja vossa beleza! Muitos cavaleiros valorosos serão vítimas dela e Lancelot foi o primeiro. Esta corte que se reuniu em regozijo só terá agora dor e tristeza, pois, no momento em que não o encontrarem, empreenderão por ele uma busca, a maior de todas.

A damisela mantém-se calada, convicta de que a rainha tem razão. Senta no leito, veste-se e arruma-se, chorando, assim como a rainha, que se arrepende do que fez.

2. *De manhã a filha do rei Peles despede-se do rei e parte com seu séquito. Antes porém confidencia a Bohort o que aconteceu.*

3. Essa notícia deixa Bohort acabrunhado. Encontra a rainha e censura-a:

– Minha senhora, por que nos traístes desse modo? Expulsar tão odiosamente da corte sir Lancelot, o cavaleiro perfeito, tão apegado a vós! Disso resultarão desventuras mais graves do que imaginais: vereis ter início agora uma busca que não terminará antes do fim de vossa vida e na qual morrerão muitos cavaleiros valorosos que não mereciam isso. Podeis dizer que por vossa culpa vossa linhagem está destinada mais à decadência do que a um acréscimo de glória.

4. *Bohort promete à rainha, desesperada e cheia de remorso, que sairá com Hector e Lionel à procura de Lancelot.*

5-9. *Na entrada da floresta, Bohort relata a Hector e Lionel o incidente que motivou a partida de Lancelot. Cada um deles parte em uma direção diferente e combinam encontrar-se no castelo Maran no dia de São João. Sua busca é infrutífera. Bohort encarrega Melic, um cavaleiro que passa diante do castelo, de anunciar à corte que Lancelot está inencontrável. Em decorrência dessa mensagem, novos buscadores põem-se a caminho. Um deles, Agloval, chega à casa paterna.*

*Perceval na corte de Artur.*

10. Após uma longa cavalgada, o acaso levou Agloval à casa de sua mãe, uma boa senhora de alta linhagem; mas a tristeza causada pela morte do esposo e de dois filhos, cavaleiros valorosos, tanto a enlutou que levava uma vida miserável. Ao primeiro olhar ela reconheceu Agloval, e não pergunteis se ficou feliz, e chorou de alegria: não o via há mais de cinco anos e julgava-o morto.

11-18. *Em casa, Agloval revê seu irmão Perceval, "um valete\* de menos de quinze anos, belo e forte, com um ar simples". Pretende levá-lo para a corte e torná-lo cavaleiro, mas a mãe se opõe. Perceval, que sonha ser cavaleiro, combina com Agloval que irá com ele quando partir. No quinto dia, Agloval despede-se da mãe. Com o pretexto de acompanhá-lo durante um trecho do caminho, Perceval sai de casa, levando consigo um escudeiro, a quem só confessa sua intenção depois de muito cavalgarem.*

19. Essas palavras entristecem profundamente o escudeiro.

– Senhor, que estais dizendo? Já que é assim, deixai-me ir convosco para servir-vos quando vos tornardes cavaleiro. Não me rejeiteis!

– Está bem – concorda Perceval. – Mas antes vai dizer à senhora minha mãe que estou indo com meu irmão para a corte do rei Artur, para ser feito cavaleiro. Assim que tiver tempo e oportunidade, voltarei para vê-la; dize-lhe que a amo de todo coração, pois me criou com ternura. Depois que levares essa mensagem deves retomar o caminho para a corte; se não conseguires alcançar-nos, lá nos encontrarás.

O escudeiro separa-se de seu senhor e chega na hora de vésperas\* à casa da dama. Ao ouvir a mensagem, a mãe, que ama Perceval com todo o amor que uma mãe pode sentir pelo filho, derrama lágrimas por ele; manda vir imediatamente seu capelão, confessa-se, recebe o corpo do Senhor e falece na mesma noite.

20-21. *No caminho de volta, o escudeiro é morto por um inimigo de Agloval. Este vinga-o matando o assassino. Os dois irmãos continuam seu caminho.*

22. Tanto cavalgam que chegam a Carduel, em Gales, onde o rei instalou sua corte para o dia de Todos os Santos. Com exceção dos três primos, os companheiros da busca ali estão reunidos. O rei recebeu-os com grande pompa e felicitou-os por estarem de volta à corte após mais de dois anos de ausência. Depois de relatarem as aventuras\* que viveram, sem que nenhum deles tivesse notícias de Lancelot, todos ficaram desgostosos e decepcionados; quem mais sofreu foi a rainha, pois tinha consciência de ser a causa desse mal. Estava tão infeliz e triste que poderia morrer de acabrunhamento, e nem mesmo tinha alguém a quem confiar-se.

23. No dia seguinte Agloval chegou à corte e, após a refeição, apresentou-se ao rei:

— Senhor, trouxe-vos este meu irmão para que o torneis cavaleiro, pois creio que será um homem perfeito.

— Por certo que tendes razão e agradeço-vos; de bom grado o farei cavaleiro, quando vos aprouver.

— Sire, então vos rogo que seja amanhã mesmo — pede Perceval.

Perceval passou aquela noite em vigília na igreja principal de Carduel e no dia seguinte o rei tornou-o cavaleiro. Na hora do almoço ele se dirigiu ao salão\* para a refeição; os companheiros já estavam em seus lugares, os da Távola Redonda de um lado e os outros cavaleiros do outro. Perceval foi sentar-se às mesas mais distantes, as dos cavaleiros com menor renome de bravura. Enquanto estava absorto em seus pensamentos, entrou e veio até ele uma damisela da rainha, a mais hábil costureira de sedas do mundo; mas era muda e por isso as pessoas da corte a chamavam de "damisela que nunca mentiu"; todos a conheciam por esse nome.

24. Ela contemplou Perceval durante um bom momento e depois começou a chorar. Ocorreu então um fato extraordinário, que foi considerado um milagre: sendo que nunca tivera o uso da palavra, ela disse a Perceval:

— Perceval, serviçal de Jesus Cristo, virgem e puro, vem sentar-te à mesa alta. — E, conduzindo-o pela mão, sentou-o à direita da Cadeira Perigosa.

— Nesta cadeira aqui — disse então — sentará o Bom Cavaleiro, e tu à sua direita porque serás igual a ele em virgindade, e Bohort à esquerda[1]. Os cavaleiros desta casa conhecerão o sentido dessa atribuição[2].

---

1. Na *Quête du Graal*, Bohort, juntamente com Perceval e Galaad, é um dos três eleitos, mas não senta à esquerda de Galaad na Távola Redonda, cuja Cadeira Perigosa este tem o privilégio de ocupar; tampouco Perceval senta à sua direita.

2. A predição feita a Perceval provém do *Conte du Graal* (ed. Hilka, vv. 1.040 ss.), mas é feita quando Perceval chega à corte de Artur.

Quando todos estavam sentados no lugar indicado, ela acrescentou:
– Lembra-te de mim quando estiveres diante do Santo Graal[3], e reza por mim, pois minha morte está próxima.

Então se afastou, entrou no aposento da rainha, deitou-se e só falou mais uma única vez: no quarto dia, quando lhe levaram o Corpo do Senhor, teve forças para dizer:
– Querido senhor Deus, piedade! – Apenas isso e morreu, depois de receber seu Salvador.

25. Essa morte foi considerada um prodígio pelos da corte; prestaram ao corpo honras dignas de uma donzela de tão alta origem e o sepultaram na igreja principal de Carduel. Depois do sepultamento, registraram o fato por escrito, para que sua lembrança se conservasse. Retiveram Perceval com eles e trataram-no com deferência, dizendo que seria um dos companheiros da Távola Redonda. Ele porém teria preferido pôr-se à procura de Lancelot assim que ouviu falar de seus altos feitos. Mas Agloval e os companheiros estimavam-no tanto, diz o conto, que ele teria permanecido na corte por muito tempo se não fosse uma conversa que lhe foi relatada, e vou dizer-vos qual.

26. Um dia, no início do inverno, o rei estava em seu castelo de Cardigan, e diante dele cavaleiros de quatro idades diferentes serviam à mesa. Um dos jovens que estavam servindo era Perceval, cuja figura refletia inocência e tinha um ar um pouco tolo. O senescal Kai aponta-o a Mordret e pergunta que lhe parece ele.
– Parece-me ser um cavaleiro novato que prefere a paz à guerra – responde Mordret.
– Sim, é o que também penso e seu escudo prova isso, pois não recebeu um só golpe.

Um bobo da corte ouviu essas palavras e repetiu-as para Perceval, zombando dele.

Perceval fica muito envergonhado e pergunta-lhe quem são os autores dessas palavras; o outro tem de dizer-lhe que são companheiros da Távola Redonda e aponta Kai e Mordret. Perceval cala-se e decide não se eternizar na corte: partirá em busca de Lancelot e não voltará antes de saber se está vivo ou morto; será uma grande honra se morrer na busca por um homem tão eminente.

27. À noite, quando Agloval e os outros estavam deitados, Perceval ordenou a um de seus escudeiros, em quem tinha total confiança:

---

3. Não há menção a esse pedido no final da *Quête du Graal*, quando os três companheiros – Galaad, Bohort e Perceval – ficam na presença do Santo Graal.

— Prepara minhas armas e meu cavalo.
— Ah, senhor, eu estaria desonrado e morto se ficasse aqui depois de partirdes; vosso irmão haveria de matar-me. Mas, se vos aprouver que vos acompanhe, vou agora mesmo preparar vossas armas.
— Então vai; estou impaciente — responde Perceval.

28-39. *Não desejando companhia alguma, Perceval deixa seu escudeiro adormecido na floresta em que entraram. Liberta Patrides, que estava acorrentado a um bloco de pedra, e manda-o para a corte, onde Artur censura Kai e Mordret pelas palavras que provocaram a partida de um cavaleiro sem-par. Perceval e Hector enfrentam-se; nenhum deles vence o duelo. Muito feridos, ambos por fim dizem seus nomes e se reconhecem.*

40. Assim ambos se lamentam e se apiedam um do outro; pelos ferimentos e pelo sangue que perderam, julgam que não sobreviverão até a noite. Hector tira o elmo, joga por terra o escudo e deita sobre ele, em lágrimas:

— Ai, sir Lancelot, querido irmão, não me vereis mais! Minha senhora a rainha cometeu um grande pecado quando vos expulsou da corte; para buscar-vos morrerão muitos homens de bem, e eu mesmo estou morrendo!

41-42. *Nenhum dos dois tem forças para socorrer o outro nem para ir buscar um eremita que mora ali perto. Enquanto se lamentam e sofrem, a noite cai; a escuridão é absoluta.*

43. Quando já se julgavam às portas da morte, viram aproximar-se uma grande claridade, como se o sol descesse sobre eles. Maravilhados, distinguem um vaso em forma de cálice, coberto de seda branca; diante dele iam dois turíbulos e mais dois atrás, porém os que os portavam e quem segurava o vaso estavam invisíveis. O vaso parecia um objeto sagrado; os dois amigos inclinaram-se, apesar dos atrozes sofrimentos. E prontamente ocorreu um milagre: ambos se sentiram saudáveis e curados de seus ferimentos. O vaso santo desapareceu tão subitamente que não souberam o que era feito dele.

44. Ao cabo de um momento, Perceval dirigiu-se a Hector:

— Sir Hector, vistes o que nos aconteceu?
— Sim, por certo, mas ignoro o que foi. Entretanto, assim que o vaso chegou entre nós, fiquei curado dos ferimentos que me fizestes e agora estou em perfeita saúde, como nunca antes.

— Palavra de honra — fala Perceval —, posso dizer o mesmo: não me fizestes hoje um só ferimento de que eu não esteja curado. Deus socorreu-nos com sua graça e piedade; do contrário não veríamos o dia de amanhã. Nosso Senhor compadeceu-se de nós, enviando-nos a cura por meio de um milagre tão belo.

45. Conversaram longamente sobre o objeto que surgira ante seus olhos.
– Quanto a mim, sou incapaz de dizer o que é – fala Perceval.
– Pois bem, vou dizer-vos – responde Hector. – Sabei que é o Santo Graal, pelo qual tantas aventuras* extraordinárias aconteceram no reino de Logres; e em muitas outras terras Nosso Senhor manifestou por meio dele uma imensidade de milagres incríveis.
– O Graal, senhor? Mas o que é isso?
– O Santo Graal é o vaso em que Nosso Senhor comeu do cordeiro no dia de Páscoa, com seus discípulos, na casa de Simão o leproso[4]. – E conta-lhe então como José de Arimatéia o levara para o reino de Logres.
– Desde então – prossegue –, pela graça do Graal foram alimentados seus descendentes; ainda hoje ele todos os dias alimenta fartamente o rei Peles e as pessoas de sua casa, e assim será por todo o tempo que o vaso permanecer neste país.
– Por Deus, sir Hector, estais me contando maravilhas! Acredito em vós e afirmo que não ficarei feliz antes de vê-lo plenamente, se esse favor for concedido a um mortal.
Então eles dão graças a Deus pelo insigne privilégio com que os gratificou e esperam no local até o nascer do dia.
46. De manhã, levantam-se com presteza, beijam-se e prometem um ao outro que em todos os dias de suas vidas poderão contar com a devoção mútua e serão companheiros fiéis, pois juntos foram salvos e curados. Pegam as armas no estado em que estão e à força de procurar recuperam os cavalos. Depois de montarem, Perceval pergunta:
– Que estáveis procurando quando nos enfrentamos?
– Estava à procura de Lancelot, meu irmão, que não vejo há mais de dois anos, uma interminável procura de que estou cansado: até agora não tive notícias. Espero que esteja vivo; se estivesse morto, não é possível que não tivéssemos ouvido rumores.
– Então vamos prosseguir caminho juntos; talvez Deus nos conduza a um lugar onde tenhamos notícias dele.
Ambos põem-se a caminho e cavalgam juntos muitos dias. Mas o conto cala-se sobre eles e volta para Lancelot.

CVII. *Desvario de Lancelot.*
1. Depois que Lancelot, diz aqui o conto, perdeu todo senso e toda inteligência, a ponto de não saber o que fazia nem aonde ia, vagou vários

---

4. Trata-se da Páscoa judaica (Mateus XXVI, 1-26) e não do dia da Ressurreição.

dias a pé, desvestido como ao sair de Camelot, ora para a frente, ora para trás, ao acaso, em pouco tempo curtido e enegrecido pelo sol e pelo calor. Sua saúde deteriorava-se porque sofria demais e comia pouco; antes do fim do primeiro inverno, seu estado era tal que quem o tivesse visto antes não o reconheceria. Um dia de inverno, de um frio inaudito, o acaso levou-o, em farrapos, a um pavilhão armado numa campina. No interior estavam um cavaleiro e uma damisela; na entrada, um escudo branco pendia de uma estaca ao lado de uma lança e de uma espada.

2-4. *Lancelot pega a espada e põe-se a golpear furiosamente o escudo. Um anão sai do pavilhão e tenta detê-lo, mas é atirado longe. O mesmo sucede com o cavaleiro que acorre. Lancelot entra no pavilhão e a jovem que lá estava foge apavorada. Lancelot "esgueira-se para dentro do leito, que acha quente e confortável, transido de frio como estava; deita e cobre-se".*

5. Voltando por fim do atordoamento, o cavaleiro senta e abre os olhos. – Por Deus, senhor, não o maltrateis! – pede-lhe o anão. – Cometeríeis um grande pecado: ele está declaradamente louco e fora de siso.

– Tomo Deus por testemunha de que não lhe causarei mal – responde o cavaleiro. – Vou conservá-lo comigo até que esteja plenamente curado. Se sou bom conhecedor do assunto, eis aí um excelente cavaleiro; por isso só ficarei feliz quando, com a ajuda de Deus, devolver-lhe seu pleno juízo.

Entra no pavilhão com passo firme e vê Lancelot deitado no leito, dormindo profundamente, de tão extenuado que estava.

6-8. *O cavaleiro, Bliant, manda o anão ir buscar seu irmão Celinant. Ambos decidem amarrar Lancelot ao leito em que está dormindo, transportá-lo para a fortaleza de Bliant e cuidar dele, pois perceberam que "foi bom cavaleiro, de alta condição, e ainda o seria se Deus lhe devolvesse a saúde". Quando Lancelot desperta, já na fortaleza, "desamarram-lhe as mãos, dão-lhe de comer e ele devora, como quem por muito tempo só conheceu a miséria".*

9. Mantiveram-no assim durante todo o restante do inverno e todo o verão, mas, apesar dos cuidados, não conseguiram curá-lo. Entretanto ele tinha um ar tão pacífico que o deixaram andar por ali, preso apenas por uma argola que lhe colocaram nos pés para que não se afastasse demais. Nesse período, melhorou muito e recuperou um pouco da beleza. Todos presumiam que fora um bom cavaleiro e afligiam-se com sua doença, para a qual não descobriam remédio. Lancelot permaneceu lá o verão todo até o Natal e não teria deixado o lugar se não fosse uma aventura* que lhe aconteceu. Foi a seguinte.

10-15. *Certo dia, a caminho da floresta vizinha, Bliant é atacado por "dois cavaleiros, irmãos, nativos do país, que o odiavam mortalmente". Luta com ambos ao mesmo tempo, mas se vê obrigado a fugir para sua fortaleza, perseguido pelos agressores. Por acaso os três entram no aposento onde está Lancelot. A luta prossegue; Lancelot, "por mais louco e fora do juízo que esteja, não esquece que Bliant tem sido muito bom para ele"; ao vê-lo em perigo, arrebenta as argolas dos pés e luta corpo a corpo com os atacantes, que "fogem para salvar a vida". À noite, Bliant narra a Celinant o ocorrido e a participação de Lancelot, cuja bravura o salvou da morte.*

16. – Não vou mais impor-lhe argolas nem correntes, pois tem se mantido calmo – diz o senhor do castelo.

De fato, todos os dias Lancelot se mostrava tão tranqüilo como se estivesse de posse da razão. Mas quase não comia ou bebia, o que prolongava sua doença. Viveu com Bliant dois anos, sem recuperar a sanidade, sem saber o que fazia; nesse período nenhum dos que por lá passaram o reconheceu nem soube seu nome, que ele próprio ignorava.

17. Mas no início do inverno passou diante da torre onde ele estava um javali perseguido por uma matilha de cães. Quando do alto da torre Lancelot viu passar o javali, cedeu à tentação de persegui-lo. Desceu precipitadamente e encontrou à porta um cavalo encilhado, uma lança encostada à parede e uma espada pendente da sela. Monta a cavalo, pega a lança e põe-se a perseguir o javali. A fera embrenha-se na floresta e ele galopa atrás. Por fim, vão parar em um vale; o javali detém-se, enfrenta os cães e em um instante mata vários.

18. Lancelot avança para o javali, de lança em riste, e atinge-o no costado; a lança voa em pedaços sem feri-lo gravemente. Com um único golpe defensivo, o javali estripa o cavalo e derruba-o morto. Lancelot salta em sua direção, desembainhando a espada; a fera investe e faz-lhe um grande ferimento na coxa, mas ele a atinge bem no meio da cabeça e o javali desmorona, mortalmente atingido. Mas o ferimento impede que Lancelot dê um passo sequer; senta sob uma árvore, sem pensar em atar a ferida para deter o sangue.

19-20. *Um eremita encontra-o nesse estado. Lancelot tenta golpeá-lo. Compreendendo que ele está insano, o "homem santo" pede ajuda para transportá-lo ao eremitério.*

21. Eles montam uma padiola entre dois cavalos, forçam Lancelot a deitar-se e levam-no para o eremitério do homem santo, que tinha como companheiro um ex-cavaleiro, perito na arte de curar ferimentos. Ele cuidou bem de Lancelot, que em menos de dois meses ficou curado. Mas,

devido às privações que sofrera e ao magro regime a que não estava habituado, durante essa permanência seu estado piorou. Estava pálido e esfarrapado, o que intensificou ainda mais sua loucura. Um dia, no auge do inverno, abandonou aquele refúgio, descalço, mal-vestido, tão magro e debilitado que ninguém o tomaria por Lancelot.

*Em Corbenic, Lancelot é curado pelo Graal.*
22. Lancelot vagou assim até o dia em que chegou a Corbenic. Quando entrou no castelo, as crianças e o bando de valetes*, vendo-o privado da razão, puseram-se a provocá-lo, a bater-lhe, a fazer grande alarido e a correr-lhe atrás. Ele atirou-lhes pedras, ferindo vários. Fugindo desses golpes perigosos, afastaram-se, gritando: "Correi! Correi! Aí vem o louco!" A notícia espalhou-se e todo mundo acorria para vê-lo; ele ia de rua em rua, perseguindo uns e outros. Não faltou quem lhe desse bastonadas nos ombros e nos braços. Não suportando esses ataques, ele recuou para a fortaleza principal do castelo, onde entrou sem que ninguém o barrasse, pois os serviçais do castelo eram muito corteses e de bons sentimentos.

23. Era hora da refeição quando ele entrou na corte. Assim que apareceu, sua loucura ficou evidente; deram-lhe comida e, faminto como estava, comeu muito. Em seguida foi deitar-se na extremidade do palácio*, sobre a palha que ali encontrou. Permaneceu longo tempo no castelo, sem que ninguém o reconhecesse. Proporcionaram-lhe alimento e bebida generosamente e os serviçais vestiram-no com suas túnicas velhas. Graças ao conforto e ao descanso, sua saúde logo melhorou e ele recuperou muito da força e da beleza.

24. Um dia, depois da Páscoa, o rei Peles havia feito cavaleiro um de seus primos. Esse primo do rei tinha sincero apego a Lancelot; mantinha-o sempre a seu lado e, não importa o que o visse fazer, nunca o abandonava. Assim que foi feito cavaleiro e tirou a túnica de gala, chamou um de seus serviçais e disse-lhe:

– Vai buscar-me o louco.

Quando Lancelot chegou, o cavaleiro novato deu-lhe de presente sua túnica e fez que a vestisse ali mesmo. Assim vestido e por sua beleza fora do comum, ele despertou piedade em todos; lamentavam-no e diziam que era uma grande pena que um homem tão sedutor tivesse perdido a razão. O rei Peles, vendo-se na presença de um homem tão garboso, expressou a certeza de que se tratava de um personagem importante e de nascimento nobre.

25. Naquele dia, após a refeição, Lancelot entrou em um vergel ao pé do torreão; no meio, sob um sicômoro, havia uma fonte deliciosa. Lancelot

bebeu dela e adormeceu à beira, com as roupas que estava usando. Não demorou para que fosse ao vergel a bela damisela filha do rei Peles, a mesma por cuja causa Lancelot fora expulso da corte; levava consigo muitas damiselas. Puseram-se a brincar, a dançar fazendo roda, a correr pelo jardim, como costumam as damiselas. Durante essas brincadeiras, uma delas tropeçou em Lancelot adormecido perto da fonte. Primeiro ela sentiu muito medo, depois tranqüilizou-se ao vê-lo dormindo; observando-o melhor, ficou impressionada com sua beleza e encanto.

26-27. *A jovem leva a filha do rei Peles até "o homem mais belo que já vi em minha vida". Esta reconhece-o, mas nada revela e, pretextando cansaço, sai do vergel com as companheiras.*

28. Chegando ao palácio, a damisela vai ter com seu pai, chama-o de lado e diz-lhe:

– Sire, quero anunciar-vos notícias extraordinárias. Lancelot do Lago está aqui mesmo e não sabíamos disso.

– Calai-vos, querida filha! Sabei que Lancelot morreu há muito tempo; os da Távola Redonda conhecem a verdade sobre isso.

– Por Deus, sire, de modo algum, pois acabo de vê-lo em plena saúde física. Vinde comigo agora mesmo e vos mostrarei.

Ambos entram no jardim, sozinhos, e vão até a fonte onde Lancelot está adormecido. Ali o rei reconhece que se trata do louco que há tantos dias vem tendo abrigo na corte. Examina-o com mais atenção e finalmente admite que é mesmo Lancelot. Lágrimas de piedade correm-lhe pelo rosto.

29. Depois dirigindo-se à filha:

– Não há como duvidar, é mesmo quem dissestes. Afastemo-nos para não despertá-lo e decidirei da melhor forma possível.

Volta ao palácio, pedindo à filha que não revele a ninguém que se trata de Lancelot. Escolhe seis escudeiros altos e fortes, leva-os até a fonte e mostra-lhes o louco:

– Pegai-o à força, mas sem feri-lo. Amarrai-lhe as mãos e os pés.

Eles agarram o adormecido, que tenta escapar, mas em vão; dominam-no e levam-no amarrado para um quarto ao pé do torreão.

30. À noite, quando todo mundo estava deitado, o rei mandou transportarem Lancelot para o Palácio Aventuroso. Ali o deixaram, totalmente só: pensavam que, quando o Santo Graal entrasse no palácio\*, seu poder haveria de curá-lo e devolver-lhe a lucidez. Essa esperança não foi vã: assim que o Santo Graal fez sua aparição habitual, Lancelot ficou curado. Então, quando a luz do dia inundou as inúmeras janelas, não entendeu como chegara ali; porém ficou ainda mais estupefato ao ver-se amarrado como estava.

31. Então rompe as cordas, vai até as janelas que dão para o jardim onde outrora ele matou a serpente, olha o jardim e vê o rei e as pessoas de sua casa: estão indo até o Palácio para saber o que lhe aconteceu.

32. Vão até a porta do Palácio, abrem-na e entram. Lancelot está recostado a uma janela, o olhar ainda perdido no jardim. Quando vê aproximar-se o rei, a quem conhece bem, desce os degraus da janela[5], vai a seu encontro e ambos trocam saudações.

– Como vos sentis, senhor? – pergunta o rei.

– Bem, graças a Deus. Estou em perfeita saúde. Sire, por Deus, dizei-me como vim para cá: não sei como nem quando.

– Vou contar-vos, mas receio que isso vos cause uma certa contrariedade.

E põe-se a contar como ele chegou a Corbenic tão desvairado, tão desatinado que ninguém conseguia opor-lhe resistência, tão magro e nu que nunca o teriam reconhecido como Lancelot.

33. *Depois de narrar-lhe como o levou até o Graal, o rei Peles insiste para que Lancelot permaneça com ele: "Hei de entregar-vos minha terra, meus bens, meu poder de senhor e podereis fazer uso de meu reino segundo vossa vontade."*

34. A essas palavras, Lancelot absorve-se em seus pensamentos, tão desgostoso com a aventura\* que não sabe o que dizer ou fazer.

– Certamente, sire – fala por fim –, o que me aconteceu foi penoso e aviltante, mas tudo terminou bem. Em nome de Deus, respondei o que vou perguntar-vos. Julgais que alguma pessoa de vossa casa me tenha reconhecido na desgraça em que eu estava?

– É certo que não, exceto eu e minha filha.

– Isso me alivia, sire. Minha honra está salva, pois não me reconheceram no estado lamentável em que me encontrava. Mas não há dúvida de que me reconheceriam sem dificuldade se permanecesse aqui. Por isso vos rogo, em nome de Deus e da honra, que me aconselheis de acordo com o que vou dizer-vos.

35. "Cometi um erro que me impede de voltar para o reino de Logres, onde desfrutava de todos os bens e todas as honras; estou proibido de pôr os pés lá. Essa proibição me obrigou a partir, tão desnorteado que perdi o juízo, como vistes. Excluído do reino que me proporcionava felicidade e esperança, vim, sem saber, para o país a que mais amava depois daquele; assim me concedeu a Fortuna, que às vezes foi boa para comigo. Recebi aqui minha cura e por isso não deixarei este país antes de ter

---

[5]. Um ou mais degraus, construídos na espessura das paredes, dão acesso às janelas sobrelevadas.

permissão para entrar no reino de Logres, concedida por aquela que provocou meu afastamento. Mas, enquanto permanecer aqui, se tiver de ser pelo resto de meus dias, desejo residir em um lugar afastado, ignorado por todos, exceto vós e vossa filha. Acima de tudo rogo-vos que oculteis a verdade sobre mim; assim os do reino de Logres me darão por perdido. Isso poderá durar muito tempo. Como apenas vossa filha e vós sabereis de minha presença, não terei de revelar minha identidade a ninguém que aqui venha e escaparei aos olhares do mundo."

36. – Se quiséseis ficar conosco – diz o rei –, haveríamos de esconder-vos e ninguém ouviria falar de vós; se não, e se insistis em evitar todo contato com as pessoas, adotarei uma solução que vos será satisfatória.

– Sire, não permanecerei aqui, pois sei que em pouco tempo meus parentes e os companheiros da Távola Redonda me descobririam.

– Já que não quereis permanecer conosco, senhor, encontraremos um lugar que atenda a vossos desejos.

37-48. *A filha do rei propõe como refúgio o castelo Bliant, na Ilha de Alegria, onde com vinte damiselas ela fará companhia a Lancelot. Para não perder a prática das armas, por ocasião de um torneio vizinho ele lança de lá um desafio aos cavaleiros que quiserem enfrentá-lo; obviamente, mantém-se incógnito.*

CVIII. 1-10. *Em sua cavalgada, Hector e Perceval chegam perto da ilha e uma damisela conta-lhes sobre o desafio de Lancelot. Perceval luta com ele, mas o duelo é interrompido quando Perceval lhe diz seu nome. Hector chora de alegria ao reencontrar o irmão. A filha de Peles acolhe os dois viajantes.*

*O destino de Galaad.*

11. Quando reconheceu a bela filha do rei Peles, Hector pediu-lhe notícias de Galaad, filho de Lancelot e sobrinho seu, e ela lhe disse que Galaad era a mais bela criança do mundo; já estava com dez anos de idade.

– Realmente eu gostaria muito de vê-lo – diz Hector.

– Ele está em casa do rei Peles, meu pai, onde foi criado – responde a damisela. – Podereis vê-lo em breve; acompanhará seu pai quando ele deixar este país.

12. – Senhor – disse no dia seguinte Hector a Lancelot –, a rainha vos chama; tendes de ir à corte.

– Impossível, ela me proibiu! – responde Lancelot.

– Digo-vos, sem mentir, que ela está vos chamando.

– Então irei de bom grado.

Ele anunciou ao rei Peles que partiria dentro de dois dias; o rei sentiu grande tristeza.

– Caro neto – disse ele a Galaad –, vosso pai quer ir embora.

– Que estais dizendo, sire? Não importa aonde vá, eu gostaria de estar perto dele para desfrutar de sua presença.

13. Ante essa firmeza de vontade do menino, o rei compreende que não poderá retê-lo e hesita sobre o que deve fazer.

– Sire – diz um cavaleiro –, há na floresta de Camelot uma abadia da qual vossa irmã é a abadessa. Enviai-o para lá com dois cavaleiros. Assim ele poderá ver seu pai com freqüência.

O rei concorda e faz preparativos para o menino: dá-lhe quatro cavaleiros para conduzi-lo, seis escudeiros para servi-lo e tantos bens que eles poderão viver com todo conforto em qualquer parte aonde forem. Dois dias depois, Lancelot chegou a Corbenic com um numeroso séquito de cavaleiros. Quando a mãe soube que Galaad devia deixá-la, julgou enlouquecer; não conseguiriam impedi-la de partir com ele, se não fosse o rei Peles, que se opôs formalmente. Por isso ela desistiu.

14. De manhã, estando todos prestes a montar a cavalo, o rei levou Galaad diante de Lancelot e disse-lhe:

– Senhor, onde quer que encontreis esta criança, considerai-a vossa, pois sabei que a gerastes em minha querida filha.

Galaad parte e o rei acompanha-o por um bom trecho. Lancelot seguiu caminho com Hector e Perceval e finalmente chegaram a Carlion, onde encontraram o rei Artur, Bohort e Lionel, que trouxera Helan o Branco, o mais belo rapaz de sua condição; ele devia ser feito cavaleiro em breve, e o foi, pela mão do próprio Bohort.

15. Quando souberam da vinda de Lancelot, foram todos a seu encontro, acolheram-no com alegria e serviram-no com empenho. Porém ninguém lhe fez mais festa do que a rainha; ela estava radiante, na maior felicidade que um coração humano pode sentir. Galaad, ao partir da casa do avô, cavalgou até a abadia de freiras, onde permaneceu até a idade de quinze anos. Era tão belo, tão bravo, tão vivo que não tinha igual no mundo. Bem perto da abadia vivia um sábio eremita que freqüentemente o visitava; pela vontade de Nosso Senhor, sabia de suas qualidades. Ele lhe disse um dia, depois da Páscoa:

– Caro filho, agora estais em idade de receber a ordem da cavalaria*. Não vos tornareis cavaleiro no próximo Pentecostes?

– Sim, senhor, se aprouver a Deus.

– Cuidai de confessar-vos antes de ingressar nela, para estardes purificado e limpo de toda mácula – diz o eremita.

16. Naquele dia ambos conversaram longamente. No dia seguinte, o rei Artur, que estava caçando na floresta, lá chegou para assistir à missa. Terminada a missa, o eremita disse-lhe:

– Rei Artur, anuncio-te, como sob o segredo da confissão, que no próximo dia de Pentecostes se tornará cavaleiro aquele que levará a termo as aventuras\* do Graal. Ele chegará a tua corte e ocupará a Cadeira Perigosa. Cuida de convidar teus homens a estarem todos em Camelot na véspera de Pentecostes, para verem os prodígios que lá acontecerão.

Arrebatado com essa notícia, o rei, de volta a Camelot, enviou mensageiros por todo o reino de Logres e convocou seus barões para a corte no dia de Pentecostes; pretendia organizar uma corte mais numerosa e mais animada do que nunca. Na véspera de Pentecostes havia tanta gente que todos ficaram abismados ante aquele espetáculo. Sir Gautier Map[6] encerra aqui seu livro e começa o *Graal*.

---

6. Gautier Map, que morreu em 1209, não pode ser o autor do *Lancelot*; tampouco da *Quête du Saint Graal*, em que se apresenta como o tradutor de uma obra escrita em latim, o que não está menos sujeito a dúvida.

# GLOSSÁRIO

*Abadia* (branca): abadia cisterciense, de monges ou mais raramente, como aqui, de religiosas que usam hábito branco.
*Aro*: Círculo de metal que circunda e reforça o elmo.
*Aspirante*: jovem nobre que se forma na corte de um senhor e que pretende se tornar cavaleiro. Com relação a *valete*, o termo comporta uma nuance de audácia e despreocupação.
*Assembléia*: mantivemos este termo na tradução moderna. É praticamente sinônimo de torneio; porém designa mais especificamente a reunião dos participantes do torneio no dia marcado por um senhor.
*Aventura*: ora acontecimento, simplesmente "o que acontece" e, portanto, acaso; ora façanha, prova difícil de ser vencida (por exemplo, a aventura do Graal) e portanto risco, perigo.
*Baveira* ou *babeira*: na armadura, peça do elmo que protegia a parte inferior da face (boca e queixo). (N. da T.)
*Bossa* (ou mais raramente *broca*): saliência cônica no centro do escudo, para desviar as setas. O tradutor francês observa que se trata do mesmo *umbo* do escudo romano. (N. da T.)
*Calção*: amplo culote atado nas pernas por correias; é uma roupa interior (cf. o par calção e camisa).
*Capelo*: peça de tecido que cobre a cabeça e uma parte do rosto; pode incluir um pequeno véu.
*Cavalaria*: designa primeiramente a ordem de cavalaria; em segundo lugar, o conjunto dos cavaleiros; por fim, qualidades próprias do cavaleiro e sobretudo o gosto pelo perigo e pela bravura; também a proeza cavaleiresca.
*Coifa*: capuz de malha que recobre a cabeça e sustenta o elmo; esse capuz também pode ser constituído de tecidos superpostos que impedem que as malhas penetrem na carne.
*Combate judicial*: duelo em que um dos adversários, fortalecido pelo direito e pela assistência divina, prova com sua vitória que a causa que está defendendo é justa.
*Companhia*: grupo de companheiros ou conjunto dos membros da Távola Redonda; séquito ou escolta de um senhor ou de um soberano; qualidade de companheiro (cf. CVI, 40), com todos os deveres que implica (ajuda mútua, laços de amizade, compartilhamento dos perigos).

*Corpos santos*: relíquias de santos conservadas em relicário e sobre as quais se faz um juramento solene.
*Correias*: tiras de couro fixadas no interior do escudo e pelas quais o cavaleiro passa o braço para manter o escudo firme durante a luta; também a tira de couro com que pendura o escudo no pescoço durante uma viagem ou fora do combate.
*Cortês*: Ver *vilão*. (N. da T.)
*Cota*: túnica usada sobre a camisa e sob a sobrecota e o manto. Vestimenta tanto masculina como feminina, menos elegante que o *bliaut*, que não aparece em nosso texto.
*Dom*: na expressão "pedir um dom", motivo freqüente nos romances da Távola Redonda e já em Chrétien de Troyes. Trata-se de fazer um pedido cujo teor não é revelado à pessoa a quem é apresentado e que só o conhecerá depois de prometer atendê-lo. Uma vez concedido o dom, é preciso cumprir a promessa, sob pena de perder a honra (cf. J. Frappier, *Amour courtois et Table Ronde*, pp. 225 ss.).
*Elmo atado*: o elmo, que é o capacete do cavaleiro, é atado por cordões para não se deslocar durante o combate.
*Escarlate*: uma espécie de tecido, de cor variada.
*Escudela*: *comer na mesma escudela*, ou seja, duas pessoas comerem no mesmo recipiente, é sinal de amizade ou de companheirismo.
*Espada quebrada* e que deve ser recomposta: trata-se de um motivo próprio dos romances do Graal a partir de Chrétien de Troyes; a prova designa o herói a quem estará reservado o privilégio de conhecer os segredos do Graal.
*Fé*: na expressão *pela fé que me deveis*, a palavra deve ser tomada no sentido forte: trata-se da fidelidade que o vassalo deve a seu suserano em decorrência da homenagem* feudal. A tradução completa seria: "em nome da fidelidade pela qual vos é proibido faltar para comigo". Em outros contextos, trata-se de uma fidelidade moral, como a que amigos, companheiros ou esposos devem um ao outro.
*Galeria*: 1) amplo corredor interno com janelas que proporcionam visão do pátio do castelo ou da paisagem ao redor; 2) tribuna erguida ao longo do campo fechado, na qual espectadores e espectadoras se acomodam para assistir ao torneio; 3) *galeria de folhagem*: abrigo em pleno campo. O contexto determina o sentido.
*Governanta*: foi o termo escolhido para indicar a mulher que é simultaneamente a ama, a preceptora e a dama de companhia de uma jovem, além de confidente e amiga que a auxilia nos momentos difíceis.
*Homenagem*: ato pelo qual um senhor se torna vassalo de outro senhor (que passa a ser seu suserano) e recebe dele um feudo.
*Juncar* (o salão): para refrescar um aposento nos dias de grande calor, cobria-se o chão com palha, ervas, ramos ou juncos recém-cortados.
*Justar*: em um torneio, travar combate com um adversário de cada vez (a *justa*), ambos a cavalo e armados de lanças. (N. da T.)
*Lígio, lígia*: diz-se de homem ou mulher ligado a um suserano pela homenagem*.
*Loriga*: cota de malhas de ferro que cobre a cabeça, o tronco e desce pelo menos até metade da coxa.
*Mesas*: as mesas são montadas no salão*, sobre cavaletes, para a refeição. Quando esta termina, são desmontadas.
*Mestre*: preceptor e educador de um jovem príncipe; também o homem mais idoso ou o mais competente numa disciplina (o *mestre* dos clérigos sábios). O *mestre* de Galehot, que lhe comunica que seus castelos desmoronaram, é seu administrador, seu intendente.

*Nasal*: no elmo, parte estreita que protege o nariz.
*Nona*: hora canônica, a nona do dia, correspondente a 15 horas (as horas canônicas são contadas a partir das seis horas da manhã).
*Palácio*: Ver *salão*.
*Penhor*: objeto (uma luva, por exemplo) que é entregue para indicar que se aceita um duelo nas formas regulamentares, ou às vezes para selar a promessa de comparecer numa data marcada para lutar com o adversário.
*Postigo*: pequena porta recortada em um grande portal externo.
*Poterna*: pequena porta oculta que do alto da parte fortificada permite descer, por exemplo, até os fossos do castelo ou até a praia.
*Pranchas*: a parte interna do escudo é forrada com pranchas de madeira; são recobertas de metal, pintado com as armas do cavaleiro.
*Prima*: hora canônica, a primeira do dia, correspondente a seis horas da manhã.
*Quintana*: boneco que serve de alvo em exercícios de justa* com lança.
*Rede de ferro*: espécie de barreira móvel para proteger um acampamento.
*Rico Rei Pescador*: é o Rei Pescador de Chrétien de Troyes (*Conte du Graal*); Perceval encontra-o perto do castelo do Graal (que no *Lancelot* é o castelo de Corbenic), pescando com vara, porque, ferido nas coxas por um golpe de lança, não pode se entregar aos prazeres da caça. Ele é *estropiado*, qualificativo que recebe também em nosso romance; aqui ele se chama Peles e é o pai da portadora do Graal.
*Salão*: no castelo, o grande aposento de cerimônia onde acontecem as festas, as audiências ou a acolhida a um forasteiro. Chega-se a ele por alguns degraus; daí a expressão *subir ao salão*. Freqüentemente recebe o nome de *palácio*, que então não significa o edifício todo.
*Sinople*: no século XIII, a cor vermelha; mais tarde, a cor verde.
*Sobrecota*: vestimenta, geralmente sem mangas, usada sobre a cota e sob o manto.
*Sopas*: fatias de pão sobre as quais se despeja um caldo ou qualquer outro líquido.
*Terça*: a terceira hora canônica do dia: nove horas da manhã.
*Toque de espada*: no ritual de investidura de um cavaleiro, o toque com a prancha da espada no ombro do aspirante.
*Valete*: rapaz nobre que serve na corte de um rei ou de um grande senhor, a fim de aprender o ofício das armas e as boas maneiras.
*Vavassalo*: vassalo de um vassalo; é um pequeno proprietário de terras, no degrau mais baixo da escala da nobreza.
*Vésperas*: hora canônica do ofício da tarde; portanto, o final da tarde.
*Vilão*: homem do campo e conseqüentemente rústico. Seu contrário é *cortês*, homem que tem as boas maneiras e o refinamento da vida na corte.
*Xabraque*: cobertura em tecido ou em couro que protege as ancas do cavalo.

IMPRESSÃO E ACABAMENTO:
YANGRAF Fone/Fax: 6195.77.22
e-mail:yangraf.comercial@terra.com.br